In einem Moment bist du glücklich, im nächsten steht deine Welt Kopf.

Wren muss aus dem englischen Städtchen Bury St Edmunds raus. Sie hat gerade den genauen Moment beobachtet, als sich ihr Verlobter in seine Arbeitskollegin verliebt hat. Bleibt nur Homeoffice und ein Sommer bei ihrem Vater und ihrer Stieffamilie auf ihrer Selbstpflückerfarm in Indiana, USA.

Es dauert nicht lange und Wren lernt die charismatischen Brüder von der Nachbarfarm kennen: Jonas ist der örtliche Herzensbrecher, aber Wren verliebt sich in den nachdenklichen Anders. Er hat seine Frau vor einigen Jahren bei einem tragischen Unfall verloren. Was Wren nicht weiß: Anders hat ein Geheimnis. Und wenn er ihrer gegenseitigen Anziehungskraft nachgibt, wird er damit die wichtigsten Personen in seinem Leben verletzen. Und damit auch Wren.

Paige Toon ist eine internationale Bestsellerautorin, ihre Bücher haben sich weltweit mehr als 1,5 Millionen Mal verkauft. Sie schreibt dramatische und emotionale Liebesgeschichten mit unvergesslichen Figuren und Settings, die ihre Leserinnen auf einzigartige Reisen mitnehmen. Ihre Liebesromane behandeln oft große Themen, die nachdenklich stimmen, und laden immer zum Träumen ein. Lachend und weinend wird man Teil einer neuen Familie. Paige Toon lebt mit ihrem Mann und ihren beiden Kindern in Cambridgeshire. Auf TikTok, Instagram und Facebook ist sie unter @paigetoonauthor zu finden.

Andrea Fischer hat Literaturübersetzen studiert und überträgt seit über zwanzig Jahren Bücher aus dem britischen und amerikanischen Englisch ins Deutsche, unter anderem die von Lori Nelson Spielman, Michael Chabon und Mary Kay Andrews. Sie lebt und arbeitet im nördlichen Münsterland.

Weitere Informationen finden Sie auf www.fischerverlage.de

Paige Toon

Am Ende gibt es nur uns

ROMAN

Aus dem Englischen
von Andrea Fischer

FISCHER Taschenbuch

MIX
Papier | Fördert gute Waldnutzung
FSC® C014496
www.fsc.org

Erschienen bei FISCHER Taschenbuch
Frankfurt am Main, Mai 2024

Die englische Originalausgabe erschien 2023 unter dem Titel
»Only Love Can Hurt Like This« bei Century,
einem Imprint von Cornerstone.
Cornerstone ist Teil der Penguin-Random-House-Gruppe.

Satz: Pinkuin Satz und Datentechnik, Berlin
Druck und Bindung: GGP Media GmbH, Pößneck
ISBN 978-3-596-70861-1

Für Greg.

Welch großes Glück,
dass du an meiner Seite bist,
in meinem Team,
Jahr für Jahr.

Prolog

An Tagen wie diesen liebe ich Bury St Edmunds, wenn die cremefarbenen Türme der Kathedrale vor dem strahlend blauen Himmel leuchten und selbst der schwarze Feuerstein der Abteiruinen im Sonnenschein funkelt, als hätte man ihn poliert.

Es ist Anfang April, bisher der bei weitem wärmste Tag des Jahres, und seit ich das Büro verlassen habe, geht es mir deutlich besser. Ich hatte ein Telefongespräch mit der furchtbarsten Kundin aller Zeiten – die Frau, die ihr Haus renovieren lassen möchte, ist kurz davor, mir den Beruf als Architektin für den Rest meines Lebens zu vergällen. Ich brauche dringend eine Kaffeepause.

Ich bummele an den Abteiruinen vorbei, auf der Suche nach einem Mäuerchen, das niedrig genug ist, um mich draufzusetzen und meinen Kaffee zu trinken. Da entdecke ich meinen Verlobten Scott. Er sitzt im Schatten einer großen Tanne auf einer Bank. Gerade will ich ihn rufen und zu ihm gehen, da sehe ich, dass Nadine bei ihm ist.

Als wir vor einem Jahr aus London hergezogen sind, gründete Scott seine Firma für Garten- und Landschaftsbau. Ein paar Tage, bevor er mich im Rosengarten des örtlichen Herrenhauses bat, ihn zu heiraten, fing Nadine bei ihm an. Sie ist neunundzwanzig, groß und stark, hat goldbraune Haut und ein ansteckendes Lachen. Ich habe sie von Beginn an gemocht und mag sie immer noch, deshalb begreife ich gar nicht, warum ich mich intuitiv zurückziehe und meinen Freund nicht begrüße.

Scott und seine Kollegin sitzen mindestens einen halben Meter auseinander, trotzdem kommt mir ihre Körpersprache irgendwie seltsam vor. Scott beugt sich vor, sein weißes T-Shirt spannt sich über seinen breiten Rücken. Er stützt die Unterarme auf die Oberschenkel. Nadine hat Arme und Beine verschränkt und das Gesicht Scott zugewandt. Ihr hoch angesetzter, stets hüpfender blonder Pferdeschwanz hält ungewöhnlich ruhig. Scott hat Nadine den Kopf im selben Winkel zugeneigt, trotzdem sehen sich die beiden nicht an. Sie reden auch nicht. Sie wirken wie erstarrt. Angespannt.

Ein Eichhörnchen huscht über die Mauerreste links von mir. In den Bäumen ringsum singen Vögel, auf dem Spielplatz in der Ferne lachen Kinder. Ich stehe da, schaue hinüber, und Unbehagen breitet sich in mir aus.

Sie sitzen nicht eng beisammen. Sie tun nichts Verbotenes. Und trotzdem …

Irgendwie fühlt es sich nicht richtig an.

Schließlich dreht sich Scott ganz zu Nadine um und schaut ihr ins Gesicht. Es ist ein seltsamer Blick, ein Ausdruck, den ich nicht deuten kann. Als Nadine langsam den Kopf hebt und ihm tief in die Augen sieht, klopft mir das Herz bis zum Hals. Zwei perfekte Profile: Scotts dicke dunkle Augenbrauen, Nadines makellos geschwungene Bögen, seine gerade Nase, ihr kleines Stupsnäschen, zwei volle Lippenpaare, absolut ernst.

Die Sekunden vergehen, und um mich herum wird es düster. Eben war noch alles hell und warm, jetzt ist es kalt, und mir wird schlecht.

Die beiden sehen sich immer noch an. Sie sagen kein einziges Wort.

Als Scott aufsteht und in Richtung Zentrum davongeht, mache ich mich klein. Nadine blickt ihm nach, bis er außer Sicht ist, dann atmet sie tief durch, beugt sich vor und birgt den Kopf in den Händen. In der Haltung verharrt sie eine gute Minute, dann erhebt sie sich ebenfalls und geht.

Ich merke, dass ich zittere.

Was war das?

Hat mein Verlobter eine Affäre? Und wenn nicht: Überlegt er, ob er eine anfangen soll?

Moment mal. Die beiden haben sich nur *angesehen.* Sie haben nichts Verbotenes getan. Ich mag Nadine. Ich vertraue Scott.

Dennoch, irgendwas scheint zwischen ihnen vorzugehen.

Meine Mutter hat mir immer geraten, auf mein Bauchgefühl zu hören. Gar nicht so leicht, wenn es einem das Herz bricht.

1

Drei Monate später

New York liegt unter einer Wolkendecke. Bisher bin ich immer über Chicago nach Indianapolis geflogen, deshalb hatte ich gehofft, heute die berühmte grüne Fläche des Central Parks inmitten der Wolkenkratzer zu sehen, doch als der Himmel endlich klar wird, erkenne ich tief unten nur einen Patchworkteppich aus Feldern und Höfen.

Ich bin schon den ganzen Tag unterwegs, und bis ich endlich lande, wird es nach siebzehn Uhr sein. In England ist es dann zehn Uhr abends. Ich bin kaputt, aber zum Glück holt mich Dad vom Flughafen ab. Mir ist bewusst, dass meine Erschöpfung nicht nur auf Schlafmangel zurückzuführen ist. Die letzten drei Monate hatten es in sich.

***

Als ich an jenem Tag im April nach einem grausamen Nachmittag voll widersprüchlicher Gefühle nach Hause kam, saß Scott am Küchentisch. Ich war hin- und hergerissen, mal völlig aufgelöst und dann wieder überzeugt, dass der Blick zwischen ihm und Nadine nichts zu bedeuten hatte. Doch sobald ich Scott sah, wusste ich, dass mein Instinkt mich nicht getrogen hatte: Zwischen den beiden war etwas, allerdings nichts Körperliches, sondern eher etwas Emotionales.

Kaum war ich zu Hause, wollte er mit mir sprechen, was mich irritierte. Ich war davon ausgegangen, dass ich ihn zur Rede stellen müsste. Stattdessen bekam ich die Antworten, ohne dass ich danach fragen musste. Als er mir seine Gefühle beichtete, dachte ich immer noch, er wolle mich um Verzeihung bitten – und ich hätte ihm verziehen. Wir wollten im Dezember heiraten und es im nächsten Jahr mit einem Kind versuchen. Ich würde das alles sicher nicht so einfach aufgeben, nur weil er sich kurzzeitig für eine andere interessierte.

Vielleicht war ich naiv, aber es dauerte eine Weile, bis ich begriff, dass er mich verließ.

Ich erinnere mich noch deutlich an alle Einzelheiten unseres Gesprächs. Ich weiß sogar noch, dass er ein bisschen Dreck unter den Fingernägeln hatte, einen schmalen schwarzen Rand, und dass er nach Erde roch, nach frischer Luft und Gartenboden. Er war mir so vertraut und doch ein Fremder. Noch nie hatte ich ihn so zwiegespalten und gequält gesehen.

»Ich liebe dich wirklich, Wren«, behauptete Scott. Tränen verklebten seine braunen Wimpern. »Manchmal wünsche ich mir, ich hätte Nadine nie kennengelernt. Ich glaube schon, dass wir zwei, du und ich, hätten glücklich werden können. Aber in letzter Zeit habe ich mich immer öfter gefragt, ob wir wirklich füreinander geschaffen sind.«

Er hatte erst Nadine treffen und Tag für Tag mit ihr arbeiten müssen, um zu erkennen, wie gut sie miteinander auskamen, dass sie und er auf einer tieferen Ebene miteinander verbunden waren.

Bis dahin hatten sie noch nicht über ihre Gefühle gesprochen. Nadine hatte Urlaub genommen, um ihre Eltern zu besuchen, und Scott hatte geahnt, dass sie ein wenig Abstand brauchte, um einen klaren Kopf zu bekommen. Als sie an jenem Tag im April zurück zur Arbeit kam und ihm ihre Kündigung überreichte, war ihm klargeworden, dass er sie nicht gehen lassen konnte.

Unter Tränen fragte ich ihn, ob sie seine Seelenverwandte sei, und als er mir in die Augen schaute, brauchte er nicht mehr zu antworten.

Ich hatte es in Büchern gelesen, in Filmen gesehen: Manchmal hat ein Mensch den falschen Partner, der ihn nicht versteht. Auf einmal findet er die Liebe bei jemand anderem und fühlt sich vollkommen geborgen. Diesen beiden kann dann nichts etwas anhaben. Das gesamte Publikum fiebert mit ihnen.

Nicht in tausend Jahren hätte ich mir vorstellen können, dass mir so etwas passiert, dass ich diejenige sein könnte, die der wahren Liebe im Weg steht.

Als mir endlich der Ernst der Lage klarwurde, versank ich in Schmerz und absoluter Hilflosigkeit. Ich konnte nichts tun. Diesen Kampf konnte ich nicht gewinnen. Ich hatte die Liebe *meines* Lebens verloren.

Scott und Nadine sind jetzt ein Paar. Ich habe sie ein paarmal in der Stadt gesehen und bin immer auf der Hut, falls sie mir zufällig über den Weg laufen. Vorletzte Woche wurde es mir zu viel. Da saß ich in meinem Lieblingscafé gegenüber dem Abbey Gate, als sie plötzlich aus dem Torbogen kamen, Hand in Hand und lächelnd. Nadines blonde Haare leuchteten in der Sonne, während Scott sie über die stark befahrene Straße lotste. Als sie ins Café kamen, wo ich mit meiner Mutter saß, entschuldigte Scott sich und drehte schnell wieder um, doch als er am Fenster vorbeiging und ich sein Gesicht sah, ganz zerknirscht und missmutig, wurde mir richtig schlecht. Ich musste die Tränen zurückhalten.

»Diese Stadt ist zu klein für euch beide, Schatz«, sagte meine Mutter mitfühlend.

»Und warum soll ausgerechnet ich gehen?«, fragte ich leise.

»Weil er hier seine Firma hat. So schnell wird er nicht verschwinden. Nimm dir eine Auszeit, Wren, und wenn es nur ein paar Wochen sind«, schlug sie vor. »Geh auf Abstand zu ihm, gib deinem Herzen Zeit zum Heilen.«

Mum hatte recht. Ich brauchte eine Pause von Bury St Edmunds, von der Arbeit, von Scott, von den Straßen, in denen wir früher gemeinsam unterwegs gewesen waren, als er noch *meine* Hand hielt und *mich* über die Straße lotste.

Deshalb rief ich abends meinen Vater in den Staaten an und fragte, ob ich ihn besuchen könne.

* * *

Als ich in die Ankunftshalle komme, wartet Dad schon hinter der Absperrung, das blau-rot karierte Hemd in der Jeans.

Bei meinem Anblick verzieht sich sein Gesicht zu einem breiten Grinsen, seine Wangen mit den dichten Bartstoppeln wirken noch runder als bei unserem letzten Treffen an Weihnachten. Er und seine Frau Sheryl waren über die Feiertage in Paris, deshalb fuhr ich mit Scott im Zug rüber und verbrachte ein bisschen Zeit mit den beiden. Dies ist meine erste Reise nach Amerika seit zwei Jahren.

»Hallo!«, ruft mein Vater.

»Hallo, Dad.«

Als sich seine Arme um mich schließen, wird mir wohlig warm. Ich atme seinen vertrauten Geruch ein – Seife und Waschpulver – und weiß, dass wir uns erst wieder drücken werden, wenn wir uns in zwei Wochen an eben diesem Flughafen voneinander verabschieden. Bei der Erkenntnis durchfährt mich ein Stich. Ich löse mich von ihm.

Das Markenzeichen meines Vaters, seine strubbeligen Haare, die sonst denselben mittelbraunen Farbton hatten wie meine, sind inzwischen grau meliert. Immerhin haben wir beide grünbraune Augen, aber da endet die Ähnlichkeit zwischen uns auch schon.

Mit meiner Mutter Robin habe ich auch nicht viel gemein. Mum mag bunte Muster und wallende Kleider; ich bevorzuge schlichte Röcke und Pullis in gedeckten Farben. Sie hat ein warmes, offenes Gesicht, meins ist schmaler; ich habe es mal als »verkniffen« bezeichnet, was sie jedoch vehement bestritt. Stattdessen versicherte sie mir, ich hätte die feinen Gesichtszüge einer Adligen, worüber ich herzlich lachen musste.

»Wie war der Flug?«, fragt Dad heiter und nimmt mir den Koffer ab.

»Ganz gut«, erwidere ich.

»Müde?«

»Bisschen.«

»Du kannst ja im Auto schlafen. Bis zu unserem neuen Haus sind es zwei Stunden.«

Meine Halbschwester Bailey, sechs Jahre jünger als ich, hat in diesem Jahr geheiratet und sich in der Heimatstadt ihres Mannes im südlichen Indiana niedergelassen. Mein Vater und Sheryl sind vor kurzem in dieselbe Kleinstadt gezogen, um in der Nähe des jungen Paares zu sein.

Vieles an dieser Entwicklung tut einfach nur weh.

Mein Dad ist ein liebevoller Ehemann und Vater. Nur habe *ich* ihn nie so kennengelernt. Ich weiß natürlich, dass er mich lieb hat, aber er ist nie richtig für mich dagewesen. Er kennt mich nicht wirklich. Wie sollte er auch, wo wir fast viertausend Meilen voneinander entfernt leben und jedes Jahr höchstens ein paar Wochen miteinander verbringen?

Als wir aus dem Flughafengebäude kommen, legt sich die Juliluft wie eine warme Decke um meine Schultern. Es dauert nicht lange, da sind wir auf dem dreispurigen Highway, der uns aus Indianapolis hinausführt. Die Stadt ist zu weit entfernt, um die Wolkenkratzer sehen zu können, ich kenne sie jedoch von früheren Shoppingtouren. Weiter draußen ist die Landschaft flach und weit, betupft mit roten Scheunen und Getreidesilos.

»Wie gefällt Bailey das Eheleben?« Ich ignoriere den kleinen neidischen Stich.

Meine hübsche Halbschwester schien nie einen Wettbewerb daraus machen zu wollen, deshalb bin ich mir sicher, dass es ihr nicht darum ging, mir zuvorzukommen, als sie kurzfristig beschloss, in Las Vegas zu heiraten. Nun, da meine Hochzeit abgesagt wurde, tut es schon etwas weh, den Ring an ihrem Finger zu sehen.

»Sie ist zufrieden«, erwidert Dad achselzuckend und dreht die Klimaanlage runter, da es im Wagen schon kühler geworden ist.

»Verstehst du dich gut mit Casey?«

Ich kenne Baileys Ehemann noch nicht. Scott und ich waren zur Hochzeit eingeladen, aber die Einladung kam erst eine Woche vor dem Termin, so dass wir das Gefühl hatten, nicht wirklich erwartet zu werden. Bailey war immer schon spontan.

»Mit dem versteht sich jeder«, antwortet Dad. »Ist ein prima Kerl.«

»Das ist schön.«

Ich will nicht, dass meine Stimme so piepsig klingt. Dad wirft mir einen besorgten Blick zu.

»Hat mir leidgetan, die Sache mit Scott«, sagt er. »Der war auch ein prima Kerl.«

»Stimmt«, bestätige ich leise. »Ist er wohl immer noch.« Ich schlucke den Kloß im Hals hinunter und füge mit aufgesetzter Fröhlichkeit hinzu: »Was soll man machen, wenn man sich verliebt?«

Dad räuspert sich. »Tja.«

Eine Weile schwebt der Satz zwischen uns.

Meine Eltern lernten sich mit Anfang zwanzig bei einer Reise durch Europa kennen. Sie verliebten sich Hals über Kopf ineinander, und als Dads Visum ablief, zog Mum zu ihm nach Phoenix, Arizona. Innerhalb eines Jahres heirateten sie und erwarteten mich.

Sie haben es einfach überstürzt. So jedenfalls beschrieb es mir Dad, als ich als verbitterte Jugendliche zu begreifen versuchte, warum er sich in eine andere Frau verliebt hatte, eine Professorin an der Universität von Arizona, wo mein Vater als Hausmeister arbeitete.

Es ist mir immer ein Rätsel geblieben, was jemand wie Sheryl an einen Mann wie meinen Vater findet – sie ist neun Jahre älter als er und sehr viel klüger. Das mit der körperlichen Anziehung verstehe ich; mein Dad sah wirklich nicht schlecht aus. Sheryl verbrachte ihre Kaffeepause gern draußen im Park, damit sie mit meinem Vater reden konnte.

Schwerer zu verstehen ist eher, wie eine Affäre zwischen einer Akademikerin und einem Hausmeister so ernst werden konnte, dass die beiden bereit waren, das Leben von seiner Frau und seinem Kind zu zerstören.

Denn als Sheryl mit Bailey schwanger wurde, entschied Dad sich für sie. Sheryl überredete ihn, nach Indiana zu ziehen, um näher bei ihrer Familie zu wohnen. Sie fand eine Stelle an der Universität in Bloomington. Meine untröstliche Mutter ging mit mir zurück nach England, und Bailey wuchs mit einem Vater auf, den sie ganz für sich hatte.

Zumindest was das Emotionale betrifft, verspricht dieser Urlaub ziemlich kompliziert zu werden.

***

Ich muss eingenickt sein. Als Dad mich weckt, habe ich nicht das Gefühl, zwei Stunden gefahren zu sein.

»Wir kommen jetzt in den Ort«, sagt er. »Ich dachte, du willst ihn vielleicht sehen.«

Mit brennenden, müden Augen registriere ich die Umgebung. Wir fahren auf einer langen, geraden Straße, vorbei an Fastfood-Restaurants und anderen Ketten: Taco Bell, KFC, Hardee's, Wendy's. Ich sehe eine Autowaschanlage und eine Werkstatt, dann gelangen wir in ein Wohngebiet, in dem alle paar hundert Meter Querstraßen von der Hauptstraße abgehen. Viele Häuser sind zweigeschossig und haben rote Dächer, Gaubenfenster und sorgfältig gemähte Vorgärten, aber auch weiß verschalte Bungalows mit bunten Fensterläden in Limettengrün oder Kornblumenblau sind zu sehen. Es geht eine kleine Anhöhe hinauf, dahinter sind weitere Wohnstraßen, bis wir das von Dad so bezeichnete »historische Zentrum« erreichen.

Vor uns liegt ein großer Platz mit einem mittig errichteten Gerichtsgebäude und einem großen Uhrenturm. In der untergehenden Sonne leuchtet das Gebäude weiß, und als Dad darum herumfährt, entdecke ich dahinter eine Reihe dorischer Säulen.

»Das da in der Ferne ist der Hoosier National Forest«, erklärt Dad, als wir das Stadtzentrum hinter uns lassen und durch das nächste Wohngebiet fahren, wo an vielen Veranden rot-weiß-blaue Flaggen hängen. Ich habe den 4. Juli um nur eine Woche verpasst.

»Bailey und Casey wohnen da drüben.« Dad weist aus dem Seitenfenster.

Am Ende der Straße steht ein Schild mit der Aufschrift: *Wetherill Farm – Obst und Gemüse zum Selberpflücken.* Ein Pfeil zeigt in die Richtung, in die wir fahren.

»Das seid ihr?«, frage ich.

»Jep.« Mein Vater nickt stolz.

Unter die leicht seitlich geneigten, schwarz umrandeten Buchstaben sind Obst- und Gemüsesorten gemalt. Im Vorbeifahren erkenne ich einen Pfirsich, eine Birne, einen Apfel, einen Kürbis und eine Wassermelone.

»Wassermelonen habt ihr auch?«

»Dieses Jahr nicht«, antwortet Dad und fährt auf eine rostrot gestrichene alte Eisenbrücke über ein glucksendes Flüsschen. »Nur Kürbisse für Halloween. Die Vorbesitzer haben Melonen angebaut, aber wir dachten, wir lassen uns ein bisschen Zeit, um den Obstgarten in den Griff zu bekommen. Hoffentlich gibt es keinen Ärger wegen irreführender Werbung«, witzelt er.

Als ich Mum erzählte, dass Dad und Sheryl einen Bauernhof gekauft hätten, wo die Leute die Erzeugnisse selbst pflücken können, reagierte sie gereizt. Damals in Phoenix war sie Pflückerin auf einer Zitronenfarm, jetzt arbeitet sie in einem Gartencenter. Sie war immer schon gern an der frischen Luft und in der Natur, auch wenn die Tätigkeiten selbst keine große Herausforderung sind.

Einmal gestand sie mir, es sei für sie besonders schwer gewesen, dass Dad sie nicht nur für eine andere Frau verlassen hatte, sondern für eine Professorin. Jetzt hat Sheryl die akademische Welt gegen eine Arbeit eingetauscht, die im Grunde Mums Traumjob ist. Kein Wunder, dass es ihr weh tut.

Hinter der Brücke erstreckt sich meilenweit Ackerland. Eine Zeitlang fahren wir an einem Feld entlang, auf dem blättriges Grünzeug wächst, dann biegt Dad links auf einen unbefestigten Weg und sofort dahinter rechts in eine lange, baumgesäumte Auffahrt ab.

»Jetzt sind wir da«, verkündet er.

Am grasbewachsenen Wegrand steht noch mal ein Schild mit *Wetherill Farm – Obst und Gemüse zum Selbstpflücken.* Dort teilt sich die Auffahrt und führt links zu einer schwarzen Scheune aus Holz, hinter der ein Feld mit Obstbäumen zu erkennen ist. Am Ende der rechten Abzweigung steht ein hellgrau verkleidetes Farmhaus. Das linke Drittel hat eine Giebelfront mit drei großen Fenstern. Rechts auf dem grauen Schieferdach sitzen drei kleinere Giebelfenster im selben Stil. Darunter zieht sich ein langer Balkon entlang. In den Rosenbeeten vor dem Haus strahlen Blüten in Rosa und Orange. Drei Steinstufen führen zu einer dunkelblau gestrichenen Haustür hoch.

Als Dad den Motor ausstellt, geht die Tür auf. Ich steige aus, um Sheryl zu begrüßen.

»Wren! Herzlich willkommen!«, ruft sie und kommt die Stufen hinunter.

Einmal habe ich erlebt, wie Sheryl entsetzt die Augen aufriss, als sie ein graues Haar in ihren glänzenden dunkelbraunen Locken fand. Sie verließ das Haus immer nur komplett geschminkt. In den letzten Jahren ist sie lockerer geworden. Statt der langen Haare trägt sie jetzt einen kurzen grauen Bob, und ihr Gesicht ist frei von Kosmetik – nicht mal ihren violetten Lippenstift hat sie aufgetragen.

Ihre Persönlichkeit ist mit Sicherheit unverändert. Sie wird so starrsinnig und rechthaberisch sein wie eh und je. An der Art, wie sie die Treppe hinuntergeht, kann ich sehen, dass sie sich immer noch sehr wichtig nimmt. Trotz dieser nicht besonders sympathisch klingenden Beschreibung habe ich eigentlich nichts gegen sie. Ich habe in vielerlei Hinsicht Respekt vor Sheryl und schildere sie Freundinnen gegenüber gern als »dynamisch«, eine Zuschreibung, bei der ich immer das Gefühl habe, Mum zu hintergehen. Sheryl und ich kommen ganz gut miteinander aus, aber dafür haben wir Jahre gebraucht. Früher war unsere Beziehung alles andere als harmonisch.

»Hallo, Sheryl!« Ich umarme sie kurz und schmerzlos, weil sie es nicht leiden kann, wenn Menschen ihr zu dicht auf die Pelle rücken.

Mit ihren eins zweiundsiebzig ist sie zehn Zentimeter größer als ich, und sie war immer schon beneidenswert kurvig und vollbusig, jetzt noch mehr. Dad hat mir erzählt, dass Sheryl viel gebacken hat, seit sie die Stelle an der Uni aufgegeben hat und in den Ruhestand gegangen ist. Ich musste grinsen, weil mein Vater früher immer den Löwenanteil der Küchenarbeit übernahm. Ich hätte mir Sheryl nie als Landfrau vorstellen können, aber jetzt, da sie vor mir steht, ist das nicht mehr so undenkbar.

»Was für ein schönes Haus!«, sage ich.

Sheryl strahlt, stemmt die Hände in die Hüften und sieht zum ersten Stock hinauf. »Wir sind auch ganz verliebt. Komm rein und schau dich um! Oder willst du dir erst die Obstgärten ansehen? Nein, komm mit rein!«, entscheidet sie, bevor Dad und ich ein Wort dazwischen bekommen. »Du bist bestimmt ganz kaputt.«

Innen wirkt das Haus sehr traditionell: Die Wände sind in abgetöntem Grün, Grau und Blau gehalten, abgesetzt mit weißen Fensterrahmen, Zierleisten und Geländern. Die Möbel kenne ich noch aus dem alten Haus: Antiquitäten, die Sheryl von ihren Eltern geerbt hat. Auf dem glänzenden dunklen Holzboden liegen abgetretene Teppiche, die Küche ist mit Terrakotta gefliest. Es duftet nach Zimt.

»Pfirsich-Zimt-Kuchen«, verkündet Sheryl stolz, als ich den Kuchen auf der Arbeitsfläche entdecke. »Extra für dich gebacken.«

»Oh, danke!« Ich bin gerührt.

Am nächsten Wochenende soll die Farm für pfirsichpflückende Kunden geöffnet werden. Später in der Saison folgen Äpfel und Birnen.

»Möchtest du jetzt ein Stück Kuchen oder willst du dich vorher oben umsehen?«, fragt Sheryl. »Ach, wir bringen erst mal deinen Koffer hoch. Ich zeige dir dein Zimmer.«

Bevor ich antworten kann, ist sie durch den Flur verschwunden. Dad und ich grinsen uns an und folgen ihr.

Mittlerweile komme ich mit Sheryls dominanter Art zurecht, aber es gab Zeiten, als ich nicht so entspannt war. Da kämpfte ich gegen die Fesseln und versuchte, Territorium zu erobern, das längst ihres war. Das war nicht besonders lustig, für keinen von uns.

Inzwischen habe ich gelernt, mich nicht mit ihr anzulegen. In den kommenden zwei Wochen werde ich auf jeden Fall versuchen, es ihr möglichst recht zu machen.

Ich brauche weiß Gott nicht noch mehr Stress in meinem Leben.

2

Am nächsten Morgen erwache ich früh nach einem erstaunlich erholsamen Schlaf. Ich habe mich bis ungefähr zehn Uhr abends wach gehalten, dann ließ ich mich in das marshmallowweiche Doppelbett fallen, das schon im Gästezimmer von Sheryls und Dads altem Haus stand.

Vorher wohnten sie in Bloomington, einer hübschen, lebhaften Universitätsstadt, in die sie kurz vor Baileys Geburt gezogen waren. Bloomington liegt eine Stunde nördlich, genau zwischen dem neuen Haus und Indianapolis. Die drei wohnten in einem grünen Vorort, in einem Haus aus cremefarbenem Backstein auf einem Eckgrundstück.

Einmal war ich im Herbst da, und die Farben der Bäume, die fast alle Straßen säumten, waren atemberaubend schön.

Das ist das Besondere an Indiana: Im Winter ist es sehr kalt und im Sommer sehr warm. Diese extremen Temperaturunterschiede machen den Herbst zum Star der Jahreszeiten. Ich würde gern noch mal zu der Zeit wiederkommen. Im Moment haben wir Hochsommer.

Blasses Licht sickert durch die weißen Rollläden vor den beiden Gaubenfenstern. Der Wecker auf dem Nachttisch zeigt noch keine sieben Uhr.

Auch hier riecht es nach Zimt, allerdings in synthetischer Form dank des Duftpotpourris auf der Fensterbank. Ich mag den Geruch – er erinnert mich an amerikanische Shopping Malls und Einrichtungsläden: warm und heimelig.

Mum sagte immer, Phoenix würde nach Orangenbaumblüten riechen. Sie behauptete, der Duft liege in der Wüstenluft.

Ich war erst sechs Jahre alt, als wir wegzogen, deshalb habe ich nur vage Erinnerungen an Phoenix. Ich weiß noch, dass wir drei dicke große Kakteen im Garten hatten, dass der künstliche Stadtstrand über Sprinkler bewässert wurde, weil der Sand sonst zu heiß zum Drüberlaufen gewesen wäre, und dass das Schwimmbad vor Ort einen so hohen Chlorgehalt hatte, dass mein Haar grün wurde. Ich erinnere mich an den Wüstensand, der über die Straßen fegte, und an den Camelback Mountain, der hinter fernen Bungalows mit der Skyline der Stadt verschmolz. Ich erinnere mich an die gewaltigen bunten Gesteinsschichten des Grand Canyon und an das klare grüne Wasser und die glatten Felswände von Lake Powell. Ich erinnere mich an winzige Kolibris, die wie Schmetterlinge flatterten, und an Präriehunde, die ich immer erfolglos zu füttern versuchte. Und ich erinnere mich, wie mein Vater mich abends ins Bett brachte und mich sein »Vögelchen« nannte, ein Spitzname, den er sich ganz am Anfang für mich ausdachte, aber schon lange nicht mehr benutzt.

Ich erinnere mich auch an die Streitereien. An das Geschrei. Die vergossenen Tränen. Ich erinnere mich an die Streifen auf der Wange meines Vaters, als er mir zum Abschied einen Kuss gab und für immer durch die Haustür verschwand.

Ich verdränge diese Bilder, denn manches möchte ich lieber vergessen.

* * *

Als wir uns zum Frühstücken hinsetzen, platzt Bailey herein, ohne jede Vorwarnung oder Einladung. Sie hat sich selbst die Haustür aufgeschlossen und steht plötzlich im Flur.

»Heyyyy!«, ruft sie begeistert. Sie ist die jüngere Ausgabe von Sheryl und hat alles, was mir fehlt.

Ich stehe auf, und sie wirft sich geradezu auf mich. Bailey trägt einen schicken schwarzen Rock und eine weiße Bluse mit angeschnittenen Ärmeln. Sie riecht nach Ylang-Ylang.

»Ich freu mich so, dich zu sehen!«, ruft sie und drückt mir fast die Luft aus der Lunge.

»Ich mich auch«, entgegne ich.

Unser Vater strahlt mich an, auch wenn man seine beiden Grübchen unter den Bartstoppeln nicht so richtig sehen kann. Bailey hat riesengroße braune, ausdrucksvolle Augen, die ihr als Kind den Spitznamen *Boo* einbrachten, weil sie immer aussieht, als würde sie sich gerade erschrecken.

»Wie war der Flug? Wie geht es dir?« Sie wirft sich die glänzenden kastanienbraunen Locken über die Schulter.

Als Jugendliche reichten ihr die Haare in langen Wellen fast bis zur Taille, doch beim letzten Mal hatte sie sie auf Kinnhöhe abgeschnitten.

Meine glatten, faden Haare sehen aus wie immer. Man kann die Farbe nicht mal als schoko- oder kastanienbraun bezeichnen: Es ist einfach nur ein Straßenköterblond.

»Gut und gut«, antworte ich. »Und bei dir? Wie geht es Casey?« Der Kloß in meinem Hals erinnert mich daran, dass ich ihr in nächster Zeit nicht vor den Altar folgen werde.

»Super. Hey, hast du heute Abend schon was vor?«

Ich schaue zu Dad und Sheryl hinüber.

»Dich meine ich nicht«, sagt Bailey stirnrunzelnd zu unserem Vater. Er erstarrt mitten im Nicken. Sie lacht über seinen überrumpelten Gesichtsausdruck. »Ich will meine große Schwester ganz für mich allein haben. Es ist Freitag! Ich dachte, wir könnten zu Dirk gehen.«

»Ich nehme an, das ist eine Kneipe, kein Mann, oder?« Ich schiele zu Dad hinüber, um zu sehen, ob er es okay findet, zu Hause zu bleiben. Er zuckt gutmütig mit den Schultern und schaut Sheryl an.

»Beides. Dirk ist der Inhaber der Kneipe Dirk's. Ist so ähnlich wie die Kneipe in Bloomington, wo wir das letzte Mal waren. Weißt du noch?«

Allerdings weiß ich das noch. Es ist fünf Jahre her: Bailey war zweiundzwanzig und ich achtundzwanzig. Es war der beste Abend, den wir je zusammen hatten, das erste Mal, dass ich mich nicht nur wie ihre Halbschwester fühlte, sondern mir auch vorstellen konnte, mit ihr befreundet zu sein.

Es ist nicht so, dass wir vorher nicht miteinander ausgekommen wären, aber als ich ein Teenager war und Bailey ein nerviges Gör, das den ganzen Tag um unseren Vater herumscharwenzelte, war es nicht leicht.

Leider war dieser gemeinsame Abend auch das letzte Mal, das wir uns gesehen haben. Kurz darauf zog Bailey an die Westküste.

»Ich hole dich um sieben Uhr ab.«

»Ist das in Ordnung?«, frage ich Dad. Ich bin gespannt, ob Bailey und ich wirklich da weitermachen können, wo wir aufgehört haben.

Bei der Vorstellung kommt ein wenig Optimismus in mir auf, der jedoch schnell von Zweifeln vertrieben wird. In den letzten fünf Jahren ist so viel passiert. Ach, in den letzten fünf *Monaten* ist viel passiert. Letztlich kenne ich meine Halbschwester kaum und sie mich ebenso wenig.

»Für uns kein Problem«, erwidert Dad. »Wir haben noch jede Menge Zeit zum Erzählen.«

»Ich weiß aber nicht, wie lange ich durchhalte«, warne ich Bailey. »Ich habe mit Sicherheit Jetlag.«

Falls sie erwartet, mit mir die Nacht durchzufeiern, wird sie schwer enttäuscht sein.

»Ja, ja«, bügelt sie ab und schaut auf die Uhr. »Muss weiter! Sonst komme ich zu spät zur Arbeit. Bis später!«

»Bis heute Abend.«

Nach Küssen auf Dads und Sheryls Wangen ist der Wirbelwind verschwunden.

***

Um Punkt sieben Uhr ist meine Halbschwester wieder da, um mich abzuholen.

»Du siehst super aus!«, ruft sie zur Begrüßung.

Ich habe ein enges, knielanges, ärmelloses schwarzes Kleid angezogen, dessen V-Ausschnitt mit weißen Perlen besetzt ist. So was würde ich in England zum Ausgehen tragen, doch als ich feststelle, dass Bailey statt ihrer Arbeitskleidung Jeansrock und ein weißes T-Shirt trägt, fühle ich mich overdressed.

»Du auch. Meinst du, ich kann wirklich so gehen?«, frage ich unsicher.

»Na klar!«, versichert sie mir. »Komm, freitags ist immer viel los. Gehen wir!«

Das Dirk's liegt auf der Westseite des Platzes, um den wir am Vortag herumgefahren sind, und zwar im Keller eines dreistöckigen, zweckmäßig wirkenden Gebäudes mit Flachdach. Große Fenster mit schwarzen Rahmen unterbrechen die schlichte Fassade aus rotem Backstein. Als wir hineingehen, ist gerade das Riff aus »Fever« von den Black Keys zu hören. Während wir die Treppe hinuntersteigen und die Tür zu dem Laden öffnen, wird die Musik lauter. An den unverputzten roten Ziegelwänden hängen Bilder von Rockbands – von den Rolling Stones bis zu den Kings of Leon.

Es ist ein bisschen einfach und etwas schmuddelig, aber es gefällt mir. »Fever« wird von »R U Mine?« von den Arctic Monkeys abgelöst, und ich fühle mich noch ein bisschen wohler.

Vielleicht sehe ich nicht so aus, aber im Grunde meines Herzens bin ich eine Rockerin. Scott hatte mit Musik nicht so viel am Hut – wenn er die Wahl hatte, stellte er eher den Fernseher als das Radio an. Was Nadine wohl lieber mag?

Nein, heute Abend will ich nicht an Scott und Nadine denken. Sicherlich werden die beiden auch keinen Gedanken an mich verschwenden.

»Was trinken wir?«, fragt Bailey. Hinter der Theke drängen sich die Flaschen in Regalen.

Ich nehme mir eine Speisekarte vom Tresen. Auf einmal bin ich wild entschlossen, heute Abend Spaß zu haben. Auf der klebrigen Karte finden sich verschiedene Burger, Hotdogs, Pommes und Nachos. Ich blättere um, suche die Cocktails, doch die Rückseite ist leer.

Ich bin echt bescheuert. In so einem Laden gibt es definitiv keine Cocktails.

Der Barkeeper erscheint vor uns. Er hat Tunnel in den Ohren und so dünnes blondes Haar, dass man seine Kopfhaut sehen kann. Ohne zu lächeln oder etwas zu sagen, knallt er zwei Bierdeckel auf den Tresen und nickt Bailey zu.

»Hey, Dirk!«, grüßt sie fröhlich. Er verzieht keine Miene. Sie sieht mich fragend an. »Rum-Cola?«

»Okay.«

Dirk macht sich an die Arbeit. Bailey flüstert mir schmunzelnd ins Ohr: »Er ist immer so schlecht gelaunt, aber ein Original. Irgendwann schaffe ich es noch, ihn zum Lachen zu bringen, und wenn es das Letzte ist, was ich tue.«

Das kaufe ich ihr ohne weiteres ab.

»Wollen wir den Tisch da nehmen? Ich bringe die Getränke rüber.«

Mehrere Augenpaare folgen mir durch den Raum. Inzwischen bereue ich meine Kleiderwahl. Wäre besser gewesen, wenn Bailey mir geraten hätte, mich umzuziehen. Sie ist viel extrovertierter als ich – overdressed zu sein, würde ihr nichts ausmachen. Das ist nur einer von vielen Unterschieden zwischen uns.

Ich setze mich an den Tisch. Auf der einen Seite hocken vier grauhaarige alter Biker, auf der anderen drei Männer mittleren Alters mit Baseballkappen und T-Shirts in knalligen Farben. Ich habe das Gefühl, dass Bailey und ich die Jüngsten hier sind, außerdem sind wir die einzigen Frauen, doch falls das meine Halbschwester stören sollte, lässt sie sich nichts anmerken.

»Prost!«, sagt sie und setzt sich zu mir.

»Prost! Ach ja: Nachträglich noch herzlichen Glückwunsch zur Hochzeit!«

Um meine Unsicherheit zu überspielen, gebe ich mich überschwänglich, doch Bailey nimmt das gar nicht wahr.

Sie lacht. »Mom ist immer noch sauer, dass ich ihr die große Chance genommen habe, als Brautmutter aufzutreten. Immerhin habe ich das Ganze angekündigt, wenn auch nur eine Woche im Voraus.«

»Gab es einen Grund für die Eile?«, erkundige ich mich vorsichtig.

»Nee.« Sie ahnt, worauf meine Frage abzielt. »Wir wollten einfach ohne großen Stress heiraten. Davon habe ich beruflich schon genug.«

Bailey ist Eventmanagerin.

»Was macht die Arbeit? Du bist doch da, wo Casey auch arbeitet, oder?«

»Ja, im Golfclub.« Sie weist mit dem Daumen über die Schulter. »Der liegt am Stadtrand, ungefähr zehn Minuten in die Richtung.«

Casey ist Golfprofi. Die beiden haben sich in Kalifornien kennengelernt, wo er an einem Turnier teilnahm, das Bailey mitorganisiert hatte. Casey hat nie ganz vorne mitgespielt, jetzt gibt er Unterricht. Als ihm eine Stelle in seiner Heimatstadt angeboten wurde, zögerte er nicht lange und kam zurück, denn auch seine Eltern und sein Bruder wohnen hier.

»Und dir gefällt dein Job?«, frage ich.

Bailey zuckt mit den Schultern. »Ist in Ordnung. Bisher habe ich drei Hochzeiten und zwei Abschiedspartys ausgerichtet, aber es wiederholt sich. Bis Weihnachten hängt mir das wahrscheinlich zum Hals raus. Wenn es nach Casey und seinen Eltern geht, bin ich dann schon in anderen Umständen.«

»Willst du das denn?«

»Auf gar keinen Fall! Dafür bin ich noch viel zu jung!«

Sie reißt die Augen so weit auf, dass sie ihrem Spitznamen Boo alle Ehre macht. Unweigerlich muss ich lachen.

»Wie alt ist Casey eigentlich?« Bailey ist siebenundzwanzig, aber er ist ja ein ganzes Stück älter.

»Vierunddreißig. Total der Greis«, witzelt sie, um mich zu ärgern, denn ihr Mann ist nur ein Jahr älter als ich.

»Hehe!« Ich tauche den Finger ins Glas und schnipse die Flüssigkeit in Baileys Richtung.

Sie quietscht vor Lachen, und in mir kribbelt es plötzlich vor Freude. Vielleicht können wir wirklich da weitermachen, wo wir aufgehört haben …

Je länger wir dort sitzen, uns unterhalten und trinken, desto fröhlicher und entspannter werde ich. Ich habe wirklich Abstand von Bury St Edmunds gebraucht und finde es schön, meiner Halbschwester wieder näherzukommen. In Begleitung von Scott wäre das nicht so leicht.

Wir bestellen Burger und noch mal zwei Rum-Cola, um das Essen runterzuspülen, dann geht Bailey zur Toilette und ich begebe mich an die Theke, um die dritte Runde zu holen.

Oder schon die vierte? Ich habe den Überblick verloren.

»Ain't No Rest for the Wicked« von Cage the Elephant dröhnt aus den Lautsprechern, und ich summe mit, denn ich liebe das Lied. Dann kommt »Edge of Seventeen« von Stevie Nicks, und ich kann mich nicht mehr zusammenreißen.

Dirk stellt unsere Getränke auf den Tresen, und ich könnte schwören, dass er die Augenbraue hebt, als ich ihn anstrahle. Aus dem Augenwinkel sehe ich zwei große, breitschultrige Männer hereinkommen, dann muss ich aufpassen, dass ich unsere Getränke auf dem Weg zum Tisch nicht verschütte. Als ich mich endlich setze und zur Theke hinüberschaue, haben mir die Neuankömmlinge den Rücken zugekehrt.

Der rechte hat zerzauste braune Haare und trägt eine verblichene Jeans mit einem grauen T-Shirt. Er ist etwas größer und breiter als sein Freund mit den dunkelblonden Haaren. Der trägt eine schwarze Hose mit Wildlederboots und ein kariertes Hemd, die Ärmel bis zu den Ellenbogen hochgekrempelt. Gerade legt er dem anderen die Hand auf die Schulter.

»Wren?«

Ein Mann steht an unserem Tisch.

Mit etwas Verspätung macht es bei mir Klick. »Casey!« Ich springe auf.

Natürlich kenne ich Baileys Mann von Fotos, aber seine glatten schwarzen Haare waren sonst länger, außerdem hatte er einen Schnurrbart.

»Wie schön, dass ich dich endlich kennenlerne!«, ruft mir Casey ins Ohr und drückt mich fest an sich.

»Ja, genau!«

»Case!« Bailey kommt zurück und schlingt die Arme um ihren Mann.

Er ist höchstens drei Zentimeter größer als sie.

Lachend klopft er ihr mit rosigen Wangen auf den Rücken. Sie lässt ihn los und sinkt auf ihren Stuhl. Deutlich nüchterner zieht Casey einen Stuhl hervor.

»Willst du was trinken, Casey? Soll ich dir was holen?« Ich versuche mir nicht anmerken zu lassen, wie betrunken ich bin, und versage kläglich.

»Nein, nein, ich gehe schon selbst.« Er schiebt den Stuhl nach hinten und hält inne. »Alles in Ordnung?«

»Absolut!« Bailey hebt ihr volles Glas an, um gegen meins zu stoßen. Casey steht auf.

»Ich mache einen unmöglichen Eindruck auf deinen frisch angetrauten Ehemann«, flüstere ich lauter als beabsichtigt.

»Überhaupt nicht! Er wird dich mögen. Quatsch, er mag dich längst. Du bist mit mir verwandt. Und er liebt mich. Sehr, sehr, sehr.«

»Das merkt man.«

»Und ich liebe ihn.« Bailey betont jedes einzelne Wort.

»Er scheint auch sehr liebenswert zu sein«, sage ich.

»Du hast ihn ja gerade erst kennengelernt!« Sie schlägt mit der flachen Hand auf den Tisch und sieht mich vorwurfsvoll an. Dann werden ihre Gesichtszüge wieder weich, und sie lächelt weise. »Aber du hast recht. Er ist absolut liebenswert.«

»Freut mich zu hören«, sagt Casey und setzt sich wieder zu uns.

Bailey und ich sehen ihn staunend an.

»Wie hast du so schnell was zu trinken bekommen?«, fragt meine Halbschwester ihren Mann, der einen Schluck von seinem Bier nimmt.

»Dirk hatte es schon für mich auf die Theke gestellt«, erwidert Casey und macht ein schmatzendes Geräusch.

»Aber Dirk ist ein alter Griesgram.« Bailey versteht es immer noch nicht.

Schmunzelnd schüttelt Casey den Kopf. »Ach, er ist ganz in Ordnung. Ich kenne ihn schon seit Ewigkeiten. In diesem Laden war ich das erste Mal so richtig besoffen. Dirk hat mich damals nach Hause gefahren, damit ich nicht im Graben lande.«

»Wieso habe ich die Geschichte noch nie gehört?«, fragt Bailey stirnrunzelnd.

»Keine Ahnung.« Casey zuckt mit den Schultern.

»Ich dachte, du hasst diesen Laden.«

»Ich hasse ihn nicht, ich habe bloß keinen Bock, jedes zweite Wochenende hier abzuhängen.«

»Alles ist besser als der Golfclub«, sagt Bailey mit monotoner Stimme.

Mein Blick wandert zwischen den beiden hin und her. Meine Halbschwester scheint sich zu erinnern, dass ich auch noch da bin, und strahlt mich an.

»Egal«, ruft sie. »Wren mag es hier, stimmt's, Wren?«

»Doch, auf jeden Fall. Die Musik ist toll.«

Die beiden Männer an der Theke haben sich zum Billardtisch durchgekämpft. Bailey bemerkt meinen Blick und schaut sich über die Schulter nach den beiden um. Dann grinst sie mich mit hochgezogener Augenbraue an.

»Was?«, sage ich.

»Was meinst du mit *was*?«

»Was meinst du mit *was meinst du mit was*?«

Sie lacht. »Wie bekommst du das raus, ohne dich zu verhaspeln?«

»Ich hatte sechs Jahre mehr Zeit, um das Sprechen unter Alkoholeinfluss zu perfektionieren. «

»Um das Sprechen unter Alkoholeinfluss zu perfektionieren«, wiederholt Bailey mit einem hochnäsigen englischen Akzent. Ich weiß nicht, ob das Lispeln Absicht ist, aber es klingt zum Piepen.

Wir kichern, Casey sieht uns fragend an.

»Tut mir leid, Casey«, sage ich, als wir uns mehr oder weniger beruhigt haben. »Du hast einiges aufzuholen. Am besten bestellst du einen Tequila oder so.«

»Ich dachte, ich bringe euch nach Hause. Dein Auto steht auf dem Parkplatz, oder?«, fragt er Bailey.

»Nein, Case!«, entgegnet Bailey. »Bleib noch hier. Wir können zu Fuß gehen!«

»Komm schon«, versuche ich ihn zu überreden. »Trink noch was mit uns! Das ist seit Monaten der schönste Abend für mich.«

»Ah!« Bailey freut sich über meine Aussage.

»Wirklich.«

Sie grinst in ihr Glas und hat offensichtlich keine Ahnung davon, wie schlecht es mir in letzter Zeit wirklich ging. Ich wollte nicht mal vor die Tür gehen.

Bailey hat sich nicht nach Scott erkundigt. Wir haben über die Arbeit, über unsere Eltern und unverfängliche Themen wie Musik und Filme gesprochen, aber meinen ehemaligen Verlobten haben wir bislang außen vor gelassen.

Wahrscheinlich ist das gut so. Ich möchte heute Abend eh nicht über Scott nachdenken, und ich bin mir nicht sicher, ob ich ihn bei meiner Halbschwester überhaupt zum Thema machen will. Zwischen Bailey und Casey läuft es offenbar gut; ich habe keine Lust, den beiden die Stimmung zu verderben.

Mittlerweile sind mehr Frauen und jüngere Leute im Laden, unter anderem ein paar Collegetypen in pastellfarbenen Poloshirts, dennoch fallen die Männer am Billardtisch ins Auge. Der größere der beiden schaut in unsere Richtung. Er sieht auf verwegene Art gut aus, was ich wohl noch nie über jemanden gesagt habe, aber sonderbarerweise passt es. Er ist stark gebräunt, hat eine breite Stirn und einen kantigen Kiefer, den man unter seinen dicken dunklen Bartstoppeln nur erahnen kann. Eine Mischung aus Fotomodell und Conan.

Sein Freund mit den schmutzig blonden Haaren und dem gelb-schwarz karierten Hemd kehrt uns weiterhin den Rücken zu.

Bailey schiebt den Kopf nah an mich heran und bewegt ihn wackelnd von links nach rechts wie in »Walk Like an Egyptian«.

»Erde an Wren!« Sie schaut sich über die Schulter um und grinst mich dann an.

»Sorry«, entschuldige ich mich und greife nach meinem Glas.

»Da ist aber jemand ganz schön abgelenkt«, flötet sie. »Oder sucht vielmehr nach einer Ablenkung?«

Beinahe hätte ich mich verschluckt.

»Das ist Jonas, oder?« Nachdrücklich blickt Bailey zu dem gut aussehenden Conan hinüber, dann zu ihrem Mann, der bestätigend nickt. »Falls du wirklich Ablenkung suchst, ist er genau der Richtige«, fügt sie hinzu.

»Bailey!«, rügt Casey seine Frau liebevoll.

»Ach, komm!« Sie gibt ihm einen Klaps auf den Arm. »Als wir ihn hier das letzte Mal gesehen haben, hast du mir erzählt, er hätte mit fast der Hälfte der Frauen hier was gehabt.«

»Das ist übertrieben«, erwidert Casey. »Und ich kann mir nicht vorstellen, dass deine Schwester Lust hat, eine weitere Kerbe an seinem Bettpfosten zu sein.« Er sieht mich erwartungsvoll an.

»Im Moment möchte ich bei niemandem eine Kerbe am Bettpfosten sein, vielen Dank auch.«

Ich könnte nicht mal sagen, ob ich auf ihn stehe.

Wenn ich nüchtern wäre, wüsste ich es.

»Wer ist der andere?«, fragt Bailey ihren Mann.

»Hör auf, die ganze Zeit rüberzustarren!«, mahnt er.

Bailey grinst mich an, dreht sich aber wieder uns zu. Sie versperrt mir teilweise die Sicht, so dass ich an ihr vorbeischielen kann, ohne dass es auffällt.

»Das ist Anders«, gibt Casey zurück. »Sein Bruder.«

»Case kennt jeden in diesem Ort«, raunt Bailey mir zu.

»Aber nicht jeden persönlich«, korrigiert Casey sie. »Die beiden da kenne ich nicht gut genug, um mit ihnen zu sprechen. Anders war auf der Schule ein Jahr über mir. Jonas ist noch zwei Jahre älter.«

Dementsprechend müssen sie fünfunddreißig und siebenunddreißig Jahre alt sein.

»Kommen sie von hier?«, will ich wissen. »Die Namen klingen irgendwie skandinavisch.«

»Die ganze Familie hat schwedische Namen, seit Generationen. Sie nehmen ihre Herkunft sehr ernst. Die Farm der Fredricksons ist schon seit rund zweihundert Jahren in Familienbesitz.« In Caseys Stimme schwingt eine gewisse Bewunderung mit.

»Sind sie Farmer?«, frage ich.

»Jonas ja«, antwortet Casey. »Die Eltern auch. Anders

wohnt in Indy.« Das ist der Spitzname von Indianapolis. »Hab gehört, er arbeitet für einen IndyCar-Rennstall, echt cool.«

Das ist wirklich was Besonderes. Dad und Sheryl waren mal mit Bailey und mir beim Indy 500, einem 500-Meilen-Rennen auf einer oval angelegten Rennstrecke. Die Veranstaltung ist angeblich das »größte Spektakel des Rennsports« und gehört mit dem Großen Preis von Monaco und dem 24-Stunden-Rennen von Le Mans zu der Triple Crown im Motorsport. Als Dad erzählte, er hätte Eintrittskarten für Indy 500 gekauft, dachte ich, das sei langweilig. Aber als ich dann vor Ort war, riss mich die Aufregung regelrecht mit.

»Ich hab ihn lange nicht gesehen«, fährt Casey fort. »Hab nur gehört, dass er vor ein paar Jahren seine Frau verloren hat.«

»Was ist mit ihr passiert?«, fragt Bailey.

»Ein Autounfall, meine ich«, erwidert Casey.

In dem Moment geht Anders hinten um den Billardtisch herum und bleibt stehen, gut sichtbar für mich.

Ich halte die Luft an.

Im Gegensatz zu seinem Bruder hat er nichts von Conan an sich. Er ist glatt rasiert, hat einen goldbraunen Teint, seine Augenbrauen sind eher schmal. Sein schwarz-gelb kariertes Hemd trägt er offen über einem verblassten schwarzen T-Shirt. Als er sich vorbeugt, um den nächsten Stoß vorzubereiten, kommt mir der Ausdruck »lässige Coolness« in den Sinn. Die dunkelblonden Haare fallen ihm in Strähnen in die Augen, doch er streicht sie nicht zur Seite, bevor er die Kugel spielt. Es klackt, und mit einem Plumps verschwindet eine andere in der Tasche. Dann schaut er hoch, und sein Blick trifft mich.

Als er sich langsam aufrichtet, stockt mir der Atem. Unsere Blicke versenken sich quer durch den überfüllten Raum ineinander. Mein Herz fängt an zu flattern. Die Sekunden vergehen, das Flattern wird zu einem lauten Klopfen im Brustkorb. Gebannt sehe ich ihn an, seine Augen werden immer dunkler. Dann runzelt er die Stirn, fährt sich durch die Haare und bricht den Blickkontakt ab.

Blut schießt mir ins Gesicht. Ich greife zum Glas. Es fühlt sich an, als würde mein Puls sich selbstständig machen. Zum Glück spricht Bailey gerade mit Casey und merkt nicht, wie schwer ich atme.

Anders schaut nicht noch mal in meine Richtung, zumindest merke ich es nicht. Immer wieder wandert meine Aufmerksamkeit zu diesem Mann hinüber, angelockt von einer unerklärlichen Anziehungskraft, der ich mich nicht entziehen kann.

Schließlich kann ich mir nur helfen, indem ich mich so umsetze, dass Bailey mir komplett den Blick versperrt.

3

»Das ist doch wirklich lächerlich! Dad und Sheryl wohnen da vorne!«, rufe ich und weise über den Fluss. »Ihr könnt ruhig nach Hause gehen.«

Bailey und ihr Mann haben mich bis zur Brücke gebracht, hätten aber schon vor ein paar Minuten umdrehen können.

»In Ordnung«, sagt meine Schwester schließlich, springt auf mich zu und nimmt mich so heftig in die Arme, dass ich rückwärtstaumele und fast hinfalle. »Ich komme morgen vorbei«, verspricht sie. »Dann können wir unseren Kater gemeinsam auskurieren.«

»Du musst morgen arbeiten«, erinnert Casey seine Frau. Er schwankt bedenklich.

»Erst ab Mittag«, gibt Bailey zurück. »Wir sehen uns morgen früh«, sagt sie zu mir.

»Abgemacht.« Ich grinse sie an und freue mich schon.

Es ist elf Uhr abends, dementsprechend vier Uhr morgens in England, dennoch fühle ich mich sonderbar wach und beschwingt. Ich höre das rauschende Wasser unter der Brücke, das Scharren meiner Stiefeletten auf dem Asphalt und das eine oder andere Auto in der Ferne.

So viel Spaß ich heute Abend mit meiner Halbschwester und ihrem Mann auch hatte, bin ich doch irgendwie froh, das letzte Stück des Wegs allein zurückzulegen. Es ist schön, eine Weile mit meinen Gedanken allein zu sein.

Als ich die letzte Straßenlaterne hinter mir lasse, beginnt

der Nachthimmel zu leuchten. Der Vollmond scheint wie eine Taschenlampe, nicht eine Wolke nimmt den Sternen ihren Glanz. Es riecht nach frisch gemähtem Gras, und als ich den Blick vom Himmel über das Feld vor mir schweifen lasse, halte ich vor Staunen die Luft an. Im kniehohen Getreide schweben kleine Lichter, die blinken und funkeln wie Feenstaub.

Glühwürmchen. Oder Leuchtkäfer, wie Sheryl sie nennt.

Bei früheren Aufenthalten in Indiana habe ich schon welche gesehen, aber noch nie so viele an einem Ort. Der Anblick ist geradezu magisch.

Plötzlich verspüre ich den Wunsch, mich mitten hinein zu stellen. Direkt vor mir führen zwei schmale Spuren ins Feld, plattgewalzt von Traktorreifen und gerade breit genug für einen Menschen.

Eine leichte Brise weht mir die verschwitzten Haare aus dem Nacken. Der Wind bringt das Getreide zum Flüstern.

Ohne groß zu überlegen, folge ich den beiden Spuren und trete auf das Feld. Der Boden unter meinen Stiefeln ist trocken und hart, mit leichtem Gefälle. Ich weiß nicht, wie lange ich laufe – zehn, zwanzig Minuten –, die ganze Zeit mit einem Lächeln im Gesicht. Die Glühwürmchen, die frische Luft und die Dunkelheit, das Sternenlicht und der Mond – das alles hypnotisiert mich. Dieses Gefühl von Freiheit …

Jetzt bin ich wirklich *frei*. Frei und ungebunden. Zum ersten Mal seit der Trennung macht mir die Vorstellung, allein zu sein, keine Angst mehr. Ich bin zufrieden, fast wieder wie früher. Freude wallt in mir auf.

Hinter dem Feld gelange ich auf einen langen Streifen frisch gemähten Grases, dessen Duft sich mit etwas noch Süßerem vermischt. Vor mir erstreckt sich ein Maisfeld, die Blüten – Fahnen genannt – zieren die drei Meter hohen Stängel vor dem mondbeschienenen Himmel. Ich gehe weiter, entferne mich von dem kniehohen Getreide mit den schimmernden Glühwürmchen und finde mich schnell in einem Wald aus Maisstängeln wieder. Nach wenigen Minuten bleibe ich stehen.

Was mache ich hier? Ich könnte mich verlaufen. Mit einem Anflug von Panik kehre ich um und gehe den Weg zurück, den ich gekommen bin, bin mir aber nicht sicher, dass es wirklich die richtige Richtung ist.

Das Brummen eines sehr lauten Moskitos lässt mich erstarren, bis ich irgendwann merke, dass es sich um ein Motorrad handelt. Ich bin mir sicher, dass sich die Stadt hinter der Anhöhe befindet, doch das Geräusch kommt aus der anderen Richtung und wird immer lauter.

Ich gehe dem Brummen entgegen und springe in eben dem Moment aus dem Maisfeld, als ein Lichtstrahl auf den Grasstreifen daneben fällt. Schnell hechte ich zurück und drücke mich zwischen die Stängel, doch zu spät: Das Licht streift mein Gesicht, ein Mann schreit auf, der Motor gibt ein verzweifeltes Kreischen von sich und erstirbt.

Auf dem Boden liegt ein dunkler Umriss. Der Scheinwerfer des Motorrads blendet mich, so dass ich nicht viel erkennen kann.

»Fuck! Was soll das?«, ruft der Mann mit amerikanischem Akzent. Er stemmt das Motorrad hoch und steht auf.

»Alles in Ordnung?«, frage ich.

Ich wäre besser verschwunden, als ich noch konnte. Der Typ könnte irre oder ein Mörder sein, doch ich bin zu betrunken, um Angst zu haben.

»Was machst du hier draußen?«, will er wissen. »Hast du dich verlaufen?«

»Nein«, erwidere ich abwehrend. »Und was hast *du* hier zu suchen?« Wer fährt zu dieser Uhrzeit mit einem Motorrad durch die Felder?

»Das geht dich gar nichts an.«

»Und was ich hier tue, hat dich auch nicht zu interessieren«, gebe ich zurück. Seine Stimme macht mich seltsam nervös.

Sie ist tief, aber nicht zu dunkel. Sie hat eine gewisse Schwere, die mich an Honig erinnert.

»Du bist auf einem fremden Grundstück, von daher geht mich das schon was an.«

Oh. Meine wirren Gedanken verhakeln sich ineinander.

»Tja, ich verschwinde ja jetzt, also alles gut.« Entschlossen schlage ich den Weg ein, auf dem ich meiner Meinung nach hergekommen bin.

»Wo willst du hin?«, fragt der Motorradfahrer genervt.

Meine Augen müssen sich an die Dunkelheit gewöhnen – ich sehe immer noch zwei helle Flecken.

»Wenn du in die Stadt willst, musst du hoch zur Straße und dann nach links«, ruft er mir nach.

Leicht schwankend drehe ich mich um. »Wo hoch?«

»Da.«

Die große, dunkle Gestalt vor dem mondbeschienenen Himmel streckt einen langen Arm aus und zeigt auf den Grasstreifen.

»Mittendurch ist doch viel schneller«, gebe ich zurück. Der Mann lässt den Arm sinken. Er hat unglaublich breite Schultern, fällt mir auf.

Wenn ich doch nur das Gesicht sehen könnte – wer ist dieser Typ?

»Falls du unbedingt wie ein Elefant die Sojabohnen kaputt trampeln willst …«

Das sind Sojabohnen? Die wachsen hier? Moment mal, das war gerade ganz schön frech!

»Ich trampele nichts kaputt, hier ist schließlich ein Weg!«

»Das ist kein Weg für Spaziergänger, das sind Spurrillen vom Traktor.«

»Ist doch egal! Komm mal runter von deinem hohen Ross! Beziehungsweise vom Motorrad. Oder was das sein soll. Na ja, du bist ja schon freiwillig runtergestiegen.« Ein betrunkenes Kichern entschlüpft mir bei dem Gedanken daran, wie er mit dem Motorrad umgekippt ist. Obwohl es nicht lustig ist ...

Doch, war schon komisch.

»Du bist betrunken.«

»Nur ein bisschen.«

»Das war keine Frage.«

»Ich werde von Minute zu Minute nüchterner. Nüchternerer?« Ich erwarte gar keine Antwort von ihm. »Gibt es das Wort überhaupt?« Ich gehe an ihm vorbei.

»O Mann«, stöhnt er. »Wo musst du hin?«

»Da hoch und dann links«, erwidere ich. »Wie das lebendige Navigationsgerät hier eben gesagt hat.«

»Nein, ich meinte, wo wohnst du? So, wie du sprichst, kommst du von ziemlich weit her.«

»Da drüben wohnt mein Vater.« Ich deute über das Feld. Der Scheinwerfer seines Motorrads leuchtet auf den Grasstreifen.

»Da wohnt *mein* Vater, deswegen bezweifele ich das.«

»Dann da.« Ich weise in eine andere Richtung.

»Du bist Ralphs Tochter? Ja, logisch! Meine Mutter hat erzählt, dass seine Tochter aus England kommt. Das bist du?«

»Das bin ich.«

»Tja, dann ist es schneller, wenn du hier runtergehst und rechts den Feldweg nimmst.«

Ich seufze theatralisch, drehe ab und stöhne entnervt, als mich sein Scheinwerferlicht wieder blendet.

»Du brauchst mir nicht hinterherzufahren«, sage ich, als mir klarwird dass er genau das vorhat. »Lass dich von mir nicht aufhalten. Du wolltest doch irgendwohin.«

»Dass du dir den Knöchel brichst, ist das Letzte, was ich gebrauchen kann. Meine Mutter würde mich umbringen.«

»Du scheinst mir ein bisschen zu alt zu sein, um dir Sorgen darüber zu machen, was deine Mutter denkt«, bemerke ich trocken.

»Niemand ist zu alt, um sich Sorgen darüber zu machen, was seine Mutter denkt.«

»Dann ist das also dein Land hier? Was bist du, Farmer?«

»Nein, mein Bruder ist der Farmer.«

Unvermittelt bleibe ich stehen.

»Pass doch auf!«, ruft er und fährt fast in mich hinein.

Ich schnelle herum und bin wieder geblendet. »Verdammt noch mal!«, rufe ich und schirme meine Augen ab. »Bei Mondlicht sieht man deutlich besser!«

Der Mann stößt ein Lachen aus, ich drehe mich ab. Jetzt wird mir klar, mit wem ich spreche. Mein Herz schlägt schneller.

»Du bist Anders, stimmt's?« Bevor er antworten kann, füge ich hinzu: »Und Jonas ist dein Bruder?«

»Ja«, erwidert er nach leichtem Zögern, wahrscheinlich erstaunt, dass ich das weiß.

Ich erinnere mich an unseren langen Blick in der Bar, und auf einmal bin ich trotz des Alkohols, der mir eigentlich die Hemmungen nehmen müsste, unglaublich schüchtern.

»Verrätst du mir auch, wie du heißt?«

»Wren.«

Mir fällt wieder ein, dass er als Erster den Blick abwandte, und ich bin mir ziemlich sicher, dass er nicht wieder zu mir hinübergeschaut hat, nicht mal, als er ging. Ich schäme mich zuzugeben, dass ich darauf geachtet habe. Denn seit wir uns so tief in die Augen schauten, spüre ich eine Sehnsucht, die ich nicht erklären kann.

Ich wappne mich für eine Abfuhr.

»Kannst du vielleicht mal aufhören, mir hinterherzufahren?«

»Ich will nur nicht, dass du dich verirrst.«

Ich lache höhnisch. »Ich verlaufe mich nicht. Ich bin Architektin. Ich habe ein hervorragendes Orientierungsvermögen.«

Er lacht leise, ein Geräusch, das mir unter die Haut geht. »Ist das so?« Nach einer Weile atmet er tief durch. »Komm, ich bringe dich nach Hause.«

Ich muss laut lachen. »Das soll wohl ein Witz sein! Nein, danke. Ich habe gesehen, wie du auf dem Teil fährst.«

Auf gar keinen Fall spiele ich für einen Fremden das hilflose Frauchen.

»Ich hab mich nur auf die Schnauze gelegt, weil du wie ein Gespenst aus dem Mais gesprungen bist«, fährt er mich an.

»Trotzdem, das riskiere ich nicht.«

»Stell dich nicht so an: Steig auf!«

»Auf gar keinen Fall! Lieber gehe ich zu Fuß, und ich verspreche auch, dass ich nicht noch mal die Sojabohnen kaputt trample wie ein dicker, fetter Elefant.«

Wichser.

»Hier rechts ab«, sagt er, als wir auf den Feldweg stoßen. Sein Motorradscheinwerfer schwenkt über ein großes rotes Gebäude.

»Ich weiß.«

»Natürlich. Du bist ja Architektin und hast ein hervorragendes Orientierungsvermögen.«

Ich werfe ihm einen vielsagenden Blick zu.

Es nervt mich total, dass ich sein Gesicht nicht erkennen kann.

»Und, wie lange bleibst du hier?«, fragt er beiläufig, während er sein Motorrad neben mir herschiebt.

»Wie, machen wir jetzt Smalltalk, oder was?«, frage ich.

»Wir sind schließlich keine Tiere«, gibt er zurück.

»Nein, aber du wirkst auch nicht gerade so, als würdest du gerne Smalltalk machen.«

»Eine interessante Einschätzung, wenn man bedenkt, dass du mich gerade erst kennengelernt hast.«

»Also magst du Smalltalk?«

»Nein, finde ich furchtbar, aber ich habe dich ja nur gefragt, wie lange du hier bleibst, nicht nach deiner Lieblingsfarbe oder ob du Haustiere hast. Mensch, du bist echt eine harte Nuss.«

Ich grinse vor mich hin. »Zwei Wochen, schwarz und nicht mehr, aber ich hatte mal eine Katze namens Zaha.«

»Nach Zaha Hadid?«

»Ja.«

Das ist meine Lieblingsarchitektin.

»Ich bin eher ein Hundemensch.«

»Dann kannst du nicht mein Freund sein«, sage ich voller Ernst.

Das ist ein Witz. Ich liebe Hunde.

»Wir können schon deshalb keine Freunde sein, weil du dafür gesorgt hast, dass ich mich mit meinem Motorrad hingelegt habe. Und Schwarz ist keine Farbe.«

»Ah, jetzt streiten wir also über Farben, oder was?«

»Wir streiten nicht. Das ist eine Tatsache.«

»Hat dir schon mal jemand gesagt, dass du eine absolute Nervensäge bist? Danke, keine Antwort nötig«, sage ich in dem Moment, als er mit »Ja« antwortet.

Er lacht wieder, und mir wird ganz mulmig.

»Wenn du mich loswerden willst, steig auf. Ich bringe dich in Nullkommanichts nach Hause.« Er klingt belustigt.

»Nie und nimmer.«

Ehe ich mich versehe, sind wir an der Wetherill Farm angekommen.

»So, vielen Dank, das war ein sehr netter Spaziergang«, sage ich am Ende der Auffahrt und decke die Augen mit der Hand ab, weil sein verfluchter Scheinwerfer mir wieder ins Gesicht leuchtet.

»Hat mich sehr gefreut, Wren«, erwidert Anders neckend. »Ich bin so froh, dass ich dich kennengelernt habe.«

»Ha! Beim nächsten Mal unterhalten wir uns richtig.«

»Dieses Vergnügen werde ich wohl leider nicht haben.«

»Sei nicht so pessimistisch! Ich bin schließlich zwei Wochen lang hier, schon vergessen?«

»Ich aber nur bis Sonntag, von daher werden wir uns wohl nicht wiedersehen.«

Es klingt, als würde er lächeln, dennoch habe ich das seltsame Gefühl, dass er dabei ernst wirkt.

Schweigen legt sich über uns. Der Scheinwerfer leuchtet mir weiter ins Gesicht, und plötzlich finde ich es absolut ungerecht, dass er mich sehen kann, ich ihn jedoch nicht.

Er wendet das Motorrad, und das Licht schwenkt ab. Blinzelnd sehe ich in die Dunkelheit.

Ich will noch etwas sagen, doch er fährt in die Richtung davon, aus der wir gekommen sind. Ich schließe den Mund. Nachdem wir die ganze Zeit gesprochen haben, ist es sonderbar, dass wir uns nicht die Mühe gemacht haben, uns voneinander zu verabschieden.

4

Guten Morgen!«, ruft Sheryl aus der Küche.

Mir fehlt die Kraft, um so laut zu antworten, dass sie mich unten hören kann. Als ich vorsichtig die knarzenden Stufen nach unten gehe und bei dem für meine Ohren unangenehmen Geräusch den Kopf einziehe, klebt das auf Hochglanz polierte Holz des Geländers an meinen leicht verschwitzten Handflächen. Unten angekommen, muss ich mich kurz fangen, weil ich ernsthaft befürchte, mich zu übergeben.

»War nett, gestern Abend?«, fragt Sheryl mit wissendem Blick aus der Küche.

Ich nicke und nähere mich ihr langsam. »Wo ist Dad?« Meine Stimme krächzt.

»Draußen im Obstgarten, Pfirsiche pflücken.«

»Jetzt schon?«

»Gibt ein Gewitter. Er wollte die reifen Früchte lieber schon mal runterholen.«

»Ich sag ihm Hallo.«

»Willst du einen Tee oder Kaffee mitnehmen?«

So vorsichtig wie möglich schüttele ich den Kopf.

»Gut, dann nimm einen Becher für deinen Vater mit.« Sie zieht mir einen Stuhl unter dem Tisch hervor.

Ich setze mich, und als sie ein Tablett rausholt und einen Becher dampfenden schwarzen Kaffee, ein Glas Wasser, einen Teller Kekse und Cräcker draufstellt und eine Banane dazulegt, dreht sich mein Magen.

Ich bedanke mich und hebe das Tablett an.

Der vergangene Abend erscheint mir surreal. Streckenweise war ich tatsächlich *glücklich* ohne Scott. Und dann dieser Spaziergang durch das Glühwürmchenfeld und die zufällige Begegnung mit Anders.

Das Tablett auf einer Hand balancierend, öffne ich die Haustür und frage mich, was nur in mich gefahren war, mitten in der Nacht allein über die dunklen Felder zu marschieren. Kein Wunder, dass Anders bei meinem Anblick vom Motorrad fiel: eine ganz in Schwarz gekleidete Frau mit blassem Gesicht, die bei Vollmond aus dem Maisfeld springt. Ich kichere in mich hinein und trete auf die Veranda.

Der klare blaue Himmel vom Vortag ist hinter unheilvollen Turmwolken verschwunden. Auf dem Weg in den Obstgarten fallen mir Details unserer Begegnung ein. Bei der Erinnerung an Anders' Lachen ist mir, als hätte jemand eine Brausetablette in meinem Blut aufgelöst. Dann wird mir klar, dass ich ihn wahrscheinlich niemals wiedersehen werde, und das Kribbeln weicht einer grenzenlosen Einsamkeit.

Dieses Gefühl ist mir nur allzu vertraut. Der vergangene Abend war eine Ablenkung, eine willkommene Atempause von der Sehnsucht nach Scott, doch jetzt werde ich wieder an ihn denken, da bin ich mir sicher.

Ich entdecke Dad auf einer Leiter im Obstgarten. Die belaubten Zweige der Pfirsichbäume hängen vom Gewicht der orangegoldenen Früchte schwer herab. Wie tausend kleine untergehende Sonnen.

»Hallo, Dad! Kaffee für dich!«, rufe ich.

»Super.«

Ich finde eine Holzkiste, die ich vorsichtig mit der Fußspitze umdrehe, um das Tablett auf dem provisorischen Tisch abzustellen.

In der Zwischenzeit steigt Dad die Leiter hinunter, eine Hand an den Sprossen, in der anderen einen Korb. In seinem Haar hängt ein dünner Zweig.

»Sei bloß vorsichtig da oben!«, mahne ich.

Mein Vater war zwar früher Hausmeister, doch an der Universität von Indiana in Bloomington wurde er dann Koordinator des Studentenwerks, so dass er in den letzten Jahren mehr Zeit am Schreibtisch verbrachte als draußen bei Wind und Wetter.

»Natürlich«, erwidert er grinsend, stellt den Korb auf den Boden und richtet sich leicht stöhnend auf. Als er sich nach hinten reckt, spannen die Knöpfe an seinem blau-schwarz karierten Hemd.

Das Muster erinnert mich an Anders mit seinem schwarz-gelben Hemd.

»Hab gehört, es soll ein Gewitter geben?«, frage ich und schäle die Banane, um nicht länger an Anders zu denken.

»Sieht so aus«, antwortet Dad mit kritischem Blick in den Himmel, den Kaffeebecher in der Hand. »Gewitter, Sturm und Regen verkünden Gottes Segen.«

»Das hat Mum früher immer gesagt.«

»Das weiß ich noch.« Er trinkt einen Schluck Kaffee, ohne mir in die Augen zu sehen, und stellt den Becher wieder aufs Tablett. Dann dreht er zwei weitere Kisten um, damit wir uns setzen können. »Wie war der Abend mit Bailey?«

»Gut. Geht mir nur nicht ganz so blendend heute.«

»Habt ihr viel getrunken?« Dad schreibt meine Niedergeschlagenheit allein dem Alkohol zu.

»Ja, schon.«

Er schnalzt vorwurfsvoll und schüttelt den Kopf. Die Obstkiste ächzt unter ihm. »Wer hat da den schlechteren Einfluss auf die andere?«

Keine Ahnung, ob er wirklich eine Antwort haben möchte oder ob er mich nur neckt, dennoch denke ich darüber nach.

»Wahrscheinlich stehen wir einander in nichts nach«, sage ich schließlich. Ich versuche mich zu erinnern, ob Bailey und ich schon mal so viel Spaß beim Feiern hatten.

Sie ist von Natur aus extrovertiert und gesellig, ich hingegen komme erst aus meinem Schneckenhaus, wenn ich ein bisschen was intus habe.

Dad nimmt sich einen Keks und mümmelt ihn zufrieden. Er hat immer noch den Zweig im Haar.

»Ich habe eure Nachbarn kennengelernt, die Farmer«, berichte ich. »Zumindest einen. Sie waren im Dirk's.«

»Patrik und Peggy waren im Dirk's?«, fragt Dad ungläubig.

»Nein, Anders und Jonas.«

»Ah! Aber Anders ist kein Farmer.« Das weiß ich natürlich längst. »Nur Jonas. Er übernimmt den Hof von seinen Eltern.«

»Patrick und Peggy?«

»Genau.«

»Ich dachte, die hätten alle schwedische Namen.«

»Ja, doch, aber Peggy hat in die Familie eingeheiratet, und Patrik schreibt sich ohne C.«

»Aha.«

»Seit wir hergezogen sind, haben wir nicht viel von Patrik und Jonas gesehen, aber Peggy ist wirklich nett«, erzählt Dad. »Sie hat uns ein paarmal zum Gottesdienst eingeladen, aber du kennst ja Sheryl.«

Allerdings. Sie ist überzeugte Atheistin.

»Peggy hat gar nichts davon gesagt, dass Anders zu Besuch kommt«, überlegt Dad. »Er arbeitet bei einem Indy-Car-Team, weißt du das?«

»Ja, Casey hat davon gesprochen.«

»Ich wollte ihn immer schon mal kennenlernen.«

»Hast du noch nicht?«

»Nein. Peggy meinte, während der Saison käme er nie nach Hause, aber wenn er jetzt hier ist, kann das ja nicht stimmen. Übernächste Woche muss er bestimmt nach Toronto, er wird eine Menge zu tun haben.«

Dad ist Motorsportfan, solange ich denken kann. Es wundert mich nicht, dass er Anders' Rennkalender im Kopf hat.

»Er ist nur übers Wochenende hier.«

»Wie wär's, wenn wir die vier später auf ein Glas einladen?«

»Finde ich gut«, sage ich. Ob mein Vater wohl das Beben in meiner Stimme hört, das die Schmetterlinge in meinem Bauch auslösen?

* * *

Als wir ins Haus gehen, berichtet Sheryl, im Radio würde vor einem Tornado gewarnt. Draußen ist es schon sehr dunkel geworden.

Bevor der Regen kommt, fängt es an zu hageln. Am Wohnzimmerfenster sehe ich gebannt zu, wie große weiße Eisbrocken vom Himmel fallen, so dass der Rasen in kürzester Zeit schneeweiß ist. Sie prasseln so laut aufs Dach, als würden tausend Hammer darauf schlagen. Der kurz darauf einsetzende Regen ist fast genauso laut. In der Ferne zucken Blitze über den Himmel, gefolgt von Donner, der die Wände erbeben lässt. Ich halte Ausschau nach sich gabelnden Blitzen und frage mich, ob das Gewitter schon über uns ist.

»Hoffentlich ist Bailey heute zur Arbeit gegangen«, sagt Dad besorgt.

Ich schaue auf die Uhr. Halb eins. So viel zu dem Thema, dass sie heute Morgen vorbeikommen wollte.

Es ist nicht das erste Mal, dass Bailey aus einer Laune heraus etwas beschließt und verspricht, was sie nicht hält. Aber am Vorabend hat sie mich aufgeheitert, und dafür bin ich ihr dankbar. Vielleicht ist es auch okay, wenn wir einfach hin und wieder was zusammen unternehmen. Dafür braucht es nicht unbedingt eine besonders große schwesterliche Verbundenheit. Anfangs hatte ich gehofft, dass wir jetzt, wo Scott nicht mehr dabei ist, enger zusammenwachsen könnten, aber das ist eh unwahrscheinlich.

»Ich rufe sie mal eben an«, sagt Dad, gräbt sein Handy aus der Tasche und verlässt das Zimmer.

Eifersucht zwickt mich. Mich ruft er so gut wie nie an.

Bailey wohnt in der Nähe, rede ich mir ein. *Sie wohnt in derselben Zeitzone. Es ist einfach und unkompliziert, sich bei ihr zu melden.*

Dennoch kann man nicht leugnen, dass Dad und Bailey eine viel engere Beziehung haben als er und ich. Sie würde niemals zögern, ihm einen Zweig aus den Haaren zu zupfen.

Kurz darauf kommt er zurück. Der Regen hat nachgelassen.

»Bailey und Casey sind auf der Arbeit«, sagt er erleichtert. »Der Golfclub hat einen Keller.«

Ich drehe mich fragend zu ihm um. »Machst du dir wirklich Sorgen, weil ein Tornado kommt?«

»Es ist genau die richtige Wetterlage dafür«, murmelt er und kratzt seine grau melierten Bartstoppeln.

Plötzlich erstarrt er und reißt die Augen auf.

»Was ist?«

Er hebt die Hand, damit ich still bin.

Da vernehme ich es auch: ein hohes Heulen.

»Das ist die Tornadosirene. Sheryl!«, ruft Dad die Treppe hinauf.

»Ich hab's gehört! Ich komme!«, ruft Sheryl zurück.

»Was machen wir denn jetzt?«, frage ich mit einem Anflug von Panik. Die Warnsirene jault weiter aus der Stadt herüber.

»In den Keller«, erwidert Sheryl. »Ruf Bailey an, sag ihr Bescheid!«

Dad zieht wieder das Handy hervor und schiebt mich zur Tür unter der Treppe.

Warum müssen wir Bailey über jede unserer Bewegungen unterrichten?, frage ich mich, während Dad sie schnell einweiht.

Dann begreife ich, dass sie ihr wahrscheinlich unseren Aufenthaltsort mitteilen, damit die Rettungsdienste wissen, wo wir sind, falls das Haus dem Erdboden gleichgemacht wird.

Vor Angst kann ich mich kaum rühren. Ich habe *Twister* gesehen. Das hier ist Realität.

Ich habe noch nie einen Tornado miterlebt. In Sheryls Kindheit in Oklahoma, dem Bundesstaat, der mitten in der Tornadogasse liegt, kam so etwas öfter vor. Als sie älter wurde, zog ihre Familie nach Indianapolis, weil ihr Vater dort Arbeit fand. Da hatte sie immer wieder Glück, nicht direkt betroffen zu sein, ebenfalls mit Dad in Bloomington. Irgendwie ist eine heulende Tornadosirene in einer bevölkerten Stadt nicht so beängstigend wie hier draußen, mitten auf dem Land. Ich fühle mich äußerst angreifbar.

Es klopft an der Tür. Dad eilt hin und macht auf. Davor steht eine ältere Frau in einem pinkfarbenen Regenmantel. Das Wasser rinnt von ihrer Kapuze.

»Schnell!«, sagt sie. »Kommt mit in unseren Schutzraum!«

»Danke, Peggy!«, sagt Dad erleichtert. »Nimm deine Jacke mit, Wren. Los!«

Sobald ich die Kapuze meiner grauen Jacke über den Kopf schlage, reißt der Wind sie wieder weg. Das Laub wird von den Bäumen gepeitscht, meine mittellangen braunen Haare schlagen mir ins Gesicht wie Medusas Schlangen.

Peggy rutscht hinter das Lenkrad eines Gators – ein kleines grünes geländegängiges Fahrzeug. Auf der Vorderbank neben ihr ist Platz für zwei weitere Personen. Ich stelle mich darauf ein, auf die nasse Ladefläche zu klettern, doch da vernehme ich ein Geräusch, das mir nur allzu bekannt vorkommt.

Ein schlammbespritztes weiß-gelbes Motorrad fährt röhrend in unsere Auffahrt, vollführt schlitternd eine Drehung um hundertachtzig Grad und kommt mit einem Ruck zum Stehen. Eine Fontäne von Regenwasser spritzt auf. Ich springe zurück, doch zu spät: Von den Knien abwärts bin ich klatschnass. Ich habe zwar einen Rock an, aber die Socken in meinen Stiefeletten sind vollkommen durchweicht.

»Aufsteigen!«, befiehlt der Motorradfahrer, das Gesicht halb verdeckt von der dunkelgrünen Kapuze seiner Regenjacke.

Sheryl und Dad hocken bereits auf der Sitzbank des Gators.

Ich zögere, schiele zur Ladefläche des Fahrzeugs hinüber. Das Herz schlägt laut in meiner Brust. In der Ferne heulen immer noch die Sirenen.

Ohne Zeit zu verlieren, fährt Peggy los. Dad dreht sich mit blassem, vor Sorge verzogenem Gesicht um und ruft mir etwas zu, das ihm der Wind aus dem Mund reißt.

»Wren!«, schreit Anders, denn natürlich ist er der Fahrer auf dem Motorrad, auch wenn ich sein Gesicht nicht sehen kann.

»Verdammt noch mal«, brumme ich. Die Schmetterlinge in meinem Bauch flattern wie wild, als ich das Bein über den Sitz des Motorrads hieve.

Es ist keine Riesenmaschine, wie man sie manchmal auf der Straße sieht, aber der dunkelblaue Sitz ist höher, als es auf den ersten Blick wirkt. Die Regentropfen darauf durchweichen sofort den Stoff meines Rocks.

Kaum habe ich die Arme um Anders' Taille gelegt, macht das Motorrad einen Ruck nach vorn, so dass ich fast hinten runterfalle.

Ich finde keinen Platz, um meine Füße abzustellen, deshalb klammere ich mich an Anders fest, zu verängstigt und beeindruckt, um zu schreien, als er über den unbefestigten Weg brettert. Wasser und Schlamm spritzen hinter uns hoch. Der Himmel ist dunkel, die Wolken haben einen unheimlichen grünlichen Farbton.

In der Ferne erscheint die große rote Scheune, die ich schon am Vorabend gesehen habe, doch weit vorher biegt Anders rechts ab und nimmt einen schmalen Weg zwischen dem Farmhaus und einem Maisfeld.

Das Haus ist ebenfalls rot und im selben Stil wie die Scheune gebaut, mehr kann ich auf die Schnelle nicht erkennen.

Vor dem Haus bleiben wir stehen. »Los!«, ruft Anders und weist zu Dad hinüber.

Er und Sheryl sind bereits aus dem Gator gestiegen. Sheryl läuft hinter Peggy über den nassen Rasen, Dad winkt mich hektisch herüber. Die beiden Frauen sind schon an einem Hügel in ungefähr zwanzig Metern Entfernung angekommen, in dem in einem 45-Grad-Winkel eine Metalltür eingelassen ist. Sie öffnet sich zu einem dunklen Tunnel, aus dem ein finster blickender fremder Mann schaut. Er streckt die Hand nach Sheryl aus, um ihr hereinzuhelfen.

Ich klettere vom Motorrad und muss mich unheimlich zusammenreißen, um nicht die Fassung zu verlieren. Peggy schaut nervös zu uns hinüber, doch Anders steigt nicht ab.

»Kommst du?« Mein Herz rast.

Er schüttelt den Kopf. »Gleich.«

»Was ist denn?«, frage ich erschrocken.

»Ich muss meinen Bruder suchen.« Er lässt den Motor wieder aufheulen und rast davon.

»ANDERS!«, ruft Peggy ihm erschrocken nach.

Mich überfällt eine ungewisse Furcht.

Wo ist nur sein Bruder?

5

Patrik, Peggy, das ist meine Tochter Wren.« Als wir sicher im Bauch des Schutzraums sind und die Tür hinter uns geschlossen ist, stellt Dad uns einander vor.

Die Luft drinnen ist schwer und stickig, und es klingt, als würde ein Frachtzug über unsere Köpfe hinwegdonnern. Kein Ort für Menschen mit Klaustrophobie.

»Danke, dass wir kommen durften«, bringe ich hervor, während Patrik langsam die Riegel vorlegt. Er arbeitet mit nur einer Hand, die andere steckt in einem Gips und liegt in einer Schlinge. Unbeeindruckt nickt er mir zu und humpelt die Stufen hinunter. Sheryl hatte erzählt, dass er in der Woche zuvor gefallen war und sich den Arm und zwei Rippen gebrochen hatte. Offensichtlich ist Farmer einer der Berufe mit den höchsten Sterberaten und schwersten Unfällen. Das erfuhr ich erst, kurz nachdem Dad und Sheryl den Kaufvertrag für ihren Hof unterschrieben hatten.

Patrik ist groß und schlank, er hat denselben Teint wie Jonas und auch das breite Gesicht. Er muss über achtzig sein, und Peggy wirkt nur wenige Jahre jünger. Ob sie noch arbeiten? Bestimmt nicht. Aber Dad sagte, Jonas sei dabei, die Farm von ihnen zu übernehmen. Offensichtlich mischt er sich noch ein.

»Selbstverständlich, meine Liebe«, erwidert Peggy auf mein Dankeschön und zieht ihren pinken Regenmantel aus, so dass ihre schulterlangen weißen Haare zum Vorschein kommen. Sie lächelt mich unsicher an, macht sich offenbar große Sorgen um ihre Söhne.

Ich mir auch, dabei kenne ich Anders kaum, von Jonas ganz zu schweigen. Ich versuche mich von dem Geschehen draußen abzulenken, indem ich mich im Schutzraum umsehe.

Wir befinden uns in einem unterirdischen Bunker, der ungefähr drei mal vier Meter groß ist. Die Wände, der Boden und die Decke sind aus nacktem Beton. Eine Wand wird von einem durchgesessenen, verblichenen violetten Sofa eingenommen, einem Zweisitzer, an einer anderen stapeln sich Vorratskartons. Rechts neben der Tür steht eine Kommode.

Peggy legt einen Schalter um, und in einem kleineren zweiten Raum hinten leuchtet Licht auf.

»Nicht schlecht hier«, staunt Sheryl.

Sie hat mir mal von dem winzigen dunklen Bunker ihrer Familie in Oklahoma erzählt. Er war undicht und hatte keine Strom, und als sie mal mit ihrem Vater und ihrer älteren Schwester das eingesickerte Wasser herausschöpfte, schwamm eine Schlange darin.

»Unsere Familie lebt schon sehr lange hier«, bemerkt Peggy und holt ein Radio aus einer Kiste, das sie anstellt. »Wir haben hier schon so manches Unwetter erlebt und hatten im Laufe der Jahre Zeit, den Raum etwas gemütlicher zu machen. Die Jungs haben hier früher gern gespielt.« Sie wird blass, als sei ihr gerade eingefallen, dass die beiden noch draußen sind. »Möchtet ihr Wasser?«, fragt sie leise, holt ein paar Flaschen heraus und reicht Sheryl und mir je eine. Sie weist auf den zweiten Raum. Darin stehen vier Holzstühle um einen kleinen Tisch, auf dem sich älter wirkende Brettspiele stapeln. Die Illustrationen auf den Kartons sind verblasst und zerkratzt, die Pappe ist an den Kanten abgestoßen.

Dad bleibt bei Patrik in der Tür stehen, der eine Antwort auf eine Bemerkung von Dad murmelt. Ich nehme an, unser Nachbar ist nicht besonders gesprächig.

»Wurde die Farm schon mal richtig von einem Tornado getroffen?«, frage ich nervös und öffne die Flasche.

Der Schutzraum macht einen durchaus stabilen, sicheren Eindruck. Offenbar wurde er weit entfernt von den anderen Gebäuden errichtet, damit er nicht unter Schutt begraben werden kann. Aus dem Grund wurde die Tür auch wohl in einem schrägen Winkel eingebaut: So bleiben Trümmer nicht darauf liegen, sondern rutschen hinunter.

Aber was ist, wenn die Tür einfach herausgerissen wird? Wenn wir alle in das Auge des Hurrikans gesogen werden?

Unfassbar, dass Anders und Jonas noch draußen sind.

»Einmal ist einer über ein paar Felder hier gegangen«, beantwortet Peggy meine Frage und zieht zwei Stühle unter dem Tisch hervor.

Sheryl nimmt einen davon. Ich bleibe stehen, zu nervös, um ruhig zu sitzen.

»Das war kein gutes Jahr für uns«, fährt Peggy fort. »Aber das Haus ist stehen geblieben Hoffen wir, dass die Fredricksons weiterhin Glück haben.«

Es klopft an der Metalltür. Sofort schießt mein Blick hinüber. Überraschend flink nimmt Patrik die Stufen und schiebt schnell die Riegel zurück, um die Tür aufzuziehen. Man sieht einen schmutzig grauen Himmel und herumwirbelnde Blätter. Jonas' Gesicht erscheint in der Öffnung.

»Komm rein, Junge!«, fährt Patrik ihn an und zieht ihn in den Schutzraum.

Ich schaue an ihm vorbei auf Anders und bin unglaublich

erleichtert, als er seinem Bruder folgt und die Tür hinter sich schließt, so dass der heulende Wind draußen bleibt.

In dem kleinen Raum wirkt Jonas noch größer und breiter als gestern. Er ist vollkommen durchnässt, das nasse T-Shirt klebt auf seiner Haut und betont seine Muskeln.

»Was hast du dir dabei gedacht?«, schreit Patrik. Ich ziehe den Kopf ein.

Anders steht auf der Treppe und schiebt die Riegel vor.

»Wo bist du gewesen?«, schnauzt Patrik seinen Ältesten an. »Du kannst nicht ständig abhauen, Junge!«

Junge? Der Mann ist wie alt? Siebenunddreißig? So viel zu meiner Vermutung, Patrik sei nicht besonders gesprächig. Er ist vielleicht alt, aber scheint immer noch der Patriarch der Familie zu sein.

Schnell verdrückt sich Dad ins angrenzende Zimmer. Ich stehe betreten am Türrahmen.

»Wir sind ja jetzt da, Pa«, gibt Jonas spitz zurück.

Falls in seiner Antwort eine Warnung lag, hat Patrik sie verstanden, denn er zieht sich zurück und stapft grummelnd an mir vorbei, um sich an den Tisch zu setzen. Anders kommt die Treppe herunter und geht zur Kommode. Er schlägt die Kapuze zurück und öffnet den Reißverschluss seiner nassen Jacke, um sie zu einem Wandhaken hinüberzuwerfen, wo sie tatsächlich hängen bleibt.

»Ah«, sagt Jonas, als er mich sieht. »Hallo.« Er wirkt leicht überrascht.

»Hallo«, erwidere ich. »Ich bin Wren.«

»Hallo, Wren.«

Anders schaut sich über die Schulter um und fixiert mich mit strengem Blick. Ich halte die Luft an. Seit ich ihn in der Kneipe gesehen habe, war sein Gesicht immer verdeckt oder im Dunkeln, deshalb wird mir erst jetzt klar, dass meine Erinnerung mich getrogen hat. Er sieht noch viel besser aus: groß und breitschultrig, mit dunkelblondem Haar, lässig aus der Stirn gestrichen. Seine schmalen Augenbrauen ziehen sich zu einem düsteren Blick zusammen, sein kräftiges Kinn ist vor Anspannung vorgeschoben.

Als er eine Schublade aufreißt und ein Handtuch herauszieht, sich umdreht und es seinem Bruder an den Kopf wirft, habe ich das Gefühl, als hätte der Sturm alle Luft aus dem Raum gesogen. Dann stützt sich Anders schwer atmend auf der Kommode ab. Seine Schultern heben und senken sich.

Das ist nicht derselbe Mann, den ich in der Nacht getroffen habe. Dieser Mann ist stocknüchtern und stinksauer.

Jonas, der das Handtuch mit einer Hand aufgefangen hat, scheint sich nicht an der schlechten Laune seines kleinen Bruders zu stören, sondern trocknet sich die dunklen Haare ab und lässt sich auf die Couch fallen. Um ihn herum steigt eine Staubwolke auf.

Anders marschiert an ihm vorbei in die Ecke, wo ich stehe. Er verliert kein Wort über meine Gegenwart, lässt auch nicht erkennen, ob er sich freut, mich wiederzusehen; wenn überhaupt, trifft das Gegenteil zu. Mit dem Rücken rutscht er an der Wand hinunter, bis er mit angezogenen Beinen davorsitzt, die Hände auf den Knien. Sein Kopf sackt nach hinten gegen die Betonwand, sein Blick geht starr geradeaus. Selbst aus diesem Winkel kann ich am Schattenspiel seines Gesichts ablesen, dass sein Kiefer angespannt ist. Da wird mir klar, dass ich ihn falsch eingeschätzt habe: Er ist nicht sauer, er ist besorgt.

Dad und die anderen unterhalten sich am Tisch, zuerst leise, dann zunehmend mit normaler Lautstärke. Sheryl betrachtet die Brettspiele auf dem Tisch, schwelgt in Erinnerungen an einige, die sie seit ihrer Kindheit nicht mehr gesehen hat. Sie öffnet die Kartons, holt Spielsteine heraus und reicht sie Dad. Peggy macht die eine oder andere Bemerkung, Patrik sagt nur ein- oder zweimal etwas. Beide Fredricksons scheinen unter Druck zu stehen.

Jonas auf dem Sofa hat sich so hingesetzt, dass er den Kopf an die Rückenlehne legen kann. Er hat die Arme über die Augen gelegt, was seinen Bizeps hervortreten lässt. Das nasse T-Shirt spannt sich über seine Brust. Ich verstehe, warum sich Frauen zu ihm hingezogen fühlen, auch wenn er nicht mein Typ ist.

Etwas spät wird mir klar, dass ich die Einzige bin, die noch steht.

Dad fragt mich nicht, ob alles gut ist. Wenn meine Mutter hier wäre, weiß ich nicht, ob sie es tun würde. Scott hat mal vermutet, dass die mangelnde Sorge meiner Eltern – so kommt es bei mir manchmal an – nicht darauf zurückzuführen ist, dass ich ihnen egal sei, sondern weil sie davon überzeugt sind, dass es mir gut geht Sie halten mich für stark und kompetent, für einen Menschen, der einfach klarkommt. Sie haben nicht das Bedürfnis, ständig nach mir zu schauen.

Bei Bailey ist Dad anders. War er schon immer. Aber nicht, weil sie weniger stark oder kompetent wäre, denn das ist sie auf jeden Fall.

Vielleicht liegt es daran, dass sie seine Hilfe lieber annimmt. Sie reagiert positiv auf seine Sorge und Aufmerksamkeit. Vielleicht ist sie dadurch leichter zu lieben.

Ich bin verschlossener als Bailey. Das musste ich sein, um mich zu schützen.

Plötzlich habe ich stechende Sehnsucht nach Scott. Wenn er hier wäre, würde er sofort das Eis brechen. Er kann gut mit Fremden, auf jeden Fall besser als ich.

Ich schiele zu dem Platz auf der Couch neben Jonas hinüber. Ich würde mich gerne hinsetzen. Das Sofa wirkt ganz gemütlich, auch wenn es verstaubt ist, aber ich bin jetzt eh schmutzig. Ich strecke ein Bein aus und drehe es hin und her, um den Dreck auf meiner Haut zu begutachten.

Anders guckt in meine Richtung, zumindest in Richtung meiner Beine. Seine Aufmerksamkeit macht mich nervös. Er seufzt leise, wendet den Blick wieder ab und reibt sich das Kinn. Als er die Hand aufs Knie legt, scheint sich die Anspannung in seinen Schultern ein wenig zu lösen.

Ohne weiter nachzudenken, setze ich mich auf den ihm nächsten Karton.

Leise bemerke ich: »Was du dir alles einfallen lässt, damit ich zu dir aufs Motorrad steige.«

Er stößt ein kurzes, schnaubendes Lachen aus und wirft mir einen Seitenblick zu. Seine Lippen verziehen sich leicht zu einem schiefen Grinsen. Die Nervosität in meinem Bauch breitet sich aus, kribbelt auf meiner Haut. Anders hat grüne Augen, sehe ich: das kühle, klare Grün eines Bergsees. Aber noch etwas liegt darin, etwas Fremdes, das nicht dorthin gehört. Bevor ich ihn genauer betrachten kann, ist es wieder weg.

Er trägt wieder ein kariertes Hemd, offen über einem weißen T-Shirt. Es ist in Schwarz und Anthrazit gehalten und ähnelt dem anderen vom Vortag. Statt senfgelb ist dieses hellgrau.

»Ist was mit meinem Hemd?«, fragt er und untersucht seinen Ellenbogen.

Ertappt erröte ich. »Nein. Es gefällt mir.« Das Geständnis lässt mein Gesicht noch wärmer werden. »Ich finde die Details gut«, füge ich hilflos hinzu, dann halte ich den Mund. In meinem Beruf sind Details entscheidend.

Jonas gegenüber auf der Couch nimmt die Arme vom Gesicht und schielt zu uns hinüber.

»Mir gefällt dein Hemd auch«, flötet er Anders zu. »Es sieht schön aus, so warm und trocken.«

Unbeeindruckt guckt Anders zu ihm hinüber, dann hievt er sich hoch und zieht das Hemd aus, so dass er im T-Shirt dasteht. Er wirft seinem Bruder das Hemd gegen die Brust, jedoch nicht mehr so aggressiv wie zuvor.

»Bitte sehr, du Riesenbaby.« Anders greift an mir vorbei nach einer Wasserflasche. Seine Nähe lässt mich erstarren. Seine goldbraunen Arme sind sehnig und muskulös.

»Oh, vielen Dank!«, erwidert Jonas grinsend und erhebt sich träge, während Anders sich wieder setzt. Jonas zieht das nasse rote T-Shirt aus und reckt sich. Mit den Händen kommt er bis an die Decke.

Stark definierte Muskeln beeindrucken mich eigentlich nicht, doch wenn ich ihn weiter so anglotze, wird mir das niemand glauben, deshalb wende ich schnell den Blick ab.

Auf dem Sofapolster, wo Jonas in seiner nassen Jeans gesessen hat, ist ein nasser Fleck. Peggy kommt herüber und entdeckt ihn.

»Warum hast du kein Handtuch daruntergelegt?«, fragt sie ihren Sohn streng.

»Was soll das? Die Couch ist dir doch bis jetzt auch egal gewesen.« Jonas knöpft sich das Hemd zu.

»Benimm dich!«, schimpft Peggy. »Wir sind hier nicht allein«, fügt sie nachdrücklich hinzu und schaut zu mir hinüber.

»Tja, willkommen in unserer bescheidenen Hütte«, sagt Jonas mit breitem Akzent und setzt sich auf das Handtuch, das seine Mutter auf der Couch ausgebreitet hat. Das Hemd seines Bruders spannt über seiner Brust. »Und, wie findest du diesen Raum?«

Die meisten Menschen fänden ihn wohl furchtbar. Doch da ich zu den Leuten gehöre, die das Southbank Centre in London für ein architektonisches Meisterwerk halten, habe ich nichts gegen ein bisschen nackten Beton.

»Er hat seinen eigenen Reiz«, erwidere ich kühl und streiche über die glatte Wandfläche. »Ich bin ein großer Fan des Brutalismus.«

So ganz stimmt das nicht – ich mag zwar brutalistische Architektur, aber in diesem Zusammenhang wirken solche Wände schon anders –, deshalb erschaudere ich, als Anders lacht.

Mein Blick schießt zu ihm hinüber und fängt sein Lächeln auf. Er hat gerade weiße Zähne, wenn auch kein perfektes Gebiss, was ihn umso attraktiver macht.

Scott hat sich so gut wie gar nicht für Kunst oder Architektur interessiert. Ich weiß noch, wie ich nach unser ersten gemeinsamen Nacht vorschlug, wir könnten in die Tate Modern gehen, und er eine Grimasse zog und stattdessen im Internet Tickets für das London Eye buchte.

Anders öffnet seine Wasserflasche. Beim Trinken umspielt das Grinsen weiter seine Mundwinkel. Es fällt mir schwer, ihn nicht zu beachten.

Peggy setzt sich neben Jonas auf die Couch. »Alles in Ordnung?«, fragt sie vorsichtig. Es kommt mir vor, als hätte sie gewartet, bis sich die dicke Luft verzieht, bevor sie sich ins Zimmer wagt.

»Alles gut, Ma«, antwortet Jonas.

Sie tätschelt sein Knie. Die Geste hat etwas Beruhigendes.

Ich weiß, dass sie sich Sorgen um ihn gemacht hat, aber tut sie das jetzt immer noch? Klar. Alle machen sich Sorgen.

Diese Farm ist die Lebensgrundlage der Fredricksons – wenn der Tornado sie verwüsten sollte, was wird dann aus ihnen?

»Wren ist Architektin«, klärt Peggy ihre Söhne auf und nickt mir zu. Offenbar versucht sie, die beiden von dem abzulenken, was draußen passiert.

»Ach, ja?«, sagt Anders unschuldig und wirft mir einen verschlagenen Seitenblick zu. Fragend hebt er die Augenbrauen und geht auf den Versuch seiner Mutter ein, die Stimmung aufzulockern.

»Kennt ihr euch schon?«, fragt Jonas argwöhnisch.

»Ich habe sie hergefahren«, antwortet Anders, streckt die langen Beine aus und legt die Füße übereinander.

Die Erklärung leuchtet Jonas nicht ein. »Und dabei habt ihr euch unterhalten?«, hakt er nach.

Offensichtlich kennt er seinen Bruder gut genug, um zu merken, wenn er hinters Licht geführt wird.

»Wir haben uns gestern Abend auf dem Heimweg getroffen«, erkläre ich. »Ich habe eine Abkürzung über eins eurer Felder genommen.«

»Sie hat mir einen Mordsschreck eingejagt«, brummt Anders. »Wie in *Kinder des Zorns.*«

Ungewollt muss ich lachen.

»Was hast du denn in dem Feld gemacht?«, fragt Jonas grinsend.

»Mir war nicht klar, dass ich dort nicht hindarf. Tut mir leid.«

Er winkt meine Entschuldigung weg. »Ich frage bloß, weil in dieser Gegend nur Leute durch Felder laufen, denen sie entweder gehören oder die aus dem Zuchthaus ausgebrochen sind.«

Jetzt müssen alle lachen.

»Ich tu's auch nicht wieder«, verspreche ich.

»Du kannst langgehen, wo du willst«, sagt Peggy mit fester Stimme. »Oder?«, fragt sie Jonas, nicht Anders.

»Hab nichts dagegen«, entgegnet ihr Ältester.

Anders steht auf und greift zu dem Radio neben mir. Er stellt es lauter und horcht zur Tür hinüber.

»Wie es wohl draußen aussieht?«, überlegt Peggy.

»Ich glaube, die Sirene heult nicht mehr.« Anders stellt das Radio zurück und geht die Stufen hoch. »Der Wind hat auch nachgelassen.« Er entriegelt die Tür und öffnet sie einen Spaltbreit. Ich setze mich auf. »Ich glaube, wir können raus.« Er schiebt die Tür ganz auf und wagt sich nach draußen.

Jonas beugt sich vor und klemmt die Hände zwischen die Knie. Von seinem Lächeln ist nichts mehr zu sehen. Peggy spricht leise mit ihm, sie wirkt verdrossen, die anderen am Tisch stehen allmählich auf. Da Peggy und Jonas keine Anstalten machen, sich zu erheben, ist es an mir, hinter Anders nach draußen zu gehen.

»Das Haus steht noch«, bemerke ich erleichtert.

Er nickt ernst, dreht sich zur Scheune um und betrachtet prüfend das Dach. Aus dieser Entfernung scheint es heil zu sein. Überall liegen Äste und Zweige herum, sonst hat der starke Wind keine Schäden hinterlassen. Falls es tatsächlich einen Tornado gab, so hat er diesen Hof verschont.

Patrik kommt als Nächstes aus dem Schutzraum. Sein Blick ist düster.

»Ich guck mal, ob was kaputt ist«, sagt Anders zu ihm.

Sein Vater nickt knapp.

»Soll ich dich erst nach Hause bringen?« Anders sieht mich fragend an.

Mit wild klopfendem Herzen erkenne ich, dass es sich bei dem auffälligen Fleck in seinem Auge, der mir im Schutzraum aufgefallen ist, um einen Defekt in der rechten Pupille handelt: ein winziger orangebrauner Farbklecks unten links in der Iris.

»Du kannst natürlich auch zu Fuß gehen.« Er kratzt sich an der Augenbraue.

Ich komme wieder zu mir, merke, dass ich zu lange zum Antworten brauche.

»Ja, so schnell kriegst du mich nicht wieder auf dieses Ding drauf.«

Sein Mund verzieht sich zu einem Grinsen. »Na gut, Wren. Schätze, wir sehen uns.«

Ich sehe zu Dad und Sheryl hinüber, die aus dem Schutzraum kommen und laut ihre Erleichterung kundtun, wieder draußen zu sein. Als ich mich zu Anders umdrehe, geht er davon. Sein Anblick hat eine unheimliche Wirkung auf die Schmetterlinge in meinem Bauch. Sie werden ganz ruhig.

6

Am nächsten Tag ziehen Dad, Sheryl und ich unsere Regenmäntel über und erkunden die Obstgärten, um zu sehen, wie viel Fallobst noch zu retten ist. Sheryl will die beschädigten Pfirsiche pürieren, als Zutat für Bellinis, einen Cocktail, den sie zum ersten Mal vor zehn Jahren in Harry's Bar in Venedig probiert hat. Der Besitzer hat sich das Rezept ausgedacht, und Sheryl will es unbedingt auch einmal ausprobieren.

Mein Kater ist längst auskuriert, deshalb habe ich absolut nichts gegen ihre Idee.

»Ob Anders wohl schon auf dem Rückweg nach Indy ist?«, fragt Dad und dreht einen Pfirsich in der Hand, um ihn auf Druckstellen zu prüfen.

Das habe ich mich auch schon gefragt. Es fällt mir schwer, die faszinierende Familie Fredrickson aus meinen Gedanken zu verdrängen, besonders Anders mit seinen ungewöhnlichen grünen Augen. Schade, dass unsere letzte Begegnung so abrupt endete.

»Du kannst ja mit ihm reden, wenn er das nächste Mal hier ist«, sagt Sheryl genervt, bückt sich und hebt zwei Pfirsiche auf.

Nicht zum ersten Mal heute zeigt sich Dad enttäuscht darüber, dass der Sturm sein Vorhaben durchkreuzt hat, die Nachbarn zu sich einzuladen. Als wir heimgingen, machte er Peggy den Vorschlag, doch sie sagte mit Bedauern ab, sie seien zu sehr mit dem Aufräumen beschäftigt. Wir boten unsere Hilfe an, aber sie lehnte ab. Ich hatte das Gefühl, dass sie ganz froh war, wenn wir die Familie sich selbst überließen.

Wie sich herausstellte, zog der Tornado wenige Meilen südlich von uns durch, fraß sich durch einen Wald und Felder. Zum Glück kam niemand ums Leben, auch wurden keine Häuser oder Höfe zerstört, der Sturm richtete nur geringen Sachschaden an. Auf dem Rückweg zum Haus von Dad und Sheryl sahen wir viele Äste und andere Gegenstände herumliegen.

Sheryl erzählte mir, dass es in Indiana ungefähr zwanzig Tornados im Jahr gibt, meistens im Frühjahr und in den Sommermonaten.

Das nächste Mal komme ich besser mitten im Winter zu Besuch.

»Die Stimmung im Schutzraum war angespannt«, fährt Dad fort. »Kam mir nicht richtig vor, mich da mit Anders über den Rennsport zu unterhalten, auch wenn ich mich wirklich zurückhalten musste.«

»Glaubst du, er ist wegen Patriks Unfall zu Hause?«, frage ich. Dad hat mir ja erzählt, während der Rennsaison würde Anders seine Eltern normalerweise nicht besuchen.

»Kann sein«, antwortet Dad. »Ich muss die ganze Zeit daran denken, wie Patrik Jonas fertiggemacht hat. Hätte nicht gedacht, dass er so sauer werden kann.«

»Oh, ich schon«, wirft Sheryl ein. »Lass dich nicht von seinem Alter täuschen! Der Mann ist nicht zu unterschätzen.«

Was hatte Patrik noch mal gerufen? *Du kannst nicht ständig abhauen, Junge!*

Irgendetwas stimmte mit Jonas nicht. Warum hatte Anders das Gefühl, nach ihm suchen zu müssen? Und warum war er so aufgewühlt, als er mit seinem Bruder zurückkam?

Jonas saß die ganze Zeit auf dem Sofa und hatte die Arme vorm Gesicht. Auch als er schließlich aus dem Schutzraum kam, sagte er kaum etwas, sondern marschierte über den Hof davon.

An einem Zweig über mir entdecke ich einen besonders dicken Pfirsich und recke mich, um ihn zu pflücken. Ich muss stärker ziehen als gedacht, und durch mein Zerren fällt ein Schauer von Regentropfen hinunter und rinnt in meine Regenjacke. Ich ziehe den Kopf ein.

»Der ist noch nicht reif, Wren. Nimm nur die vom Boden!«, mahnt Sheryl.

Unauffällig verdrehe ich die Augen über ihre herrische Art. Sie stößt ein »Uff!« aus, richtet sich auf und dehnt den Rücken.

»Wenn du solche Rückenschmerzen hast, ist es vielleicht besser, wenn du das Dad und mir überlässt.« Ich kann den Mund nicht halten, auch wenn ich weiß, dass sie sich wahrscheinlich über mein Angebot ärgert.

»Red keinen Blödsinn, das geht schon«, lehnt Sheryl brüsk ab und wirft mir, wie erwartet, einen finsteren Blick zu, um direkt den nächsten Pfirsich aufzuheben.

Als ich mich am Rand des Obstgartens befinde, in der Nähe der Scheune, fällt mir ein großer Gegenstand auf, der mit einer schmuddeligen Plane abgedeckt ist. Der Wind fährt darunter und hebt eine Ecke an. Etwas Helles, Silbriges blitzt hervor.

»Was ist das?«, frage ich Dad.

»Ein Wohnwagen«, antwortet er. »Gab's gratis zur Farm dazu.«

»Das ist doch nicht etwa ein Airstream, oder?«

Das Aluminium hat genau den richtigen Farbton, die Form passt auch.

»Ich glaub schon«, erwidert Dad. »Hatte bisher keine Zeit, ihn mir genauer anzugucken.«

Plötzlich bin ich ganz aufgeregt.

»Darf ich mal?«

»Klar.« Er nickt aufmunternd. »Kennst du dich damit aus?«

»Ein bisschen. Das sind Designklassiker. Ich wollte immer einen haben.«

»Keine Ahnung, in was für einem Zustand er ist, aber wenn du ihn willst, gehört er dir.«

Ich muss lachen. »Wie soll ich den denn nach England rüber bekommen?«

»Du könntest damit rumfahren, wenn du hier bist«, schlägt Dad vor. »Eine Reise durch Amerika machen oder so. Hast du nicht immer gesagt, dass du das gern mal tun würdest?«

»Ja, schon«, antworte ich. Tatsächlich hatten Scott und ich oft von einer gemeinsamen Tour geschwärmt.

Dad und Sheryl gehen ins Haus, und ich beschließe, mir den Wohnwagen genauer anzusehen.

Die Luft ist noch immer feucht, die Bäume schütteln die Regentropfen vom letzten Schauer ab, deshalb halte ich einen gewissen Abstand zu ihnen. Der Wohnwagen unter der Plane ist kleiner, als ich anfangs dachte. Ringsherum hat sich offenbar Schrott und Sperrmüll angesammelt: Holzkisten, Paletten und jede Menge rostiger alter Bauernhofgeräte. Am besten komme ich an die Ecke heran, wo die Plane im Wind flattert, also räume ich ein paar Kisten zur Seite, um die Plane weiter lösen zu können.

Wow. Es ist tatsächlich ein Airstream, so steht es in verblassten Großbuchstaben auf einer langen rechteckigen Plakette. Wie alt der wohl ist? Er sieht nach einem Oldtimer aus, aber genau weiß ich das erst, wenn ich ihn mir gründlicher angeschaut habe.

Ich räume weitere Kisten, Paletten und anderes Gerümpel beiseite, bis ich sehen kann, wo die Plane mit einem Seil festgezurrt ist. Es ist glitschig vor Schmutz, und als ich es endlich gelöst habe, sind meine Fingernägel mit grünschwarzer Schmiere überzogen. Auf der anderen Seite des Wohnwagens räume ich weiter. Schließlich ziehe ich ein Taschentuch aus meinem Hemdblusenkleid und säubere meine Finger. Seitlich am Wohnwagen lehnen weitere Paletten, die ich ebenfalls eine nach der anderen entferne. Dann spähe ich in der Hoffnung unter die Plane, dass ich auf der richtigen Seite bin, dort, wo die Tür ist. Bin ich. Sie ist direkt vor mir. Auf einer Plakette rechts daneben steht in silbernen schrägen Buchstaben der Modellname: Bambi.

Mein Herz klopft vor Aufregung. Ich kenne dieses Modell. Wenn ich mich recht erinnere, bietet Airstream eine moderne Version davon an, aber vor mir steht auf jeden Fall ein Oldtimer. Ich ziehe das Handy aus der Tasche und recherchiere schnell bei Google, wie alt der Bambi ist. Aha: Airstream brachte ihn 1961 auf den Markt. Mit fünf Metern Länge ist er eins der kleinsten Modelle, das die Firma je baute, aber die Angabe muss sich auf die Länge über alles inklusive Deichsel beziehen, denn der Aufbau selbst ist echt klein.

Ich stecke das Handy wieder ein und zerre an der Plane, doch sie gibt nur leicht nach. Ich überzeuge mich, dass nicht noch etwas anderes dagegenlehnt, und ziehe heftiger. Langsam kommt mir die Plane entgegen. Ein ganzer Schwall schmutzigen Wassers ergießt sich auf mich. Ich bin klatschnass, aber viel zu aufgeregt, um jetzt noch einen Rückzieher zu machen. Das Kleid muss eh in die Wäsche.

Der kleine Bambi hat eine perfekte Form, auch wenn das silberne Aluminium durch Staub und Alter an Strahlkraft eingebüßt hat. Der Wohnwagen hat nur eine Achse, deshalb ruht das Ende mit der Kupplung auf einem Ständer. Zwei verrostete Propangasflaschen stehen auf der Deichsel, dahinter ist ein alter Ersatzreifen befestigt. An dieser Seite hat der Wohnwagen ein großes rechteckiges Fenster. Als ich mich auf die Zehenspitzen stelle und hineinspähe, erkenne ich zwei weitere Fenster auf der anderen Seite, hinter der die schwarze Scheunenwand ist. Ich stehe da und staune ungläubig. Die Blinklichter haben Tränenform, die silbernen Radkappen sind gewölbt. Die abgerundete Tür ist wie die Außenwand konvex gebogen. Darüber befindet sich eine schmale geschwungene Leiste, damit der Regen nicht vom Dach hinunterläuft und in den Wagen tropft. Das Aluminiumgehäuse ist insgesamt ein bisschen zerdellt und ramponiert, trotzdem kam man dem Wohnwagen seine Schönheit nicht absprechen. Der Bambi ist ein Kunstwerk.

Ich trete einen Schritt vor und versuche die Tür zu öffnen. Nichts zu machen. Mist.

Ich gehe ins Haus, um meinen Vater zu fragen, ob er weiß, wo der Schlüssel sein könnte. Dad liegt ausgestreckt auf der Couch und sieht fern.

»Guck mal in der Schreibtischschublade im Arbeitszimmer nach«, sagt er geistesabwesend.

Das Arbeitszimmer ist ein kleiner Raum neben der Küche. Der Schreibtisch hat insgesamt sechs Laden – drei auf jeder Seite. Ich fange oben links an, finde Briefpapier und allerlei Krimskrams, dann komme ich zu der untersten Schublade. Schlüssel kann ich nicht entdecken, doch ein alter, vertrauter

Geruch steigt mir in die Nase. Ich halte kurz inne und sehe ein Fotoalbum vor mir.

Es ist etwas größer als ein Buch und hat einen goldverzierten braunen Einband. Mum und ich haben auch so eins zu Hause. Es enthält meine Babyfotos bis zu einem Alter von ungefähr drei Jahren und riecht genauso. Ich dachte immer, das sei der Geruch unseres Hauses in Phoenix.

Vorsichtig hole ich das Album heraus und schlage es auf. Ganz vorn ist ein hauchdünnes, durchsichtiges Papier, auf dem nächsten Blatt steht in Mums Schrift: *Familie Elmont.*

Dieselben Worte stehen in dem Album bei uns, doch dieses hier umfasst nur ein Jahr, nämlich das, in dem ich vier wurde. Hinter der Jahreszahl ist ein Strich, als sei das Album nie ergänzt worden. Als ich nach hinten blättere, sehe ich, dass die letzten sechs Seiten leer sind.

Ich kehre zurück an den Anfang und schaue mir die ersten beiden Bilder an, geschützt hinter vergilbender Filmfolie. Das obere zeigt mich in einem grasgrünen Badeanzug auf dem Rasen unseres alten Hauses, damals in Phoenix. Der Rasensprenger ist eingeschaltet, ich lache, habe die Arme weit ausgestreckt. Ich stehe im Regen, das Wasser läuft mir übers Gesicht.

Hinter mir sieht man die drei riesigen Kakteen, an die ich mich noch so gut erinnere, und in der Ferne, jenseits der braunen Bungalowdächer auf der anderen Straßenseite, erhebt sich der Camelback Mountain. Der Himmel ist blassblau, mein langer Schatten fällt auf das nicht mehr so grüne Gras.

Darunter ist eine Aufnahme von unserem cremeweißen, gedrungenen Haus mit den roten Dachziegeln und den passenden roten Markisen über den Fenstern. Ein Bogengang führt über die Veranda zur Haustür. Der Rasen erstreckt sich über die gesamte Breite des Hauses, am Rand zieht sich ein Steinbeet mit Kakteen und diversen anderen Sträuchern entlang. Das Beet war mit spitzen weißen Kieseln gefüllt, auf denen man nicht mit bloßen Füßen stehen konnte. Die anderen Häuser in der Nachbarschaft hatten nur Kiesel anstelle von Rasen.

Mum hat mir mal erzählt, dass wir die Einzigen in der Gegend waren, die tatsächlich Gras hatten – sie wollte es als Erinnerung an England –, und dass jeden Abend die Sprenger angingen, um es zu wässern. Ich lief super gerne hindurch.

Ich erinnere mich an das Gefühl des Grases unter den Füßen, hart und grob, ganz anders als der weiche, samtige Rasen zu Hause oder der auf der Farm hier.

Ich blättere um und sehe ein Foto von Dad und mir am künstlich Stadtstrand von Phoenix. Mein Vater steht in einer grellorangen Badehose neben mir. Er ist stark gebräunt, nasse Strähnen seiner längeren Haare kleben ihm auf den Wangen. Aus dem blassblauen Wasser hinter uns ragen mehrere Felsen, wie die Rückenknochen eines Stegosaurus, dahinter ist eine breite Lagune, in der Menschen auf Luftmatratzen treiben. Noch weiter in der Ferne erstreckt sich ein weißer Sandstrand mit hohen, dünnen Palmen. Die ganze Szene wirkt schmerzhaft vertraut.

Auf einem anderen Bild sitze ich in einem roten Kleid auf einer Steinmauer, und hinter mir erheben sich die Schluchten des Grand Canyons mit ihren hellorangen und gelben Schichten. Wieder eine andere Aufnahme zeigt mich auf den Schultern meines Vaters neben einem Josuabaum mit krummen Ästen, auf einer weiteren stehe ich vor einem riesigen Kaktus vor einem Restaurant in Rawhide. Ich erinnere mich noch an die bunten Kerzenhalter auf den Holztischen draußen.

Zumindest bilde ich mir das ein. Ich bin mir nicht sicher, ob ich Erinnerungen wachrufe oder ob ich diese Fotos schon mal gesehen habe.

Wir hatten doch auch gute Zeiten als Familie, oder? Wie konnte das so schiefgehen? Was hatte Sheryl, das Dad so wichtig war? Sie ist völlig anders als Mum. Meine Mutter ist weder besonders gebildet noch ehrgeizig, sondern warmherzig und arglos. Liebevoll. Warum hat das meinem Vater nicht gereicht?

Diese Fotos zeigen unsere guten Zeiten. Gab es auch viele schlechte Zeiten, an die ich mich nur einfach nicht erinnere?

Vielleicht passten meine Eltern einfach nicht zueinander. Objektiv betrachtet, ergaben sie – ein Hausmeister und eine Obstpflückerin – schon mehr Sinn als ein Hausmeister und eine Professorin.

Aus irgendeinem Grund muss ich an Scott und Nadine denken.

»Und, gefunden?«, fragt Dad in der Tür. Ich zucke zusammen.

Automatisch klappe ich das Album zu.

Lächelnd weist er mit dem Kinn darauf. Entweder bemerkt er meinen schuldbewussten Gesichtsausdruck nicht, weil ich beim Herumschnüffeln erwischt wurde, oder er ignoriert ihn. »Das lag damals in einem Karton, als wir aus dem Haus in Bloomington auszogen.«

»Mum hat eins, das so ähnlich ist, da sind die Fotos der ersten drei Jahre drin.«

»Dieses wollte sie auch haben, aber ich habe es behalten.«

»Warum?« Gerade hat er noch gesagt, er hätte es in einem Karton gefunden, also kann es ihm nicht so wichtig gewesen sein.

»Deine Mutter hatte die Negative. Sie wollte sich neue Abzüge machen lassen, hat sie aber wahrscheinlich nicht, oder?«

»Nicht, dass ich wüsste«, erwidere ich leise.

»Kam wohl nicht dazu.«

Vielleicht tat es ihr auch einfach zu weh, an die Zeit erinnert zu werden, bevor du uns verlassen hast.

Ich spreche meine Gedanken nicht laut aus. Wahrscheinlich werde ich die Abkehr meines Vaters von uns nie verstehen, und leider haben wir keine Beziehung, in der man offen miteinander redet.

Als Jugendliche habe ich sehr viel deutlicher gesagt, was ich dachte, war viel eher bereit, meine Meinung kundzutun, wenn ich irgendetwas ungerecht fand. Ich schüttelte die unzähligen kleinen Verletzungen ab, unter denen ich bei jedem Besuch litt, von Sheryl, die mich wegen einer Kleinigkeit anschnauzte, bis zu Dad, der Bailey nicht zurechtwies, wenn sie gemein zu mir war.

Ich habe es längst aufgegeben, um die Zeit und Aufmerksamkeit meines Vaters zu kämpfen. Inzwischen akzeptiere ich die Situation so, wie sie ist, denn ich weiß, dass Sheryl und Bailey bei ihm an erster Stelle stehen und ich weiter unten aufrauche.

Ich bin tougher als früher, nicht weil ich mich wehre, sondern weil ich es nicht mehr tue. So komme ich zurecht, so kann ich sicherstellen, dass ich nicht mehr so verletzt werde wie früher.

Das heißt aber nicht, dass es mir nicht weh tut.

»Kann ich das mit nach oben nehmen?«, frage ich Dad.

»Klar. Hast du den Schlüssel vom Wohnwagen gefunden?«

»Noch nicht.«

»Guck mal in der mittleren Schublade rechts«, weist er mich an.

Ich ziehe die entsprechende Lade auf und entdecke einen ganzen Berg von Schlüsseln. Ich wüsste nicht, mit welchem ich anfangen sollte, aber zum Glück kommt Dad mir zu Hilfe. Er kramt herum, legt einen Bund nach dem anderen zur Seite, bis er mir schließlich einen dünnen Ring mit zwei kleinen silbernen Schlüsseln hinhält.

»Ich glaube, das sind sie.« Er gibt sie mir.

»Danke.«

Zunächst bringe ich das Fotoalbum hoch und lege es vorsichtig auf meinen Nachttisch. Ich lasse meine Hand darauf ruhen, als sei es ein kostbares Lebewesen.

Bevor ich nach unten gehe, muss ich blinzeln, um klar sehen zu können.

7

»Wren!«

Sheryl ruft mich.

Ich klettere von Bambi, atme dankbar frische Luft ein.

Ich nenne den Airstream jetzt nach seinem Modellnamen – so süß ist er.

»Könntest du das hier zu den Fredricksons bringen?«, fragt Sheryl, als ich um die Scheune herumkomme. Sie hält mir eine Flasche mit Sekt hin, dazu ein Glas mit dem Pfirsichpüree, das sie vorhin gemacht hat.

»Ein Dankeschön?«, frage ich im Näherkommen.

»Genau.«

»Soll ich mich erst noch umziehen?« Ich schiele auf mein dreckiges dunkelgraues Hemdblusenkleid.

Sie schüttelt den Kopf. »Das sind Farmer. Denen ist es egal, wie du herumläufst.«

»Das klingt irgendwie abwertend.«

»Ich wollte damit nur sagen, dass sie es gewohnt sind, sich die Hände schmutzig zu machen. Das war positiv gemeint«, fährt sie mich an.

Wenn sie meint …

Ich nehme ihr die Flasche und das Püree ab. Anders ist wahrscheinlich längst wieder in Indianapolis.

Nicht, dass es mich interessiert, was er von meinem Aussehen hält.

***

Als ich den Airstream aufschloss, hatte ich noch große Hoffnungen, die dann aber schnell enttäuscht wurden. Innen stinkt es nach Feuchtigkeit und Moder. Die Vorbesitzer hatten einen Teppich hineingelegt, der sich an den Rändern aufrollt und von schwarzem Schimmel überzogen ist. Als ich eine Ecke anhob, entdeckte ich vergammelte Bodenfliesen. Es sind noch die ersten Armaturen und Einbauten drin, aber alles ist in einem schlechten Zustand. Die Vorhänge sind mottenzerfressen, und Mäuse haben die verblassten gelben Bankpolster zernagt. Im Holz sitzt irgendein anderes Tier.

Ich bin am Boden zerstört. Das ist zu viel für mich, das schaffe ich nicht allein in der kurzen Zeit, die ich hier bin, aber es will mir trotzdem nicht gelingen, die Plane wieder drüberzuziehen.

Besonders cool am Wohnwagen finde ich die zweifache Tür: die äußere aus solidem Metall und eine netzbespannte Innentür, damit keine Krabbeltiere hereinkommen können. Ich lasse die äußere auf, damit der Wagen auslüften kann.

***

Die Farm der Fredricksons liegt rund eine halbe Meile entfernt und wird durch deren Kürbisfeld und ein weiteres Feld von Dads und Sheryls Grundstück getrennt. Zuerst sieht man aus der Ferne die große rote Scheune. Das Wohnhaus ist zwar näher, versteckt sich aber hinter den hohen Maisstauden, an denen ich entlanggehe.

Die Scheune ist ein beeindruckendes Beispiel historischer Architektur, dunkelrot gestrichen und fast vollständig aus Holz erbaut, mit Mansardendach. Ich meine, Mansardendächer nennt man in Amerika auch »holländische Dächer« – sie sind symmetrisch gebaut und haben auf beiden Seiten noch mal einen Knick, wodurch man zusätzliche Höhe und damit Stauraum gewinnt.

Am Ende des Maisfelds liegt der schmale Weg, über den Anders gestern zum Schutzraum gefahren ist. Er endet vor einem weißen Lattenzaun, der sich am Hauptweg entlangzieht. Hinter dem Zaun befindet sich ein Rasen und das Farmhaus.

Schon gestern fiel mir auf, dass das Haus vom Stil her genau zur Scheune passt, doch erst jetzt habe ich Zeit, es mir gründlich anzusehen. Es ist rot wie die Scheune, aber viel kleiner und aufwändiger verziert. Die Fenster mit ihren weißen Einfassungen durchbrechen die rote Holzverschalung, und eine mittig eingesetzte Gaube im terrakottarot gedeckten Dach lockert den Eindruck auf. Die Fenster sind symmetrisch angeordnet; direkt unter der Traufe befinden sich an den Seiten und oben in der Gaube zusätzlich kleine dreieckige Fenster.

Ich entriegele das Gartentor und gehe auf das Haus zu. In der Einfahrt links steht ein dunkelgrauer BMW mit offenem Kofferraum. Als ich die drei Stufen zur Haustür hochsteige und auf die Klingel drücken will, höre ich laute Stimmen hinter dem Haus und halte inne.

»Du bist doch bescheuert!«, ruft Patrik, und eine Seitentür geht auf und zu. Es folgt ein Geräusch, das dem einer Klapperschlange gleicht. »Auf einer Farm gibt es zig Möglichkeiten, sich umzubringen!«

»Tja, aber das ist die einfachste«, erwidert Anders und kommt ums Haus herum.

»Dann mach doch, was du willst«, schnauzt Patrik ihn an, und wieder knallt die Seitentür zu. Anders zuckt zusammen.

Resigniert schüttelt er den Kopf und legt drei lange Jagdgewehre oder Schrotflinten – ich habe keine Ahnung, auf jeden Fall sind es *Waffen* – in den Kofferraum und schlägt ihn zu. Als er mich auf der Veranda entdeckt, erstarrt er.

»Ich wollte das hier für deine Eltern vorbeibringen.« Verstört hebe ich Flasche und Glas an.

»Ma!«, ruft er. »Wren ist da!«

Hinter der Haustür erklingen Schritte, dann öffnet Peggy mit einem leicht verkrampften Lächeln.

»Hallo, Wren!« Ihre Stimme ist voller Wärme, doch sie ist sichtlich nervös.

»Hi! Ich soll dir das hier von Sheryl und meinem Vater bringen. Und von mir!« Ich reiche ihr das Pfirsichpüree. »Ich weiß ja nicht, ob du Bellinis magst, aber wenn du das Pfirsichpüree in den Sekt tust, gibt das einen schönen Cocktail. Eigentlich soll man Prosecco nehmen, aber ich weiß nicht, ob es in der Stadt welchen gibt. Dies war die einzige Flasche, die wir noch vorrätig hatten. Ein kleines Dankeschön, weil ihr uns gestern gerettet habt.«

Ich rede zu viel.

»Na, da war ja nichts zu retten, wie sich herausgestellt hat. Der Tornado ist woanders hergezogen.«

Ich lache unsicher. »Hätte auch schlimmer ausgehen können.«

Ich schiele nach links und sehe, dass Anders dort steht und uns beobachtet.

»Jedenfalls noch mal vielen Dank!«, sage ich übertrieben fröhlich. »Jetzt muss ich aber nach Hause zum Essen.«

Ich haste die Stufen hinunter über den Gartenweg.

»Anders kann dich bringen!«, ruft Peggy mir nach. »Er will jetzt los.«

»Nein, nein, schon gut«, entgegne ich schnell. »Ich gehe gern zu Fuß.«

Ich schaue mich kurz über die Schulter um und sehe, wie

er sich durch Haar fährt und mir mit einem verlegenen Ausdruck nachblickt.

Ich gehe durch das Törchen.

Keine Ahnung, warum ich so reagiert habe. Weil er so viele Waffen im Kofferraum hat? Oder weil es Anders ist?

Jedes Mal, wenn wir uns verabschieden – beziehungsweise *nicht* voneinander verabschieden –, denke ich, es ist das letzte Mal, und dann ist er doch wieder da und sorgt dafür, dass ich ganz nervös und unruhig werde.

Ich bin noch keine hundert Meter gegangen, als ich ein Auto hinter mir höre. Erst will es an mir vorbei, dann wird es langsamer.

»Alles in Ordnung?«, fragt Anders.

Seine Stimme ist so unerwartet nah, dass ich zusammenzucke. Ich hatte nicht mehr daran gedacht, dass das Lenkrad in Amerika auf der linken Seite ist.

»Du bist angespannt«, sagt er praktisch direkt neben mir.

»Findest du?«, entgegne ich sarkastisch und werfe ihm einen kurzen Blick zu. Ich muss auf den Weg achten.

»Wieso schaust du so? Stimmt was nicht mit mir?« Er hebt den linken Arm und schnuppert an seiner Achselhöhle, dann legt er den Ellenbogen wieder in den Fensterrahmen.

Ich kneife die Augen zusammen und frage geradeheraus: »Was willst du mit all den Gewehren?«

Er kratzt sich am Kinn und schaut nach vorn auf die Straße. »Farmer haben nun mal Gewehre.« Er klingt resigniert. »*Menschen* haben Gewehre.«

»Das weiß ich, aber warum hast du so viele im Kofferraum?«

»Ich nehme sie mit nach Hause.«

»Nach Indianapolis?«

»Ja.«

»Warum?«

»Weil ich …« Im ersten Moment klingt es, als wollte er es mir erzählen, doch dann unterbricht er sich. »Ist kompliziert«, sagt er schließlich.

»Machst du dir Sorgen um Jonas?«

Das Auto bleibt stehen, aber es dauert einen Moment, bis ich es merke, so dass ich einige Schritte zurückgehen muss.

»Warum sagst du das?« Alarmiert starrt er mich durch das offene Fenster an, und als ich seinen Blick erwidere, fühlen sich meine Knie plötzlich an wie Pudding. Wieder fällt mir der orangebraune Fleck in seinem Auge auf. Nein, er ist bernsteingelb.

»Nur so ein Gefühl«, beeile ich mich zu sagen. »Deine Mutter schien sich beim Tornado Sorgen um ihn zu machen, und dein Vater war ziemlich aufgeregt, als Jonas nicht zu finden war. Das ist natürlich alles verständlich angesichts der Umstände, aber ich habe mich doch gefragt, ob mit ihm alles in Ordnung ist.«

Anders seufzt. »Mein Bruder war in letzter Zeit … Tja, er war nicht ganz er selbst«, gibt er niedergeschlagen zu. »Meine Mutter hat mich angerufen, weil sie sich Sorgen macht.«

Das also ist der Grund, warum Anders während der Rennsaison zu Hause war: Jonas.

Vorsichtig frage ich: »Befürchtet ihr, dass er sich etwas antun könnte?«

Nimmt er deshalb die Waffen mit?

»Hoffentlich nicht. Aber ich will kein Risiko eingehen.« Anders schluckt und schaut durch die Windschutzscheibe nach vorn. Plötzlich wirkt er verletzlich. »Ich habe kein gutes Gefühl dabei, jetzt zu fahren.«

»Kannst du nicht bleiben?«, frage ich zaghaft. Ich habe Mitleid mit ihm.

»Nicht, wenn ich meinen Job behalten will.«

»Das tut mir echt leid, Anders.« Ohne nachzudenken, drücke ich seinen Ellenbogen.

»Ich muss los.« Er nimmt den Arm herunter und sieht mich kurz an. Sein Blick wandert über mein anthrazitgraues Kleid nach unten. Mir fällt ein, wie ich herumlaufe. Anders' Augenbrauen ziehen sich zusammen.

»Du siehst aus, als hätte sich Jackson Pollock mit einem Eimer grüner Farbe an dir ausgetobt«, bemerkt er.

Ich lache. Er muss schmunzeln, und es ist, als würde nach einem langen, kalten Winter die Sonne herauskommen.

Ob Scott gewusst hätte, wer Jackson Pollock ist?

»Pass auf dich auf!«, sagt Anders.

»Du auch.«

Dann ist es wieder Winter.

8

Ich gehe zurück zu Dad und Sheryl. Baileys Wagen steht in der Auffahrt, lediglich sechsunddreißig Stunden zu spät. Heute Abend habe ich keine Lust auf ihr Geschnatter. Ich würde gerne sagen, dass ich nur so mürrisch bin, weil ich Hunger habe und die Düfte aus der Küche durch die Tür nach draußen ziehen, aber seit ich mich von Anders verabschiedet habe, bin ich richtig fertig. Entschlossen verdränge ich ihn aus meinen Gedanken und drücke auf die Klingel, verärgert darüber, den Schlüssel vergessen zu haben.

Bailey macht auf. »Hi!«, ruft sie mit breitem Lachen.

»Hi.« Meine Antwort ist deutlich weniger enthusiastisch.

»Als ich gehört habe, dass Mom ein Brathuhn macht, konnte ich nicht widerstehen«, sagt sie hinter mir.

Ich komme ins Haus und schließe die Tür.

»Ist Casey auch da?«

»Arbeitet noch.« Bailey geht mir voran in die Küche.

»Echt? Das ist aber lange.«

»Privatunterricht. Die Schüler müssen ja Zeit haben.«

»Wren! Das hat aber gedauert«, sagt Sheryl vorwurfsvoll.

»Hätte ich vielleicht noch schneller laufen sollen?«, murmele ich.

»Kannst du die auf den Tisch stellen?« Sie weist auf die Schüsseln mit Bratkartoffeln, Erbsen und Möhren.

Dad und Bailey beratschlagen, welche Flasche Wein wir

zum Huhn trinken sollen. Ich habe das Gefühl, eine Familie beim Essen zu stören. Eine fremde Familie.

Während ich die Schüsseln ins Nebenzimmer bringe, versuche ich, das Gefühl zu ignorieren.

Der Tisch ist für vier Personen gedeckt. Es gibt zwar einen Einsatz, um Platz für acht zu haben – das weiß ich noch von vergangenen Dinnerpartys –, aber momentan ist er für sechs Personen ausgelegt; zwei freie Stühle stehen an der Wand.

Seit ich hier bin, sitze ich links von Dad und gegenüber von Sheryl. Mein Vater nimmt immer den Platz am Kopfende ein. Heute ist ein vierter Platz gegenüber von ihm am anderen Ende gedeckt.

Ich stelle das Gemüse auf die Untersetzer, die schon auf dem Tisch liegen, und zögere, als sich meine alte Unsicherheit wieder meldet.

»Setz dich doch, Wren!«, fordert Sheryl mich auf, als sie mit dem Brathuhn hereinkommt.

Dad und Bailey folgen. Bailey hört nicht auf zu plappern, während sie den Rotwein öffnet und Dad und Sheryl etwas einschenkt.

Unentschlossen stehe ich am Ende des Tisches.

»Wren?« Fragend hält Bailey mir die Flasche hin.

»Gern«, erwidere ich und ziehe den Stuhl gegenüber von Dad heraus.

Sie gießt Wein in mein leeres Glas und setzt sich dann links von Dad hin.

Obwohl die Stühle rund um den Tisch stehen, ist die Lücke zwischen mir und den beiden Frauen viel größer als die zwischen ihnen und meinem Vater.

In mir breitet sich das Gefühl aus, allein zu sein, abgetrennt von diesem Teil der Familie. Als würde ich nicht richtig dazugehören.

Unweigerlich ziehe ich mich zurück. Keine Ahnung, ob es jemandem auffällt – Bailey und Sheryl halten das Gespräch am Laufen, wie immer.

***

Am Samstag soll die Farm von Sheryl und Dad offiziell eröffnet werden. In den nächsten Tagen helfe ich, alles für die ersten Kunden vorzubereiten.

Die Vorbesitzer hatten einen Hofladen in der schwarzen Scheune. Den haben sie mitsamt Inventar an Dad und Sheryl verkauft, inklusive Kasse, einer Waage für das Obst und einem großen Berg von Körben, mit denen die Kunden die Früchte von den Bäumen in die Scheune bringen.

Ich mache mich daran, die Scheune von innen gründlich zu säubern. Ich fege den Boden, entferne die Spinnenweben von den Holzwänden, wasche Regale aus und entstaube alle Oberflächen. Ich wische über die Körbe und rücke der alten Kasse mit einem Schwamm und Desinfektionsmittel zuleibe.

Es ist Donnerstag; seit einer Woche bin ich nun hier. Es sieht nicht so aus, als würde es der entspannteste Urlaub meines Lebens, aber ich bin gern beschäftigt und mag es, mit schmerzenden Muskeln und müden Augen ins Bett zu fallen. Hoffentlich hilft mir die harte Arbeit, nachts abzuschalten, denn seit Sonntag liege ich wach im Bett und denke an Scott.

Nach dem Brathuhn fragte ich Bailey, ob sie für Casey etwas mit nach Hause nehmen wolle, und sie erwiderte, ich sei eine bessere Ehefrau als sie.

Sheryl merkte, dass ich verletzt war, und warf Bailey vor, unsensibel zu sein. Meine Halbschwester brauchte einen Moment, bis sie begriff, dass sie mir weh getan hatte. Als der Groschen gefallen war, entschuldigte sie sich, doch am

Abend war der Schmerz um den Verlust von Scott wieder ganz frisch.

Als ich das letzte Mal in Amerika war, hat er mich begleitet. Nie habe ich mich weniger allein gefühlt. Stets war er an meiner Seite, gehörte zu mir, drückte mir das Knie oder hob verstohlen eine Augenbraue, wenn Sheryl mich mal wieder auf die Palme brachte. In dem Urlaub wurde mir klar, dass ich mein Leben mit ihm verbringen wollte, dass ich mich auf ihn verlassen kann. Ich muss immer noch begreifen, dass er nie wieder bei mir sein wird, wenn ich diesen Teil meiner Familie besuche.

Am Vortag bekam ich einen Anruf von unserer Floristin, die von mir die Anzahlung für den Blumenschmuck zur Hochzeit haben wollte. Scott hatte angeboten, sich um alles zu kümmern und überall abzusagen, worauf ich mich verlassen hatte. Ich war davon ausgegangen, dass es ihm nicht so schwerfallen würde wie mir. Ich hatte ihm meinen Ordner mit der Hochzeitsplanung überlassen, dabei aber leider vergessen, Angaben zur Floristin zu machen. Ihr Mitleid, als sie von der abgesagten Hochzeit erfuhr, war wie ein Schlag in die Magengrube.

Unzählige Male bin ich an ihrem Blumenladen in Bury St Edmunds vorbeigegangen. Bevor ich abflog, stand ein großer Eimer mit Sonnenblumen draußen vor ihrem Geschäft. Sie rufen mir unseren Wohnmobilurlaub durch Frankreich, Spanien und Portugal im letzten Sommer in Erinnerung. Ich muss daran denken, wie viel Spaß wir zusammen hatten, und lächele. Doch dann fällt mir ein, dass nun Nadine mit ihm zusammen lacht.

9

Am nächsten Morgen habe ich eine Idee: Man könnte Wimpel und Lichterketten in der Scheune aufhängen. Dad und Sheryl gefällt der Vorschlag, sie haben aber zu viel damit zu tun, das Essen für die große Eröffnung am nächsten Tag vorzubereiten, deshalb setze ich mich allein in Dads Auto und fahre in die Stadt.

Angenehm überrascht entdecke ich östlich vom Hauptplatz, in einem Teil der Stadt, wo ich bisher noch nicht war, mehrere inhabergeführte Läden und ein gemütliches Café sowie ein Geschäft für Partyzubehör. Als ich nach dem Türgriff taste, sehe ich Jonas in seinem verstaubten schwarzen Pick-up direkt neben mir. Seit Anders mir erzählt hat, er würde sich Sorgen um ihn machen, habe ich immer wieder nach ihm Ausschau gehalten, doch dies ist das erste Mal, dass ich ihn in dieser Woche sehe.

Ich erstarre. Jonas schaut zum Supermarkt neben dem Partyladen hinüber. In seiner Blickrichtung steht eine Frau an der Kasse. Sie ist ungefähr in seinem Alter – Mitte bis Ende dreißig – und sieht gut aus. Ihre dunklen Haare sind zu einem unordentlichen Knoten hochgesteckt. An der Hand hat sie einen kleinen Jungen mit Locken.

Ich blicke wieder zu Jonas hinüber. Er sieht schlecht aus. Ich überlege, ob ich aussteigen und ihn fragen soll, ob alles in Ordnung ist, doch da lässt er den Motor an, setzt rückwärts auf die Straße und fährt davon.

Na, das war aber seltsam.

Aber es geht mich nichts an.

Der Partyladen ist der Wahnsinn, ich fahre mit jeder Menge Lichterketten und Wimpeln zurück nach Wetherill. Für meinen persönlichen Geschmack ist der Stil zu sehr auf Country gemacht: verschiedene Muster, von Blumen bis Punkten, alles in Pastellfarben. Aber es passt in die Scheune, und so mache ich mich mit einer langen Leiter und einem Tacker daran, die Wände zu dekorieren.

»Das sieht super aus!«, ruft Dad, als er später in die Scheune kommt.

»Danke. Bin gleich fertig«, sage ich und befestige die letzte Kordel. »Ich glaube nicht, dass die stark genug für die Lichterkette ist.« Ich klettere die Leiter wieder hinunter und reiche meinem Vater den Tacker.

Er schielt unter die hohe Decke. »Willst du die im Zickzack an die Balken hängen?«

»Ja, hatte ich vor. Was meinst du?«

»Gute Idee. Komm, ich hole Hammer und Nägel.«

Ich setze mich auf den Tresen und warte. Die Wimpel flattern im Windzug, der durch das große Doppeltor der Scheune kommt. Heute ist es kälter als am Vortag.

Das Handy in meiner Tasche vibriert. Als ich den Namens meines Chefs Graham im Display sehe, wundere ich mich. Hoffentlich ruft er nicht wegen des Beale-Auftrags an. Ich habe früher für ein cooles junges Büro im Londoner Stadtteil Clerkenwell gearbeitet, wo ich interessante, abwechslungsreiche Projekte leitete: beispielsweise die Inneneinrichtung eines Apartments an der Themse oder der Umbau eines alten Lagerhauses in eine Bar mit Restaurant.

Die Firma, bei der ich in Bury St Edmunds angestellt bin, ist im Vergleich dazu langweilig.

Nachdem ich mich zehn Monate mit öden Fragen zu Schuldächern und Krankenhauseingängen beschäftigt habe, flehte ich meinen Chef an, mir den Auftrag für ein Wohnhaus zu geben. Anfang des Jahres wurde mir der Entwurf für das Haus der Familie Beale übertragen, zur Renovierung und Erweiterung. Leider ist Lucinda Beale eine Auftraggeberin mit furchtbaren Allüren, aber ohne jede Phantasie. Sie lehnt sämtliche Vorschläge von mir ab und behandelt mich wie einen Lakai, der nach ihrer Pfeife zu tanzen hat. Es ist ätzend, für sie zu arbeiten.

Inzwischen liegt die Genehmigung für den Umbau vor, die Arbeiten sollen in der Woche nach meiner Rückkehr beginnen. Ich habe schon total Bammel davor. Die Auftraggeberin wird ständig alles ab- und verändern wollen, was immer wieder zu Vertragsstreitigkeiten führen wird. Das wird der absolute Albtraum, und der einzige Mensch, dem ich daran die Schuld geben kann, bin ich selbst, weil ich ja unbedingt einen Wohnhausauftrag haben wollte.

Ich liebe meinen Beruf, werde gern dafür bezahlt, etwas zu entwerfen, in dem Menschen leben und arbeiten. Aber er hat auch Nachteile, so wie jeder andere Beruf auch.

Ich nehme Grahams Anruf an. »Hallo?«

»Hi, Wren!«, meldet er sich. »Wie geht's dir?«

»Danke, gut. Und dir?«

»Sehr gut. Hör zu, es tut mir wirklich leid, dass ich dich im Urlaub stören muss, aber hier hat sich etwas getan, und ich dachte, ich sage dir Bescheid.«

»Aha …«

»Da du ja weg bist, musste Freddie immer mal wieder Fragen mit Mrs. Beale besprechen, und irgendwie hat sie Gefallen an ihm gefunden.«

Das kann ich mir vorstellen. Es wäre typisch für Lucinda

Beale, mit einem gut aussehenden, noch nicht fertig ausgebildeten jungen Architekten herumzuschäkern, statt sich mit mir auseinanderzusetzen, einer Frau, die deutlich mehr Erfahrung und Expertise hat.

»Ich weiß nicht, wie ich das höflich ausdrücken soll«, fährt Graham fort. »Sie hat gefragt, ob er den Auftrag übernehmen und der betreuende Architekt vor Ort sein kann.«

»Oh …« *Was soll das denn?*

»Ich kann ihr natürlich sagen, dass Freddie verplant ist, aber ich hatte den Eindruck, dass du nicht besonders glücklich mit dem Projekt bist.«

Das ist mir jetzt peinlich. Er hat ja recht, aber mir war nicht klar gewesen, dass ich so durchschaubar bin.

»Ich gebe zu, dass ich die Zusammenarbeit mit ihr etwas schwierig finde.«

»Du hättest also nichts dagegen, wenn Freddie übernehmen würde?«, fragt Graham hoffnungsvoll, immer auf der Suche nach einer einfachen Lösung.

Hätte ich schon, aber eher aus Prinzip.

»Was würde ich denn stattdessen tun?« Ich versuche mir einzureden, dass das eine positive Entwicklung ist. Wenn die Umbauarbeiten im Haus von Mrs. Beale losgehen, wird die Frau zu einer regelrechten Hexe werden.

»Nun ja, da Raj nicht mehr da ist, könntest du die Zeichnungen für die Ausschreibung zum Anbau der Grundschule von Heathfield übernehmen«, schlägt Graham vor. »Und danach brauchen wir die Bauzeichnungen.«

Mein Mut sinkt. Das sind genau die Aufgaben, die ich nicht mehr haben wollte. Das Ganze hat nichts mit Entwerfen zu tun, das sind nur massenweise technische Zeichnungen, auf denen vom Dach über die Fenster bis zu Abwasserleitungen jede einzelne Steckdose und jeder Lichtschalter für den Elektriker vermerkt sein muss. Die Zeichnungen für die Ausschreibung gehen an fünf Bauunternehmer, die die Kosten schätzen und ein Angebot abgeben. Anschließend muss ich für den, der den Zuschlag bekommt, noch genauere Zeichnungen anfertigen. Das Ganze wird zwei bis drei Monate dauern, wahrscheinlich noch länger.

Dad kommt mit den benötigten Werkzeugen zurück in die Scheune. »Sheryl macht gerade die Küche sauber, da kann ich dir helfen, die Kette aufzuhängen.«

Ich wackele mit meinem Handy vor ihm herum, um ihm zu zeigen, dass ich gerade telefoniere. Er artikuliert lautlos eine Entschuldigung.

»Denk mal drüber nach«, sagt Graham. »Du kannst mir am Montag Bescheid geben.«

»Okay, danke«, erwidere ich.

»Alles in Ordnung?«, fragt Dad, als ich das Handy seufzend wieder verstaue.

»Ja, alles gut.« Ich hüpfe vom Tresen. »Ist es auch wirklich in Ordnung, wenn du mir beim Aufhängen hilfst?«

»Na klar! Das war eine super Idee von dir«, sagt Dad lächelnd, während wir anfangen, die erste Lichterkette zu befestigen. »Man merkt, dass du was von Einrichtung verstehst.«

Sein Lob ist mir peinlich. So was kann doch jeder.

»Wie läuft's auf der Arbeit?«, fragt er.

Ich will ihn schon abwimmeln und behaupten, alles sei gut, was ich immer sage, wenn er mich etwas Persönliches fragt, doch diesmal beiße ich mir auf die Zunge. Mein Urlaub ist schon halb vorbei, und wir haben uns noch nicht ein einziges Mal richtig unterhalten. Das tun wir selten. Als ich den Urlaub buchte, wusste ich, dass er mit der Farm beschäftigt sein würde. Das hat mich nicht gestört, aber in einer Woche geht es zurück nach Hause, und wer weiß, wann wir uns wiedersehen. Bin ich dazu bestimmt, bis ans Ende meiner Tage eine oberflächliche Beziehung zu meinem Vater zu haben? Will ich das?

Ich denke an Bailey, die deutlich offener ist und seine Aufmerksamkeit und Zuwendung viel lieber annimmt. Vielleicht könnte ich etwas mehr wie sie sein.

Aus dem Bauch heraus erzähle ich ihm von meiner Arbeit, wie sehr mir meine alte Firma fehlt und wie gefangen und uninspiriert ich mich in letzter Zeit fühle.

»Kein Wunder, dass du dir so vorkommst«, sagt er und schlägt einen Nagel ein. »Du hast ja auch eine Menge mitgemacht.«

»Die Begeisterung hat mir schon vorher gefehlt«, gestehe ich und reiche ihm die Lichterkette zum Aufhängen.

»Spielst du mit dem Gedanken, deinen Beruf zu wechseln?«

»Nicht nach sieben Jahren Ausbildung.« Ganz zu schweigen von meinem Studienkredit, den ich wahrscheinlich abbezahlen darf, bis ich siebzig bin. »Die werfe ich nicht einfach so weg.«

»Ich weiß noch, früher, da hast du immer gemalt«, sagt Dad lächelnd und reicht mir den Hammer, um von der Leiter zu steigen. »Du hast immer in deinem Block herumgekritzelt. Andere Kinder malten Ponys, du hast Häuser gezeichnet.« Er dreht sich um und sieht mich an. »Erinnerst du dich daran, dass unsere Nachbarn in Bloomington uns einen ganzen Karton mit Legosteinen geschenkt haben? Du hast jeden Tag stundenlang damit gespielt, Häuser gebaut und Geschäfte und sogar ein dreistöckiges Hotel«, sagt er voller Bewunderung. »Dabei warst du erst acht Jahre. Ich wusste immer, dass du später mal etwas Kreatives machen würdest.«

Ich lächele, nehme mehrere Nägel aus einer Packung und steige die Leiter hoch. Wir wechseln uns ab.

»Ich sag dir was: Wenn dein Chef nicht weiß, was er an dir hat, dann dreh ihm eine lange Nase und such dir einen anderen Job.«

Ich schnaube verächtlich. Dann halte ich den Nagel fest und schlage mit dem Hammer drauf, zuerst vorsichtig, dann mit mehr Kraft. »Momentan fallen Stellen für Architekten in coolen Büros nicht gerade vom Himmel. Jedenfalls nicht da, wo ich wohne.«

»Und was ist, wenn du umziehst? Es mal mit einem Ortswechsel probierst?«

»Das ist gerade ein Ortswechsel. Ich musste zu Hause weg, weil ich ständig Scott mit seiner neuen Freundin getroffen habe. Trotzdem mag ich die Stadt, auch wenn er da wohnt. Ich bin noch nicht bereit, meine Sachen zu packen und zu gehen. Das wäre auch hart. Ich würde mich vertrieben fühlen, obwohl ja schließlich er derjenige war, der mich verlassen hat.«

Dad gibt ein mitfühlendes Geräusch von sich und reicht mir die Lichterkette. Ich klemme sie an einen Nagel und zupfe so lange daran, bis sie auf einer Höhe mit den letzten zwei Bögen ist.

»Diese Zeichnungen, die du machen sollst ... Müsstest du dafür vor Ort sein?«, fragt Dad.

»Nein, überhaupt nicht. Wir haben alle Vermessungsdaten und jede Menge Bilder im Computer.«

»Könntest du die Zeichnungen überall anfertigen?«, fragt Dad.

Ich steige die Leiter hinunter, drehe mich zu ihm um und streiche die Haare hinter die Ohren. »Theoretisch schon.«

»Dann frag doch deinen Chef, ob du den Sommer über

hierbleiben kannst! Zwei Wochen sind nicht annähernd genug, um richtig abzuschalten.«

Ich schaue in seine grünbraunen Augen, dieselbe Farbe wie meine. Wahrscheinlich wäre Graham einverstanden, wenn ich ihm diesen Vorschlag machen würde. Ich könnte die Zeichnungen ohne weiteres hier anfertigen, dann wäre es auch nicht mehr so hart, dass Lucinda Beale mich abserviert hat.

Aber meint Dad das ernst? Will er wirklich, dass ich hierbleibe? Die Vorstellung, den Sommer in Indiana zu verbringen, ist verlockend. Dann komme ich auf den Boden der Tatsachen zurück.

»Ich will euch nicht zur Last fallen«, sage ich befangen und hebe die Leiter an.

Ich meine nicht ihn, sondern Sheryl. Vor allem Sheryl.

»Du bist doch keine Last!«, ruft er und folgt mir in die hintere Ecke der Scheune. Er strahlt eine gewisse nervöse Energie aus. »Du bist meine Tochter! Wenn du länger weg bist, hast du vielleicht wieder mehr Ideen. Du könntest dir einen Block holen, ein bisschen herumprobieren. Zumindest könntest du deine Zeichnungen in einer schönen Umgebung anfertigen.« Ich steige wieder die Leiter hoch, er redet weiter. »Wir könnten dir einen Schreibtisch vor eins der Mansardenfenster stellen, dann hättest du einen direkten Blick auf die Felder.«

Würde ich Anders wiedersehen? Ich ärgere mich, dass ich sofort daran denke. Das Letzte, was ich brauche, ist noch einen Mann, der mir durch den Kopf spukt.

Aber dann hätte ich tatsächlich Zeit, den Wohnwagen herzurichten. Der Gedanke macht mich glücklich. Als ich am Sonntagabend von der Farm der Fredricksons zurückkam, vergaß ich, ihn abzuschließen, doch trotz des langen

Auslüftens stank er am nächsten Morgen immer noch. Was würde ich dafür geben, wenn ich den ganzen vergammelten Kram herausreißen und von vorn anfangen könnte!

Mum wäre einverstanden. Sie hat einen neuen Freund, Keith, das scheint gut zu laufen. Sie würde mich bestimmt ermutigen, länger hierzubleiben.

»Ich glaube, du musst erst mal mit Sheryl sprechen, bevor du mir irgendwas anbietest.« Ich steige wieder von der Leiter hinunter.

Mein Vater ist leicht geknickt, und ich habe ein schlechtes Gewissen, nicht begeisterter auf seinen Vorschlag zu reagieren. Etwas impulsiver. Etwas mehr wie Bailey.

Aber ich will mir keine Hoffnungen machen, solange ich nicht weiß, ob Sheryl hundertprozentig hinter der Idee steht. Es kann nämlich gut sein, dass sie Bedenken hat. Als ich jünger war, bin ich mal einen Monat lang hier gewesen, und nach nur zwei Wochen war die Anspannung im Haus schlichtweg unerträglich. Deshalb fielen meine Besuche danach immer kürzer aus.

»Du hast die Ehre!« Ich weise auf den Stecker.

»Nein, nein. Du«, erwidert Dad.

Ich gehe zur Wand und warte kurz, die Hand auf dem Schalter.

»Was ist, wenn sie nicht angehen?«, frage ich lächelnd.

»Jetzt spann uns nicht so auf die Folter!«

Ich lege den Schalter um, und die Scheune erstrahlt im warmen Licht von zweihundert Birnen, die kreuz und quer über uns gespannt sind. Es sieht wunderschön aus.

Ich schiele zu Dad hinüber, der sich staunend umsieht. Die Lichter spiegeln sich in seinen Augen, und auf einmal verspüre ich das dringende Bedürfnis, ihn in den Arm zu nehmen.

Will er wirklich, dass ich den Sommer über bei ihm bleibe?

»Sheryl wird ganz begeistert sein«, sagt er. »Ich geh sie mal holen.«

Ich warte, während er losläuft.

10

Die Eröffnung ist ein überraschender Erfolg. Es kommen weitaus mehr Leute aus der Stadt als erwartet; durch die Musik in der Scheune und die herumtollenden Kinder erinnert das Ganze an eine nette Sommerparty.

Bailey und Casey sind auch da, außerdem Caseys Eltern und sein Bruder, die alle so sympathisch wie Casey sind. Peggy und Patrik schauen kurz vorbei, nur von Jonas ist nichts zu sehen. Ich höre, dass Peggy jemandem erzählt, Anders sei auf einem Autorennen in Toronto, doch über den Verbleib ihres älteren Sohns sagt sie nichts. Ich unterhalte mich mit ihr, und sie versichert mir noch einmal, dass ich so oft auf ihren Feldern herumlaufen könne, wie es mir gefällt. Auf ihr Angebot werde ich ganz sicher noch zurückzukommen.

***

Nachdem es sich später am Abend abgekühlt hat und die Hitze erträglicher geworden ist, mache ich genau das. Ich nehme den Feldweg, schaue aber nicht zu den Fredricksons hinüber, falls dort jemand am Fenster stehen sollte. Ich will ihnen nicht zu sehr auf die Pelle rücken. An der Scheune habe ich keine Hemmungen mehr, mich gründlich umzusehen.

Hinter der Scheune stehen zwei große Hallen aus Stahlblech, das erste der beiden Tore steht offen und gibt den Blick auf einen grünen Traktor frei. Rechts daneben erheben sich zwei riesige silberne Getreidesilos mit kegelförmigen

Spitzen, die mich an die Kopfbedeckung des Blechmanns aus *Der Zauberer von Oz* erinnern.

Etwas weiter hinten ist so was wie ein Schrottplatz, doch ich schaue zu einer Baumreihe am Fuß des Hügels hinüber, an dem sich ein silbrig plätschernder Fluss entlangschlängelt. Den will ich mir näher ansehen. Der Feldweg ist grasüberwachsen.

Bald stelle ich fest, dass das, was ich für einen breiten Strom gehalten habe, tatsächlich nur ein kleiner Wasserlauf ist, der am Ende des Feldwegs parallel zum Hauptweg verläuft. Ungehindert strömt das Wasser dahin.

Das Ufer ist steinig, ich klettere auf einen Felsen und versuche einen besseren Blick auf das Flüsschen zu erhaschen. Ist es tief genug, um darin zu schwimmen? Ich entdecke ein altes, ausgefranstes Seil an einem dicken Ast und muss grinsen. Anders und Jonas sind in ihrer Jugend hier bestimmt ins Wasser gesprungen.

Die Vorstellung, sich an so einem heißen Tag abzukühlen, ist verlockend. Gerade spiele ich mit dem Gedanken, mir die Schuhe auszuziehen, als plötzlich ein Zweig hinter mir knackt. Erschrocken drehe ich mich um und entdecke im Schatten der Bäume einen großen Mann.

Das Herz schlägt mir bis zum Hals.

»Rutsch nicht aus!«, ruft er herüber.

Doch er hat mich so aus dem Konzept gebracht, dass ich genau das tue. Ohne dass ich etwas dagegen tun könnte, rutsche ich vom Fels ins Wasser. Mein Schrei tönt durch die Wipfel.

***

Jonas kann nicht mehr aufhören zu lachen.

»Argh, ist das kalt!«, keuche ich und schlage wild um

mich. Das Wasser ist zwar nur hüfttief, aber es hat so gespritzt, dass ich komplett nass bin.

»Alles in Ordnung?«, fragt Jonas mit großen Augen. Er klettert über das steinige Ufer zum Wasser hinunter.

»Du hast mir einen Schreck eingejagt!«, rufe ich vorwurfsvoll.

Ich muss wie eine ertränkte Ratte aussehen – meine braunen Haare hängen in nassen Strähnen hinunter.

»Tut mir leid.« Jonas streckt mir die Hand hin und macht ein betretenes Gesicht, aber ich merke, dass er sich zusammenreißen muss. »Ich dachte, es wäre schlimmer, wenn ich nichts sage und du mich plötzlich entdeckst.«

»Ehrlich gesagt, wüsste ich keine wirklich perfekte Möglichkeit, mit der Situation umzugehen«, brumme ich und greife nach seiner Hand.

Er zieht mich aus dem Wasser, als sei ich eine Feder. Um mich aufzuwärmen, hüpfe ich am Ufer herum. Meine jetzt nicht mehr weißen Turnschuhe quietschen und quatschen bei jeder Bewegung.

Mit Blick auf die Sneaker muss Jonas schmunzeln.

»Schön, dass du was zu lachen hast«, sage ich düster.

Ich necke ihn nur, die Situation ist ja lustig, doch anstatt zu lachen, wie ich erwarte, scheint ihn meine Bemerkung zu ernüchtern.

Ein Klingelton unterbricht die befangene Atmosphäre. Seufzend holt Jonas sein Handy aus der Gesäßtasche. Auf dem Display ist Anders zu sehen, der eine Grimasse zieht. Jonas starrt darauf, ich ebenfalls – auf dem Foto wirkt Anders deutlich jünger, vielleicht Mitte zwanzig.

»Willst du nicht drangehen?«, frage ich.

Jonas schüttelt den Kopf und steckt das Handy wieder ein. »Was machst du hier?«

»Ich bin spazieren gegangen. Deine Mutter hat mir erlaubt, hier herumzulaufen, schon vergessen? Das hat sie dir gesagt, als wir im Schutzraum waren. Ich hoffe, das ist in Ordnung.«

»Ja, von mir aus«, sagt er beiläufig. Wieder fängt sein Telefon an zu klingeln. Diesmal meldet er sich seufzend.

»*Ich hab schon hundertmal angerufen, Mensch!*«, höre ich Anders schimpfen.

»Was ist denn?«

»*Wo warst du?*«

»Ich dachte, du hättest heute ein Rennen.«

»*Hab ich auch! Warum bist du nicht drangegangen?*«

»Ich war unterwegs.«

»*Wo?*«

»War spazieren. Hab zufällig Wren getroffen.« Jonas wirft mir einen Blick zu und wackelt mit den Augenbrauen.

Schweigen am anderen Ende.

»*Wren?*«, fragt Anders schließlich.

»Ja, sie steht direkt neben mir.«

»*Gib sie mir mal!*«

Jonas hält mir sein Handy hin, und in mir zieht sich alles zusammen. »Er will mit dir sprechen.« Jonas wackelt mit dem Telefon vor meiner Nase herum.

Zögernd halte ich mir das Gerät ans Ohr. »Hallo?«

»Was machst du da mit meinem Bruder?«, will Anders wissen.

Ist er sauer? Warum?

»Nichts. Ich habe ihn am Fluss getroffen.« Es klingt, als hätte ich etwas zu verbergen.

Jonas kommt unter den Bäumen am Ufer hervor, doch ich bleibe, wo ich bin, und zittere in meinen nassen Klamotten.

»Was hat er da zu suchen?«

»Weiß ich doch nicht.«

»Hat er irgendwas dabei? Geht es ihm gut?«

Da wird mir klar, dass Anders gar nicht wütend ist. Wieder habe ich ihn falsch eingeschätzt. Er macht sich Sorgen.

»Ich glaube, es geht ihm gut.« Ich beobachte, wie Jonas am Rand des Felds stehen bleibt. Der Acker ist noch schwarz, die Pflanzen treiben gerade erst aus.

»Kannst du mir deine Nummer geben?«, fragt Anders. »Können wir später noch mal sprechen, wenn du allein bist?«

»Hm, ja, denke schon.« Ich nenne ihm meine Nummer, mein Herz schlägt schneller.

»Ich rufe dich jetzt an, dann hast du auch meine Nummer. Melde dich, wenn du Zeit hast.«

Er legt auf, und kurz darauf summt das Handy in meiner Tasche. Zum Glück ist es wasserdicht.

Mit quietschenden Turnschuhen gehe ich zu Jonas hinüber.

»Alles in Ordnung?« Ich sehe ihn forschend an. Unglaublich, wie groß er ist.

Er nickt und schaut auf das Feld. Heute trägt er ein verblasstes gelbes T-Shirt, das an der Schulter eingerissen ist, dazu eine schmuddelige Jeans, die aussieht, als sei sie seit Monaten in keiner Waschmaschine gewesen. Seine braunen Haare liegen in strähnigen Wellen, wie das Haare gerne tun, wenn sie länger keinen Kontakt zu Shampoo hatten. Er ist jetzt auf jeden Fall mehr Hulk als Fotomodell.

»Dein Bruder macht sich Sorgen um dich«, sage ich und gebe ihm sein Handy zurück.

»Unnötigerweise.«

Er hat eine unglaublich tiefe Stimme, mehrere Töne tiefer als die seines Bruders, und der Midwestern-Akzent ist viel stärker.

»Braucht er das nicht?«

Jonas schweigt, steckt nur das Telefon ein. Keine besonders ermutigende Reaktion.

Seufzend schaue ich an mir hinab. »Ich gehe wohl besser nach Hause.«

»Willst du mein T-Shirt haben?«

»Nein, danke, schon gut.«

Ich bin ihm für das Angebot dankbar, aber wenn man nicht im Schatten der Bäume steht, ist es ganz warm. Außerdem wäre es sehr seltsam, wenn Jonas sein Shirt ausziehen und halb nackt nach Hause gehen würde.

»Wenn wir bei uns sind, kann ich dich zurückfahren«, bietet er an.

»Das wäre gut. Hauptsache, nicht mit dem Motorrad.«

Er schnaubt verächtlich. »Hab vergessen, dass mein Bruder dich mitgenommen hat.«

»Bei dem Tornado hatte ich keine andere Wahl.«

Als ich an Anders denke, wird mir flau Magen. Er will, dass ich ihn anrufe. Ich war davon ausgegangen, dass ich nie wieder von ihm sehen oder hören würde.

»Hattet ihr nach dem Sturm Schäden am Hof?«, frage ich Jonas, als wir losgehen.

»Nichts Schlimmes, zumindest nichts am Haus, aber es sieht so aus, als ob wir ein Maisfeld verloren haben.« Er guckt auf meine Turnschuhe. »Zieh die besser aus! Sonst bekommst du Blasen.«

Er hat recht. Er wartet, während ich wankend einen nassen Socken und Schuh nach dem anderen abstreife.

»Welches Feld denn?«, frage ich, als wir weitergehen.

»Das an dem Weg zwischen unserer und euer Farm.«

»Woher weißt du, dass es kaputt ist?« Als ich heute daran entlangging, ist mir nichts aufgefallen.

»Hagelschäden an den Quasten.«

»Quasten? Was ist das? Sorry, ich kenne mich null mit Landwirtschaft aus, aber es interessiert mich.«

»Das sind die Blüten oben an den Stängeln.« Jonas weist auf eine Maisfeld in der Ferne. »Der Pollen fällt auf die Kolben und bestäubt die Seide. Ohne Quasten entstehen keine Maiskörner. Zum Glück war der Hagel örtlich begrenzt, die anderen Felder sind verschont geblieben.«

»Und was macht ihr jetzt? Holt ihr den Mais raus und pflanzt etwas anderes?«

Jonas schüttelt den Kopf. »Dafür ist es zu spät. Wir lassen ihn stehen und ernten ihn mit den restlichen Feldern ab.«

»Du könntest ein Maislabyrinth anlegen!«, rufe ich begeistert.

Er sieht mich an, legt die Stirn in Falten. Seine Augen sind dunkelblau. »Was?«

»Ein Maislabyrinth«, wiederhole ich grinsend und schwinge meine Sneaker in den Händen, damit sie ein bisschen trocknen. Ich genieße es, mit nackten Füßen zu laufen. Es ist ewig lange her, dass ich barfuß unterwegs war.

»Schätze nicht, dass mein Vater sonderlich begeistert davon wäre.«

Seine Stimme ist so trocken wie der Wüstensand in Phoenix, doch ich lasse mich nicht abschrecken.

»Denk mal drüber nach! Die Leute könnten nach Wetherill kommen, würden bei uns Kürbisse pflücken und anschließend bei euch ins Maislabyrinth gehen.«

»Hm«, macht er. Nach einer Weile sagt er: »Ich laufe schon mal vor und hole den Gator.«

Offenbar ist er nicht gerade begeistert von meiner Idee.

***

Nach dem Duschen schlüpfe ich in einen kuscheligen weißen Bademantel und ziehe mich mit meinem Handy in mein Zimmer zurück. Etwas nervös setze ich mich auf die Bettkante.

Beim zweiten Klingeln meldet sich Anders. »Hi, Wren.«

Als ich seine tiefe Stimme höre, beruhigen sich meine Nerven.

»Hi.«

»Bist du zu Hause?«

»Ja.«

»Hat Jonas dich heimgebracht?«

»Ja, mit dem Gator, warum?«

»Wollte ich nur wissen.« Anders' Ton ist jetzt weicher als vorher, und plötzlich kann ich ihn ganz deutlich vor mir sehen, gestochen scharf, wie er sich die Haare rauft und mir nachschaut, als ich durch das Tor davongehe. »Danke für den Anruf«, sagt er. »Hab mir Sorgen gemacht.«

Ich schlinge den freien Arm um meine Taille. »Jonas kam mir ganz normal vor.«

»Was wollte er wohl da unten am Fluss?«, überlegt Anders laut. »Hatte er irgendwas bei sich?«

»Ich hab nichts gesehen.« Das hat er mich bereits beim ersten Gespräch gefragt. »An was hast du denn gedacht?«

»Keine Ahnung, vielleicht ein Seil ...«

Das leichte Kribbeln in meinem Oberkörper erstarrt unter einer Eisschicht.

»Meinst du das ernst?«

»Entschuldigung, ich wollte dich nicht erschrecken.«

»Nein, ich meine, glaubst du wirklich, dass er so was tun könnte?«

Ich denke an das Seil am Ast über dem Wasser und stelle es mir mit einer Schlaufe vor. Das Bild macht mir Angst.

»Hoffentlich nicht, aber man kann nie wissen, was in einem anderen Kopf vor sich geht.«

»Er machte mir wirklich einen ganz normalen Eindruck«, versuche ich ebenso Anders wie mich zu beruhigen. »Wir haben über den Hof und die Arbeit gesprochen.«

»Für Außenstehende reißt er sich zusammen.«

»Hat er Depressionen?«

»Mit Sicherheit.«

»Weißt du, warum?«

»Gibt eine Menge Gründe. Er fühlt sich alleingelassen, gefangen, überfordert, hat es nicht im Griff ... Wenn der Tornado über unsere Farm hinweggezogen wäre ... Ich möchte mir nicht vorstellen, was dann passiert wäre. Der herumfliegende Müll hat schon genug Arbeit gemacht. Wenn er nicht von den Feldern geholt wird, kann er bei der Ernte schnell Schäden an den Maschinen anrichten.«

»Jonas hat mir nur erzählt, dass er ein Maisfeld wegen Hagelschlag verloren hat und dass der Fluss letzten Monat über die Ufer getreten ist und einen Teil der Sojabohnen vernichtet hat.« Das erwähnte er auf dem Heimweg.

»Tja. Du kannst dir bestimmt vorstellen, dass es ihn fertiggemacht hat, zig Stunden lang Weizen zu ernten, Felder zu pflügen und zu düngen, den Mähdrescher und die Vorsätze zu säubern und alles in dem Wissen wegzustellen, dass die schwere Arbeit dieses Jahr erst mal erledigt ist, nur um dann alles wieder herauszuholen und neu pflanzen zu müssen. Das ist unglaublich viel Arbeit, dabei ist der finanzielle Verlust noch gar nicht eingerechnet.«

Er hat viel Verständnis für seinen Bruder.

»Kein Wunder, dass er das Gefühl hat, überfordert zu sein«, murmele ich.

Anders muss sich genauso fühlen – und gleichzeitig hilflos, besonders wenn er sich nicht freinehmen kann, um nach Hause zu kommen und seine Familie zu unterstützen.

»Tja, wundert einen nicht, wenn Farmer depressiv werden. Aber die meisten sind zu stur, um sich Hilfe zu holen, mein Bruder eingeschlossen.«

»Wollte er immer schon Farmer werden?« Ich rücke nach hinten, um mich gegen die Kopfkissen zu lehnen.

»Als wir Kinder waren, fand er das Hofleben toll. Er wollte bei allem dabei sein und immer mithelfen. Selbst als er einen Teil von seinem Finger verlor, war er nach ein paar Tagen wieder am Start.«

»Wie ist das denn passiert?«, frage ich erschrocken.

»Mit einem Erdbohrer.«

»Was ist denn ein Erdbohrer?«

»Ein Werkzeug, das wie eine Spirale aussieht. Mit dem bohrt man Löcher in den Boden. Wir haben einen Zaun gebaut.«

»Wir?«

»Ich habe ihm geholfen.«

»Und wie alt warst du da?«

»Zehn. Er war zwölf.«

»*Zehn und zwölf?*«

»Ja. Jonas hat sich mit dem Ärmel in dem Teil verfangen. Zum Glück war ich dabei und konnte das verfluchte Ding abstellen, sonst hätte er wahrscheinlich die ganze Hand verloren.«

»Aber wo waren eure Eltern?« Vor Entsetzen werde ich laut.

»Sie hatten keine Ahnung, was wir da trieben«, antwortet Anders leichthin. »Jonas hatte sich in den Kopf gesetzt, dass wir uns Enten zulegen, deshalb wollten wir erst ein Gehege bauen und anschließend unsere Eltern fragen.«

Ich muss grinsen. Bei dem Gedanken an die beiden kleinen Jungen, die sich etwas in den Kopf gesetzt haben, geht mir das Herz auf. »Ich hoffe, ihr durftet euch anschließend wirklich Enten holen.«

»Nein, aber dafür bekamen wir einen Hund.«

»Ah.«

Ich mag ihn. Das kann ich nicht leugnen. Jonas mag ich auch, aber Anders hat etwas an sich, das mich auf einer anderen Ebene zu ihm hinzieht. Er ist eher mein Typ. Jedes Mal, wenn wir miteinander sprechen, fühle ich mich ein klein bisschen wacher, ein klein bisschen lebendiger.

Allerdings ist es sehr unwahrscheinlich, dass wir uns noch mal über den Weg laufen, solange ich hier bin. Mir steht der Sinn sowieso nicht nach erneuten Turbulenzen, und ein unerwiderte Schwärmerei – selbst ein Urlaubsflirt – würde mir alles andere als guttun.

Es ist still in der Leitung. Anders atmet tief durch.

Mir fällt etwas ein, das ich besser sagen sollte.

»Anders«, beginne ich vorsichtig. »Unten am Fluss hängt ein Seil im Baum.«

»Das ist zum Spielen. Da haben wir uns als Kinder immer übers Wasser geschwungen.«

»Soll ich vielleicht ... keine Ahnung ... da irgendwie hochklettern und es abschneiden?«

»Wie willst du das denn machen?«, fragt er belustigt. »Über den Ast hüpfen wie ein Vögelchen?«

Ich schnaube genervt.

»War ein Witz. Tut mir leid. Wenn er sich aufhängen wollte, würde er kein altes Seil nehmen, sondern ein neues.«

Bei dem Bild, das sich in meinen Kopf drängt, dreht sich mein Magen.

»Verdammt«, brummt Anders, jetzt nicht mehr fröhlich.

Ich schneide ein neues Thema an, das erste, das mir in den Sinn kommt. »Mein Vater hat mich früher immer ›Vögelchen‹ genannt.«

»Was?« Anders hängt noch seinen düsteren Gedanken nach.

»Du hast eben gesagt, ich würde auf dem Ast herumhüpfen wie ein Vögelchen. Das war früher der Spitzname meines Vaters für mich.«

»Jetzt nicht mehr?«

»Seit er sich von meiner Mutter getrennt hat, nicht.«

»Wann war das?«

»Als ich fünf, sechs Jahre war. Er hat uns verlassen, als Sheryl mit meiner Halbschwester schwanger wurde.«

»War die letztens mit dir in der Kneipe?«

»Ja, das ist Bailey.«

»Ich kenne den Typen, der mit euch da war.«

Und ich dachte, er hätte uns kaum beachtet.

»Das war ihr Mann Casey.«

»Ich glaube, wir waren auf derselben Schule.«

»Wart ihr«, bestätige ich.

»Bist du dir sicher?«

Mitten ins Fettnäpfchen getreten.

»Casey hat Jonas und dich erwähnt.« Ich versuche zu erklären, dass wir über die Fredricksons gesprochen haben, ohne dass es klingt, als hätte ich mich nach Anders erkundigt. »Er hat uns gesagt, dass euch die Farm neben der von meinem Vater gehört.«

»Aah! Daher wusstest du also, wer wir sind.«

Es klopft bei ihm im Hintergrund, dann ruft jemand etwas mit unterdrückter Stimme.

»Moment, ich komme!«, gibt Anders zurück, die Hand auf dem Handy.

»Musst du los?«

Ich will das Gespräch nicht beenden.

»Ja, ich habe zugesagt, mit den anderen ein Bier zu trinken.«

»Deine Teamkollegen? Gibt es was zu feiern, oder trinkt ihr, um eure Niederlage zu vergessen?«

»Wir feiern«, antwortet er. »Wir haben gewonnen.«

»Glückwunsch!«

»Danke. Hey, und noch mal danke, dass du mich zurückgerufen hast. Weiß ich zu schätzen.«

»Kein Problem.«

»Wann fliegst du nach England?«

»Am Donnerstag.«

Es war nicht mehr die Rede davon, dass ich länger bleibe. Entweder hat Dad Sheryl nicht auf das Thema angesprochen, oder sie war von seinem Vorschlag nicht begeistert.

»Na, dann guten Rückflug«, sagt Anders. »Vielleicht treffen wir uns ja das nächste Mal wieder, wenn du da bist.«

»Kann sein.«

Aber da er offenbar einen vollen Terminplan hat und ich nur selten rüberfliege, ist die Wahrscheinlichkeit nicht groß, dass wir uns jemals wiedersehen.

11

Kaum habe ich aufgelegt, wird die Tür aufgestoßen. »Kannst du nicht klopfen?«, fahre ich Bailey an. Eine dämliche Frage. Bailey klopft nie.

»Was machst du hier?«, frage ich.

»Casey ist mit seinem Bruder unterwegs. Ich hatte Langeweile. Mit wem hast du telefoniert?« Mit einem frechen Grinsen kommt sie ins Zimmer.

Ich funkele sie böse an. »Hast du gelauscht?«

»Nur ganz kurz. Ich wollte nicht stören. Ich dachte, du redest vielleicht mit Scott.«

Endlich erwähnt sie ihn.

»Eher nicht«, brumme ich und ziehe den Bademantel enger um mich.

»Und, wer war es dann?«

»Sei nicht so neugierig!«, schimpfe ich und rutsche vom Bett. Ich muss mich allmählich mal anziehen.

»Wren!«, ruft sie und boxt mir gegen die Schulter, so dass ich rückwärts auf die Matratze falle. »Warum hast du so schlechte Laune?«

»Wie bitte?« Entrüstet setze ich mich auf und lache schwach. Diese Bailey kenne ich aus meiner Jugend.

Sie schubst mich wieder nach hinten.

»Lass das!«

»Sag's doch!«

»Nein! Verzieh dich!«

»Mann, bist du blöd«, platzt es aus ihr heraus. Sie wirft sich neben mich auf die Matratze.

»*Ich* bin blöd?«, frage ich ungläubig und komme wieder hoch. Es ist, als hätte man uns zurück in die Vergangenheit katapultiert.

»Ja, ja, ich weiß, dass ich für dich schon immer eine furchtbare Nervensäge war.«

Bailey verdreht die Augen zur Decke. Ich stehe auf und gehe zur Kommode. Ich kann nicht widersprechen, denn es stimmt. Früher zumindest.

Ich hole mir saubere Wäsche aus dem Schrank und will ins Bad, um mich umzuziehen. Kurz schaue ich zu Bailey hinüber. Sie wirkt verletzt. Dann entdeckt sie das Fotoalbum auf meinem Nachttisch und wird wieder munter.

»Das kenne ich!«, ruft sie, nimmt es auf den Schoß und schlägt es auf. »Das habe ich mir ständig angeguckt.«

»Du?«, frage ich überrascht und bleibe an der Tür stehen.

»Ja! Ich habe die Fotos von dir geliebt.«

»Wirklich?«

»Ja!«, wiederholt sie mit Nachdruck und blättert um. »Mom hat immer ein langes Gesicht gemacht, wenn sie mich damit erwischt hat, hat die Augen zusammengekniffen und die Lippen aufeinandergepresst.« Sie grinst über die Beschreibung und blättert weiter durchs Album. »Ich habe es eine Zeitlang unter meinem Bett versteckt, bis sie es gefunden und weggetan hat.«

»Dad hat mir erzählt, es hätte in einer Kiste gelegen.«

»Das kann gut sein. Mom war so eifersüchtig.«

Ich kann es nicht fassen. »Wieso war *sie* eifersüchtig? Er hat uns doch wegen *ihr* verlassen!« *Und wegen dir*, füge ich in Gedanken hinzu.

Bailey zuckt mit den Schultern. »Eifersucht ist ja nicht rational. Ich bin mir sicher, dass sie große Schuldgefühle hatte und nicht wusste, wie sie damit umgehen sollte.«

»Unglaublich, dass sie das Album einfach versteckt hat«, brumme ich und werfe meine Sachen aufs Bett, um Bailey das Album aus der Hand zu nehmen. »Ich weiß gar nicht, ob ich diese Bilder schon mal gesehen habe.«

Bailey runzelt die Stirn. »Das ist ja traurig. Kannst du dich noch an die Scheidung deiner Eltern erinnern?«

»Ja, schon.«

»Und, wie war das?«

»Die Hölle.«

Sie schaut mich an, die großen braunen Augen voller Ernst. »Nimmst du uns das übel?«

Das ist die direkteste, persönlichste Frage, die sie mir je gestellt hat. Ich weiß nicht, warum sie das jetzt wissen will. Es fühlt sich an, als käme es aus dem Nichts, aber gleichzeitig finde ich es unglaublich, dass wir noch nie darüber gesprochen haben.

Tun wir das jetzt? Sie schaut mich unverwandt an, ihr Gesicht ist offen und unerschrocken.

»Ja«, antworte ich.

Baileys Schultern sacken nach vorn. Sie betrachtet ihre Fingernägel, dreht sie hin und her. Sie sind abgerundet und korallrosa lackiert. Die Farbe hebt sich schön von ihrer braunen Haut ab.

»Hab ich mir gedacht.«

»Ich weiß ja, dass das bescheuert ist.« Ich schiebe meine Kleidung zur Seite, setze mich aufs Bett und ziehe die Knie hoch. »War ja wohl kaum deine Schuld, oder?«

Bailey seufzt. »Ich kann mir nicht vorstellen, wie es für dich gewesen sein muss, ganz allein in ein Flugzeug zu steigen und hier rüberzufliegen, um deinen Vater zu besuchen.

Für mich warst du immer meine mutige Superschwester. Ich habe mir so gewünscht, dass du mich magst. Aber du hast meinen Anblick kaum ertragen.«

»Das stimmt nicht«, entgegne ich stirnrunzelnd. Ihre aufrichtigen Worte gehen mir nahe. Baileys Ehrlichkeit hat einen Dominoeffekt, plötzlich merke ich, dass auch ich bereit bin, mich zu öffnen. »Du warst so niedlich, meistens jedenfalls. Ich war einfach ... Tja, *ich* war eifersüchtig. Du hattest Dad und deine Mutter. Ich hatte meine Mutter und so gut wie nichts von Dad. Ich kam mir wie eine Außenseiterin vor. Tue ich bis heute.«

Sie ist überrascht. »Nein, oder?«

»Doch.« Meine Stimme ist ganz leise. »Selbst bei so Gelegenheiten wie letzte Woche, als du neben Dad am Tisch gesessen hast, da fühle ich mich ausgeschlossen.«

Ich kann kaum glauben, dass ich das ausspreche, und bereue es auch sofort, als ich Baileys Gesichtsausdruck sehe.

»Aber *du* hast dich doch dahin gesetzt, Wren! Ich hatte da eigentlich für mich gedeckt!«

»Ja?«

»Ja!«

Oh, jetzt bin ich perplex.

Ich versuche mich zu erinnern, wie es dazu kam, dass ich am Tischende saß und nicht neben Dad wie an den Tagen zuvor. Ich war mir so sicher, dass der abgelegene Platz am Tischende für mich gedacht war.

Irre ich mich vielleicht? Habe ich mir so lange eingeredet, erst an zweiter Stelle zu kommen, dass es zu einer selbsterfüllenden Prophezeiung geworden ist?

»Dad freut sich immer so, wenn du ihn besuchst«, sagt Bailey. »*Ich* freue mich auch, wenn du kommst. *Mom* freut sich.«

»Komm, nein, die freut sich nicht«, entgegne ich unwillkürlich. »Es ist okay für sie, aber dass sie es gut findet oder sich sogar freut, kann man wirklich nicht behaupten.«

»O je, du liegst total daneben!«, ruft Bailey. »Wenn du wüsstest, wie sie sich da immer reingesteigert hat, sich Sorgen gemacht hat, was du von ihr denkst. Sie wollte unbedingt, dass du sie magst! Du hättest sehen müssen, wie sie das Haus geputzt hat, wie eine Irre, jeden einzelnen Zentimeter gewienert und frische Blumen in dein Zimmer gestellt. *Ich* habe nie frische Blumen bekommen.«

Auf das Stichwort hin schauen wir beide zu der kleinen Rosenvase auf der Kommode hinüber. Ich hatte sie als selbstverständlich angesehen, ja, sie kaum wahrgenommen. Doch jetzt dämmert es mir: Die hat Sheryl dort hingestellt. Sie ist in den Garten gegangen, hat fünf perfekte Rosenblüten ausgewählt, abgeschnitten und in die Vase gesteckt. Für mich.

»Aber ich fühle mich immer wie ein Gast«, erwidere ich verunsichert. Mein Kopf kann gar nicht richtig verarbeiten, was Bailey da sagt.

»Du bist ja auch ein Gast«, gibt sie zurück. »Du bist nie lange genug hier, nie. Ich würde alles dafür geben, dass du mehr Zeit mit uns verbringst.«

»Ich würde gerne länger bleiben. Ein paar Wochen oder so, aber du weißt ja, wie das ist: die Arbeit.« Ich erzähle ihr nicht von Dads Vorschlag.

»Du magst deine Arbeit momentan doch gar nicht.«

Das habe ich ihr im Dirk's erzählt.

»Ja, aber ich kann nicht einfach aufhören. Ich muss meine Miete zahlen. Und ausziehen kann ich erst, wenn unser Mietvertrag ausläuft. Obwohl ich gar nicht ausziehen will. Genauso wenig kann ich mir vorstellen, jemanden mit ins Haus zu nehmen.«

»Vielen Dank auch, Scott«, brummt Bailey.

»Ja. Vielen Dank auch«, stimme ich ihr zu.

»Tut mir leid, dass er so mies zu dir war«, sagt Bailey leise.

Mit Tränen in den Augen lächele ich sie an. »Immerhin zahlt er noch eine Zeitlang die Miete mit.«

»Das ist ja wohl das Mindeste!«

Ich nicke. »Wahrscheinlich hat er ein schlechtes Gewissen.«

»Magst du erzählen, was passiert ist?«, fragt Bailey.

»Willst du das wirklich wissen?«

»Klar. Ich wollte dich schon am ersten Abend danach fragen, als wir zusammen unterwegs waren, aber dann dachte ich, das killt die Stimmung.«

»Schon gut, da wollte ich eh nicht über ihn sprechen.«

Voller Mitgefühl und Verständnis hört sie zu, während ich von jenem Tag im Park und meinem anschließenden Gespräch mit Scott erzähle.

»Er meinte, er hätte manchmal das Gefühl, ich würde auf ihn herabsehen.« Ich rümpfe die Nase, weil ich mich schäme, das zuzugeben.

»Und, hast du?«

»Nein! Natürlich nicht! Aber ich glaube schon, dass Nadine mehr zu ihm aufschaut, und vielleicht braucht er das. Ich habe ihm nie an den Lippen gehangen oder ihn ständig nach seiner Meinung gefragt. Vielleicht habe ich ihn nicht genug angehimmelt. Wir waren gleichberechtigt. Was ich gut fand.«

»Aber wart ihr das wirklich?«, fragt Bailey verschmitzt und kneift die Augen zusammen.

»Vom Gehalt her schon.« So viel verdient man als Architektin nicht, obwohl man sieben Jahre Ausbildung hinter sich hat. »Aber es hat ihm imponiert, dass ich Architektin bin.« Mein Beruf kann durchaus einschüchternd auf andere wirken. »Keine Ahnung. Vielleicht war ich ja wirklich manchmal ungeduldig, wenn er nicht begreifen wollte, unter welchem Druck ich stehe. Und möglich, dass ich manchmal ein bisschen arrogant rüberkam.«

»Nein. Er hat einfach ein zu kleines Ego«, entgegnet Bailey schwesterlich loyal.

Ungewollt muss ich lachen.

»Egal, genug von Scott«, beschließe ich.

»Gut, reden wir über was anderes«, stimmt Bailey zu. »Mit wem hast du eben telefoniert?«

Ich packe mir ein Kissen und schlage nach ihr.

Unbeirrt wehrt sie es ab. »Och, bitte, ich möchte wenigstens über dich ein bisschen Abenteuer erleben!«, bettelt sie. »Ich bin seit vier Jahren mit Casey zusammen. Das ist langweilig!«

»Ist es nicht.«

»Doch, ist es.«

Ich drehe mich auf die Seite und stütze mich auf den Ellenbogen, den Kopf in der Hand. »Läuft es nicht zwischen euch?«

»Doch, alles gut.« Bailey kaut an einem Fingernagel.

»Hör auf damit, sonst geht der ganze Nagellack ab!«, schelte ich sie.

Sie gehorcht und nimmt den Finger aus dem Mund. Dann legt sie sich neben mich, so dass wir uns ansehen.

In mir breitet sich ein sprudelndes, kribbelndes Gefühl aus. Es ist unglaublich schön, sich so zu unterhalten, mit mehr Tiefgang. Bisher hatte ich zu meiner Schwester eine eher oberflächliche Beziehung, so wie zu meinem Vater, doch jetzt merke ich, dass ich das gerne ändern würde.

»Wren! Bailey!«, ruft Sheryl die Treppe hoch.

»Ja?«, rufen wir einstimmig zurück, und unsere Köpfe drehen sich synchron zur Tür, wie zwei Erdmännchen.

»Jemand Lust auf einen Drink?«, fragt Sheryl.

Bailey und ich sehen uns an und grinsen.

»Ja-ha!«, antworten wir gemeinsam und stehen kichernd auf.

»Das Gespräch muss fortgeführt werden«, verkünde ich und sammele meine Klamotten zusammen, um mich endlich anzuziehen.

Bailey nickt. »Wie du meinst, Schwesterherz, wie du meinst.«

12

Noch bevor ich am Montagmorgen aufstehe, rufe ich meinen Chef an und sage ihm, dass ich damit einverstanden bin, dass mein Kollege Freddie den Auftrag für Mrs. Beale übernimmt und ich die Zeichnungen für die Grundschule erstelle. Graham ist begeistert. Ich nehme all meinen Mut zusammen und frage ihn, ob er mich auch von zu Hause aus arbeiten lassen würde.

»Ich wüsste nicht, was dagegen spricht«, antwortet er. »Warum, hast du vor, länger drüben zu bleiben?«

»Ich weiß es noch nicht genau, aber es wäre schön, die Möglichkeit zu haben.«

»Das ist eine super Idee. Ich kann dir alles mailen, was du brauchst.«

»Vielen lieben Dank.«

»Freut mich, dass sich alles so fügt.«

Beim Frühstück verschweige ich das Telefonat, doch nach dem Gespräch mit Bailey am Samstagabend und dem anschließenden gemütlichen Abend zu viert kann ich mir schon eher vorstellen, dass Sheryl einverstanden wäre, wenn ich länger bleibe. Wir hatten viel Spaß zusammen und sind erst spät ins Bett gegangen. Falls Dad das Thema bis heute Abend nicht anschneidet, werde ich Sheryl darauf ansprechen, beschließe ich.

***

Als ich am Nachmittag draußen bei Bambi bin, taucht plötzlich Sheryl auf.

»Habe ich einen Kunden verpasst?«, frage ich.

Ich wechsele mich mit Dad und Sheryl bei der Bedienung der Kunden ab. Das erwartet niemand von mir, doch ich mache es ganz gern. Normalerweise hören wir, wenn ein Auto auf den Hof fährt, und falls wir das doch nicht mitbekommen, können die Kunden auf eine Klingel drücken, die im Haus schrillt, so dass keiner von uns längere Zeit umsonst in der Scheune stehen muss.

»Nein, nein.« Sheryl schüttelt den Kopf.

Sie trägt eine blaue Jeanslatzhose über einem roten T-Shirt. Bisher habe ich sie nie so herumlaufen sehen, doch seit ich da bin, hat sie dieses Outfit jeden zweiten Tag an. Auf dem Stoff ist Mehlstaub, in ihrem kurzen grauen Bob entdecke ich Teigreste. Sie hat heute Vormittag gebacken.

»Ich wollte nur sehen, was du so treibst.« Sheryl stemmt die Hände in die Hüften und betrachte das Gerümpel, hinter dem der Wohnwagen versteckt war.

»Entschuldige die Unordnung. Hier geht es nur langsam voran. Ich will ein paar Sachen hinter die Scheune bringen, wo sie keiner sieht, aber vieles ist einfach zu schwer.«

»Ich kann dir helfen, wenn du willst.«

»Wirklich?«

»Klar. Wir können auch deinen Dad fragen, ob er mit anpackt. Ach, eigentlich könnte Jonas mit dem Traktor rüberkommen.« Sheryl weist auf die rostigen Geräte. »Vielleicht kann er ja noch was davon gebrauchen.«

Da ich inzwischen mehr über ihn weiß, möchte ich ihn lieber nicht mit solchen Dingen belasten.

»Du musst diese Airstreams echt lieben, wenn du bereit bist, so viel Mühe reinzustecken«, bemerkt Sheryl.

»Auf jeden Fall! Es kommt mir vor wie Hohn, dass der unter einer Plane versteckt war. Aber ich glaube nicht, dass ich in den nächsten Tagen noch viel schaffe …« Begreift sie die Anspielung? »Ist bei dir alles okay?«, frage ich. »Kann ich dir irgendwie helfen?«

Sheryl wirkt kurz befangen, und ich habe das Gefühl, dass sie mir etwas zu sagen hat.

O nein, was habe ich getan?

»Ralph sprach davon, dass du vielleicht ein bisschen länger bleiben willst.«

Und los geht's …

Ich zucke mit den Schultern, doch bei ihrem gequälten Gesichtsausdruck zieht sich mein Herz zusammen.

»Ich muss aber nicht.«

»Nein, das fände ich schön! *Wir* fänden es schön.«

Überrascht sehe ich sie an.

»Du bist hier immer willkommen.«

Selbst nach allem, was Bailey mir versichert hat, habe ich meine Zweifel, und da hilft es nicht gerade, dass Sheryl mir mit dem Blick immer wieder ausweicht.

»Mein Chef wäre einverstanden, dass ich von hier aus arbeite«, gestehe ich zögernd. »Aber ich will mich euch nicht aufdrängen. Ich meine, ich würde nur eine oder zwei Wochen länger bleiben, wenn ich den Flug umbuche«, füge ich schnell hinzu.

»Du kannst gerne bleiben, solange du willst«, sagt Sheryl mit fester Stimme. »Das meine ich ernst, Wren.«

Ich wirke wohl nicht gerade überzeugt, doch ihr Gesichtsausdruck ist auch alles andere als schlüssig, und falls ihr das so schwerfällt …

»Ich habe gesehen, dass du dein altes Fotoalbum gefunden hast«, sagt sie unvermittelt. »Bailey hat mich erinnert, dass ich es weggelegt hatte. Dass ich es in eine Aufbewahrungsbox getan hatte und du es seit Jahren nicht gesehen hast.«

Mein Magen zieht sich zusammen.

»Es tut mir leid, mein Schatz«, murmelt Sheryl.

Spät wird mir klar, dass ich ihr Unbehagen falsch interpretiert habe. Sie hat gar nichts dagegen, dass ich länger bleibe, sondern schämt sich ganz furchtbar.

»Das war falsch von mir«, fährt sie fort. »Ich hatte es völlig vergessen, aber das soll keine Ausrede sein. Es tut mir leid.«

Ihre Entschuldigung überrumpelt mich so, dass mir ganz schwindelig wird.

»Schon gut«, brumme ich.

»Nein, nicht gut. Da reicht kein schlichtes ›Tut mir leid‹, um das und all die anderen Fehler von damals wiedergutzumachen. Aber ich gebe mir Mühe, dass es besser wird.«

Sie schaut mir in die Augen, und diesmal hält sie meinem Blick stand.

Auf einmal muss ich meine Tränen zurückblinzeln.

»Komm her!«, sagt sie mit rauer Stimme, und dann nimmt sie mich in den Arm. *Sheryl* drückt mich, tröstet mich, so wie eine Mutter. Es ist das erste Mal, dass sie von sich aus so etwas tut.

»Bitte bleib«, flüstert sie mir ins Ohr. »Ich würde mich so freuen.«

Ich nicke an ihrer Schulter und erwidere mit erstickter Stimme: »Ich würde mich auch freuen. Danke.«

13

Das Licht ist schwach und grau. Es muss sehr früh am Morgen sein, doch ich bin hellwach. Es ist Freitag, und eigentlich wäre ich jetzt wieder in Bury St Edmunds, bin ich aber nicht. Ich bin immer noch im südlichen Indiana und grinse an die Decke.

Bailey will am Abend wieder mit mir ins Dirk's gehen. Sie hat sich unglaublich gefreut, als ich ihr sagte, ich würde länger bleiben. Wahrscheinlich wird es wieder spät werden, aber ich kann jetzt auf gar keinen Fall mehr schlafen. Wie viel Uhr ist es überhaupt?

Ich greife nach meinem Handy, um nachzuschauen. Da fallen am Rand der Rollos blitzende rote und blaue Lichter auf die weiße Wand. Mein Herz bleibt stehen, ich springe aus dem Bett und schiebe die Jalousien gerade noch rechtzeitig zur Seite, um zu sehen, wie ein Krankenwagen zu den Fredricksons fährt. Ich denke an all die Waffen, die Anders in sein Auto gelegt hat, und an das Seil, von dem er befürchtete, sein Brüder könnte es mit an den Fluss genommen haben. Angst erdrückt meine Freude. Peggy hatte Anders nicht ohne Grund herbestellt – alle hatten Grund zur Sorge.

Bitte, bitte, bitte, der Krankenwagen soll nicht wegen Jonas hier sein!

Das Blaulicht war an, aber die Sirene nicht. Weil auf der Straße kein Verkehr war? Oder weil es nicht so dringend ist? Was machen Anders und seine Eltern gerade durch, falls der

Krankenwagen wirklich für Jonas sein sollte? Und wenn es schon zu spät war?

Ich widerstehe dem Drang, mich anzuziehen und zu den Nachbarn rüberzugehen. Was auch immer in der Familie passiert ist, geht mich nichts an.

Schließlich fährt der Einsatzwagen wieder vorbei, immer noch mit blinkenden Lichtern, aber ohne Sirene.

***

Die Nachricht erreicht uns nach scheußlichen Stunden des Wartens um halb elf am Vormittag. Der Krankenwagen hat Patrik abgeholt, der in den frühen Morgenstunden einen leichten Herzinfarkt hatte, von dem er sich wohl vollständig erholen wird. Sheryl hatte Jonas gesehen, der eine Tasche ins Krankenhaus bringen wollte, und fing ihn ab. Auch wenn ich mir natürlich Sorgen um Patrik mache, ist mir den Rest des Tages fast schwindelig vor Erleichterung.

***

Am Abend gehe ich mit einem Korb Pfirsiche und einer Karte mit Besserungswünschen zur Farm der Fredricksons. Sheryl hat mich gebeten, beides vor die Tür zu stellen, falls niemand aufmachen sollte.

Am Tor angekommen, sehe ich Anders auf der Haustreppe sitzen. Er hat die Ellenbogen auf die Knie gestützt, den Kopf in den Händen.

Mein Magen schlägt Purzelbäume.

Ich hatte schon überlegt, ob er wohl die zwei Stunden Fahrt von Indy hierher auf sich nehmen würde, aber wollte mir darüber nicht den Kopf zerbrechen. Ich redete mir ein, dass ich ihn diesen Sommer nicht mehr sehen würde, auch wenn ich jetzt länger bleibe.

Beim Geräusch meiner näher kommenden Schritte sieht er mir mit leerem Gesichtsausdruck entgegen.

»Hi!«, sage ich kurz vor der Treppe.

Er hat die Augen leicht aufgerissen, abgesehen davon bleibt seine Miene unverändert.

»Du bist noch da«, bemerkt er leise und sieht mich mit seinen graugrünen Augen an.

Ich nicke. Es fühlt sich an, als könne sein Blick tief in mich dringen und mein Blut in Wallung bringen. Er macht mich wach. Es fällt mir schwer, meine Stimme zu finden.

»Das mit deinem Vater tut mir echt leid.« Ich halte ihm die Pfirsiche hin. »Die sind für ihn.«

Kurz starrt Anders den Korb an, dann nimmt er ihn mir ab. Er bewegt sich langsam, als würde sein Kopf länger brauchen, um seinen Gliedmaßen Befehle zu erteilen.

»Danke«, erwidert er kurz angebunden und stellt den Korb hinter sich auf die Treppe.

Neben ihm steht eine offene Bierflasche.

»Wo ist Jonas?«, frage ich.

Mit zuckender Schläfe greift er zur Flasche. »Keine Ahnung«, murmelt er. »Irgendwo draußen.« Er weist an mir vorbei auf die weiten Felder und trinkt ein paar Schluck Bier.

»Und deine Mutter?«

»Im Bett. Sie war die halbe Nacht auf.«

Ich zögere, dann frage ich: »Soll ich dir ein bisschen Gesellschaft leisten?« Ich lasse ihn nur ungern so zurück.

Anders antwortet nicht, schüttelt weder den Kopf, noch nickt er, nur seine breiten Schultern heben sich zu einem leichten Zucken. Er rückt ein paar Zentimeter zur Seite.

Ich hocke mich neben ihn auf die Treppe. Innerlich bin ich seltsam aufgedreht. Der Himmel ist eine grau-weiße Fläche. Es ist erst sieben Uhr abends, bis zum Sonnenuntergang sind es noch fast zwei Stunden, aber durch die dicke Wolkendecke wirkt es später.

»Wolltest du nicht gestern nach Hause fliegen?«, fragt Anders.

»Ja, aber mein Chef hat mir angeboten, länger zu bleiben und von hier aus zu arbeiten.«

»Gibt es sonst nichts, das dich zurückzieht?«

»Meine Mutter ist in England, aber sie findet es gut, wenn ich länger bleibe.«

Anders wirft mir einen verblüfften Blick zu.

»Nein, sie ist nicht froh, wenn sie mich von hinten sieht«, stelle ich richtig. »Sie möchte nur, dass ich mir mehr Zeit für mich selbst nehme. Ich habe gerade eine Beziehung hinter mir.« Ich hatte nicht vor, so offen mit ihm darüber zu sprechen, doch je mehr ich sage, desto mehr habe ich das Gefühl, mich erklären zu müssen.

Anders nickt und hebt die Flasche an, um zu prüfen, wie viel Bier noch drin ist. »Willst du auch eine?«, fragt er, steht auf und greift zum Korb.

Er trägt ein petrolblaues T-Shirt und eine schwarze Jeans, die am Hintern schmutzig ist, weil er auf der Stufe gehockt hat. Mein schwarzes Kleid wird genauso aussehen.

»Ja, gern.«

Mit einem schweren Seufzer öffnet Anders die Insektenschutztür und lässt sie klappernd hinter sich zufallen. Ich warte nervös, bis er wiederkommt, mir ein Bier reicht und sich wieder hinhockt. Ich kann mich gerade noch zusammenreißen, sonst hätte ich aus Gewohnheit mit ihm angestoßen. Dies ist nicht der Moment für ein fröhliches Trinkgelage.

»Das wird Jonas noch mehr Stress machen, oder?«, frage ich mitfühlend.

Anders nickt und trinkt einen Schluck Bier.

»Würde deine Familie die Farm eventuell verkaufen?«

Lachend löst er die Flasche von seinem Mund und guckt mich an. Sein Gesicht wirkt alles andere als fröhlich.

»Tut mir leid, wenn das eine dumme Frage war.«

Anders schüttelt den Kopf und wischt Staub von seiner Jeans. »Nein, die war nicht dumm. Normalerweise jedenfalls nicht. Aber diese Farm wird schon seit 1851, seit unsere Vorfahren von Schweden hierhergekommen sind, an den Ältesten vererbt. Jonas und ich wurden in dem Bewusstsein erzogen, dass das Vermächtnis der Familie geschützt werden muss. Das ist unsere Pflicht.«

»Stimmt es, dass ihr alle schwedische Namen habt?«

»Ja. Die ganze Familie: die Schwester meines Vaters heißt Agata, mein Großvater Erik, dessen Vater Aan. Und so weiter.«

Ich drehe mich um und schaue an dem rot-weißen Bauernhaus empor. »Haben das deine Vorfahren gebaut?«

»Ja, und die Scheune auch«, bestätigt er und weist mit dem Kinn hinüber. »Das sind Nachbauten des Gehöfts in Schweden.«

»Wolltest du denn Farmer werden?«

»Es ist nicht meine große Leidenschaft, aber wenn ich müsste, würde ich es machen.«

»Echt? Und deinen Job aufgeben?«

Er nickt.

»Du bist Mechaniker bei einem IndyCar-Team, oder?«

»Nein, ich bin Motorsportingenieur.«

»Oh. Was macht man da so?«

»Ich bin so was wie der Vermittler zwischen dem Fahrer und den Mechanikern.« Er sieht mich kurz an, um mein Interesse abzuschätzen, dann spricht er weiter. »Ich bekomme Rückmeldung vom Fahrer, wie sich der Wagen anfühlt, dann analysiere ich die technischen Daten und überlege, was wir tun müssen, damit der Rennwagen bestmöglich läuft. Das gebe ich an die Mechaniker weiter, und die setzen meine Vorgaben um.«

»Wow, hört sich echt spannend an. Macht dir der Beruf Spaß?«

»Ja, total.«

»Und trotzdem würdest du ihn aufgeben?« Ich möchte es gerne verstehen.

»Wenn Jonas etwas zustoßen würde, ja.« Anders seufzt. »Habe das Gefühl, es wäre eh besser, wenn ich jetzt zu Hause bin.«

»Du kannst doch deinen Traumberuf nicht aufgeben«, sage ich leise.

Er sieht mich an, und sein Gesichtsausdruck ist so schonungslos, dass es mir das Herz zerreißt. »Meine Familie bricht auseinander, Wren. Mein Vater sollte in seinem Alter nicht mehr arbeiten, der Blutdruck meiner Mutter geht durch die Decke. Er war immer schon hoch – weiß Gott, was das hier mit ihr macht –, und mein Bruder ist …« Verzweifelt schüttelt Anders den Kopf, und fast lege ich den Arm um ihn, um ihn zu trösten. Da summt das Handy in meiner Tasche.

Ich hole es heraus und fluche leise vor mich hin, als ich Baileys Namen im Display sehe.

»Tut mir wirklich leid«, entschuldige ich mich bei Anders und gehe dran. Bevor meine Schwester mich fragen kann, wo ich bin, sage ich schnell: »Sorry! Bin in fünf Minuten da!«

»Wir treffen uns in Wetherill.«

»Okay. Sorry noch mal«, entschuldige ich mich wieder, lege auf und sehe Anders an. »Ich möchte eigentlich nicht gehen, aber ich komme schon zu spät. Eigentlich wollte ich mich mit meiner Schwester an der Brücke treffen.«

Er nickt und setzt erneut die Flasche an.

»Hast du Lust, mit uns ins Dirk's zu gehen?«, frage ich aus einer Laune heraus. Gebannt verfolge ich, wie sein Adamsapfel auf und ab hüpft, während er das Bier leert. Blinzelnd schaue ich ihn an. »Damit du ein bisschen auf andere Gedanken kommst?«

»Ich glaube, ich suche mal besser meinen Bruder.«

»Hoffentlich nicht mit dem Motorrad.« Demonstrativ schaue ich auf die leere Flasche neben ihm.

»Ich hatte nur zwei.«

»Trotzdem, was würde deine Mutter dazu sagen?«

»Sie weiß, dass ich diese Felder kenne wie meine Westentasche«, entgegnet er, und seine Augen flackern angesichts meines leicht neckenden Tonfalls.

Als ich aufstehe und mir den Staub abklopfe, fällt mir etwas ein. »Hast du das auch in der Nacht getan, als wir uns draußen getroffen haben? Hast du Jonas gesucht?«

»Ja.«

Unglaublich, dass ich so lange gebraucht habe, um zwei und zwei zusammenzuzählen.

»Und ich habe gedacht, du wärst der Dorftrottel«, scherze ich.

Seine Mundwinkel zuckt leicht, als sei eine unsichtbare Schnur daran befestigt, die ihn mit meinem Körper verbindet.

»Wer sagt denn, dass ich das nicht bin?«

14

Du bist noch in Amerika!«, kreischt Bailey. Offenbar trägt sie mir nicht nach, dass ich zu spät bin. Sie hakt sich bei mir unter und drückt mich im Gehen an sich.

Diesmal hatten wir keine Lust, das Auto zu nehmen. Wir sind fast da: Der große Platz liegt am Ende der Straße.

»Jetzt habe ich endlich jemanden, der mit mir ins Dirk's gehen kann«, kichert Bailey.

»Hast du keine Freunde in deinem Alter?«, ärgere ich sie, doch eigentlich freue ich mich.

»Ich arbeite mit einer Kollegin zusammen, die ist ganz in Ordnung. Wir waren ein paarmal gemeinsam weg, als Case und ich hergezogen sind, aber jetzt ist sie schwanger und total die Spaßbremse.«

»Wie ist deine Arbeit im Moment?«

»Öde.«

»Und, willst du was daran ändern?«

Sie wirft mir einen betretenen Blick zu. »Nee. Das ist jetzt mein Leben«, sagt sie melodramatisch.

Ich runzele die Stirn. »Das klingt aber nicht gerade zufrieden. Hast du schon mal mit Casey darüber gesprochen? Ist er glücklich hier?«

»Ja, total. Er findet es herrlich in der alten Heimat, wohnt gern in der Nähe von seinem Bruder und seinen Eltern. Er konnte sein Glück gar nicht fassen, als der Golfclub einen Lehrer suchte.«

»Aber wenn du gar nicht hier sein willst …«

»Ich reiß mich zusammen. Jetzt guck nicht so ernst!«

Ich bekomme das Gespräch nicht aus dem Kopf, auch nicht, als wir im Dirk's sind.

»All My Favorite Songs« von Weezer dröhnt aus den Boxen, das fällt mir als Erstes auf. Als Zweites Jonas, der an der Theke sitzt.

Ich zupfe an Baileys Ärmel. »Warte mal kurz.«

»Was ist denn?«, fragt sie, als ich sie zurück ins Treppenhaus ziehe und mein Handy heraushole. »Was machst du da?«

»Ich schreibe Anders.«

»Moment, wieso? Warum hast du Anders' Nummer? Warum schickst du ihm eine Nachricht? Ich habe tausend Fragen!«

»Ich habe ihn heute gesehen. Er hat sich Sorgen um Jonas gemacht«, erwidere ich geistesabwesend und tippe: *Jonas ist im Dirk's.*

Hoffentlich liest er sie gleich. Wer weiß, wie weit er auf der Suche nach seinem Bruder schon gefahren ist.

Ich schaue hoch. Bailey starrt mich forschend an.

»Woher hast du seine Nummer, und warum kümmert dich das überhaupt? Und woher kennst du Anders? Und warum interessiert es dich, was Jonas macht? Und war es Anders, mit dem du letztens abends gesprochen hast?« Ihr treten fast die Augen aus dem Kopf. »War das Anders?«

»Beruhige dich mal! Wir waren während es Tornados in ihrem Schutzraum, schon vergessen? Und heute habe ich Pfirsiche für Patrik vorbeigebracht, da war Anders auch da. Wir haben uns unterhalten.«

»Warst du deshalb so spät?«

»Ja, tut mir leid«, wiederhole ich. »Aber ich habe mir

Sorgen um ihn und seine Familie gemacht. Ich bin doch jetzt so was wie deren Nachbarin, oder?«

Ihr Gesicht verzieht sich zu einem Grinsen. »Ich freu mich so, dass du noch bleibst!«

»Ich weiß.« Ich lächele sie an und hoffe, dass die Befragung zum Thema Fredrickson-Brüder nun vorbei ist, bezweifele es aber. »Komm, wir gehen rein und holen uns was zu trinken.«

In der Bar steht Jonas immer noch am Tresen. Er hat sich vornübergebeugt, die Ellenbogen auf die klebrige Holzfläche gestützt, die Hüfte seitlich vorgeschoben und ist entweder total entspannt oder total betrunken. Ich habe die Befürchtung, es ist Letzteres.

»Hey«, sage ich und streife seinen Arm.

Er hebt den Kopf und wendet den Blick von seinem Glas ab, um mich mit glänzenden dunkelblauen Augen anzustarren. Offenbar braucht er einen Moment, um mich zuzuordnen, doch schließlich legt sich ein schiefes, schläfriges Lächeln auf sein Gesicht.

»Hey, Wren«, lallt er.

»Alles in Ordnung?«

»Yeah, alles tutti. Mir geht's gut.« Wankend legt er die Hand auf den Tresen, um sich festzuhalten. Es sieht aus, als würde er den Whisky pur trinken. »Hab dich gar nicht erkannt, ohne nasse Klamotten. Und du hast die Haare hochgemacht.«

Sein Finger malt einen wackligen Kreis in die Luft, sein Blick wandert über mein Gesicht.

Ich stecke meine Haare sonst nie hoch, aber sie sind jetzt lang genug, um sie zu einem Knoten zusammenzufassen.

Die meisten Leute lassen sich nach einer Trennung die Haare abschneiden. Ich habe stattdessen beschlossen, meine wachsen zu lassen. Sie reichen noch nicht ganz bis zu den Schultern, aber diese Länge ist neu bei mir.

»Was habe ich da von nassen Klamotten gehört?«, mischt Bailey sich ein. Ihre funkelnden Augen flitzen zwischen Jonas und mir hin und her.

»Wren ist in den Fluss gefallen.« Jonas stützt den Kopf wieder in die Hand und grinst schief.

»Wirklich?« Bailey sieht mich mit großen Augen an und ist wieder die kleine Boo.

»Erzähle ich dir später«, entgegne ich und wende mich an Jonas. »Anders hat dich eben gesucht.«

Schmunzelnd hebt er den Kopf. »Anders sucht mich ständig.«

»Er macht sich Sorgen um dich«, erinnere ich ihn vorsichtig. »Du bist ihm wichtig.«

Jonas greift nach seinem Glas und sieht Bailey an. »Du bist die Tochter von Ralph und Sheryl, stimmt's?«

»Ja, hallo, ich bin Bailey.« Grinsend hält sie ihm die Hand hin.

Es dauert einen Moment, ehe er reagiert. Als er schließlich ihre Hand nimmt, verschwindet sie fast in seiner Pranke.

Ich wundere mich, dass die beiden sich noch nie begegnet sind, aber es klingt auch nicht so, als sei Jonas in letzter Zeit viel unter Menschen gewesen.

»Was kann ich dir bringen?« Plötzlich steht Dirk vor uns.

Jonas hat immer noch Baileys Hand in seiner. Es scheint sie nicht zu stören.

»Das Übliche«, sagt Bailey, als Jonas sie endlich loslässt.

»Das wäre?«

Sie verdreht die Augen. »Zwei Rum-Cola, bitte, Dirk. Und das, was er da trinkt.«

Sie klingt echt begeistert.

Jonas kichert in sein Glas, dann leert er den Whisky.

In dem Moment kommt Anders herein, und zum zweiten Mal an diesem Abend schlägt mein Magen Purzelbäume. Anders wundert sich nicht, als er uns sieht, er muss meine Nachricht gelesen haben.

»Hey, Bruder«, sagt er ruhig und nickt mir kurz zur Bestätigung zu, ein Dankeschön für die Benachrichtigung.

»Heeeyyy, Bruderherz!«, entgegnet Jonas übertrieben begeistert.

»Komm, wir fahren nach Hause!« Anders drückt die Schulter von Jonas.

»Ich will nicht nach Hause«, sagt der. »Bailey hat mir was zu trinken bestellt.«

Anders wirft meiner Schwester einen kurzen Blick zu.

»Hiii!« Sie lächelt kokett.

»Hi, ich bin Anders«, erwidert er kurz angebunden.

Dirk stellt die Getränke vor uns auf den Tresen.

»Bleib doch auf ein Glas!«, schlage ich Anders so leise vor, dass unsere Geschwister es nicht hören können. Bailey zahlt gerade die Runde, Jonas schaut vor sich hin. Es liegt auf der Hand, dass Anders seinen Bruder in nächster Zeit nicht überreden kann, mit ihm zu gehen.

Seufzend schaut Anders zu Dirk hinüber.

»Bier?«, fragt Dirk.

Anders nickt.

Ich wende mich an Jonas: »Hey, tut mir leid, das mit eurem Vater.«

Sein Lächeln verrutscht leicht. »Bin zu blau, um mir darüber Gedanken zu machen.«

»Du scheinst ein ziemlich glücklicher Betrunkener zu sein«, bemerkt Bailey, während Anders nach seiner Brieftasche sucht.

»Ich *bin* ein glücklicher Betrunkener«, bestätigt Jonas. »Nicht so wie unser Vater. Der war kein glücklicher Säufer, Bruderherz, stimmt's?«

Anders sieht Jonas strafend an, während er seine Kreditkarte vor das Lesegerät hält.

Meine Eingeweide ziehen sich zusammen. Was meint er denn damit?

»Jemand Lust auf eine Runde Billard?«, fragt Bailey.

»Klar«, sagt Jonas überraschend munter.

»Tut mir leid«, raunt Anders mir zu, nimmt sein Bierglas und begleitet mich hinter Jonas und Bailey zum Billardtisch.

»Alles gut. Ich hatte dich doch gefragt, ob du mitkommst, schon vergessen? Solange Bailey gute Laune hat, bin ich zufrieden.«

Und meine Schwester scheint gut drauf zu sein. Sie sieht total toll aus mit ihrer roten Baumwollshorts und dem weißen Tanktop. Ein schlichtes Outfit, aber sie ist so umwerfend, dass sie einen Kartoffelsack tragen könnte und immer noch der Hingucker wäre.

Ich habe ein schwarzes Hemdblusenkleid an, dessen lange Ärmel ich zu den Ellenbogen hochgerollt habe, dazu meine sauber geschrubbten weißen Turnschuhe. Ein lässigerer Aufzug als das letzte Mal, als ich im Dirk's war, aber immer noch schicker als das, was die meisten Gäste hier tragen.

Ich muss dringend einkaufen gehen. Wie üblich, wenn man in den Urlaub fährt, habe ich nur meine besten Sachen eingepackt, allerdings ist meine Garderobe nicht auf einen langen, heißen Sommer ausgelegt. Schon gar nicht auf einen langen, heißen Sommer in schmuddeligen Kneipen, ein Los, das Bailey offenbar für mich vorgesehen hat.

Jonas baut die Kugeln auf, Bailey steht daneben und reibt den Queue mit Kreide ein.

»Wir gegen die?«, fragt Jonas.

Bailey ist nicht klein mit ihren eins siebzig, doch unser Nachbar überragt sie um Längen. Seine schokoladenbraunen Haare fallen ihm in Wellen ins Gesicht. Obwohl er betrunken ist, wirkt er gesetzter als bei unserer letzten Begegnung unten am Fluss.

»Hört sich gut an«, erwidert Bailey.

Anders reibt einen zweiten Queue mit Kreide ein, ergibt sich anscheinend seinem Schicksal.

Jonas holt eine Münze aus der Hosentasche. »Kopf oder Zahl?« Sein Blick wandert zwischen Anders und mir hin und her.

»Du kannst anstoßen«, antwortet Anders.

»Hey, lach mal, Bruder!« Jonas wirft eine Münze ins Gerät und begibt sich zur Stirnseite. »Willst du anfangen?«, fragt er Bailey.

»Nein, mach du!«

»Ich kann kein Billard, tut mir leid«, gestehe ich Anders, als Jonas sich vorbeugt und die Kugeln mit seinem ersten Stoß über den ganzen Tisch verteilt. Eine fällt in die Tasche.

Es kommt mir ein bisschen surreal vor, dass ich jetzt mit ihm ein Team bilde, nachdem ich ihn vor zwei Wochen hier habe spielen sehen.

»Das ist doch bloß zum Zeittotschlagen«, flüstert er.

Falls ich mich eben noch gefreut habe, dass er hier ist, bin ich jetzt ernüchtert. Anders hat überhaupt keine Lust darauf, sich mit uns zu beschäftigen.

»Ihr seid dran«, ruft Jonas uns zu.

Respektvoll zeigt Anders auf mich. Ich stelle mich an den Tisch und versuche, die grüne Halbe zu treffen, doch sie rollt ungefähr fünfzehn Zentimeter an der Tasche vorbei.

Ich ziehe eine Grimasse. Anders hebt die Augenbrauen.

Als Nächste ist Bailey an der Reihe. Grinsend versenkt sie eine blaue Kugel, aber die Weiße fällt mit in die Tasche.

Anders kann die gelbe Halbe versenken, doch seine nächsten beiden Versuche sind nicht erfolgreich.

»Was ist los?«, fragt Jonas ihn.

Anders zuckt mit den Schultern und nimmt sein Bier von der Fensterbank eines hoch angesetzten Fensters.

Jedes Mal, wenn Jonas oder Bailey eine Kugel versenken, gleicht Anders anschließend aus. Ich bemühe mich, wenigstens unsere eigenen zu treffen.

»Du bist wirklich ziemlich übel in Billard«, bemerkt Anders zum Ende des Spiels hin.

»Stimmt. Kannst du dich beeilen und die letzten zwei noch reinmachen, ich muss nämlich dringend zur Toilette.«

Wir versuchen jetzt schon länger, die letzten beiden Kugeln einzulochen. Ich habe das Gefühl, Anders könnte Schluss machen, wenn er wollte, doch er zögert das Spiel so lange wie möglich hinaus.

Er geht um den Tisch herum auf die andere Seite, setzt den Queue an und schaut noch. Als sich seine grünen Pupillen in meinen versenken, bin ich wie elektrisiert. Selbst wenn ich wollte, könnte ich den Blick nicht abwenden. Anders konzentriert sich und schießt die Kugel mit voller Wucht in eine Tasche, so wie er es bei unserer ersten Begegnung machte. Unvermittelt fällt mir eine Bemerkung von Casey an jenem Abend ein: Er sagte, Anders sei verheiratet gewesen und habe seine Frau bei einem Autounfall verloren.

»Verdammt!«, schimpft Jonas, als Anders die Schwarze versenkt. »Noch mal!«

Wie konnte ich das vergessen?

Anders seufzt. »Dann muss ich wohl mal zur Theke. Was trinkst du?«, fragt er mich.

»Eine Rum-Cola, bitte«, antworte ich geistesabwesend.

»Bailey?«, fragt er meine Schwester.

»Ebenfalls, danke!«

Erst jetzt wird mir klar, dass er nicht mehr versucht, seinen Bruder zum Gehen zu überreden.

»Ich nehme einen Whisky!«, ruft Jonas ihm nach.

Als ich von der Toilette zurückkomme, macht Dirk gerade Anders' Bestellung fertig, so dass ich ihm helfen kann, die Getränke zu den anderen zu bringen.

»Ich habe gesagt, ich will einen Whisky«, meckert Jonas, als Anders ihm ein Bier reicht.

»Du bist zu schwer, ich kann dich nicht tragen«, antwortet Anders.

Jonas bringt sein Missfallen schnalzend zum Ausdruck und hebt die Flasche an. »Ihr könnt anfangen.«

Ich biete Anders den Queue an. Er schüttelt den Kopf.

»Soll ich mich hier zum Narren machen?«

»Hast du doch eh schon.« Grinsend verschränkt er die Arme vor der Brust. Sein Bizeps wölbt sich im Ärmel seines T-Shirts.

Ich kneife die Augen zusammen.

»Ich schätze, du machst dich nicht oft zum Narren«, räumt er ein.

Mein Herz flattert, denn er hat recht. Normalerweise bin ich eher kontrolliert. Es sei denn, ich habe getrunken. Dann kann ich für nichts garantieren.

Ich stoße die weiße Kugel mit so viel Schwung wie möglich an, doch sie bringt das Dreieck aus bunten Kugeln kaum auseinander. Beschämt schlage ich die Hände vors Gesicht, während die bescheuerten Brüder und meine eigene Schwester sich vor Lachen wegwerfen.

»Wieso kannst du das so gut?«, will ich von Bailey wissen, als sie die Weiße in die Mitte spielt, worauf die Kugeln in alle Richtungen auseinanderstieben und von der Bande abprallen.

»Hat Dad mir gezeigt«, antwortet sie und setzt wieder an, weil sie eine Kugel in die Tasche geschickt hat.

Die Glücksblasen in meinem Bauch zerplatzen. Baileys Antwort klingt so lapidar und beiläufig.

Ich fange Anders' Blick auf, er lächelt nicht mehr. Ich blinzele, schaue zur Seite und nehme mein Glas vom Tisch.

»Jetzt muss ich mal aufs Klo«, verkündet Bailey, nachdem Anders und Jonas dran waren.

»Ich auch.« Jonas lehnt seinen Queue gegen den Tisch. »Nicht mogeln!«, ruft er uns noch zu, dann folgt er Bailey, die praktisch durch den Laden zur Toilette rennt.

Ich stoße ein Lachen aus, nach dem mir gar nicht ist, und setze zum nächsten Versuch an.

»Soll ich dir helfen?«, fragt Anders.

Ich sehe ihn mit gespielter Wut an, dann wird mir klar, dass er das nicht ironisch meint. Er steht zwischen zwei gerahmten Bandpostern, einem von Wolf Alice und einem von Radiohead. Lana Del Reys »Blue Jeans« läuft mit seinem langsamen, sinnlichen Rhythmus im Hintergrund.

»Ist doch eigentlich egal, ob ich das kann oder nicht, oder?«, entgegne ich mit bebender Stimme. »Du spielst gut genug für uns zwei.«

Er zuckt mit den Schultern und lehnt sich gegen die nackte Backsteinwand, die Füße an den Knöcheln verschränkt. Es ist eine lässige Pose, sein ruhiger, wissender Blick bleibt fest auf mich gerichtet.

Ich überlege es mir anders.

»Na gut, dann zeig mir mal, was ich falsch mache.«

Träge stößt Anders sich von der Wand ab, und ich könnte schwören, dass die Umgebungstemperatur ansteigt, als er sich mir nähert.

»Leg die linke Hand auf den Tisch und halte den Queue mit der rechten Hand. Sie muss auf Höhe deiner Taille sein«, weist er mich an. »Ganz locker! Du bist zu angespannt. Jetzt spreize die Finger.« Er weist auf meine linke Hand. »Den Daumen zur Seite. Nein, so ist die Hand nicht stabil genug, so bekommst du keinen geraden Stoß hin. Guck mal!«

Ich mache Platz, und Anders legt die linke Hand auf den Tisch und zeigt mir, wie ich eine bessere Auflagefläche für den Queue schaffe.

»Ich versuch's.«

Er gibt mir den Queue zurück. »Dein Ellbogen ist wie ein Scharnier, das mehr oder weniger auf einer Höhe bleibt.«

Ich zucke zusammen, als er mich am Ellenbogen anfasst, um mir die Bewegung zu zeigen.

Während ich den Queue zum Üben vor und zurück führe, spüre ich den Geist seiner Berührung. Jetzt weist der Queue mehr oder weniger in eine Richtung.

»Wenn du den Ball hier triffst«, Anders beugt sich über den Tisch und deutet auf eine Stelle an der linken Seite der gelben Kugel, »rollt sie direkt in die Ecktasche.«

»Das mit den Winkeln verstehe ich«, versichere ich ihm.

»Klar. Du bist ja Architektin«, erwidert er mit einem frechen Grinsen.

Ich lache und kralle die Zehen in den Schuhen zusammen. Ich konzentriere mich, und diesmal kann ich die Kugel tatsächlich versenken.

»Yeah!«, rufe ich voller Stolz.

»Na, bitte!«, sagt Anders.

Ich will ihm gerade die Hand zu einem High Five hinhalten, da erschallt Gelächter von der Theke herüber. Bailey und Jonas lassen sich von Dirk ein Getränk in zwei Schnapsgläser schenken, offenbar Tequila. Jonas sieht kurz zu uns herüber, schaut schnell weg und flüstert Bailey etwas ins Ohr. Sie guckt schuldbewusst und neigt sich über den Tresen. Dann kichern die beiden verschwörerisch, heben ihre Schnapsgläser an und stoßen alles andere als heimlich an.

»Die Schweine trinken ohne uns«, murmele ich.

Bailey kippt ihren Tequila hinunter und fängt an zu husten. Jonas legt ihr die Hand auf die Schulter und wirft sie fast um. Darüber müssen sie nur noch mehr lachen.

Anders schmunzelt. »Das sieht nach einer langen Nacht aus.«

Unsere Blicke treffen sich, er presst die Lippen aufeinander und unterdrückt ein Grinsen.

Ich kann nicht sagen, dass ich etwas dagegen hätte. Die Brüder müssen offenbar mal ein bisschen Dampf ablassen.

15

Wir bleiben so lange, bis Dirk zumacht und uns rauswirft.

»Ich muss mein Motorrad vom Parkplatz holen«, sagt Anders zu mir und ruft Jonas zu, er solle auf ihn warten.

»Du willst damit doch nicht nach Hause fahren, oder?«, frage ich bestürzt, während ich ihm um das Gebäude herum folge.

Er kommt mir nicht sehr betrunken vor, aber ich bezweifele, dass ich das im Moment richtig einschätzen kann.

»Nein, ich schiebe es zurück. Es ist nicht für den Straßenverkehr zugelassen; schlimm genug, dass ich überhaupt damit hergekommen bin.«

Plötzlich hören wir, wie Jonas sich übergibt, und bleiben stehen. In dem Moment fliegt die Hintertür der Kneipe auf.

»O nein! Du hast doch nicht gerade auf meine Motorhaube gekotzt!«, ruft Dirk empört und funkelt den älteren Fredrickson-Bruder böse an, einen prall gefüllten schwarzen Müllsack in der Hand.

»Verdammt«, brummt Anders, denn ja, es sieht ganz so aus, als hätte Jonas sich gerade über die Motorhaube eines großen roten Pick-ups erbrochen. So glänzend und sauber, wie der Wagen im Licht der Straßenlaternen strahlt, nehme ich an, dass er Dirks ganzer Stolz ist.

»Ich zeig dir gleich, wo der Hammer hängt!«, schreit er stinksauer und schleudert den Müllsack in einen Container.

»Wir machen das sauber«, ruft Anders schnell.

»Das kann ich euch nur raten!«, schreit Dirk und fuchtelt drohend mit dem Zeigefinger. »Sonst habt ihr den Rest des Monats Hausverbot!«

Sobald die Tür hinter ihm ins Schloss fällt, sehen sich Bailey und Jonas an und brechen in Lachen aus.

Der Juli ist in einer Woche vorbei, deswegen nehmen sie die angedrohte Strafe nicht besonders ernst.

Anders sieht mich leidgeprüft an.

»Wo hängt denn der Hammer?«, frage ich voller Ernst.

Sein Gesicht verzieht sich zu einem Grinsen, und dann prusten auch wir los.

So heftig habe ich seit langem nicht mehr gelacht.

Neben der Hintertür hängt ein Schlauch, so dass es kein großes Problem für Anders ist, das Erbrochene seines Bruders von der Motorhaube zu spülen. Ich biete meine Hilfe an, doch er winkt ab, während der Missetäter selbst nirgends zu sehen ist. Wir hören ihn um die Ecke, wo er mit meiner Schwester hysterisch kichert. Das Geräusch wird von den umliegenden Gebäuden zurückgeworfen und hallt uns in den Ohren.

»War das schon immer so?«, frage ich belustigt, als Anders den Schlauch wieder aufrollt. »Dass *du* auf *ihn* aufpassen musst?«

Er schüttelt den Kopf. »Früher war es andersrum. Wie ist das bei dir und Bailey? Sie ist doch ein ganzes Stück jünger als du, oder?«

»Ja, sechs Jahre. Aber ich hatte nicht viel Gelegenheit, sie als große Schwester zu beschützen.«

Er nickt und sieht mich mit seinen unergründlichen grünen Augen an. Wenn er so ernst wird, ist mir innerlich irgendwie komisch zumute, aber es gefällt mir auch nicht, als er den Blick abwendet.

Er holt sein Motorrad, und wir gehen los. Anders schiebt sein Bike neben mir über die Straße. Bailey und Jonas sind weiter vorn. Sie verstehen sich gut miteinander. Zu gut? Muss ich mir Sorgen machen? Muss Casey sich Sorgen machen?

»Wie lange ist Bailey schon verheiratet?«, fragt Anders, als könnte er meine Gedanken lesen.

»Gute fünf Monate.« Mein Unbehagen wächst. »Aber dein Bruder baggert keine verheirateten Frauen an, oder?«

Casey hatte angedeutet, dass Jonas den Ruf habe, mit vielen Frauen ins Bett zu gehen.

»Bisher hat ihn ein Ehering nicht aufgehalten.«

Mist. Ich hoffe aufrichtig, dass Bailey ihren Mann nicht betrügen würde, allerdings hat sie nicht gerade geschwärmt, als es um ihr Leben ging. Falls sie auf der Suche nach ein bisschen Abwechslung sein sollte …

Anders zuckt mit den Schultern. »Keine Ahnung, vielleicht ist das ja nur mit seiner Ex so.«

»Seine Ex ist verheiratet?«

Anders nickt. »Er war schon auf der Schule mit ihr zusammen. Jonas war total verknallt in sie, hat immer gedacht, dass er sie irgendwann heiraten würde, aber als sie aufs College ging, hat sie ihn für einen anderen sitzen lassen. Den Typen hat sie auch geheiratet und Kinder mit ihm bekommen, und Jonas hat das nie ganz verdaut.«

»Und dann hatten sie eine Affäre?«, frage ich stirnrunzelnd.

»Es ging eine Zeitlang hin und her, vor ein paar Jahren hat sie dann Schluss gemacht, angeblich endgültig. Seitdem hatte Jonas keine ernstzunehmende Beziehung mehr. Er hängt immer noch an ihr.«

»Wohnt sie hier in der Nähe?« Aus irgendeinem Grund muss ich an die Frau im Supermarkt denken.

»Sie ist vor kurzem zurück in die Stadt gezogen«, antwortet Anders. »Ich glaube, das ist auch ein Grund, warum er so fertig ist, obwohl er mir nichts von ihr erzählt hat. Wird er auch nicht tun, nachdem ich ihm das letzte Mal die Meinung gesagt habe, als ich dachte, da läuft wieder was zwischen ihnen. Alles, was mit Heather zu tun hat, erfahre ich inzwischen von meiner Mutter.«

»So heißt sie? Heather?«

Anders nickt.

»Wie sieht sie aus?«

»Lange dunkle Haare, blaue Augen …« Er wirft mir einen kurzen Blick zu. »Warum?«

»Ich habe Jonas vor ungefähr einer Woche in der Stadt gesehen«, erzähle ich. »Er saß in seinem Auto vor dem Supermarkt. An der Kasse stand eine dunkelhaarige Frau und bezahlte. Sie hatte einen kleinen Jungen bei sich.«

»Wie alt war der ungefähr?«

»Zwei Jahre?«

»Sie hat drei Kinder, das könnte ihr Jüngster sein.«

Anstatt links in Richtung Brücke abzubiegen, wenden sich Jonas und Bailey nach rechts. Ich frage mich, ob Jonas überhaupt merkt, dass er meine Schwester gerade nach Hause bringt.

Die Gegend, wo Bailey und Casey wohnen, ist ein wenig heruntergekommen, ihr Haus jedoch wirkt gepflegt und ist frisch gestrichen. Es ist weiß und hat eine violette Tür.

Scott und ich hatten auch vor, gemeinsam ein Haus zu kaufen, bekamen aber keinen Kredit, weil er wegen seiner relativ neu gegründeten Firma noch keine zwei Jahre mit Einkommen vorweisen konnte.

Jetzt kauft er sich wahrscheinlich eins mit Nadine.

Der Gedanke tut nicht mehr so weh wie noch vor zwei

Wochen. Ich schätze, ich komme allmählich darüber hinweg, auch weil ich jetzt mehr Abstand zu ihm und Bury St Edmunds habe.

Mein derzeitiger Begleiter könnte ebenfalls etwas damit zu tun haben.

Bailey dreht sich um und grinst uns an. »Ich würde euch ja einladen, mit reinzukommen, aber ... Nee, ich kann euch nicht mit reinnehmen.«

»Wo ist Casey denn heute?«, will ich wissen, eine, wie ich zugeben muss, durchaus taktische Frage.

»Bei Brett. Wahrscheinlich haben sie den ganzen Abend auf der PlayStation gezockt.«

»Wer sind Casey und Brett?«, wirft Jonas ein.

»Baileys Mann und sein Bruder«, erkläre ich.

Jonas zieht eine Grimasse. »Du bist *verheiratet*?«

Auftrag erledigt.

»Ja, ich weiß, total langweilig«, erwidert Bailey achselzuckend.

»Gut, dann sehen wir uns morgen nach der Arbeit, ja?« Ich trete vor, um sie in den Arm zu nehmen.

»Nein, morgen nicht, da sind wir bei Caseys Eltern, aber bald.« Sie schaut an mir vorbei zu den Brüdern hinüber. »Man sieht sich, ja?«

»Jep«, antwortet Jonas und grüßt noch mal, bevor er sich abwendet.

Bailey geht über den Gartenweg zur Haustür und lächelt mir über die Schulter zu, bevor sie die Tür schließt.

Ich weiß nicht, warum sie mir leidtut, aber so ist es.

* * *

Am Samstagnachmittag löse ich Dad in der Scheune ab. Es ist ein perfekter Tag, die Temperaturen liegen bei knapp über zwanzig Grad, eine leichte Brise weht. Am Wochenende gibt es immer viel zu tun.

Gerade habe ich die Ernte einer Familie gewogen, da kommt schon die nächste herein, Mann und Frau von Mitte bis Ende dreißig mit drei kleinen Kindern. Die Mutter kommt mir bekannt vor; es muss die Frau sein, die Jonas angestarrt hat. Ist das Heather?

Aus der Nähe sieht sie ziemlich gut aus mit stechenden blauen Augen und langen dunklen Wimpern, auch wenn sie vielleicht künstlich sind. Sie hat den Jungen auf dem Arm, der auch im Supermarkt dabei war. Er hat einen süßen Schopf hellbrauner Locken und kuschelt sich am Daumen nuckelnd an die Schulter seiner Mama.

Ich bedanke mich bei den anderen Kunden und verabschiede sie. Dann lächele ich der Familie entgegen. »Hallo! Und ihr wollt heute Pfirsiche pflücken?«

Zu meinem Erstaunen kichert die Frau.

Ihr Mann, falls er es denn ist, sieht mich freundlich an. »Ja, bitte.«

Sicher, war vielleicht eine blöde Frage – was wollen sie sonst hier? –, doch das sagen Dad und Sheryl auch immer zur Begrüßung, so dass ich es übernommen habe. Ich dachte, so was sagt ein netter, freundlicher amerikanischer Pfirsichbauer nun mal zu seinen Kunden.

Mein Lächeln wird schwächer. »Wie viele Körbe möchtet ihr?«

»Wir sind zu fünft, also fünf Stück«, erwidert die Frau, als sei das die nächste dumme Frage.

Okayyy … Ich reiche fünf Körbe über den Tresen. »Bitte sehr!«

»Stell das bitte weg, Jacob«, sagt der Vater zum ältesten Kind, einem Jungen von sieben oder acht Jahren, der ein

Glas mit Fruchtpüree für Bellinis in die Hand genommen hat. Seine Schwester, die vom Alter irgendwo zwischen den Brüdern liegt, macht es ihm nach.

»Evie, stellst du das bitte weg«, sagt der Vater, immer noch mit Engelsgeduld.

»Ist doch egal«, fährt die Frau ihn an. »Komm und nimm die Körbe mit!«

»Brauchen wir wirklich fünf Stück?«, fragt er, was ich für eine naheliegende Frage halte, ich habe sie ja auch gestellt.

»Nimm sie einfach mit!« Die Frau marschiert durch das offene Scheunentor nach draußen.

»Evie! Jacob!«, ruft der Mann.

Die beiden Kinder spielen immer noch mit den Gläsern herum. Entweder haben sie ihren Vater nicht gehört, oder sie ignorieren ihn mit voller Absicht.

»Evie! Jacob!«, ruft er wieder freundlich. »Kommt, nehmt eure Körbe!«

Evie sieht sich über die Schulter um und lässt das Glas fallen. Ich halte die Luft an, als es auf den Boden kracht. Zum Glück zerspringt es nicht.

Als Jacob sieht, was seine Schwester gemacht hat, wirft er das andere Glas mit Wucht vor seine Füße.

Wieso es nicht in tausend Teile zerschellt, ist mir ein Rätsel. Er starrt es frustriert an, und ich habe das Gefühl, er ist enttäuscht, weil es nicht kaputtgegangen ist.

»Vorsichtig!«, mahnt der Vater fröhlich, als seine Kinder zu ihm gelaufen kommen und ihm jeweils einen Korb aus den Händen reißen.

Erwartungsvoll sehe ich ihn an.

Will er nicht mit seinen Kindern schimpfen, weil sie die Gläser haben fallen lassen beziehungsweise, im Fall seines Sohns, mutwillig hingeworfen? Will er nicht überprüfen, ob die Gläser einen Riss haben, und anbieten, für einen eventuellen Schaden aufzukommen? Will er sie nicht zumindest wieder ins Regal stellen? Oder sich wenigstens entschuldigen?

»Können wir einfach pflücken, was wir wollen?«, fragt er, während ihn seine Tochter nach draußen zieht.

»Ja. Aber nur das, was Sie auch kaufen möchten«, erkläre ich mit zusammengebissenen Zähnen.

»Kapiert. Dann kommt!« Sein Sohn lässt den Korb fallen und läuft nach draußen. Der Mann bückt sich und hebt den Korb auf. Dann trägt er die restlichen nach draußen.

Ohne nachzudenken, hole ich mein Handy hervor und schreibe an Anders: *Die Frau, die Heather sein könnte, ist hier.* Ich drücke auf Senden und komme mir dann unhöflich vor, weil ich keine Nettigkeiten dazugeschrieben habe. Schnell verfasse ich noch eine Nachricht: *Wie geht's deinem Vater? Hoffentlich hat Jonas heute keinen dicken Kopf.*

Nachdem ich die zum Glück heilen Gläser wieder ins Regal gestellt habe, gehe ich hinter die Scheune.

Mit der Hilfe von Dad und Sheryl habe ich in dieser Woche fast das gesamte Gerümpel rund um Bambi weggeräumt. Ein paar größere Geräte sind noch da, aber sie verstellen nicht mehr den Zugang zum Wohnwagen, so dass ich die gesamte Inneneinrichtung herausnehmen und die feuchten, verfaulten Bodenfliesen rausreißen konnte. Ich schätze, der Wohnwagen muss vollständig entkernt werden. Irgendwo kommen Mäuse herein, und aufgrund des Schimmels und der Feuchtigkeit hat er vermutlich auch ein Leck.

Auch von außen muss er gründlich gereinigt werden, und es wird sicher nicht einfach, die jahrzehntealte Schmutzschicht herunterzubekommen. Aber ich kann es kaum erwarten zu sehen, wie das Aluminium dann glänzen wird.

Noch ist mir nicht klar, wie ich oben draufklettern soll, um das Dach sauber zu bekommen. Anders hätte bestimmt einen Rat für mich: »Du kannst doch fliegen, Vögelchen«, würde er sagen.

Bei dem Gedanken an ihn ziehe ich mein Handy heraus, um zu prüfen, ob er geantwortet hat. Hat er.

Schick mir ein Foto

Nein! Dann denken die, ich wär eine irre Stalkerin!, tippe ich grinsend zurück.

Er hat die Frage nach seinem Vater und seinem Bruder nicht beantwortet, doch ich nehme an, keine Nachricht ist eine gute Nachricht.

Ich widme mich wieder Bambi.

Noch immer summe ich vor Freude, wenn ich mir klarmache, was ich hier tue – ich renoviere tatsächlich einen alten Airstream! Dafür hätte Scott jemanden umgebracht. Er wäre außer sich vor Freude, diese Möglichkeit zu haben.

Es tut nicht mehr so weh, wenn ich jetzt an ihn denke.

Wahrscheinlich wäre es besser, wenn ich ihm mitteile, dass ich länger in Indiana bleibe. Mum hat sich einverstanden erklärt, im Haus nach dem Rechten zu sehen und die Blumen zu gießen, aber wir müssen noch klären, wer was von den Gegenständen bekommt, die wir uns gemeinsam angeschafft haben. Ich fühle mich nicht als deren Besitzerin, nur weil er mich verlassen hat. Wenige Tage, nachdem er mir die Geschichte mit Nadine gestand, habe ich ihm seinen Verlobungsring zurückgegeben, und es dauerte Wochen, bis ich mich an das neue Gefühl am Ringfinger gewöhnen konnte.

Der Ring war schön – ein klassischer Solitär –, nur nicht ganz das, was ich mir selbst ausgesucht hätte. Aber Scott hat mich ja nicht gefragt.

Vielleicht bekomme ich eines Tages einen Ring, von dem ich voll und ganz begeistert bin. Und vielleicht wird der Mann, der ihn mir schenkt, so perfekt zu mir passen wie ich zu ihm. Das hoffe ich.

Wichtig ist, die Hoffnung nicht aufzugeben.

***

Nach einer Weile ist die Familie mit dem Pfirsichpflücken fertig, und ich gehe zurück in die Scheune.

»Wo sind denn die anderen drei Körbe?«, frage ich die Frau, als sie zwei auf den Tresen stellt.

»Keine Ahnung.« Sie zuckt mit den Schultern. »Irgendwo draußen bei den Bäumen.«

»Könnten Sie die bitte zurückbringen?«

»Ich hole sie«, bietet sich der Mann an.

Die Frau wirft mir einen bösen Blick zu, während ihr Mann nach draußen eilt. Ich bin ja bereit, Nachsicht mit ihr walten zu lassen und anzunehmen, dass sie einen schlechten Tag hat – kann nicht leicht sein mit drei kleinen Kindern –, dennoch kann ich mir den Gedanken nicht verkneifen, dass Jonas keinen besonders guten Geschmack hat, wenn das hier wirklich Heather ist. Da wird es doch bessere Frauen geben.

Der Gedanke daran, wie lustig er am Vorabend war, als er etwas getrunken hatte, hebt meine Stimmung. Ist er so, wenn die Depressionen ihn nicht runterziehen?

»Kommen Sie hier aus der Gegend?«, frage ich die vermeintliche Heather, während ich ihre Körbe abwiege.

»Ich bin hier aufgewachsen. Wir sind gerade zurückgezogen.«

»Ah, so.«

Ihr Ältester fängt wieder an, mit den Fruchtpüreegläsern

herumzuspielen, und seine Mutter wendet ihm ihre Aufmerksamkeit zu. Das Geräusch eines Motorrads, das auf dem Parkplatz zum Stehen kommt, lenkt mich ab.

16

Als die Familie fort ist, kommt Anders in die Scheune. Ich habe gehört, wie er draußen ein paar Sätze mit den Kunden wechselte.

Er scheint sich darüber zu wundern, dass ich an der Kasse stehe.

»Arbeitest du hier? Ich dachte, du bist im Urlaub!«

»Ich bin jetzt eine waschechte Farmerstochter«, erwidere ich augenzwinkernd und versuche vergeblich zu verbergen, wie sehr ich mich freue, ihn so unerwartet schnell wiederzusehen.

»Wenn du das sagst …«, erwidert er belustigt und stellt einen leeren Korb auf die Theke. »Ich soll von meinem Vater ein Dankeschön für die Pfirsiche ausrichten.«

Anders trägt ein weißes T-Shirt und eine dunkelblaue Shorts, die fünf Zentimeter über seinen Knien endet. Er hat lange braune Arme. Ich muss wirklich aufhören, ihn so anzustarren, aber es ist das erste Mal, dass er keine Jeans anhat. Echt schwer.

»Wie geht es ihm?« Es gelingt mir, meinen Blick abzuwenden.

»Gut. Die Ärzte meinen, am Montag kann er raus.«

»Das ist ja super!«

»Ich dachte, ich bringe mal den Korb zurück.«

»Und spielst nebenbei ein bisschen Detektiv? War es Heather?«

»Leider ja. Hat sich ungefähr genauso sehr gefreut, mich zu sehen, wie ich.«

»Versteht ihr euch nicht?«

»Hattest du den Eindruck, dass sie ein besonders freundlicher Mensch ist?«

»Kann ich nicht behaupten«, erwidere ich mit schiefem Grinsen und klappe die Griffe des Korbs ein, um ihn zusammen mit den beiden anderen aufzustapeln, die Heathers Mann zurückgebracht hat. »Die haben einen Korb auf der Obstwiese liegen lassen, dazu zig angebissene Pfirsiche.« Ich habe selbst gesehen, wie die Kinder die Früchte probierten und wegwarfen. »Muss wohl aufräumen gehen und den letzten Korb suchen.«

Ein Obstgarten, in dem angebissene Pfirsiche herumliegen, ist kein schöner Anblick. Wenig überraschend waren alle Früchte, die Heather mitnehmen wollte, makellos.

»Wie geht's Jonas?« Ich komme hinter dem Tresen hervor.

»Hat 'nen dicken Kopf.«

»Kann ich mir vorstellen. Aber sonst geht's ihm gut?«

»Ja, ganz okay«, erwidert Anders achselzuckend und geht mit mir um die Scheune herum nach hinten. Beim Anblick von Bambi stutzt er. »Nein!« Er sieht mich staunend an. »Das ist ja Bills und Eileens alter Airstream!«

»Sind das die Vorbesitzer des Hofs?«

»Nein, die davor. Habe mich schon öfter gefragt, was aus dem Wohnwagen geworden ist.« Er streicht über die Plakette. »Das ist ein Original, oder? Muss von Anfang der Sechziger sein, nicht?«

»Ja, Airstream hat dieses Modell zwischen '61 und '63 gebaut. Jetzt gibt es eine moderne Version.«

»Unglaublich, dass er die ganze Zeit hier gestanden hat«, sagt Anders ehrfürchtig und reibt geistesabwesend Daumen und Finger aneinander, um den Schmutz loszuwerden. »So eine Schande!«

»Er stand unter einer Plane. Ist nicht im besten Zustand, aber ich will ihn komplett renovieren.«

»Und dann was? Verkaufen?« Er wirft mir einen fragenden Blick zu.

»Nein, behalten! Ich wollte schon immer einen Airstream haben.«

»Ich auch.« Er geht um den Wohnwagen herum, prüft jeden Zentimeter des Aufbaus.

Der bernsteingelbe Fleck in seinem Auge ist bei Sonnenlicht noch viel auffälliger, aber er sieht mich nie so lange an, dass ich den Fleck gründlicher betrachten könnte.

»Ich habe heute an dich gedacht«, gestehe ich. »Ich will den Wohnwagen richtig sauber machen und hab mir vorgestellt, dass du mich auslachst, wenn ich versuche, aufs Dach zu klettern.«

»Wie ein Vögelchen«, schmunzelt Anders. Er weiß, worauf ich anspiele. »Wäre besser, wir bringen das Teil zu uns rüber. Wir haben einen Hochdruckreiniger. Könnte ich morgen machen, was meinst du?«

»Echt? Das wäre super. Nur sind leider die Reifen platt.«

»Jonas kann neue bestellen, wenn er nicht sogar welche in der Werkstatt hat.«

»In welcher Werkstatt?«

»Er arbeitet in der Werkstatt im Ort.«

»Obwohl er Farmer ist?«

»Ja, hier ist nicht genug zu tun, um das Vollzeit zu machen, nicht bei einer Farm dieser Größe. Nur in der Erntezeit, da brauchen wir jede Hand.« Er weist auf Bambi. »Das Ding ist so klein, ich schätze, das bekommen wir mit einem Traktor zu uns rüber.«

»Würde Jonas denn helfen?«

»Nein, aber ich kann den Traktor fahren. Das ist kein Problem.«

»Das wäre wirklich großartig, danke.« Ich bin ihm unglaublich dankbar.

»Übrigens haben Dad und Sheryl überlegt, ob ihr nicht Verwendung für diese alten Geräte und Maschinen habt?«

Anders geht um den Wohnwagen herum und prüft alles kritisch. »Eigentlich nicht, aber wenn du den Kram loswerden willst, können wir ihn bei uns hinter den Schuppen stellen.«

»O ja! Als ich spazieren gegangen bin, ist mir aufgefallen, dass ihr da eine Art Schrottplatz habt.«

»*Schrottplatz?* Das ist ein Motocross-Trail!«

Ich lache über seine künstliche Entrüstung. »Ein *was?*«

»Eine Strecke für Geländemotorräder, weißt du, da kann man im Kreis fahren, Sprünge und Kunststücke üben.«

»Das klingt gefährlich.«

»Also, besonders sicher ist es nicht«, erwidert er grinsend. »Jonas und ich sind früher oft gefahren, in unserer Jugend, aber das ist schon lange her. Ich hatte überlegt, ob ich ihn noch mal mitnehme, vielleicht würde es ihn ja aufheitern.«

»Macht das Spaß?«

»Total!« Anders grinst. »Dabei hat man ein unglaubliches Freiheitsgefühl, das könnte Jonas jetzt wirklich gut gebrauchen.«

»Hattest du immer schon eine Schwäche für Motorräder, Rennwagen und so?«, frage ich. Mich rührt, wie er sich um seinen Bruder kümmert.

»Solange ich denken kann.«

»Wusstest du schon früh, was du mal machen willst?«

»Doch, ich meine, ich habe immer gern Autorennen geguckt – früher war ich total gefesselt von der IndyCar, der NASCAR und der Formel 1 –, aber ich hätte nie gedacht, dass ich mal das Glück hätte, das zu meinem Beruf zu machen.« Er zuckt mit den Schultern. »In der Schule war ich echt gut, meine besten Fächer waren Mathe und Physik. Ich hatte einen tollen Physiklehrer, der mich immer wieder ermutigt hat, groß zu denken. Mr. Ryland«, sagt er anerkennend. »Er war total der Autofreak. Und bei dir?«, fragt Anders. »Wie bist du zur Architektur gekommen?«

Wir werden von Dad unterbrochen, der um die Ecke der Scheune herumkommt. »Hallo, ihr beiden!« Er freut sich, Anders zu sehen.

»Hi!« Anders geht zu Dad und gibt ihm die Hand.

»Haben wir Kundschaft?«, will ich wissen.

»Nein, ich wollte nur fragen, ob du einen Kaffee willst. Anders?«, wendet sich Dad hoffnungsvoll an den Nachbarn. »Können wir dich überreden?«

Anders wirft mir einen kurzen Blick zu, dann nickt er. »Klar.«

Gut, dass ich ihn bereits mit ein paar Fragen aufgewärmt habe. Der arme Kerl hat keine Vorstellung, worauf er sich eingelassen hat.

17

Ist ja der Hammer, dass du auch da warst«, sagt Anders. Wir haben gerade herausgefunden, dass wir beide beim Indy 500 waren, als Luis Castro das Rennen zum ersten von drei Malen gewann. Ich muss damals sechzehn oder siebzehn Jahre alt gewesen sein, das war lange bevor der brasilianische Rennfahrer in die Formel 1 wechselte und dort vierfacher Weltmeister wurde.

Im Laufe der Jahre hat Dads Begeisterung für den Rennsport auf mich abgefärbt. Ich fand es also wirklich spannend, Anders zuzuhören. In der letzten halben Stunde hat Dad ihn mit Fragen bombardiert.

Ich weiß jetzt, dass jedes Team zwei Fahrer hat und Anders leitender Rennwageningenieur für einen der beiden ist; sein Fahrer heißt Ernie Williams und führt die Meisterschaft momentan mit wenigen Punkten Vorsprung an. In der Saison nimmt Anders fast nie frei; der Mai ist immer besonders stressig, weil da zu einem ohnehin schon vollgestopften Kalender noch Indy 500 hinzukommt. Anders gehört zu den Letzten, die abends die Strecke verlassen. Am schlimmsten sind Wochenenden mit zwei Rennen direkt hintereinander, da arbeitet er oft die ganze Nacht durch, um Computerdaten zu analysieren und zu entscheiden, wie der Rennwagen für die kommenden Renntage justiert werden soll. Normalerweise müsste er jetzt acht Stunden entfernt in Iowa sein, auf einem dieser Wochenenden mit zwei Rennen; er hat ein schlechtes Gewissen, weil sein Assistent für ihn einspringen muss, aber am kommenden Wochenende wird Anders zu einem Speedway-Rennen wieder in Indianapolis sein, darauf das Wochenende in Nashville.

Außerdem habe ich erfahren, dass er an der IUPUI einen Abschluss als Motorsport-Ingenieur gemacht hat und als Praktikant bei Indy Lights angefangen hat, der Nachwuchsserie für die IndyCar, wo er schnell befördert und später von einem der besseren IndyCar-Teams abgeworben wurde.

Ich habe den Eindruck, dass er die Stufen schneller als andere hochgestiegen ist, dass er wahrscheinlich echt brillant in seinem Job ist.

Mein Vater scheint zum selben Schluss zu kommen, danach zu urteilen, wie er jedes Wort von Anders verschlingt. Ich bin selbst ein bisschen fasziniert von seinem Erfolg, weshalb ich aufstehe und die leeren Kaffeetassen in die Küche bringe, wo ich mir einschärfe, mich zusammenzureißen.

Ich höre, wie Sheryl Anders etwas fragt, und drehe mich um. Dad ist mir in die Küche gefolgt.

»Mensch, Mensch«, sagt er und schüttelt staunend den Kopf. »Wirklich ein interessanter Typ.«

»Ja.« Ich mache den Fehler, ihn anzusehen, und weiß sofort, was er im Kopf hat. »Denk nicht mal im Traum dran!«, zische ich so leise, dass es Anders auf dem Sofa nebenan nicht hören kann.

Mein Vater lacht glucksend in sich hinein und hebt abwehrend die Hände. »Ich will mich ja nicht einmischen, aber du könntest es schlechter treffen, wenn du Lust auf einen Urlaubsflirt hast.«

»Argh, Dad, hör auf!« Ich stelle die Tassen in die Spüle. »Ich habe echt null Interesse an ihm …«

Als ich ein Räuspern höre, erstarre ich und drehe mich

erschrocken um. Anders steht in der Tür. Mir schießt das Blut ins Gesicht. Nach seinem leicht beschämten Lächeln zu urteilen, hat er unser Gespräch mitgehört.

»Ich muss zurück«, sagt er. »Aber danke für den Kaffee.«

»Bitte, war uns ein Vergnügen!«, erwidert mein Vater ehrfürchtig und bringt Anders durch den Flur zur Haustür. »Du bist immer herzlich willkommen. Entschuldige, dass ich so viele Fragen gestellt habe, aber ich finde es einfach faszinierend, was du machst.«

»Ist doch kein Problem«, antwortet Anders gutmütig.

Ich gehe ihnen nach und schäme mich dabei in Grund und Boden.

»Ich bringe dich zum Motorrad«, sage ich zu Anders, werfe Dad einen vielsagenden Blick zu und schließe die Tür vor seiner Nase.

Anders lacht in sich hinein, und wir gehen über die Einfahrt zum Parkplatz vor der Scheune.

»Es sollte nicht so unhöflich klingen.« Es ist mir unglaublich peinlich, aber ich muss es einfach erklären. »Dass mein Vater mich hier verkuppelt, ist das Letzte, was ich gebrauchen kann. Er weiß, dass ich momentan nicht den Kopf für eine neue Beziehung habe, nachdem mein Verlobter mich für eine andere hat sitzen lassen und, o Gott, damit wollte ich nicht sagen, dass du Interesse an mir hast!«, beeile ich mich richtigzustellen. Meine Wangen glühen. »Hast du natürlich nicht.«

Ich reite mich immer tiefer hinein, aber er scheint allem Anschein nach nicht beleidigt zu sein, und das spricht Bände. Anders interessiert sich nicht für mich, begreife ich. Deshalb ist es ihm auch egal, ob ich etwas von ihm will oder nicht.

»Nein, habe ich nicht«, bestätigt er und grinst mich auf dem Weg zum Motorrad von der Seite an.

Ich hatte nicht erwartet, dass er etwas für mich empfindet, trotzdem zieht sich mein Magen bei dieser Aussage zusammen. Offenbar hatte er das Gefühl, das richtigstellen zu müssen.

Wir bleiben rechts und links neben seinem Motorrad stehen, und mir ist die Situation so peinlich, dass ich ihn kaum ansehen kann.

»Meine Mutter und ich hatten nach dem Tornado genau dasselbe Gespräch«, gesteht er, und ich schaue hoch. Er lacht nicht mehr. »Ich habe auch nicht den Kopf für eine Beziehung.«

Ich zögere kurz, dann sage ich: »Casey hat erzählt, du hättest deine Frau vor ein paar Jahren verloren. Bei einem Autounfall.«

Anders atmet langsam aus. »Das war vor vier Jahren und vier Monaten, und es war ein Gokart-Unfall.«

Mein Herz zieht sich zusammen. »Das tut mir unglaublich leid.«

»Ich will ehrlich zu dir sein. Ich bin nicht annähernd bereit, sie gehen zu lassen. Und es klingt, als hättest du dich noch nicht damit abgefunden, was dein Verlobter dir angetan hat.« Er hält inne, wartet auf meine Bestätigung, die ich ihm mit einem Nicken gebe. »Aber wenn du einen Freund brauchst ...«

»Obwohl du wegen mir von deinem Motorrad gekippt bist?«, werfe ich ein. Wie schaffe ich es bloß, darüber Witze zu reißen?

»Es sei dir verziehen«, flüstert er.

Wir lächeln uns an, und als er auf sein Bike steigt, fühle ich mich seltsam leer.

»Ich komme morgen mit dem Traktor vorbei. Dann helfe ich dir, den kleinen Airstream sauber zu machen.«

»Das wäre schön. Danke.«

»Und ich möchte immer noch hören, wie du zur Architektur gekommen bist.«

»Damit langweile ich dich ein andermal.«

Lachend lässt er den Motor an und fährt los. Als er auf den unbefestigten Weg biegt, hebt er zum Abschied die Hand.

So sehr ich mich auch bemühe, den Rest des Tages muss ich ständig an seine Worte denken: Ich bin nicht annähernd bereit, sie gehen zu lassen.

18

Anders fragt erst nach, ob ich Zeit habe, bevor er am nächsten Nachmittag um vier Uhr mit Jonas im verstaubten schwarzen Pick-up rüberkommt.

Ich entdecke zwei Reifen hinten auf der Ladefläche. Mein Gesicht erhellt sich. »Jonas hatte welche in der Werkstatt«, erklärt Anders. »Ich glaube, die Größe passt. Dachte, wir ziehen den Reifenwechsel vor, dann ist es wesentlich einfacher, den Wagen zu uns hinüberzuschleppen.«

»Das ist toll. Danke!«, sage ich zu beiden, als sie die Reifen abladen.

Ich habe die peinliche Situation vom Vortag noch nicht vergessen, auch nicht Anders' Zurückweisung, die mich überraschenderweise ziemlich aus der Bahn geworfen hat, doch er benimmt sich ganz normal. Das hilft mir. Ich muss nach vorne schauen.

»Kein Problem.« Jonas wirft sich einen großen schwarzen Sack über die Schulter und rollt einen Reifen nach hinten, um die Scheune herum. Anders trägt den anderen über den Kies.

Da der Wohnwagen eine Achse hat, braucht er nur zwei neue Reifen; irgendwann muss ich allerdings auch den Ersatzreifen austauschen.

»Wart ihr heute im Krankenhaus?«, erkundige ich mich.

»Ja, heute Nachmittag«, antwortet Anders. »Pa geht's ganz gut, er schläft jetzt. Ma wollte bei ihm bleiben.«

»Ich bin froh, dass er auf dem Weg der Besserung ist. Was

soll ich tun?«, frage ich, als Jonas den Wagenheber aus dem schwarzen Sack holt.

»Stehen bleiben und den lieben Gott einen guten Mann sein lassen«, sagt er fröhlich.

Ich kneife die Augen zusammen. »Pass auf, dass ich dir nicht zeige, wo der Hammer hängt!«

Er legt den Kopf in den Nacken und lacht tief und grollend, aus dem Bauch heraus.

Anders' Lachen hat sich verändert, es klingt heller, ich spüre es in der Brust, es legt sich um mein Herz.

Ich darf solche Gedanken nicht zulassen.

»Wie sie das mit ihrem englischen Akzent bringt!«, sagt Jonas zu Anders, als sie sich beruhigt haben.

»Unschlagbar«, stimmt Anders ihm zu. Seine grünen Augen funkeln.

Jetzt begreife ich nicht mehr, dass ich sie nicht sofort als Brüder erkannt habe. Klar, Jonas ist größer und muskulöser, während Anders feinere Gesichtszüge hat, aber ihr Mienenspiel belegt ihre enge Verwandtschaft eindeutig.

»Wenn ihr lacht, seht ihr euch so ähnlich.«

»Während du null Ähnlichkeit mit deiner Schwester hast«, bemerkt Jonas.

»Tja, wir sind ja auch nur Halbschwestern«, erinnere ich ihn. Es tut weh, darauf hingewiesen zu werden.

Bailey und ich sehen wirklich unterschiedlich aus. Sie ist so hübsch und strahlend, und ich … nicht so.

»Jetzt im Ernst: Wie kann ich helfen?«, hake ich nach.

»Das kann man nur allein machen«, versichert Anders mir lächelnd.

»Trotzdem beehrt ihr mich beide mit eurer Gegenwart«, erwidere ich. »Wofür ich natürlich sehr dankbar bin«, füge ich schnell hinzu, so ernst wie möglich.

Scott und ich haben uns seinen Wagen geteilt, und er erledigte alles, was mit der Instandhaltung zu tun hatte. Ich weiß, ich hätte ein bisschen selbstbestimmter sein und das alles lernen sollen, aber ehrlich gesagt, finde ich es sexy, wenn sich ein Typ mit Autos auskennt.

Als Anders eine besonders widerspenstige Radmutter zu lösen versucht und seine Muskeln anspannt, rufe ich mir in Erinnerung, dass er nur ein guter Freund sein will.

Er ist allerdings ein sehr heißer guter Freund. Und ich darf ja wohl all seine Eigenschaften registrieren, oder?

* * *

Nachdem Jonas und Anders die Reifen gewechselt, den Wohnwagen zu ihrer Farm gezogen und mir geholfen haben, ihn mit dem Dampfstrahler abzuspritzen und zu säubern, ist es sieben Uhr. Beide sind einfach geblieben, und es hat Spaß gemacht. Wir haben uns gegenseitig geneckt und gehänselt. Meine Klamotten sind nass und dreckig, meine Arme tun weh, doch innerlich bin ich so fluffig wie der Seifenschaum auf dem Boden.

Vor kurzem habe ich gelesen, wie wichtig es ist, im Leben Dinge zu tun, die Spaß machen. Es war eine gute Idee von Anders, mit Jonas wieder auf die alte Motocross-Bahn zu gehen. In meinem Leben gab es in letzter Zeit nicht besonders viel Freude, aber jetzt, wo ich hier stehe und den Bambi betrachte, bekomme ich das Grinsen nicht aus dem Gesicht.

Er glänzt nicht ganz so wie die meisten Airstreams, die ich im Internet gesehen habe – das Metall ist mit der Zeit stumpfer geworden –, aber mir gefällt die leicht matte Oberfläche.

Kurz nachdem ich bei den Fredricksons ankam, kehrte Peggy aus dem Krankenhaus zurück, müde, aber angenehm überrascht, mich und die Jungs zusammen zu sehen. Sie lud mich zum Abendessen ein, bestand regelrecht darauf. Ich wollte mich nicht aufdrängen, nicht bei allem, was sie gerade durchmacht, doch Anders warf mir einen Blick zu, dem ich entnahm, dass ich Ja sagen sollte. Als sie ins Haus ging, erklärte er, es würde seine Mutter vom Grübeln ablenken.

Ich fühle mich nicht ordentlich genug, um mich an ihren Tisch zu setzen, aber die Sonne hat noch viel Kraft und wird mein Kleid hoffentlich getrocknet haben, bis wir ins Haus gehen.

»Wann fährst du zurück nach Indy?«, frage ich Anders, als Jonas den Hochdruckreiniger wegbringt.

»Dienstag.«

»Und, kommst du diesen Sommer noch mal her?«

»Eigentlich nicht, aber Jonas nervt mich die ganze Zeit, ich sollte mal ein bisschen freinehmen.«

»Ich dachte, das wäre mitten in der Saison schwierig?«, werfe ich ein.

»Ist es auch, aber ich gucke mal, was geht.«

Ich habe das Gefühl, dass er für seinen Bruder Berge versetzen würde. Ob Bailey und ich uns je so nah sein werden? Sechs Jahre sind ein großer Altersunterschied, auch wenn der jetzt nicht mehr so auffällt. Ich habe immer gedacht, wir hätten nicht genug Gemeinsamkeiten, um auch Freundinnen zu sein, selbst wenn mich ihre extrovertierte Art heute nicht mehr so einschüchtert. Früher habe ich mich in Baileys Gegenwart immer in mein Schneckenhaus zurückgezogen, jetzt bin ich selbstbewusster. Es besteht noch Hoffnung für uns.

Jonas kommt zurück. »Ich würde sagen, wir haben uns ein Bier verdient. Soll ich den erst zu euch zurückbringen?« Er weist auf Bambi.

»Du kannst ihn auch über Nacht in der Halle lassen«,

schlägt Anders vor und nickt zum ersten der beiden großen Schuppen hinüber, aus dem Jonas gerade gekommen ist. »Ich kann ihn dir morgen bringen.«

»Das wäre super. Es eilt ja nicht. Morgen muss ich eh arbeiten.«

»Was musst du denn machen?«, fragt er, als wir zum Haus gehen.

»Ich entwerfe den Anbau für eine Grundschule«, erkläre ich.

»Cool.«

»So aufregend ist das nicht.«

»Warum nicht?«

»Weil keine Gestaltung gefragt ist. Ich fertige nur verschiedene technische Zeichnungen an, aber zumindest kann ich das von hier aus erledigen.«

Links von uns ist ein kleines Wäldchen. Zwischen den Bäumen kann man ein Gewässer erkennen, das in der Abendsonne schimmert.

»Ich wusste gar nicht, dass ihr einen See habt«, bemerke ich. »Schwimmt ihr auch darin?«

»Manchmal«, sagt Jonas. »Wieso, willst du da auch reinfallen?«

Ich strecke ihm die Zunge heraus. »Nächstes Mal bringe ich einen Badeanzug mit.«

»Besser ist es.«

Das war als Witz gedacht, aber er nimmt es für bare Münze.

»Ich gehe kurz duschen. Sagt Ma, dass ich gleich nachkomme.« Jonas biegt Richtung See ab.

»Wo will er hin?«, frage ich Anders verdutzt.

»Zu seinem Haus.« Er weist auf eine Blockhütte am Ufer.

»Ach, ich dachte, er wohnt im Farmhaus.«

»Zusammen mit Ma und Pa?« Anders schnaubt verächtlich. »Nein.«

»Wie lange steht die Hütte denn schon da?« Nach ihrer Größe zu urteilen, kann sie nur ein Schlafzimmer haben.

»Seit rund fünfzehn Jahren. Mein Vater und Jonas haben die Bäume dafür selbst hier im Wald geschlagen.«

»Du hast nicht geholfen?«

Anders schüttelt den Kopf. »Zu der Zeit war ich auf dem College.«

»Hat Jonas auch studiert?«

»Ja. Landwirtschaft. Er hat aber hier gewohnt. Ist immer gependelt.«

Anders führt mich um das Haus herum, öffnet eine Insektentür mit einem Netzeinsatz und hält sie mir auf. Ich trete ein und stehe in der Waschküche. An der Seite liegt ein graues Hundekörbchen voll heller Haare.

»Habt ihr einen Hund?« Ich mache die Tür hinter mir zu.

»Nicht mehr. Sie ist vor ein paar Wochen gestorben.«

»Oh, das tut mir leid.«

»Sie war vierzehn, aber es hat Jonas schon schwer getroffen. Sie hat ihn auf Schritt und Tritt begleitet.«

Er hatte es in letzter Zeit wirklich nicht leicht. Kein Wunder, dass er so schlecht drauf ist. Heute machte er allerdings einen ganz guten Eindruck, auch am Freitagabend, obwohl er da was getrunken hatte. Vielleicht hilft es ihm, dass Anders da ist.

»Ich wollte immer einen Hund haben«, sage ich nach einer Weile.

»Ich dachte, du hättest es eher mit Katzen?«

»Nee, damals hab ich dich nur aufgezogen. Ich mag beides.«

Er lächelt. »Welchen Namen würdest du denn einem Hund geben?«

Wahrscheinlich ist ihm wieder eingefallen, dass ich meine Katze nach Zaha Hadid benannt hatte.

»Eames vielleicht.«

»Nach Charles oder Ray?«

»Kommt drauf an, ob es ein Er oder eine Sie ist.«

Er lacht und nickt.

Ich freue mich, dass er meine Anspielungen versteht.

»Geradeaus!«, weist er mich an.

Ich gelange in die Küche an der Rückseite des Hauses, wo Peggy an der Arbeitsfläche steht und Bohnen schneidet.

Als sie uns sieht, erschrickt sie. »Anders!«, schimpft sie. »So kannst du doch nicht mit Gästen ins Haus kommen! Du musst vorne herum gehen!«

Während sie nach einem Geschirrtuch greift und sich die Hände abtrocknet, verdreht er die Augen. Sie hat ihre weißen Haare in einem Dutt auf dem Kopf festgesteckt.

»Ich zieh mich mal kurz um«, verkündet Anders und ruft seiner Mutter im Flur über die Schulter zu: »Jonas kommt auch gleich rüber.«

Verlegen stehe ich da und würde mich gerne selbst umziehen oder duschen.

»Kann ich dir irgendwie helfen?«, frage ich Peggy.

»Nein, ich bin schon fertig«, erwidert sie und nimmt die Schürze ab. »Ich hoffe, du magst Lamm.«

»Ja, klar. Es riecht sehr lecker. Hoffentlich hast du dir nicht zu viel Arbeit gemacht.«

Sie winkt ab. »Ich hätte eh für die Jungs gekocht. Was möchtest du trinken? Ich habe überlegt, ob ich eine Flasche Rosé aufmache?«

»Klingt gut. Sorry, dass ich nichts mitgebracht habe.«

»Ach, was.« Peggy geht zum Kühlschrank, holt eine Flasche heraus und öffnet den Drehverschluss. »Der Cocktail mit dem Pfirsichpüree war übrigens sehr lecker.«

»Der Bellini?«

»Ja, genau. Ich hatte den Namen vergessen. Der war köstlich.«

»Ich bringe noch mal Püree mit.«

»Das war kein versteckter Hinweis! Aber ich sage nicht Nein, wenn ihr noch ein Glas übrig habt.«

»Wir haben auf jeden Fall genug da«, sage ich lächelnd und nehme das Glas entgegen, das sie mir reicht. Dann schaue ich mich um.

Küchenwände und Decke sind komplett mit dem rotgelben Kiefernholz vertäfelt, aus dem auch Schränke und Arbeitsfläche gefertigt sind. Zusammen mit den orangeroten Terrakottafliesen auf dem Boden wirkt es etwas erdrückend.

Ich entdecke mehrere große Fotos an der Wand im Flur und weise mit dem Kopf darauf. »Darf ich mir die mal ansehen?«

»Natürlich, meine Liebe, fühl dich wie zu Hause!«

Das gesamte Erdgeschoss ist mit dem goldroten Kieferholz vertäfelt – zumindest jedes Zimmer, das ich zu sehen bekomme, beispielsweise das angrenzende Wohnzimmer. Alle Räume sind gefliest, in regelmäßigen Abständen liegen dunkel gemusterte Teppiche.

Was würde ich darum geben, dieses Haus umzugestalten, damit es etwas heller wirkt!

Aus Gewohnheit schwenke ich den Wein im Glas, während ich die Familienfotos betrachte. Die unterschiedlich großen Rahmen sind alle oval, aber bestehen aus unterschiedlichen Materialien, von glänzendem dunklen Holz zu vergoldetem Messing.

In der Küche gibt Peggy die klein geschnittenen Böhnchen in eine Pfanne auf dem Herd. Anschließend kommt sie zu mir in den Flur.

»Wer ist das?« Ich deute auf ein Schwarz-Weiß-Foto mit einem Ehepaar, das düster in die Kamera blickt. Die Aufnahme ist sehr alt. Die Frau sitzt auf einem Sessel mit hoher Lehne, der Mann steht rechts daneben.

»Das ist Patriks Ururgroßvater Haller mit seiner Frau Sigrid.« Peggy hat einen Akzent aus dem Mittleren Westen, doch der Name Haller klingt aus ihrem Mund skandinavisch.

»Waren das die ersten Siedler?«, frage ich interessiert.

»Ja, genau.«

Das nächste Schwarz-Weiß-Porträt zeigt ein anderes Paar in genau derselben Pose. Das hat eine leicht unheimliche Wirkung. »Das ist ja derselbe Sessel«, erkenne ich, als ich das Bild genauer betrachte.

»Ja«, bestätigt Peggy kichernd. »Das ist Henrik, Hallers Sohn, mit seiner Frau Edna.« Sie geht weiter. »Das hier sind Aan und Rose, und die hier sind Erik und Mary.«

Alle Ehepaare sind mit demselben Sessel in identischer Haltung abgelichtet.

»Und das sind wir«, erklärt sie fröhlich und zeigt auf ein Bild von sich und ihrem Mann.

Es ist ein Farbfoto, so wie die letzten beiden auch. Peggy bemüht sich, ein strenges Gesicht zu machen, doch das Funkeln in ihren Augen verrät, dass sie das Ganze nicht besonders ernst nimmt. Sie sieht so jung aus, vielleicht Ende zwanzig. Anders hat die grünen Augen von ihr, erkenne ich, auch ihre auffälligen Augenbrauen.

»Den Sessel gibt es immer noch.« Peggy weist ins Wohnzimmer, wo in der Ecke ein roter Ohrensessel steht.

»Ist der schön!« Ich gehe hin, um ihn genauer anzuschauen.

Der Stoff ist verblasst und zerschlissen, doch der Anblick beflügelt mich.

Ich sehe mich im Wohnzimmer um. So gut wie jede Fläche wird von Ziergegenständen, Antiquitäten und Bilderrahmen eingenommen. Je länger ich mich umschaue, desto eher möchte ich meinen Wunsch von eben revidieren, alles zu renovieren. In diesem Haus werden über hundertsiebzig Jahre Geschichte lebendig. Wenn ich entscheiden könnte, würde ich es vielleicht doch genauso lassen, wie es ist.

Andererseits könnte ein bisschen weiße Farbe Wunder wirken.

Mein Blick schweift zu einer Schwarz-Weiß-Aufnahme in einem Silberrahmen hinüber. Als ich darin Anders' Hochzeitsfoto erkenne, setzt mein Herz kurz aus.

»Das ist Laurie«, erklärt Peggy, als sie merkt, was mir ins Auge gesprungen ist.

Jetzt hat seine Frau auch einen Namen.

»Anders hat mir erzählt, was passiert ist«, sage ich mit gedämpfter Stimme.

Ich betrachte das Bild genauer. Anders in einem maßgeschneiderten schwarzen Anzug, weißem Hemd und schmaler schwarzer Krawatte sieht umwerfend aus. Seine Haare sind kürzer als jetzt. Seine Frau Laurie und er schauen sich tief in die Augen. Ihre blonden Haare sind zu einem lockeren Knoten hochgesteckt und mit kleinen weißen Blumen verziert. Das weiße Spitzenkleid ist ärmellos. Sie ist unglaublich schön.

»Mit das Schlimmste, was unserer Familie je passiert ist«, murmelt Peggy, die Stimme voller Trauer.

Mit das Schlimmste?

Offenbar kann sie meine Gedanken lesen, denn sie wirkt plötzlich verlegen.

»Wie geht es denn Patrik?«

»Och, ganz gut«, antwortet sie beiläufig, woraus ich schließe, dass sie seinen Herzinfarkt nicht zu den übrigen Tragödien zählt, die diese Familie erleiden musste.

Tatsächlich wirkt Peggy viel entspannter und lockerer als in dem Schutzraum während des Tornados. Jetzt trifft Dads Beschreibung, sie sei »wirklich nett« besser auf sie zu. Es muss eine große Erleichterung für sie sein, dass ihr Mann sich wieder erholen wird.

»Ich glaube, er genießt die Pause«, fügt sie verschwörerisch hinzu. »Das ist der beste Urlaub, den er seit Jahren hatte.«

»Und wer ist schuld daran?«, fragt Anders, der die Treppe hinunterkommt.

»Ja, ja, ich weiß. Ich bearbeite ihn ja«, gibt seine Mutter zurück. Sie verdreht die Augen und lächelt mich an, bevor sie in die Küche zurückkehrt.

Anders hat sich ein schwarzes T-Shirt angezogen. Seine Haare sind nass, ein paar dunkelblonde Strähnen fallen ihm in die grünen Augen. An den Spitzen hängen winzige Wassertropfen. Als er sich mit der Hand durch die verirrten Locken fährt und sie ein bisschen ordnet, fahre ich ertappt zusammen.

»Du hast geduscht«, flüstere ich vorwurfsvoll. »Und ich muss hier so rumlaufen.«

»Siehst doch gut aus«, erwidert er stirnrunzelnd und weist mit dem Kinn Richtung Küche.

Er riecht nach einem zitronigen Duschgel, oder vielleicht ist es sein Shampoo.

Eine Tür schlägt auf, wir drehen uns um, und Jonas kommt aus der Wäscheküche herein.

»Wo ist mein Bier?«, fragt er.

»In Arbeit«, entgegnet Anders künstlich genervt und geht zum Kühlschrank. Zuerst holt er den Rosé heraus und füllt mein Glas auf, danach das seine Mutter. Anschließend entnimmt er zwei Flaschen Bier für Jonas und sich selbst.

»Prost!«, sagt Jonas grinsend. Wir vier heben unsere Getränke und stoßen miteinander an.

Wir wollen im Esszimmer an einem ovalen Mahagonitisch essen, auf dem altmodische gehäkelte Platzdeckchen liegen. Das eine Ende nimmt Jonas in Beschlag, das andere Peggy. Anders und ich sitzen uns in der Mitte gegenüber.

Von den Servierplatten, die Peggy und Anders auf den Tisch gestellt haben, steigt Dampf auf: eine ausgelöste Lammschulter, saftig glänzend, knusprige goldene Bratkartoffeln und buttrige Bohnen. Jonas hat ein Messer mitgebracht. Ich nehme an, alle warten darauf, dass er die Lammschulter anschneidet, bevor das Gemüse aufgegeben wird, doch anstatt damit anzufangen, legt er das Messer zur Seite und hält mir die Hand hin. Es dauert eine Sekunde, bis ich merke, dass Peggy links von mir dasselbe tut.

Du liebe Güte, die wollen beten!

Ich habe noch nie an einem Tisch gesessen, an dem gebetet wurde, und habe das Gefühl, völlig auf dem falschen Fuß erwischt zu werden. Doch als ich dort sitze, Peggys weiche Hand in der einen und Jonas' schwielige Hand in der anderen Hand halte, während Peggys melodischer amerikanischer Akzent den Raum erfüllt und sie sich für unsere und Patriks Gesundheit bedankt, für meine Gegenwart, für zwei Personen namens Ted und Kristie, die ihnen Ramsay geschenkt haben, sowie für Ramsay selbst, werde ich von einer seltsamen Zufriedenheit erfüllt.

Ich bin nicht religiös, aber dieser von uns mit den Händen

gebildete Kreis hat etwas Schönes und Erbauliches, er spendet ein Gefühl der Zusammengehörigkeit.

Peggy verstummt, wir lassen die Hände der anderen los. Ich schaue hoch und merke, dass Anders mich über den Tisch hinweg betrachtet, ein schwaches Lächeln auf den Lippen.

Und trotz allem, was wir am Vortag zueinander gesagt haben, bedaure ich mit jeder Faser meines Körper, dass ich nicht seine Hand halten konnte.

19

Nach dem Abendessen bringt mich Anders zu Fuß nach Hause.

»Das erste Mal gebetet, was?« Sein Blick huscht zu mir herüber, sein Mund verzieht sich belustigt.

»Bin ich so leicht zu durchschauen?«

»Eigentlich nicht.«

Wir sind beide etwas angeheitert und unterhalten uns locker.

»Wer sind Ted und Kristie?«, frage ich. Über den Himmel ziehen sich neonbunte Streifen, als hätte sich ein Kleinkind mit Eddings ausgetobt.

»Freunde von meinen Eltern, auch Bauern«, erklärt Anders.

»Und wer, wenn ich fragen darf, ist *Ramsay*?«

»Wer war Ramsay«, korrigiert Anders mich und schaut mich an. Bei diesen Lichtverhältnissen leuchtet der bernsteingelbe Fleck in seinem Auge nicht so stark, seine Pupillen dunkelgrüner. »Das kannst du dir bestimmt denken.«

»O Mann«, stöhne ich und reibe mir im Weitergehen mit der Hand übers Gesicht. »Ich habe noch nie Fleisch gegessen, das einen Namen hatte.«

Er lacht, und mir wird ganz warm. Innerlich schmelze ich dahin. Eigentlich müsste es mir peinlich sein, dass er einen Marshmallow in Menschengestalt aus mir macht, aber dafür fühlt es sich einfach zu gut an.

»Eigentlich ist es doch schön«, sagt er und schließt sich meinem Gehschritt an. »Wenn das Tier so wichtig ist, dass man ihm einen Namen gibt, kann man davon ausgehen, dass die Leute sich gut um das Tier gekümmert haben. Ramsay hatte ein gutes Leben auf dem Hof, bevor er auf deinen Teller kam, und das ist mehr, als man von dem Fleisch sagen kann, das du im Supermarkt kaufst.«

»Da hast du wohl recht.«

»Auf jeden Fall.«

Wir erreichen unsere Haustür, und Anders dreht sich unter der Verandabeleuchtung zu mir um. Sein Blick wandert zu meiner Stirn.

»Da ist ein bisschen Dreck.« Er hebt die Hand, als wolle er ihn wegwischen, dann besinnt er sich eines Besseren und lässt den Arm sinken. Trotzdem spüre ich das Kribbeln dieser Beinahe-Berührung.

»Wo?« Im Nu ertasten meine Finger etwas Krümeliges. »Anders!«, schimpfe ich. »Warum hast du das nicht früher gesagt? Jetzt habe ich die ganze Zeit mit Dreck im Gesicht neben deiner Mutter gesessen!«

»Hat sie nicht gemerkt. Sie ist eine Farmersfrau, so was fällt ihr nicht auf.«

»Ist er weg?«, frage ich.

Er betrachtet meine Stirn und prüft dann den Rest meines Gesichts. Wie elektrisiert rauscht mir das Blut durch die Adern. Anders sieht mir in die Augen und nickt kurz.

Verdammt, ich entwickele Gefühle für ihn.

Er zuckt zusammen. »Wir sehen uns morgen.«

»Okay. Danke noch mal für die Hilfe bei Bambi heute«, sage ich. Anders entfernt sich rückwärts.

»Gern geschehen.«

Ohne mich noch einmal anzusehen, wendet er sich ab und

springt die Stufen hinunter. Er dreht sich nicht mehr um. Das weiß ich, weil ich warte, bis er außer Sicht ist.

***

Als ich am nächsten Tag an meinem Schreibtisch oben in meinem Zimmer sitze und versuche zu arbeiten, muss ich immer wieder an Anders denken.

Mein Chef Graham hat mir detaillierte Angaben gemailt, die ich brauche, um die Zeichnungen für die Ausschreibung des Anbaus der Grundschule anzufertigen. Ich studiere die Zahlen und schließe daraus, dass der Hausmeister mehr Platz rund um die Wärmepumpe im Haustechnikraum verlangt haben muss, weil mein Vorgänger Raj einen Einbauschrank geopfert hat.

Ich war an der ersten Findungsphase beteiligt, in der wir die Mitarbeiter nach ihren Wünschen befragten. Der Raumpfleger Jerry, ein Typ von Mitte vierzig mit Vokuhila und schlechtem Atem, quatschte mich fast eine Stunde lang voll. Wenn der jetzt doch keinen Besenschrank bekommt, wird er sauer sein.

Ich setze mich noch mal an die Aufteilung der Räume, da ich weiß, dass die Lehrer und der Schulbeirat nicht zufrieden sein werden, wenn ich den Klassenräumen Platz abknapse. Es ist ein Drahtseilakt, den ich dadurch löse, dass ich überall nur wenige Zentimeter wegnehme.

Ich fühle mich sehr wohl in meinem provisorischen Arbeitszimmer. Dad und ich waren am Morgen in der Stadt. In einem kleinen Möbelladen fanden wir zu meiner Freude diesen Schreibtisch. Eigentlich waren wir unterwegs zum Walmart und schauten nur aus einer Laune heraus in dem Geschäft vorbei. Mein neuer Tisch ist schick, aber schlicht. Er hat moosgrüne schmale Metallbeine und eine Fläche aus

Birkensperrholz. Er ist so klein, dass er perfekt unter ein Dachfenster passt, aber groß genug für eine Lampe, meinen Laptop und ein Tablett. Zum Glück fahre ich nirgends ohne mein MacBook Pro hin, sonst würde es mit dem Arbeiten von hier nicht klappen. Das Tablett erwähne ich nur, weil Sheryl es eben mit einem Kaffee und einem frischgebackenen Pfirsich-Mandel-Muffin hochgebracht hat und tatsächlich noch genug Platz auf dem Tisch war, um es abzustellen.

Ich schaue nach meinen E-Mails und finde eine lange von Mum und eine andere von Sabrina, einer Freundin, die im Oktober heiraten will. Sie hat mich mit mehreren anderen Frauen in Kopie gesetzt, es geht um die Pläne für ihren Junggesellinnenabschied.

Sabrina und ihr Verlobter Lance sind die einzigen gemeinsamen Freunde von Scott und mir. Seit unsere Verlobung aufgelöst wurde, weiß ich nicht genau, wie ich mich ihnen gegenüber verhalten soll. Bisher scheint Sabrina zu mir zu halten und Lance zu Scott. Aber wie lange wird das noch gut gehen? Sie können Nadine nicht ewig ausschließen, wenn Scott mit ihr zusammenbleibt. Und sie werden von Scott kaum verlangen können, seine neue Freundin nicht zur Hochzeit mitzubringen. Zwar leide ich gerade nicht mehr so stark unter unserer Trennung, ich kann mir aber trotzdem nicht vorstellen, allein zur Hochzeit zu gehen und die beiden dort zusammen zu sehen.

Ich öffne eine E-Mail von meinem Kollegen Freddie. Er schreibt, er habe Schuldgefühle, den Auftrag von Lucinda Beale übernommen zu haben. Er möchte sich vergewissern, dass das für mich in Ordnung ist, und ich beruhige ihn. Anfangs habe ich mich vielleicht ein bisschen geärgert, aber jetzt kann ich kaum glauben, wie viel Glück ich habe, wenn ich über die sanft wogenden grünen Felder blicke, die sich bis zum Horizont erstrecken, wenn ich den blassen kornblumenblauen Himmel mit den weißen Wölkchen betrachte.

Manchmal, denke ich bei mir und beiße in den Muffin, *gibt das Leben einem auch Pfirsiche.*

***

Anders wollte heute Bambi zurückbringen, doch der Vormittag vergeht, ohne dass ich etwas von ihm höre. Ich werde immer nervöser.

Ich fühle mich zu ihm hingezogen. Mehr, als ich zugeben will. Und nach seinem Blick gestern Abend zweifele ich doch ein bisschen daran, dass er meine Gefühle wirklich gar nicht erwidert. Weshalb also meldet er sich nicht wie versprochen?

Ich überwinde mich und schreibe ihm:

Schaffst du es, Bambi heute Nachmittag zurückzubringen?

Innerhalb einer Minute antwortet er: *Nein. Der gehört jetzt uns.*

Ich muss lachen. *Diebstahl!*, simse ich zurück.

Jonas bringt ihn in einer Stunde vorbei. Pa ist wieder da. Ich fahre zurück nach Indy.

Mir sackt das Herz in die Hose. *Heute?*

Ich dachte, er hätte von morgen gesprochen.

Ja

Mehr kommt nicht, kein Smiley, kein Punkt, nichts.

Am liebsten würde ich ihn fragen, wann er wieder hier sein wird.

Dann begnüge ich mich mit: *Fahr vorsichtig*

Er antwortet nicht.

***

Es dauert ungefähr eine Woche, bis ich nicht mehr niedergeschlagen bin, wenn ich an ihn denke. Anfangs ärgere ich mich über mich selbst, weil ich mich in jemanden verguckt habe, der mir klar signalisiert hat, kein Interesse an mir zu haben. Wie konnte ich mir nur einreden, er würde es sich vielleicht doch noch anders überlegen?

Immerhin kehren meine Gedanken nicht automatisch zu Scott zurück. Die Tage gehen damit herum, dass ich allein an meinem Schreibtisch sitze und arbeite und abends mit Dad und Sheryl oder Bailey und Casey zusammen bin, manchmal auch mit allen vieren. Wenn ich mal Pause habe, mache ich mit der Renovierung des Airstreams weiter.

Irgendwann verschwindet meine Melancholie, und ich kann mich wieder darüber freuen, dass ich den Sommer in Indiana verbringe.

***

Es ist ein Samstag am Ende der ersten Augustwoche, später Nachmittag. Ich habe abwechselnd mit Dad und Sheryl die Kunden bedient und dann Sheryl in der Küche geholfen. Besser gesagt, hat sie diesmal mir geholfen.

Ich hatte massenweise Rhabarber geerntet. Angeregt von den Bellinis, habe ich Cocktailrezepte gegoogelt und eins mit Rhabarbersirup entdeckt. Sheryl und ich haben Gläser sterilisiert, den Rhabarber gewaschen und in fünf Zentimeter lange Stücke geschnitten, die wir mit Kristallzucker und Wasser aufgekocht haben. Dank unserer Mühen haben wir jetzt mehrere Dutzend Gläser mit rosarotem Sirup, der im Licht der Arbeitsplatte funkelt.

Dad sah sich währenddessen im Fernsehen das Straßenrennen IndyCar in Nashville an. Irgendwann rief er mich ganz aufgeregt zu sich, weil er Anders im Fernsehen entdeckt hatte.

Bis ich da war, zeigte die Kamera schon wieder jemand

anderen, aber Dad setzte die Aufnahme für mich zurück, und ich muss zugeben, dass mein Herz einen kleinen Sprung machte, als ich sah, wie Anders mit einem schwarzen Kopfhörer konzentriert am Rennleiterstand in der Boxengasse saß.

Eigentlich wollten wir ja Freunde bleiben, wenn sonst schon nichts geht. Aber jetzt sind fast zwei Wochen vergangen, ohne dass ich ein Wort von ihm gehört habe.

Allerdings habe ich ihm auch nicht geschrieben.

Mir ist klargeworden, dass ich öfter so handele: Ich fälle ein Urteil über jemanden und meine zu wissen, was er denkt. Dabei irre ich mich häufig. Wie bei der Geschichte mit Bailey und mir, wer wo am Tisch sitzt. In den letzten vierzehn Tagen war sie öfter mit Casey zum Abendessen da, und sobald sich die Gelegenheit ergab, achtete sie darauf, dass ich direkt neben Dad saß. Ich kam mir tatsächlich etwas albern vor, als hätte ich wie ein verzogenes Kind überreagiert. Doch Bailey bestand auf der Sitzordnung, und nachdem ich mein anfängliches Unbehagen überwunden habe, bin ich dankbar dafür, dass sie auf mich Rücksicht nimmt. Es hilft mir. Ich fühle mich mehr in der Familie aufgenommen und nicht mehr ausgeschlossen.

»Da ist er wieder!«, ruft Dad im Wohnzimmer. »Wren!«

»Ich komme!«, rufe ich zurück.

Dad setzt die Aufnahme bereits zurück und drückt auf Pause. Ohne nachzudenken, hole ich mein Handy heraus und mache ein Foto vom Bildschirm.

Ich schicke es Anders mit den Worten: *Guck mal! Mein Kumpel ist im Fernsehen!*

In Wirklichkeit ist das Rennen schon vorbei – Dad musste zwischendurch auf Pause stellen, um Kunden zu bedienen –, doch nach dem zu urteilen, was Anders uns über seine Renntage erzählt hat, ist er wahrscheinlich noch an der Strecke.

Ich denke nicht, dass ich in nächster Zeit eine Antwort von ihm bekomme. Ich bin mir nicht mal sicher, überhaupt eine zu erhalten.

Bailey hat sich nach der Arbeit angekündigt. Als sie da ist, mixe ich uns Cocktails – ein Teil Rhabarbersirup, ein Teil Vanillewodka und zwei Teile Limonade –, die wir mit auf die Veranda nehmen. Dad und Sheryl lassen uns in Ruhe. Draußen steht eine weiße Holzschaukel, mein Lieblingsplatz frühmorgens oder an kälteren Abenden, von wo ich die letzten Glühwürmchen der Saison über den Sojabohnen tanzen sehen kann. Die Pflanzen sind jetzt hüfthoch und tragen kleine grüne Schoten.

Manchmal fährt Jonas auf seinem Traktor, dem Gator oder einem anderen Fahrzeug vorbei. Gestern habe ich gesehen, wie er die Felder gespritzt hat, mit riesigen Auslegern auf beiden Seiten des Traktors. Als heute Morgen ein Sprühflugzeug über uns hinwegflog, das den Mais mit irgendwas behandelte, schaute ich von meinem Zimmerfenster aus zu und stellte mir vor, wie Jonas oben in dem kleinen weißen Flieger saß. Ich bezweifele, dass er selbst geflogen ist, aber fand es lustig mir auszumalen, wie er da oben herumbrummt. Kaum zu glauben, dass er auch noch in der Werkstatt im Ort arbeitet.

Auch Jonas fehlt mir, merke ich, nicht nur sein Bruder. Es hat Spaß gemacht, mit den Männern zusammen zu sein, gemeinsam an Bambi zu arbeiten. Ich bin traurig, dass sich unsere Pfade nicht wieder kreuzen.

Ich habe von Jonas immer noch keine Rechnung für den Reifenwechsel bekommen. Ich hatte vorgehabt, kurz beim ihm reinzuschauen, um das zu regeln, und dann auch gleich zu fragen, ob der Ersatzreifen ausgetauscht werden kann, doch dann kam mir der Gedanke, dass er die ganze

Geschichte ja vielleicht schwarz gemacht hat. Besser statte ich ihm morgen einen kurzen Besuch ab, kläre das mit der Bezahlung und sehe nach, wie es ihm geht.

Heute hatte die drückende Hitze ein Ende. Gestern lag die Temperatur bei circa 95 Grad, heute nur noch bei 80. Ich bin jetzt seit einem Monat in Indiana und habe mir angewöhnt, die Temperatur in Fahrenheit anzugeben. Umgerechnet in Celsius sind das 35 und 26 Grad. Ich schaue kurz zu Bailey hinüber, die an ihrem Drink nippt.

»Wollen wir einen Spaziergang machen?«, frage ich Bailey aus einer Laune heraus.

Wir könnten zu den Fredricksons rübergehen, doch ich verwerfe die Idee sofort. Seit unserem Abend im Dirk's hat Bailey nicht mehr von Jonas gesprochen, und ich habe mich schon gefragt, ob sie versucht, ihn zu vergessen. Falls das so sein sollte, will ich mich nicht einmischen.

»Meinst du?« Bailey ist alles andere als begeistert, aber der Abend ist so schön.

»Hast du dir in letzter Zeit mal das Kürbisfeld angeguckt?«

»Das Kürbisfeld?« Sie zieht eine Grimasse. »Nein.«

»Dann komm!«, beharre ich. »Die Ranken haben vor ein paar Tagen angefangen zu blühen.«

Unterwegs zu dem Acker, der an das vom Hagelschaden betroffene Maisfeld der Fredricksons grenzt, nehmen wir den Feldweg, der uns an der schwarzen Scheune vorbeiführt. Das Kürbisfeld erstreckt sich vor uns, die Blüten sehen aus wie gelbe Seesterne in einem grünen Meer.

»Wirklich nicht übel!,«, begeistert sich Bailey.

Doch sie meint nicht den Ausblick, sondern ihren Drink.

Ich nehme ebenfalls einen Schluck. »Wollte Casey heute nicht mitkommen?«

»Nee, Brett ist bei ihm.«

»Die beiden verstehen sich gut, oder?«

»Ein bisschen zu gut. Ich werde meinen Schwager einfach nicht los.«

»Willst du das denn?« Ich bin mir nicht sicher, ob es Belustigung oder Verärgerung ist, was ich in ihrer trockenen Bemerkung höre.

»Nein, noch nervt er mich nicht. Wenn es so weit ist, sage ich ihm Bescheid.«

Bailey grinst, und ich frage mich, ob sie die heitere Miene nur aufsetzt. Sie ist noch nicht lange mit Casey verheiratet, und im Gegensatz zu ihm ist sie neu in dieser Stadt.

Schenkt Casey seiner Frau genug Zeit und Aufmerksamkeit? Gibt er sich Mühe, damit sie sich hier wohlfühlen kann?

Noch traue ich mich nicht, ihr solche Fragen zu stellen. Ich habe das Gefühl, dass sie über meine Sorgen lachen würde.

Immerhin hat sie Dad und Sheryl in ihrer Nähe, sie ist also nicht völlig allein.

Und fürs Erste hat sie auch mich.

Ein Fahrzeug biegt auf den Feldweg ein, und überrascht sehen wir, dass Jonas am Steuer sitzt. Als er uns erkennt, drückt er auf die Bremse, und eine helle Staubwolke, die meine Schwester und mich einhüllt, steigt rund um seinen schwarzen Pick-up auf. Wir lachen und husten, er lässt die Fensterscheibe hinunter. Es ist, als hätte das Schicksal eingegriffen und ihn zu uns geführt. Ob das gut ist oder nicht, kann ich noch nicht sagen.

»Ladys!«, grüßt er grinsend. Sein Blick wandert an mir vorbei zu Bailey.

»Hey!«, ruft sie. »Wie geht's?«

»Nicht schlecht.«

»Wo bist du gewesen?«, frage ich.

»Auf der Indiana State Fair, der Ausstellung. Was ist das denn?« Er weist auf unsere rosa Getränke.

»Probier selbst!« Bailey reicht ihm ihr Glas durchs Fenster.

Er nippt daran und zieht eine Grimasse. »Bah, ist das süß!« Schnell gibt er den Cocktail zurück.

»Oh, kannst du mal kurz warten?«, frage ich. »Deine Mutter mag den bestimmt. Könntest du ihr Rhabarbersirup von uns mitbringen?«

»Sie ist nicht mehr da, sorry.«

»Wo ist sie denn hin?«, frage ich verdutzt.

»Hoch nach Wisconsin, zur Schwester meines Vaters. Mum und Dad wollen ein bisschen dort bleiben. Sie sind heute Morgen losgefahren.«

»Ah, cool!«

»Ja. Lange überfällig, ihr Urlaub.« Es scheint ihn zu freuen. »Anders ist morgen übrigens wieder da. Kommt doch rüber, und wir werfen was auf den Grill.«

»O ja!«, ruft Bailey.

Ich nehme an, dass er von einem Barbecue spricht, aber was viel wichtiger ist: *Anders kommt wieder? Wie lange?*

Es sollte mir egal sein. Ich weiß das. Aber es interessiert mich nun mal.

»Um wie viel Uhr?«, fragt Bailey. »Und was sollen wir mitbringen?«

»Vier Uhr? Und mitbringen braucht ihr nichts. Ihr seid genug.«

Kaum ist er weitergefahren, könnte ich mir in den Hintern treten, weil ich vergessen habe, ihn nach den Reifen zu fragen. Egal, dann bezahle ich sie morgen.

Als ich zu Bailey hinüberschaue, leuchtet ihr Gesicht.

Ist sie glücklich mit Casey?

Fühlt sie sich zu Jonas hingezogen?

Ich hoffe, dass ich bald vertraut genug mit ihr bin, um sie danach zu fragen.

***

Zu meiner Erleichterung antwortet Anders noch später am Abend auf meine Nachricht. Er schickt mir zwar nur einen lachenden Emoji, aber das ist besser als nichts. Wir haben auf der Veranda gesessen, bis die Sterne aufgingen, und ich habe vier Rhabarber-Cocktails intus. Wenn ich nüchtern wäre, würde ich es vielleicht dabei belassen. Bin ich aber nicht, deshalb tippe ich eine Nachricht.

Hab heute Jonas gesehen. Eure Eltern sind in Urlaub gefahren?!

Ich warte eine Minute, dann gehe ich ins Bad, um mir die Zähne zu putzen. Als ich in mein Zimmer zurückkomme, hat Anders geantwortet.

Jep. Kann es selbst kaum glauben.

Jonas hat Bailey und mich für morgen zum BBQ eingeladen. Ist hoffentlich okay.

Freu mich.

Im letzten Moment kann ich mich davon abhalten zu antworten, aber die letzte verfluchte Nachricht hält mich die halbe Nacht wach.

20

Ich bin fast fertig mit dem Anziehen, da kommt Bailey. »Gut siehst du aus«, sagt sie und nimmt mich zur Begrüßung in den Arm.

»Du auch.«

Sie hat ihren Jeansrock und ein weißes Spitzenoberteil mit Rüschenärmeln an.

»Ich glaube, das ist das Sommerlichste, was ich dabeihabe.« Ich spreche von meinem schwarzen Overall. »Ich muss dringend shoppen gehen.«

»Wo willst du denn hin?«, fragt Bailey.

»Nach Indianapolis? Bloomington?«

»Ich komme mit!«, erklärt sie eifrig. »Wir können uns doch ein schönes Wochenende machen!«

»Klar, gern. Kannst du dir denn freinehmen?«

Beim Gedanken an ihre Arbeit verliert sie ihre gute Laune. »Tja, wahrscheinlich nicht. Im August haben wir eine Hochzeit nach der anderen.«

»Organisierst du nicht gerne Hochzeiten?«, hake ich nach.

»Doch, schon, aber jede Feier, die ich plane, findet im Golfclub statt, das wiederholt sich alles ständig. Bei der Agentur war die Arbeit deutlich abwechslungsreicher.«

»Und hier gibt es nicht so eine Veranstaltungs-Agentur?«

Sie grinst mich schief an. »Was glaubst du wohl? Der Golfclub ist der einzige Ort, wo überhaupt mal was Größeres stattfindet: Geburtstagsfeiern, Partys zum Renteneintritt,

Leichenschmaus nach Beerdigungen – alles im Golfclub. Den Einwohnern hier fehlt es wirklich an Phantasie.«

»Wir können auch unter der Woche shoppen gehen«, schlage ich vor. »Bei mir ist es doch egal, wann ich arbeite.«

»Unter der Woche wäre super! Wie wär's mit Donnerstag? Wenn wir nach Bloomington fahren, könnte ich meine Freundin Tyler fragen, ob wir bei ihr übernachten dürfen.«

»Dann los!«

Es ist wieder sehr heiß, doch da die Luftfeuchtigkeit heute nicht so hoch ist, fühlt es sich etwas erträglicher an als in der vergangenen Woche. Ich sehne mich nach einem ordentlichen Gewitter, bei dem die Blitze nur so durch die Luft zucken und es wie aus Eimern schüttet, aber ich weiß nicht, ob so ein Wolkenbruch der Ernte der Fredricksons guttun würde, deshalb wünsche ich mir lieber doch keins.

»Wie geht es dir inzwischen wegen Scott?«, fragt Bailey, als wir vor die Tür treten.

»Besser«, erwidere ich.

Ich habe ihm letzte Woche geschrieben, dass ich länger in Indiana bleibe.

Das ist super!, antwortete er, was mich aus irgendeinem Grund total ärgerte. *Soll ich zwischendurch nach dem Haus sehen? Rechnungen bezahlen? Blumen gießen?*

Nein, das macht meine Mutter.

Gut. Sag Bescheid, falls ich mich um irgendwas kümmern soll.

Ich fand seine Begeisterung herablassend, doch als ich Bailey am Vorabend davon erzählte, belehrte sie mich eines Besseren.

»Ihr beide habt eine gemeinsame Vergangenheit, und ihr seid ja nicht im Bösen auseinandergegangen. Ich kann mir gut vorstellen, dass du ihm fehlst. Er würde bestimmt gerne mit dir befreundet bleiben.«

»Von wegen«, brummte ich.

Da hatten wir erst zwei Gläser getrunken, doch als der Abend voranschritt, ließ ich mir Baileys Worte durch den Kopf gehen und überlegte, wie sehr sich Scott wohl freuen würde zu hören, dass ich einen Airstream renoviere.

Als ich Bailey gestand, mir ihren Einwand zu Herzen zu nehmen, ermutigte sie mich, Scott ein Foto von Bambi zu schicken, damit wir uns auch mal über etwas Unverfängliches unterhalten.

Keine Ahnung, ob wir je gute Freunde sein werden, aber wir können ja freundschaftlich miteinander umgehen, oder?

Ich bin noch nicht vollkommen überzeugt.

In der Ferne erhebt sich die rote Scheune, dann ist das Maisfeld zu unserer Rechten abrupt zu Ende, und das weiter zurückliegende Haus kommt in Sicht. Beim Anblick von Anders' BMW in der Auffahrt bekomme ich am gesamten Körper Gänsehaut. Furchtbar, wie mich dieses Wiedersehen mitnimmt.

Wenn ich mich verliebe, dann heftig, und das Letzte, was ich jetzt gebrauchen kann, sind unerwiderte Gefühle für einen Mann, der immer noch unter dem Verlust seiner Frau leidet. Als wir auf die Haustür zugehen und klopfen, rede ich mir innerlich gut zu.

Nichts regt sich im Haus.

Ich klopfe lauter.

Immer noch nichts.

»Ist das Musik?«, fragt Bailey, während ich mein Handy heraushole.

Ich lege den Kopf schräg und lausche. Klingt nach Sam Fender.

Bailey springt die Treppe hinunter und biegt nach rechts ab, ums Haus herum. Ich zockele hinter ihr her und checke meine Nachrichten. Ja, ich habe eine von Anders erhalten:

Wir sind beim Blockhaus.

Grinsend stecke ich das Handy wieder ein. Jetzt bekommen wir mal das Haus am See endlich zu Gesicht!

Die Zufahrt endet vor einer Grasfläche. Weiter rechts befindet sich der Schutzraum, halb verdeckt hinter einem strategisch gepflanzten Rosenbeet. Als wir den Rasen überqueren und das Wäldchen betreten, wird die Musik lauter. Unter unseren Füßen knacken Zweige, das Laubdach über unseren Köpfen filtert das Sonnenlicht. Zwischen den hohen, schlanken Baumstämmen glitzert der See, und als wir näher kommen, weht eine leichte Brise den rauchigen Grillgeruch herüber.

Jonas und Anders sitzen in Liegestühlen auf einem Ponton über dem Wasser, total entspannt mit einer Bierflasche in der Hand, die langen Beine von sich gestreckt. Anders sieht sich über die Schulter um und entdeckt uns. Als sich unsere Blicke treffen, macht mein verräterisches Herz einen Hüpfer.

»Hi!«, ruft Bailey.

»Hey!«, ruft Jonas zurück und steht zusammen mit Anders auf.

Jonas kommt uns auf halber Strecke entgegen. Er wirkt fröhlich, zufrieden. Ich freue mich, ihn in so gehobener Stimmung zu sehen, auch wenn ich nicht weiß, ob es am Bier liegt oder daran, dass sein Bruder wieder zu Hause ist. Auch möglich, dass er sich nur für »Fremde« so gibt, wie Anders mal behauptet hat.

Jonas nimmt erst Bailey, dann mich in den Arm und geht dann auf Anders zu, seinen Arm um meine Schultern.

»Hallo!«, sage ich zu Anders, als Jonas mich loslässt. »Konntest du dir doch noch ein paar Tage freinehmen?«

»Ja.« Er verschränkt die Arme vor der Brust.

Anders macht keine Anstalten, Bailey und mich näher zu begrüßen. Wahrscheinlich ist er nicht so körperbetont wie sein Bruder, sondern etwas zurückhaltender, wie Sheryl.

Oder er will mich daran erinnern, dass er kein Interesse an mir hat.

»Sein Chef war einverstanden, dass er den Rest der Saison flexibel arbeiten kann«, wirft Jonas ein und schlägt seinem Bruder auf den Rücken.

»Das ist ja toll!« Ich versuche, meinen letzten Gedanken abzuschütteln.

»Er hatte seit über drei Jahren keinen Urlaub«, bemerkt Jonas trocken. »Würde mal sagen, dass ist das Mindeste, was sie ihm anbieten können.«

»Du hast seit drei Jahren keinen Urlaub gemacht?«, frage ich entgeistert. Seit unserer letzten Begegnung hat er wieder Mauern um sich herum errichtet, doch ich bin fest entschlossen, mich nicht entmutigen zu lassen. »Warum nicht?«

Er antwortet nicht sofort, sondern sieht seinen Bruder stirnrunzelnd an.

Jonas antwortet für ihn: »Er ist ein Workaholic.«

Anders zuckt mit den Schultern. Der bernsteingelbe Fleck in seinem Auge funkelt in der Sonne.

»Na, dann freue ich mich, dass du jetzt mal eine Pause machst. Wir haben Bier und Wein mitgebracht.« Ich halte den beiden unsere Kühltasche hin und ärgere mich insgeheim, dass ich diesen unerreichbaren Mann so verdammt attraktiv finde.

Jonas nimmt mir die Tasche ab. »Was möchtest du trinken?«

»Einen Wein, bitte.«

Er sieht Bailey an.

»Ich auch.«

Jonas geht in die Hütte.

»Setzt euch!« Anders weist auf die Liegestühle. »Ich gucke mal kurz nach den Ribs.«

»Ach, die gibt's zum Essen?«, ruft Bailey ihm nach.

»Jep. Müssten gleich fertig sein. Jonas hat sie den ganzen Nachmittag geräuchert.«

Sein Bruder kommt wieder nach draußen und entdeckt Anders am Holzkohlegrill.

»He! Weg da!«, brüllt er. »Bring den Mädels die hier!«

Anders kommt zu uns und verdreht die Augen.

»Dein Bruder ist ein bisschen eigen, was?«, bemerke ich, als er mir ein Glas Wein reicht.

»Tja. Ich habe Glück, dass er nicht sein Fleischthermometer in mich schiebt.«

»Wie bitte?«

Er bricht in Lachen aus und steckt Bailey und mich an. Jonas kommt herüber und will wissen, was denn so komisch ist.

Als wir uns alle beruhigt haben, hat sich die anfängliche Befangenheit gelegt.

Wir stürzen uns auf das von Jonas zubereitete Essen. »Bist du eigentlich ein Grufti?«, fragt er mich.

Zu den geräucherten Spareribs serviert er gegrillte Maiskolben, selbstgemachten Krautsalat und Folienkartoffeln mit Butter.

Ich ziehe eine Grimasse und schaue auf meinen schwarzen Overall hinunter. »Das soll ein Witz sein, oder?«

»Dann ein Emo? Oder ist das dasselbe? Bisher hattest du immer was Schwarzes an, wenn ich dich gesehen habe.«

»Nein, das ist nicht dasselbe. Emo ist die Abkürzung von ›emotional hardcore‹, das ist eine Richtung von Punkrock, die sich in den Neunzigern entwickelt hat. Gruftis gehören zur Gothicszene, die aus dem Gothic Rock der Siebziger hervorgegangen ist.«

»Die Frage hast du nicht zum ersten Mal beantwortet«, bemerkt Anders belustigt und greift zu seinem Maiskolben.

Ich grinse, mehr als erleichtert, dass er in meiner Gegenwart nun wieder entspannt ist. »Stimmt. Und nein, ich bin weder Grufti noch Emo, ich bin Architektin, und die tragen immer Schwarz.«

Anders verschluckt sich fast an seinem Bissen, so muss er lachen. Es macht mir Angst, wie schreckhaft mein Herz auf einmal ist.

Dass Architekten schwarz tragen, ist eine absolute Verallgemeinerung, trotzdem trifft sie auf mehr als die Hälfte der Kollegen und Kolleginnen in meinem ehemaligen Londoner Büro zu.

»Ab Donnerstag ist es vorbei mit dem Schwarz«, sagt Bailey bedeutungsschwer.

»Ich habe nicht gesagt, dass ich was Buntes kaufe«, gebe ich zurück.

»Was ist denn am Donnerstag?«, will Jonas wissen.

»Wir gehen in Bloomington einkaufen«, erklärt Bailey.

»Wir fahren am Donnerstag auch nach Bloomington!«, ruft Jonas.

»Echt? Weshalb?«, frage ich.

»Vertriebsangelegenheiten. Wenn ihr wollt, können wir zusammen fahren.«

»Bleibt ihr über Nacht?«, fragt Bailey hoffnungsvoll.

»Nee, morgens hin, abends zurück.«

»Ach, wir wollen bei meiner Freundin übernachten und am Donnerstagabend ausgehen.«

»Wir waren seit Jahren nicht mehr abends in Bloomington unterwegs.« Jonas stößt Anders' Fuß an.

»Wart ihr früher oft da?«, erkundige ich mich.

»Ja, wir haben uns Bands im Bluebird angesehen oder waren im Comedy Club, hinter Mother Bear's Pizza.«

»Ah, ich liebe Mother Bear's Pizza!«

»Kennst du den Laden?«

»Da war ich jedes Mal, wenn ich Dad und Sheryl besucht habe. Mein zweiter Lieblingsladen ist Nick's English Hut.«

»Ja, Nick ist super«, stimmt Anders mir zu.

Das einfache Restaurant befindet sich auf der Kirkwood Avenue, eine beliebte Straße, die direkt am Universitätscampus beginnt. Sheryl behauptete immer, der Campus der Uni Bloomington sei einer der schönsten in den Vereinigten Staaten, er könne sich mit denen der Ivy League messen, aber sie ist eine stolze Hoosier, wie man die Einwohner von Indiana nennt, deshalb kann man ihrem Urteil nicht so ganz trauen.

Dennoch ist die Gegend wirklich schön mit den reich verzierten Gebäuden aus einheimischem Kalkstein, den tiefen Fenstern und dem einen oder anderen Türmchen. Das Ganze erinnert ein bisschen ans alte England.

Nick's English Hut ist allerdings ungefähr so englisch wie der nahgelegene Irish Lion irisch ist. Immerhin stehen im Lion Koboldflügel auf der Speisekarte. Niemand kann dem Laden vorwerfen, sich nicht ins Zeug zu legen.

»Hey, Mann, die Stromboli-Sandwiches bei Nick«, stöhnt Jonas. »Da gehen wir Donnerstag hin«, sagt er zu Anders, damit der Bescheid weiß.

»Wie kannst du ans Essen denken, wenn du hier am Futtern bist?«, fragt Anders.

Schulterzuckend leckt sich Jonas die Finger ab.

»Als wir das letzte Mal im Nick's waren, hat Scott behauptet, er hätte John Mellencamp auf dem Klo gesehen«, erzähle ich Bailey.

Sie lächelt und nickt. »Der ist mir in Bloomington öfter über den Weg gelaufen. Er wohnt einen Ort weiter.«

»Wann war das?«, fragt Anders mich.

»Vor ungefähr zwei Jahren.«

»Sorry, aber wer ist Scott?« Jonas ist ahnungslos.

»Wrens Verlobter«, erklärt Bailey. »Also, jetzt Ex-Verlobter.«

Jonas ist sprachlos. Er schielt zu seinem Bruder hinüber, doch Anders reagiert nicht, weil er längst wusste, dass ich verlobt war.

»Wie lange wart ihr zusammen?«, fragt Anders leise.

»Drei Jahre.«

Wieder schaut Jonas seinen Bruder an. Dann mich. Schließlich Bailey. Sie grinst ihm zu. Er grinst zurück. »Und wo ist *dein* Mann heute?«

»Arbeiten.«

»Was macht er denn?«, will Jonas wissen, und ich bin erleichtert, dass er die Frage so beiläufig stellt, als kümmere es ihn nicht im Geringsten, dass Bailey verheiratet ist.

Hoffentlich bedeutet es, dass er kein Interesse an ihr hat. Ich finde es nicht gut, dass er verheiratete Frauen anbaggert. Seine Schwäche für Heather kann ich noch verstehen, weil er mal mit ihr zusammen war, aber eine Affäre ist in jeder Konstellation armselig.

»Er ist Golflehrer«, erwidert Bailey.

Ich versuche, mich wieder auf das Gespräch zu konzentrieren.

»Golf?« Jonas stutzt. »Ist er so ein schnieker Kerl?«

»Überhaupt nicht.« Bailey muss lachen.

»Er hatte früher einen sehr auffälligen, äußerst unschnieken Schnurrbart«, werfe ich ein.

»Ach, der Schnurrbart fehlt mir richtig«, klagt Bailey.

In den letzten Wochen habe ich Casey öfter gesehen. Ich mag ihn sehr gern. Er und Bailey geben ein tolles Paar ab. Casey ist nett und liebenswert, und sie ist in seiner Nähe genauso fröhlich wie sonst auch. Gleichzeitig scheint er sie zu erden. Ich habe das Gefühl, dass Casey nie sauer oder gemein ist und dass er meine Schwester aufrichtig liebt.

Und trotzdem ... Bailey wirkt nicht richtig ausgelastet.

Vielleicht liegt es wirklich nur an der Arbeit – es ist schwer, wenn ein Partner total glücklich ist und der andere unzufrieden –, aber was, wenn mehr dahintersteckt? Was, wenn diese Stadt zu klein für Baileys großes Ego ist?

Die beiden haben hier ein Haus gekauft. Caseys gesamte Familie wohnt hier. Er liebt seine Arbeit. Er bringt sich hier ein. Selbst Dad und Sheryl sind hergezogen, um in der Nähe der beiden zu sein. Das alles muss großen Druck auf meine Schwester ausüben.

21

Aus Baileys Autoboxen dröhnt »American Girl« von Tom Petty and the Heartbreakers. Wir haben die Scheiben runtergelassen und singen den Refrain aus Leibeskräften mit. Die heiße Luft weht herein und zerzaust unsere Haare.

Bloomington liegt ungefähr eine Stunde nördlich. Die Fahrt führt uns vorbei an Ackerland und kleinen Ortschaften. Wir sind unabhängig von Jonas und Anders unterwegs. Die beiden wollen beruflich nach Bloomington, nicht zum Spaß, deshalb haben wir keine Pläne gemacht, uns zu treffen. Vielleicht laufen wir ihnen so über den Weg.

Bailey und ich übernachten in einem direkt im Zentrum gelegenen Apartment, das Baileys Freundin Tyler gehört. Momentan ist sie nicht da und war total enttäuscht, uns zu verpassen, aber sie hat Bailey gesagt, wir könnten den Schlüssel von ihrer Nachbarin holen und sollten uns ganz wie zu Hause fühlen.

Den Nachmittag über laufen wir durch die Stadt und gehen in zahlreiche Geschäfte. Als ich das dritte Mal auf dunkle Klamotten zusteuere, zieht mich Bailey zu einer Stange mit bunteren Sachen. Jetzt bin ich zögerliche Besitzerin von zwei kurzen Jeanshosen, drei T-Shirts in unterschiedlichen Farben, einem Kleid mit Streublumenmuster in Blau, Weiß und Gelb, das in der Taille ganz eng ist, meine Oberweite betont und weich um die Knie fließt, sowie einem schwarzroten Kleid im selben Stil.

Bailey hat mich überredet, die Kleider zu kaufen, weil sie meinte, ich sähe darin »umwerfend« aus. Ich war nicht ganz überzeugt, aber sie war so beharrlich, dass ich letztlich keine andere Wahl hatte.

Bailey selbst hat sich ein gelbes Sommerkleid, eine weiße Shorts und zwei gestreifte Oberteile gegönnt.

Am späten Nachmittag kommen wir zufällig an Nick's English Hut mit seiner bunt zusammengewürfelten Fassade vorbei.

»Mach mal ein Foto und schick es Anders!«, schlägt Bailey vor.

Ich zögere und tue es dann doch.

Fast sofort schreibt er zurück: *Seid ihr schon so weit?*

Noch nicht ganz, aber dauert nicht mehr lange.

Bailey schaut mir über die Schulter. »Frag ihn, ob sie noch in Bloomington sind!«

Seid ihr noch hier?

Jep. Und Jonas will unbedingt ein Stromboli bei Nick's essen.

»Frag, ob wir dazukommen können!«, meint Bailey.

»Nein.« Ich schaue auf mein Display. Auf gar keinen Fall zwinge ich mich den beiden auf.

»Warum nicht?«, fragt Bailey stirnrunzelnd.

»Darum nicht.«

Die nächste Nachricht erscheint: *Sehen wir uns da?*

»Das ist eine Einladung!«, zischt Bailey und tippt auf mein Display.

Nachdenklich betrachte ich es und nehme endlich all meinen Mut zusammen, um sie zu fragen: »Ist es für Casey eigentlich in Ordnung, wenn du was mit den Brüdern unternimmst?«

Bailey tritt von einem Fuß auf den anderen. »Also, ich

weiß nicht, ob er so begeistert war, als ich am Sonntag rübergefahren bin, aber er hat nichts gesagt. Ich mag die beiden wirklich gern, besonders Jonas.«

Ich zögere. »Du meinst aber als Freund, oder?«

Ich habe Angst vor ihrer Antwort. Wenn Bailey es unserem Vater gleichtun würde und eine Affäre hätte, weiß ich nicht, ob ich ihr das verzeihen könnte.

Sie starrt mich an. »Ich würde meinen Mann *niemals* betrügen.«

»Das ist gut.« Ich bin so was von erleichtert.

»Ach, Wren!« Bailey seufzt enttäuscht. »Wenn du mich ein bisschen besser kennen würdest …«

Ich schäme mich ganz furchtbar. »Tut mir leid.«

Sie lächelt schwach. »Schon gut. Ich muss auch noch viel über dich lernen. Aber wir sind uns schon nähergekommen, oder?«

Ich grinse sie an. »Auf jeden Fall.«

»Wegen Jonas und mir musst du dir keine Sorgen machen«, versichert sie. »Ich liebe Casey. Du merkst doch auch, wie gut wir miteinander klarkommen, oder?«

Ich nicke. »Ihr seid ein tolles Paar. Aber bist du mit deinem jetzigen Leben zufrieden, Bailey?«, frage ich zögernd. »Meinst du nicht, Casey würde eventuell mit dir umziehen, wenn du unglücklich wärst? Er kann ja theoretisch in jedem Golfclub arbeiten.«

»Nein, Wren, so schnell gebe ich seine Heimatstadt nicht auf.«

»Ich dachte nur … Die Stadt ist so klein. Sie hat nicht viel zu bieten. Ich mache mir Sorgen, dass du dich bald langweilst.«

»Ja, ich langweile mich schon, aber ich muss dem Ganzen eine Chance geben. Freundschaften sind da ganz hilfreich.

Casey mag seine Zweifel wegen Jonas haben, der hat ja seinen Ruf, aber viel wichtiger ist für meinen Mann, dass ich glücklich bin. Und Jonas bringt mich zum Lachen. Anders mag ich natürlich auch, aber Jonas ist einfach so ein Süßer.«

»Das stimmt. Ich mag sie auch beide«, gestehe ich.

»Ach, ja?« Demonstrativ deutet sie auf mein Handy.

Gut. Wir wollten ja eh dorthin. Ich antworte auf Anders' Nachricht: *Wir sind in einer Stunde da.* Dann gehen wir zu Tylers Apartment, um unsere Einkäufe abzuladen und uns fertig zu machen.

***

Im Nick's hängen zahlreiche Fotos, Zeitungsausschnitte und Erinnerungsstücke der Universität an den Wänden. Viele Prominente haben ihre Autogramme hinterlassen, unter anderem Barack Obama, der 2008 hier war. Ich weiß noch, wie enttäuscht Dad, Sheryl und Bailey waren, weil sie ihn verpasst hatten.

Wir entdecken Jonas und Anders in einer roten Sitzecke. Sie trinken Bier.

Bailey schleicht sich hinter Jonas und tippt ihm auf die Schulter. Bei ihrem Anblick leuchtet sein Gesicht auf. Er springt auf, um sie fest in die Arme zu nehmen, dann umarmt er auch mich.

Anders erhebt sich nicht, rutscht nur auf der Bank zur Seite, um Platz zu machen. Ich setze mich einfach neben ihn. Allmählich gewöhne ich mich an seine distanzierte Art.

Im Laden ist einiges los, ohne dass er überfüllt wäre. Die Uni fängt erst in der nächsten Woche wieder an. In Amerika ist der Sommer Mitte August schon vorbei. Ein entmutigender Gedanke.

»Und, was habt ihr heute so gemacht?«, frage ich, nachdem der Kellner da war und unsere Bestellung aufgenommen hat.

Jonas grinst Anders an, der verstohlen schmunzelt, ehe er antwortet. »Jonas hat mit Ladenbesitzern gesprochen, denen er sein Popcorn verkaufen will.«

»Ich wusste nicht, dass ihr Popcorn anbaut.«

»Unser Dad auch nicht«, erwidert Anders und wirft mir einen Seitenblick zu.

»*Was?*«

»Ich habe ihn erst mal versuchsweise gepflanzt«, wirft Jonas ein und grinst. »Nicht viel, nur ein kleines Feld, aber ich hab's Dad nicht erzählt, weil ...« Er hält inne.

»Pa mag keine Veränderungen«, bemerkt Anders.

Jonas nickt. »Genau.«

»Deshalb ist Jonas verdammt froh, dass unsere Eltern eine Zeitlang weg sind. Popcornmais wird nämlich nur gut zwei Meter hoch, und es war nur eine Frage der Zeit, bis unser Vater an dem Feld vorbeigefahren wäre und gemerkt hätte, dass die Stängel nicht so hoch wachsen wie die anderen.«

»So was von hinterhältig!« Bailey grinst.

»Willst du es ihm erst erzählen, wenn du alles verkauft hast?«, frage ich.

»Das ist der Plan«, antwortet Jonas. »Ich will das Popcorn auch hier auf dem Bauernmarkt anbieten.«

Ich kann mich noch gut an den Bauernmarkt von Bloomington erinnern: Neben Food-Trucks und Livemusik kommen viele Farmer aus der Umgebung, um ihre Erzeugnisse zu verkaufen, von Obst und Gemüse bis zu bunten Blumen.

»Wisst ihr was? Ihr könntet ein Drive-in-Kinoabend veranstalten!«, platzt es aus Bailey heraus. »Oder einen Kinoabend ohne Drive-in. Es wäre viel gemütlicher, wenn die Leute aus den Autos steigen und in der Scheune sitzen. Oder draußen unter den Sternen. Ihr könntet Eintrittskarten verkaufen.«

Lachend schaut Jonas über den Tisch zu mir herüber. »Genau, und wir könnten dein Maislabyrinth machen, Wren, dann strömen die Leute von nah und fern nur so herbei.«

»Ich finde, das ist immer noch eine super Idee«, brumme ich, wohl wissend, dass er mich neckt.

»Hm?« Anders versteht nur Bahnhof.

»Das Feld zwischen unserem Grundstück und dem von den Elmonts«, erklärt Jonas. »Als ich Wren erzählt habe, dass wir da einen Hagelschaden hätten, meinte sie, wir könnten ein Maislabyrinth daraus machen. Damit die Leute erst auf der Wetherill Farm Kürbisse pflücken und sich anschließend bei uns ins gute alte Hoftreiben stürzen.«

Anders fällt nicht in das Lachen seines Bruders ein.

Bailey schlägt mit der flachen Hand auf den Tisch. »Die Idee ist doch super!«

»Was? Ach, nein!« Jonas winkt ab.

»Warum nicht?«, fragt Anders.

»Soll das ein Witz sein?«, gibt Jonas erstaunt zurück. »Kannst du dir vorstellen, dass Pa das mitmacht?«

»Pa ist nicht hier«, sagt Anders trocken. »Ich würde sagen, es ist Zeit, dass du mit dem Hof machst, was *du* willst.«

22

Am nächsten Morgen fahren Bailey und ich raus aus der Stadt Richtung Süden, parken das Auto und wandern zu einem verlassenen Steinbruch, wo wir schwimmen gehen wollen. Der Anblick des Schilds, das Unbefugten den Zutritt verbietet, macht mich nervös, doch meine Schwester, der Wirbelwind, ist nicht aufzuhalten.

»Früher bin ich immer mit meinen Freundinnen zum Rooftop Quarry gelaufen und da geschwommen«, murmelt sie. Sie liegt auf dem Rücken im Wasser, die Augen angesichts der grellen Sonne geschlossen. »Inzwischen ist der Steinbruch zum Teil mit Erde aufgefüllt worden, weil die Leute immer von den Klippen gesprungen sind, das war gefährlich, aber es war wunderschön. Die Steine für das Empire State Building kamen von dort.«

»Hört sich herrlich an. Zu der Zeit bin ich im grauen Nieselregen zum Freizeitzentrum von Sudbury gelaufen«, bemerke ich.

Ich schwimme auf der Stelle und betrachte immer wieder meine Umgebung. Die glatten Kalksteinwände fallen schroff ins klare grüne Wasser hinab. Am Ufer stehen Bäume, hier und da krallen sich karge Büsche in den Stein.

»Warst du traurig, als du aus Amerika wegmusstet?«, fragt Bailey unvermittelt.

Ich überlege, bevor ich ehrlich antworte. »Ich war allgemein traurig.«

»Das tut mir leid. Ich hatte immer Angst, dass sich meine Eltern trennen.«

»Aber dazu hattest du doch keinen Grund, oder?«

»Machst du Witze?« Bailey schlägt mit den Beinen aufs Wasser und hebt den Kopf. »Die haben sich ständig gestritten.«

»Echt?«

»Stän-dig!«, wiederholt sie und sieht mich mit ihren großen Augen an.

»Wenn ich zu Besuch war, haben sie das nicht getan.«

»O nein, dann haben sie sich von ihrer besten Seite gezeigt«, erwidert Bailey sarkastisch. »Das war einer der Gründe, warum ich mich immer so gefreut habe, wenn du bei uns warst, und weshalb ich Angst vor deiner Abfahrt hatte, weil es dann wieder richtig schlimm wurde.«

»Worüber haben sie denn gestritten?« Es tut mir weh, dass Bailey gelitten hat.

»Über alles und nichts. Dass Mom zu viel arbeiten ging, Dad zu Hause nichts auf die Reihe bekam, dass Mom nicht einfühlsam genug war oder zu viele Freunde zum Übernachten einlud, dass Dad nicht das kochte, was Mom essen wollte, dass Mom die Hauptverdienerin war …«

»Ich dachte immer, es würde Dad nicht stören, dass deine Mutter mehr verdiente als er.«

»Hat es ihn auch nicht. Aber *sie*.«

»Es gefiel ihr nicht, dass er weniger verdiente als sie?«

»Sie hat ihn ständig deswegen beschimpft! Sie hat ihn nicht genug respektiert, verachtete ihn, weil er seine Arbeit als Hausmeister mochte und mit seinem Verdienst zufrieden war. Sie wollte, dass er sich mehr Mühe gab, dass er so ehrgeizig werden würde wie sie. Sie machte ihm Druck, damit er sich für die Stelle im Studentenwerk bewarb, obwohl er mit seinem Job zufrieden war, und als er genommen wurde, war es ihr trotzdem nicht genug. Sie hat immer auf ihn hinabgeschaut, weil er nicht so gebildet war wie sie. Ich habe immer befürchtet, daran würde ihre Beziehung irgendwann zerbrechen, sie würde sich von ihm scheiden lassen und jemanden finden, der besser zu ihr passt, aber so kam es nicht. Letztlich hat sie sich wohl von ihren Erwartungen verabschiedet.«

Ich bin baff. Von all dem habe ich nichts geahnt.

»Sie sind nur wegen mir zusammengeblieben«, fügt Bailey hinzu.

So war das also, wird mir klar. Sheryl wurde unabsichtlich mit Bailey schwanger.

Würde ein so stolze Frau wie Sheryl zugeben, dass eine Affäre mit einem Hausmeister von Anfang an ein Fehler war? Würde sie nicht darauf erpicht sein, allen zu zeigen, dass Dad ihre große Liebe ist, um die Zerstörung seiner Ehe zu rechtfertigen? Ich kann mir vorstellen, dass sie alles daran setzte, die Beziehung erfolgreich zu führen, selbst wenn sie im stillen Kämmerlein unglücklich war.

Aber die beiden haben es geschafft. Ich habe wirklich nicht den Eindruck, dass sie mir gerade etwas vorspielen. Nicht jetzt, nicht mir.

Sheryl ist jetzt Mitte sechzig. Im Ruhestand. Und deutlich entspannter als früher. Ich habe das Gefühl, dass sie ihren Frieden gemacht hat, sowohl mit ihrem früheren Leben als auch mit dem, was noch kommt.

Darüber bin ich froh.

Früher habe ich vielleicht mal gehofft, dass ihre Beziehung in die Brüche gehen würde, damit es Bailey genauso schlecht geht wie mir und Dad es bereuen würde, Mum und mich verlassen zu haben. Aber damals war ich jung und verletzt. Ich war voller Missgunst und Eifersucht. Was ich erlebt habe, hätte ich niemand anderem wünschen sollen. Tatsächlich tut die Vorstellung weh, dass Baileys Kindheit doch nicht so glücklich war, wie ich sie mir immer ausgemalt habe.

23

Es ist Montagnachmittag, und ich bin auf dem Weg in die Stadt, um Limetten zu kaufen. Heute Abend kommen Bailey und Casey zum Essen. Ich will mexikanisch kochen, nur ist mir erst spät eingefallen, dass wir nicht genug Saft für Margaritas haben. Ich hätte mit Dads Wagen zum Supermarkt fahren können, aber ich hatte das Gefühl, ich müsste mir die Beine vertreten, deshalb gehe ich zu Fuß. Eine Entscheidung, die ich nach ungefähr fünf Minuten bereue.

Es ist sengend heiß, dazu weht der Wind mit fast vierzig Stundenkilometern, so dass ich mich fühle, als würde ich gegen einen riesigen Föhn anlaufen. Staub schleudert mir ins Gesicht, auf meine Sonnenbrille, klebt an meinen Lippen. Die Haare klatschen mir gegen die Wangen. Als ich den Supermarkt im Zentrum erreiche, bin ich völlig verschwitzt, schmutzig und ausgetrocknet.

Ich schiebe die Sonnenbrille hoch und gehe auf die automatischen Türen zu, denn dahinter wartet die ersehnte Klimaanlage. Lange bevor ich die Tür erreiche, geht sie auf. Eine erschöpfte Frau kommt heraus, an der Hand ein lockenköpfiges Kind, das schreit wie am Spieß.

»Oh, hallo«, sage ich automatisch, als ich Heather erkenne.

Ihr gelockter Sohn versucht, sie zurück in den Markt zu ziehen. Er brüllt nach Leibeskräften: »HABEN! WILL HABEN!« Sein Kopf ist feuerrot, sein Gesicht tränenüberströmt. Er führt sich auf, als hinge sein Leben von dem ab, was er im Laden gesehen hat.

Heather macht den Eindruck, als würde sie ihren Sohn am liebsten umbringen. Sie schaut mich fragend an.

»Sorry, ich bin Wren«, sage ich schnell etwas lauter, damit sie mich überhaupt verstehen kann. »Meinem Vater und meiner Stiefmutter gehört die Wetherill Farm.«

Sie schüttelt ungeduldig den Kopf. »Und?«

»Ihr wart doch letztens da! Du und deine Familie! Zum Pfirsichpflücken. Ich wollte nur Hallo sagen.«

Ungläubig starrt sie mich an, weil ich sie unter diesen Umständen – oder überhaupt – angesprochen habe.

»Schon gut. Tschüss!«, murmele ich.

Sie brummt etwas vor sich hin und zerrt ihr Kind zum Wagen. Mit rotem Kopf betrete ich den Supermarkt.

Die Kassiererinnen kichern verschwörerisch. Ich habe das Gefühl, es geht um Heather, doch als sie mich erblicken, reißen sie sich zusammen. Ein von ihnen begrüßt mich von weitem. »Sagen Sie Bescheid, wenn Sie etwas brauchen!«

»Danke, mach ich.«

Der Laden ist nett. Hier gibt es nicht nur frische Produkte, sondern auch selbst gefertigte Geschenkartikel aus der Region wie Seife, Parfüm, Karten, Spielzeug und Schmuck. Schnell finde ich die Limetten, aber ich lasse mir Zeit und sehe mich noch ein bisschen um. Ich trinke aus der eiskalten Wasserflasche, die ich aus einem Getränkekühlschrank genommen habe, und warte darauf, dass die klimatisierte Luft im Laden mein Blut herunterkühlt, während ich an Duftseifen und Parfümproben schnuppere.

Als ich zahle und gehe, ist meine Körpertemperatur wieder im einigermaßen akzeptablen Bereich.

Nach fünf Minuten auf dem Rückweg ist mir natürlich wieder so warm wie vorher. Ich schleppe mich über die Brücke. Da entdecke ich in der Ferne den Gator, der am Grasstreifen entlangfährt. Als ich auf die Straße komme, hat er mich fast eingeholt. Anders sitzt am Lenkrad. Ich muss grinsen.

»Willst du mitfahren?«, ruft er und hält an.

»Ja, bitte!«

Dankbar laufe ich über die Straße und rutsche auf die cremefarbene Sitzbank neben ihn. »Wo willst du hin?«

»Ich habe mir die Sorghumhirse unter den Hochspannungsmasten angeschaut.« Er weist auf die Strommasten weiter hinten, riesige Skelette mit Stromkabeln in den ausgestreckten Armen. »Unter den Masten können wir nicht sprühen, deshalb muss ich das per Hand machen, wenn der Wind mal nicht so stark ist.«

»Was ist das für Hirse?«

»Sorghumhirse, ein Unkraut.«

Plötzlich erstarrt er und sieht mich mit großen Augen an.

»Was ist?«, frage ich beklommen.

»Was hast du für ein Parfüm drauf?«

»Das gab's zum Probieren im Supermarkt.«

Laurie hat es benutzt. Ich weiß es sofort. Mein Mund wird trocken.

»Ich steige aus.« Ich will aus der Türöffnung springen, um ihm den Schmerz zu ersparen, doch Anders legt seine Finger um mein Handgelenk und hält mich auf. Fast genauso schnell lässt er mich wieder los.

»Schon gut«, sagt er zerknirscht und dreht den Schlüssel in der Zündung.

Seine Berührung geht mir durch Mark und Bein.

Es kann mir nicht schnell genug zurück nach Wetherill gehen. Ich habe das Gefühl, gebrandmarkt worden zu sein. Das gefällt mir nicht. Wie viele Beweise brauche ich noch, dass Anders den Tod seiner Frau noch lange nicht überwunden hat? Ich schäme mich dafür, dass mein Körper nach wie vor so stark auf ihn reagiert.

»Der Geruch erinnert dich an Laurie, nicht?«, frage ich beim Aussteigen.

Er nickt mit schmerzhaft verzogenem Gesicht. »Meine Mutter hat ihr das Parfüm immer geschenkt.«

»Ich gehe sofort rein und wasche es ab. Danke fürs Mitnehmen!«

»Warte, Wren!« Er ist peinlich berührt.

Ich zögere. Mir ist schlecht.

»Dein Ersatzreifen liegt bei uns zu Hause. Soll ich ihn dir gleich rüberbringen?«

»Wirklich? Ich meine, das wäre super, aber nur, wenn du Zeit hast.«

Letzten Sonntag fiel mir wieder ein, dass ich Jonas noch bezahlen muss. Erst weigerte er sich, einen Preis zu nennen, schließlich forderte er einen, der mir für die drei Reifen viel zu niedrig erschien. Für seine Arbeit wollte er gar nichts.

Anders nickt. »Komme gleich wieder.«

»Danke.«

Ich gehe ins Haus, bringe die Limetten in die Küche und haste nach oben, um mich zu duschen.

***

Als ich wieder nach draußen komme, ist Anders bereits mit dem Ersatzreifen beschäftigt. Er bemerkt meine frisch gewaschenen Haare und zieht den Kopf ein.

»Das war blöd von mir. Tut mir leid«, quetscht er heraus.

»Du brauchst dich für nichts zu entschuldigen.«

Ich hatte genug Zeit, um mich zu beruhigen. Genauso einen Realitätsschock habe ich gebraucht.

»Du musst nicht warten, bis ich fertig bin, falls du was anderes vorhast«, sagt Anders.

»Nein, schon gut. Ist das denn wirklich in Ordnung für dich? Du kannst doch nicht schon wieder einen Reifen für mich wechseln. In meinem Alter müsste ich das eigentlich selbst können.«

Er schielt zu mir hoch. »Dein Vater hat dir das wohl nicht beigebracht, was?«

Ich schüttele den Kopf. »Meine Mutter auch nicht. Was Autos angeht, ist sie noch hoffnungsloser als ich.«

»Wenn du willst, kann ich's dir zeigen«, bietet er an.

»Echt? Gut, dann muss ich nicht immer andere fragen.«

Er erklärt mir jeden Handgriff. Als das neue Reserverad sicher an der Deichsel befestigt ist, gehe ich ins Haus und hole Bambis Schlüssel. Ich möchte Anders gern zeigen, wie ich innen vorangekommen bin.

Er sitzt hinterm Lenkrad des Gators, sein langes Bein baumelt aus der Türöffnung. Er telefoniert, aber steckt das Handy ein, als er mich sieht.

Ich schließe die Außentür des Airstreams auf, öffne die Insektenschutztür und steige hinein.

»Das Holz war total verfault«, berichte ich, während Anders sich umsieht. An vielen Stellen habe ich den Wagen bis aufs Metall entkernt. »Jetzt sind noch der Kleiderschrank, die Küche und das Bad dran. Wenn man es ein Bad nennen kann.« In die Kammer passt nur ein kleines Campingklo. »Ich glaube, das ist nicht zu retten.«

Anders entdeckt Dads elektrische Kettensäge auf der Küchenzeile.

»Was machst du denn *damit*?«

»Dad hat mir ein paar Werkzeuge geliehen. Ich weiß noch nicht, was ich alles brauche.«

Anders sieht mich ungläubig über die Schulter an. »Nimmst du mich gerade auf den Arm?«

»Das ist doch nur eine elektrische Säge«, erwidere ich grinsend. »Ist ja nicht so, als würde ich hier mit einer riesigen Kettensäge ein Massaker veranstalten.«

»Auch mit dem Teil kannst du dich ernsthaft verletzen«, mahnt er streng. »Die hat dein Vater dir gegeben?«

»Ja.«

Anders schüttelt den Kopf.

Ungewollt muss ich über seine Reaktion schmunzeln. »Die hat einen Sicherheitsschalter. Er hat mir gezeigt, wie man sie benutzt.«

»Gute Idee von ihm.« Anders presst die Lippen aufeinander und sieht mich zerknirscht an. »Ich wollte nicht unhöflich sein.«

»Schon gut.« Lächelnd nehme ich es hin.

Er sieht sich weiter um, registriert jeden Quadratzentimeter. »Eine Oszillationssäge wäre besser.«

»Vielleicht brauche ich überhaupt keine. Die Schränke sind alle verschraubt und vernietet.«

Er dreht sich zu mir um. »Warum bringen wir Bambi nicht zu uns rüber? Wir haben alle Werkzeuge da, die du brauchst, und ich kann dir helfen.«

»Das ist wirklich nett, aber …«

»Ich würde dir wirklich gern helfen«, unterbricht er mich. »Ernsthaft. Ich möchte das.«

»Bist du dir ganz sicher?« Ich bin noch nicht überzeugt. Er soll seinen Bruder unterstützen, nicht mich.

»Ich bin mir absolut sicher«, beharrt Anders so vehement, dass ich einverstanden bin.

24

In den nächsten Tagen bin ich abends bei den Fredricksons und arbeite mit Anders am Airstream. Am Freitag sind wir schon sehr weit gekommen. Ich freue mich, dass wir bald mit dem Aufbau beginnen können.

Anders ist losgegangen, um zwei Bier zu holen. Ich stehe vor Bambi und betrachte ihn. Mein Kopf arbeitet auf Hochtouren.

»Ich hatte gerade eine verrückte Idee«, sage ich, als Anders zurückkommt und mir das Bier reicht.

»Was denn?«, fragt er.

»Sie ist unmoralisch. Vielleicht sogar ein Sakrileg. Wahrscheinlich hasst du mich dafür.«

»Erzähl!«

»In England gibt es viele kleine Dörfer, in denen man nicht einmal mehr kleine Läden findet. Vor ein paar Jahren hatte ich mal den Traum, so einen Wagen wie einen Laden herzurichten und damit von Dorf zu Dorf zu fahren – eine halbe Stunde hier, eine halbe Stunde da. Die Leute bekämen eine Übersicht, damit sie wüssten, wann der rollende Einkaufsladen vorbeikommt. Man könnte ein Schild anfertigen, das man an dem Wohnwagen befestigt, zum Beispiel ›Dorfladen‹ oder so. Jedenfalls habe ich mir damals vorgestellt, dass es hinten so eine Vorrichtung gibt, um die Rückwand zu öffnen, also, nicht nur die Seitentür, sondern die ganze hintere Wand. Man würde sie wegklappen, so dass man die Regale sehen kann, Zeitschriftenständer, Süßigkeiten und was man sonst so braucht für Kinder und alte Leute und alle anderen, die dann kommen und sich umgucken.«

»Schöne Idee«, sagt Anders und nickt. Während ich rede, beobachtet er mich, und ein verschmitztes Lächeln umspielt seine Lippen. Plötzlich schnellen seine Augenbrauen hoch. »Moment mal, das hast du doch nicht mit diesem Airstream vor, oder?«

»Wäre das schlimm?«, frage ich.

»Einen alten Airstream aufschneiden? Das ist eine Todsünde!«

Unwillkürlich muss ich lachen. »Du hast recht.«

Ich wollte nicht vorschlagen, aus Bambi einen Dorfladen zu machen. Ich dachte eher daran, den Wohnwagen zu öffnen. Der Blick hinten raus wäre phänomenal, und vielleicht gelingt es uns, die Küche so einzubauen, dass man bei schönem Wetter unter freiem Himmel kochen kann.

Während ich Anders meine Vision erkläre, betrachtet er den Airstream, geht um ihn herum, bleibt hinten stehen und mustert den Wohnwagen noch ein bisschen länger. Ich geselle mich zu ihm und trinke einen Schluck Bier.

»In der Mitte kannst du ihn nicht aufschneiden, wegen des Fensters«, bemerkt Anders.

»Wie wäre es denn, wenn man den ganzen hinteren Teil öffnen könnte?« Ich weise auf eine Reihe von Nieten zwischen dem abgerundeten Hinterteil und dem fassförmigen Hauptteil.

»Mit einem Scharnier an der Fuge«, sagt Anders nachdenklich, aber schüttelt dann den Kopf. »Die Tür wäre so schwer, dass das ganze Teil umkippen würde.«

Da hat er recht.

»Man könnte aber ein abklappbares Stützrad montieren,

das einen Teil des Gewichts trägt«, überlegt er. »Müsste man sich das Chassis mal genauer ansehen. Vielleicht ist es nicht stark genug für die Scharniere.« Er holt sein Handy heraus und tippt etwas ein. Ich schiele über seine Schulter und sehe, dass er den Innenrahmen eines 1961er Airstreams googelt. »Ja, stimmt, die Aluminiumstreben wären nicht stabil genug«, sagt er. »Wir müssten einen zweiten Stahlrahmen auf den Hilfsrahmenunterbau schweißen.«

Er schaut mich an.

Ich strahle.

Schmunzelnd steckt Anders sein Handy wieder ein.

Seit dem Zwischenfall mit Lauries Parfüm habe ich mich sehr bemüht, meine Gefühle für ihn auf rein platonische zu beschränken. Mein Kopf ist schon ganz gut auf Kurs, nur mein Herz will sich nicht richtig fügen. Wenn Anders lacht, habe ich immer noch das Gefühl, als hätte mir jemand Helium in den Brustkorb gepumpt.

»Das wäre wirklich ein Frevel, oder?«

»Irgendwie auch nicht«, entgegnet er. »Aber alles der Reihe nach. Zuerst mal montieren wir innen alles vom Rehlein ab.«

»Von Bambi«, korrigiere ich ihn.

»Gut, von Bambi.«

Während Jonas arbeiten war, hat Anders in dieser Woche die Kornspeicher gereinigt – die beiden riesigen silbernen Silos hinten beim Schuppen. Ich habe mir einen von innen angeguckt. Er ist gewaltig, wie die Tardis, die Zeitreisekapsel von Dr. Who. Der Stahlboden der Silos hat Löcher, und ein Lüftungssystem pustet heiße Luft ins Korn. Jonas hat gerade erst den Rest des Winterweizens verkauft; die Fredricksons lassen das Getreide so lange in den Silos, bis sie es zu einem guten Preis loswerden. Schwer zu glauben, dass die zwei riesigen Blechköpfe bald voll mit Sojabohnen und Mais sein werden, von Jonas und seinem Vater im Mai gepflanzt.

Als Jonas von der Arbeit kommt, ruft Anders ihn herüber und erklärt ihm, was wir mit dem Airstream vorhaben.

Ich rechne damit, dass er entsetzt ist, doch er nickt und meint, er könne über die Werkstatt Edelstahl bestellen. Fröhlich fügt er hinzu: »Aber nur unter einer Bedingung.«

»Und die wäre?«, frage ich.

»Dass wir am Kinoabend Popcorn und Getränke aus dem Bambi verkaufen.«

Ich strahle übers ganze Gesicht. Er wird mich ja wohl nicht auf den Arm nehmen …

»Ist das dein Ernst?«, frage ich dann doch.

Jonas grinst. »Ich finde die Idee cool. Bloß …« Er zuckt mit den Schultern. »Ich habe keine Ahnung, wie man so was organisiert.«

»Bailey aber«, fällt mir ein. »Das ist doch ihr Job: Veranstaltungen planen.«

»Ja, aber was ist mit einer Genehmigung zum Filmevorführen oder was auch immer man da braucht?«

»Es ist kein Problem für sie, das herauszubekommen. Ich weiß, dass sie das gern tun würde. Wäre eine Abwechslung für sie.«

Bailey hatte sich ja beschwert, dass ihre Arbeit immer gleich sei. Sie findet es langweilig, ständig nur Hochzeiten und Rentnerpartys im Golfclub zu organisieren. Sie wird sicher begeistert sein. Vielleicht ist das genau die Idee, nach der sie gesucht hat?

Jonas dreht sich zur Scheune um und trinkt einen Schluck Bier. Anders und ich tauschen optimistische Blicke.

»Kann wohl nicht schaden, mal zu fragen, was sie meint«, bemerkt Jonas.

»Ich rufe sie sofort an.« Ich zücke mein Handy.

»Frag sie, ob sie Zeit hat rüberzukommen. Ich habe Burger mitgebracht«, fügt Jonas hinzu. »Ihr seid beide eingeladen. Sie soll für sich und dich Badeanzüge mitbringen.«

»Wirklich?«

»Jep. Ich springe auf jeden Fall ins Wasser.«

Bailey hat Zeit und Lust, deshalb frage ich sie, ob sie auf dem Weg zu den Fredricksons kurz in Wetherill reinspringen kann, um meinen Bikini mitzubringen.

Nach einer halben Stunde ist sie da, eine gelbe Strandtasche unterm Arm und ein ebenso strahlendes Grinsen im Gesicht.

Die Luftfeuchtigkeit war die ganze Woche schon unangenehm hoch, deshalb beschließen wir, in den See zu springen, sobald Jonas die Kohlen zum Brennen gebracht hat.

In der Luft liegt ein Dunst von Staub und Pollen, über die glasige Wasseroberfläche hüpften Insekten. Jonas nimmt Anlauf und springt vom Ende des Pontons hinein, Anders direkt hinter ihm. Die Insekten fliegen in alle Richtungen davon. Bailey macht es den beiden Männern nach und ruft über ihre Schulter: »Komm, Wren!« Ich lande mit einem gewaltigen Spritzer neben ihr, und sie kreischt laut auf. Ich lache mich kaputt, denn mir ist klar, dass sie mir das nicht zugetraut hat.

Die Wassertemperatur ist perfekt – fast zu warm –, ich schwimme ein bisschen hinaus, lasse mich auf dem Rücken treiben und schaue zu den weißen Wölkchen empor.

Bailey und Jonas lachen über irgendwas. Ich recke den Kopf und schaue mich nach ihnen um. Sie sind am Ponton und albern herum. Anders steht nicht weit von mir entfernt, bis zur Hüfte im Wasser, und blickt über den See zu den Kornfeldern dahinter.

Seine glatte Haut ist goldbraun. Mein Blick wandert über seine kräftigen Schultern zu seinen leicht vorgewölbten, straffen Bauchmuskeln.

Vorsichtig prüfe ich sein Gesicht und bin erleichtert, dass er nichts gemerkt hat. Er wirkt völlig entspannt. So friedlich habe ich ihn bisher nur selten gesehen.

»Das hier passt zu dir.« Die Worte sind heraus, bevor ich groß darüber nachdenken kann. Dabei hatte ich nicht vor, ihn mit Gewalt auf den Boden der Tatsachen zurückzuholen.

»Hm?« Geistesabwesend guckt er zu mir herüber. Ich lasse mich auf die Knie sinken, so dass mir das Wasser bis zum Hals reicht.

»Du wirkst zufrieden.«

Er nickt lächelnd.

»Ist das nicht cool, dass Jonas wirklich überlegt, die Kinonacht bei euch steigen zu lassen?«, flüstere ich laut vernehmlich.

»Ja!«, flüstert Anders zurück und sieht zu Jonas hinüber. »Unglaublich, wie er sich verändert hat. Er ist ganz anders als letztens, als Ma mich gerufen hat.«

»Warum hat sich deine Mutter denn solche Sorgen gemacht?«

»Er war sehr in sich gekehrt und irgendwie, keine Ahnung, traurig, würde ich sagen. Außerdem trank er viel und war unvorsichtig auf dem Hof – als sei es ihm egal, ob er sich verletzt. Als er dann anfing, seine Blockhütte aufzuräumen, bekam sie es richtig mit der Angst zu tun. Sie hatte gehört, so was könne ein Zeichen dafür sein, dass jemand sein Leben in Ordnung bringt, damit er keine Probleme macht, wenn er nicht mehr da ist.«

»O Gott«, murmele ich entsetzt.

»Tja. Jetzt geht's ihm besser, aber wer weiß, ob das nicht schlimmer geworden wäre.«

»Es hat ihm mit Sicherheit geholfen, dass du da warst.«

»Für mich war es auch gut.«

»Und meinst du, es war auch ein Vorteil, dass eure Eltern *nicht* hier waren?«, frage ich vorsichtig. Erneut hallt aus Baileys und Jonas' Richtung Lachen zu uns herüber.

Anders beobachtet die beiden kurz, dann nickt er, fast resigniert. »Ja, besonders mein Vater. Er musste immer schon die Kontrolle über alles haben. Als wir klein waren, hat er viel getrunken. Manchmal wurde er dann aggressiv. Er war zwar nicht gewalttätig, aber wir hatten trotzdem Angst vor ihm. Jonas hat mich immer mit nach draußen genommen und versucht, mich abzulenken. Manchmal gingen wir runter zum Fluss, oder wir setzten uns auf unsere Motorräder und fuhren Motocross, bis wir sicher sein konnten, dass Pa auf der Couch lag und schlief. Irgendwann bekam Pa das Trinken unter Kontrolle, aber trotzdem hat er uns alle noch fest im Griff. Wir haben uns nie besonders nahgestanden. Du hast ja gesehen, wie skeptisch Jonas war, als es um Veränderungen auf dem Hof ging.«

Ich nicke. »Das ist schade.« Ich atme aus und puste Blasen ins Wasser. Mir wird klar, dass ich die Luft angehalten habe.

»Ich bin einfach nur froh, dass Jonas diesen Sommer ein bisschen Ruhe hat und Pa ihm nicht ständig im Nacken sitzt.« Er sieht kurz zu mir herüber. »Verstehst du dich gut mit deinem Vater?«

»Besser als früher jedenfalls. Dass ich diesmal länger hier bin, ist auf jeden Fall hilfreich.«

Am Vorabend habe ich mich sogar mit Dad auf die Veranda gesetzt. Er wollte wissen, wie es mit meiner Arbeit läuft, und schien sich aufrichtig für das zu interessieren, was ich ihm erzählte, obwohl ich es selbst sterbenslangweilig fand.

»Wann fliegst du zurück?«, fragt Anders.

»Ich habe einen Flug für Anfang Oktober gebucht, weil ich da zu einer Hochzeit eingeladen bin, aber wenn ich den anderen auf die Nerven gehe, fliege ich früher. Und wann willst du wieder nach Indy?«

»Nächstes Wochenende muss ich hin, aber nur für ein paar Tage.«

»Zum Arbeiten?«

»Nee, aber wenn ich schon mal da bin, gucke ich auch im Rennstall vorbei. Ich will zur Geburtstagsfeier eines Freundes.«

»Indy würde ich mir auch gern noch mal ansehen.«

»Komm doch mit!«

»Sorry, das sollte nicht so klingen also ob ich mich selbst einlade«, rudere ich zurück, obwohl ich wirklich Lust darauf hätte.

»Das weiß ich doch.«

»Hey!«, ruft Jonas zu uns hinüber. »Bewegt mal eure vier Buchstaben her, sonst planen wir diese Filmnacht ohne euch!«

»Darüber unterhaltet ihr euch?« Langsam wate ich hinüber.

»Aber auch über andere Sachen. Bailey will bei uns auf dem Hof Hochzeiten veranstalten«, erklärt Jonas seinem Bruder. »Eventuell müssen wir jemanden engagieren, der Pa die Beine bricht, damit er noch etwas länger in Wisconsin bleibt.«

»Sag so was nicht!«, schimpft Bailey. »Das ist ja furchtbar.«

Ich weiß nicht, ob die Brüder Bailey ernst nehmen oder

sie einfach nur herumphantasieren lassen, doch als sie von Hochzeitsfotos vor der großen roten Scheune oder draußen auf den Feldern schwärmt, von schwimmenden Kerzen auf dem See, einer Feier in der Scheune mit Lichterketten unter der Decke, mit Blumen in Gläsern auf den Tischen, einer Liveband und Heuballen, auf denen die Leute sitzen können, haben wir alle ein breites Grinsen im Gesicht.

Ich lasse mich von ihrer Begeisterung mitreißen. Bailey ruft: »Und deine Blockhütte könnte man so aufmotzen, dass man sie als Flitterwochensuite buchen kann!«

»Und wo schlafe ich?«, fragt Jonas stirnrunzelnd.

»Im Haus, du Spinner. Bis dahin sind deine Eltern längst geflüchtet.«

Während die beiden die Idee weiterspinnen, betrachte ich gedankenverloren das hintere Seeufer, wo sich die Maisfelder in der Ferne die Hügel hinaufziehen. Allmählich nimmt in meinem Kopf eine Idee Gestalt an.

Morgen fahre ich vielleicht in den Ort und kaufe einen Skizzenblock.

25

Mir ist unglaublich heiß. Das liegt nicht an der Temperatur draußen oder weil ich unpassend angezogen wäre. Ich trage meine neue Jeansshorts und ein weißes T-Shirt, besser könnte ich für den Sommer nicht gekleidet sein. Nein, es liegt daran, dass ich Anders bei der Arbeit mit der Schleifhexe zusehe.

Er hat ein Visier mit eingebautem Ohrenschutz aufgesetzt, dazu schwere Handschuhe angezogen. Funken sprühen rechts und links an ihm vorbei nach hinten, so hell wie hundert Wunderkerzen. Anders schneidet das Stahlblech in die richtige Größe; anschließend will er es zu einem Stahlrahmen zusammenschweißen, an den die Scharniere genietet werden sollen.

»Können alle Motorsportingenieure schweißen?«, habe ich ihn am Vorabend gefragt.

»Nur diejenigen, die auf einem Bauernhof aufgewachsen sind«, erwiderte er grinsend.

Nachdem der Stahl am Nachmittag geliefert worden war, setzten wir uns an den Küchentisch, um die Winkelmaße für den Innenrahmen zu errechnen.

»Dad hat hier bestimmt irgendwo ein hundert Jahre altes Geodreieck rumliegen«, überlegte Anders, doch bevor er aufstehen konnte, um die Schubladen im Arbeitszimmer zu durchwühlen, holte ich mein eigenes verstellbares Exemplar aus dem Rucksack.

»Ich bin Architektin, ich habe immer ein Geodreieck dabei«, erklärte ich.

Ich mag es so sehr, wenn er über meine Sprüche lacht.

Als ich hörte, dass Jonas den Stahl bestellt hat, hätte ich fast noch mal einen Rückzieher gemacht. Einen Airstream aus den Sechzigerjahren umzubauen, kam mir auf einmal wie ein Sakrileg vor, doch dann hielt ich mir vor Augen, was Architekten mit denkmalgeschützten Bauwerken tun. Wir passen sie an moderne Erfordernisse an, und solange diese Modifikationen zurückhaltend vorgenommen werden und problemlos rückbaubar sind, finde ich sie im Großen und Ganzen vertretbar. Mit diesen Gedanken im Hinterkopf und nach einem Gespräch mit Anders beschlossen wir, das Stahlgerüst nicht auf den Hilfsrahmen zu schweißen, sondern zu nieten, damit es problemlos entfernt werden kann. So werden keine bestehenden Segmente des Wohnwagens beschädigt, und alles kann in den Urzustand zurückversetzt werden. Seit dieser Entscheidung fühle ich mich besser.

Mein Handy summt. Ich reiße meinen Blick von Anders los, um die eingegangene Nachricht zu lesen.

Ist ja stark! Wie sieht der von innen aus?

Mein Herz fährt zusammen. Sie kommt von Scott.

Irgendwann bin ich eingeknickt und habe ihm ein Foto von Bambi geschickt, zusammen mit den Worten: *Unglaublich, aber den habe ich unter einer Plane bei Dad auf dem Hof gefunden!*

Es gab keinen perfekten Zeitpunkt für die Nachricht. Scott arbeitet mit Nadine, und soweit ich weiß, wohnt er auch mit ihr zusammen, von daher konnte es gut sein, dass sie in der Nähe war, als er die Nachricht erhielt. Ich vermute aber, sie gehört zu den Frauen, die damit umgehen können, wenn ihr Neuer noch Kontakt zu seiner Ex hat. Hoffentlich gibt es kein Problem, wenn diese Theorie jetzt auf den Prüfstand gestellt wird.

Ich tippe eine Antwort. *Hier ein Bild von vorher.* Ich hänge ein Foto an, das ich am Anfang gemacht hatte. *Und so weit sind wir bisher gekommen.* Ich schicke ihm die Aufnahme vom Morgen.

Wow, da ist schon viel passiert! Was nimmst du für die Innenverkleidung?

Wahrscheinlich Birkensperrholz.

Schön. Leicht zu biegen.

Genau.

Halt mich auf dem Laufenden!

Dann kommt noch eine hinterher.

Danke für die Nachricht. Ist schön, von dir zu hören.

In den letzten Minuten hatten sich meine Nerven beruhigt, jetzt drehen sie wieder auf.

Gleichfalls, antworte ich.

Noch lange schaue ich aufs Display, doch das scheint das Ende unseres Austauschs zu sein.

Als ich das Handy wegstecke, versuche ich mir vorzustellen, wie es laufen würde, wenn Scott und ich noch zusammen wären, wenn er hier wäre, mir bei der Renovierung helfen und mit mir eine Reise durch Amerika planen würde. Der letzte Urlaub mit ihm war so schön. Ich erinnere mich noch gut an einen Nationalpark im Norden von Portugal, in dem wir waren. Dort wollten wir zu einem Wasserfall wandern. Der Abstieg über die Felswand war ein bisschen gefährlich, auch der Weg über rutschig-glatte Felsen, die aus dem Fluss ragten, doch die Mühe lohnte sich, denn am Ende standen wir unten vor dem eindrucksvoll rauschenden Wasserfall, der über gelben und dunkelgrauen Stein in ein smaragdgrünes natürliches Becken stürzte.

Scott forderte mich auf, direkt ins Wasser zu springen, das wirklich kalt war, wenn auch nicht eiskalt, doch ich wollte es langsam angehen lassen und mich erst mal an die Temperatur gewöhnen. Ich trat auf einen Felsen, der knapp überspült wurde, und rutschte aus. Bis zum Hals stand ich im Wasser und schnappte nach Luft.

Scott schüttete sich aus vor Lachen. Dann passierte ihm genau dasselbe, und ich hätte mich wegschmeißen können.

Bei der Erinnerung muss ich lächeln. Wir hatten viel Spaß zusammen. Ich schaue zu Anders hinüber, der immer noch schwer beschäftigt ist, und kann mir nicht vorstellen, den Wohnwagen mit jemand anderem als ihm zu renovieren.

Sicher, Scott und ich kamen gut miteinander aus, aber das perfekte Paar waren wir nicht.

Ich muss an eine andere Begebenheit von jener Reise denken. Wir fuhren die nordspanische Küste entlang, und ich schaute aus dem Fenster auf die Eukalyptusbäume entlang der Straße, die bis zum Wasser hinunter reichten. Es waren so viele, dass es den Eindruck erweckte, sie seien schon immer dort gewesen, dabei hatte ich eigentlich gedacht, sie kämen aus Australien. Scott versicherte mir, dass es so sei. Er erklärte, die Samen der Eukalyptusbäume seien im späten 18. Jahrhundert von Australien nach Europa gelangt und der erste Baum sei im Gewächshaus von Kew Gardens in London gepflanzt worden. Der erste Freilandbaum stand dann im Park eines Palasts in Italien. Scott wusste, dass die Spanier viele Bäume inzwischen wieder fällen, weil sie schnell entflammbar sind und die Waldbrandgefahr erhöhen.

Er erzählte noch viel mehr, nannte Jahreszahlen und Namen von Wissenschaftlern, aber das war der Kern des Ganzen.

War es interessant?

Doch.

Interessierte es mich?

Eher nicht.

Anfangs schon, aber irgendwann hörte ich nicht mehr richtig zu.

Und die Sache ist die: Ich weiß, dass so etwas öfter vorkam.

Ich war Scott nicht mit dem Respekt begegnete, den er verdiente.

Ich glaube nicht, dass ich auf ihn hinabgesehen habe, aber vielleicht wäre es irgendwann so weit gewesen? Ist es möglich, dass ich am Ende ein bisschen so wie Sheryl zu Dad gewesen wäre?

Schwer zu verdauen, dieser Gedanke.

Ich fand es großartig, als Anders mir erzählte, er sei Motorsportingenieur. Schon Mechaniker für einen Rennstall zu sein, finde ich cool, aber ich war deutlich stärker beeindruckt, als ich hörte, dass er Ingenieur ist.

Jetzt ist mir das peinlich.

Fakt ist jedenfalls: Ich respektiere Anders. Ich habe große Achtung vor ihm. Und ich glaube, er auch vor mir.

Scott hatte doch recht. Er hat eine Partnerin verdient, die ihm mit Respekt begegnet. Es war richtig von ihm, Nadine statt mir zu nehmen. Das mit ihm und mir sollte nicht sein, das sehe ich jetzt ein. Ich habe die Unterschiede zwischen uns nicht sehen wollen, weil es für mich am wichtigsten war, einen Mann zu heiraten, der anständig und zuverlässig ist, jemanden, der immer zu mir hält und dem ich vertrauen kann.

Es war natürlich kein Fehler, ihm zu vertrauen. Er trägt keine Schuld daran, dass er sich in Nadine verliebte. Immerhin hat er mir seine Gefühle für sie ehrlich gestanden, anstatt wie mein Vater klammheimlich eine Affäre zu beginnen.

Dennoch tut Scotts Zurückweisung immer noch weh.

Und Dads Zurückweisung schmerzt bis heute.

Auch wenn wir uns jetzt besser verstehen als je zuvor und ich weiß, dass es Momente gab, in denen er seine Entscheidung bereute, Mum und mir den Rücken zugekehrt zu haben, bleibt es dabei: Er ist damals gegangen. Er hat *uns* verlassen. Er hat *mich* verlassen.

Ich war ihm nicht genug.

Ich *bin* nicht genug.

Werde ich jemals genügen? Werde ich je perfekt zu jemandem passen?

Für mich könnte Anders dieser Jemand sein.

Aber ich bin offensichtlich weit davon entfernt, die Richtige für ihn zu sein.

Das ganze Elend holt mich wieder ein. Tränen treten mir in die Augen. In dem Moment verstummt die Schleifhexe.

»Wenn du hier drin bist, wäre es besser, du setzt Ohrenschützer auf«, meint Anders.

Das Schleifen ist wirklich ohrenbetäubend laut, doch ich konnte mich einfach nicht von seinem Anblick losreißen.

Ich nicke, stehe auf und nehme meinen Rucksack.

Anders bemerkt meinen Gesichtsausdruck. »Wren? Was ist?«

»Ist es okay, wenn ich mal kurz runter an den See gehe?« Meine Stimme ist belegt, meine Unterlippe bebt.

»Ja, klar.«

Ich werfe mir den Rucksack über die Schulter und verlasse den Schuppen.

Jonas wäscht draußen den Trecker. Anders hat mir erzählt, dass sein Bruder sehr viel Wert darauf legt, die Maschinen und Geräte sauber zu halten. Das habe ich sofort geglaubt, denn der riesengroße Mähdrescher zum Beispiel glänzt geradezu.

Jonas hebt den Schlauch des Dampfstrahlers an, als wollte er mich nass spritzen doch als er mein Gesicht sieht, stellt er ihn aus.

»Was ist?« Er schaut an mir vorbei zu Anders hinüber, der mir nach draußen gefolgt ist.

»Nichts.« Ich schüttele den Kopf und will an Jonas vorbei, doch er legt mir liebevoll die Hand auf den Arm.

»Hey«, sagt er leise.

»Ich bin nur ein bisschen traurig wegen meinem Ex, mehr nicht.«

Ich erkläre mich nicht weiter, will nur auf jeden Fall vermeiden, dass Jonas glaubt, es hätte irgendwas mit seinem Bruder zu tun. Auch wenn das teilweise stimmt.

Ein paar Tränen rollen mir über die Wangen. Schnell wische ich sie fort. Ich könnte es mir einbilden, aber ich meine, dass Jonas Anders einen vielsagenden Blick zuwirft.

Anders kommt näher. »Alles in Ordnung?«, fragt er in sicherem Abstand zu mir.

Ich nicke und nehme den Rucksack herunter, um nach einer Packung Papiertaschentücher zu kramen. Wahrscheinlich habe ich sie auf meinem Schreibtisch in Wetherill liegen lassen.

Jonas schnaubt genervt, und ich nehme an, dass sich sein Frust auf Anders richtet, denn er funkelt seinen jüngeren Bruder böse an, das bilde ich mir definitiv nicht ein. Dann nimmt Jonas mich in die Arme.

Der Druck hinter meinen Augen, der Kloß im Hals und sein aufrichtiges Mitgefühl lassen mich ungewollt in Tränen ausbrechen.

Ich drücke mich an Jonas' breite Brust, lasse mich von seinen starken Armen halten und heule, was das Zeug hält.

Scott hat mich oft in den Arm genommen, diese körperliche Zuwendung fehlt mir unheimlich. Auch in der Hinsicht war er so verlässlich. Mein Vater schafft es nicht, mich mehr als zweimal im Jahr an sich zu drücken.

»Jetzt hol ihr endlich ein Taschentuch!«, fährt Jonas seinen Bruder an.

Anders macht sich auf, und Jonas flüstert mir ins Ohr: »Tut mir leid, dass mein Bruder eine emotionale Niete ist.«

»Das stimmt nicht.« Ich löse mich von ihm. »Er unterstützt dich, wann immer er kann.«

»Schon, aber er müsste doch eine Freundin in den Arm nehmen können, wenn sie das braucht. Ich glaube, er hat das Gefühl, Laurie zu betrügen, wenn er eine andere Frau auch nur anfasst. Schwer mitanzusehen.«

Moment mal! Was? Ist das der Grund, warum Anders auf Distanz bleibt? Ich hatte angenommen, er sei wie Sheryl und könne menschliche Nähe nicht gut ertragen.

»Ich gehe mal runter zum See und setze mich da kurz hin.« Mir fällt nichts Besseres ein. »Sag Anders bitte, dass ich kein Taschentuch brauche.«

»Wirklich nicht?«

»Nein. Aber danke.«

Als ich unten am Ponton ankomme, sind meine Augen wieder trocken. Ich setze mich auf einen Liegestuhl und versuche, meine Gedanken zu sammeln. Jonas' Erklärung hat mich verblüfft, obwohl es dafür eigentlich keinen Grund gibt: Es liegt auf der Hand, dass Anders immer noch um Laurie trauert.

Ich greife zu meinem Rucksack und hole meinen Skizzenblock heraus, um mich in der Arbeit zu verlieren.

Ich bin so ins Zeichnen versunken, dass ich mich fast zu Tode erschrecke, als Anders eine halbe Stunde später auf den Ponton tritt. Ich habe nicht gemerkt, dass er durch das Wäldchen gekommen ist.

»Und, zeigst du mir, was du da machst?« Er weist auf den Skizzenblock.

Ich drücke meine Zeichnung automatisch an den Körper, aber wahrscheinlich wird es langsam Zeit, meine Scheu zu überwinden – schließlich sitze ich jetzt schon seit ein paar Tagen an diesen Entwürfen.

»Das ist nur Spielerei«, entschuldige ich mich. »Als Bailey von der Flitterwochen-Suite sprach, hatte ich eine Idee.«

»Darf ich mal sehen?«

Offenbar ist Anders der Meinung, dass er mir genug Zeit gegeben hat. Kurz nachdem ich hier ankam, hörte ich, wie die Schleifhexe wieder losheulte.

Er zieht einen Stuhl heran, ich reiche ihm den Block.

»Wow!«, sagt er, sobald er das erste Bild sieht. »Ich wusste gar nicht, dass du so gut zeichnen kannst!«

»Ich habe von klein auf rumgekritzelt«, erkläre ich, während er die Zeichnung studiert. »Aber es ist lange her, dass ich richtig Lust dazu hatte.«

»Die würden also um den See herum stehen?«

»Da hinten.« Ich weise auf das andere Ufer.

Anders blättert um und betrachtet die nächste Zeichnung ebenso gründlich.

Ich habe mehrere Blockhütten auf Pfählen entworfen, die nebeneinander am Seeufer stehen. Die Baumstämme würden senkrecht verbaut, so dass jede Hütte eine andere Fassade hätte. Mir gefällt die Vorstellung, dass sie sich voneinander unterscheiden, aber trotzdem eine Einheit bilden. Auf meinen Entwürfen sind sie schwarz gestrichen.

»Wie gesagt, das ist bloß Rumspielerei. Aber wenn ihr aus dem Hof wirklich eine Location für Hochzeiten oder andere Events machen wollt, dachte ich, es lässt sich vielleicht ganz gut Geld verdienen, wenn ihr auch eine Unterkunft anbieten könnt.«

»Wie viel würde so was denn kosten?«, fragt Anders.

»Der größte Anteil ist die Arbeitsleistung, aber davon könntet ihr ja einen Großteil übernehmen, Jonas und du. Ihr könntet das Holz aus dem Wald holen, wie schon bei der Blockhütte, und man könnte eine Wärmepumpe einbauen, die aus dem See gespeist wird.« Im Sommer würde sie kühlen und im Winter heizen. »Die Fenster haben Standardgröße«, erkläre ich, weil ich sehr viele eingezeichnet habe. »Die bräuchte man nicht extra anfertigen zu lassen.«

Anders wundert sich, weil die Fenster unterschiedlich groß sind und einige der Länge nach, andere aber der Breite nach eingebaut sind, was einen mondrian-ähnlichen Effekt ergibt. Ich habe sie so angeordnet, dass sie bestmöglich den Blick auf den See und die Felder dahinter freigeben.

»Können wir das Jonas zeigen?«, fragt er schließlich.

»Klar.«

»Und dann müssen wir einen Plan für morgen machen.«

»Für morgen?«

»Du kommst doch mit nach Indy, oder?«

»Ja?«

»Ich dachte, du wolltest dahin. Ich fahre.«

Ich weiß nicht, ob er mich aufmuntern will, aber ich wäre begeistert von einem Wochenende in Indianapolis. Und ich freue mich, dass Anders sich in meiner Gesellschaft wohl genug fühlt, um mich einzuladen, selbst wenn er nicht in der Lage ist, mich in den Arm zu nehmen.

26

Wenn du in Indy bist, musst du unbedingt zu Midland Arts and Antiques gehen. Dort wird es dir gefallen! Das ist ein Antiquitätengeschäft in einer riesengroßen umgebauten Lagerhalle, mit Sachen aus den Fünfzigern und Sechzigern. Ich meine nur, falls du nicht den ganzen Tag in der Circle Centre Mall verbringen willst.«

»Ganz bestimmt nicht, Malls sind der Horror für mich. Wo ist dieser Antiquitätenladen denn?«

»Nicht weit von meiner Wohnung. Zeige ich dir auf dem Stadtplan. Vielleicht findest du da sogar Sechzigerjahre-Wandleuchten für den Airstream.«

»Kannst du nicht mitkommen?« Ich schiele zu Anders am Lenkrad seines BMWs hinüber.

»Ich will zum Rennstall, wenn ich dich abgesetzt habe.«

Der Großteil seines Teams ist heute bei einem Rennen. Anders will nur ins Büro, um ein paar Sachen auszudrucken und nach dem Rechten zu sehen.

Am Anfang hatte er mir ja nur angeboten, mich mitzunehmen, und ich hatte nach Übernachtungsmöglichkeiten in einem Motel gesucht, doch dann schlug er mir vor, in seinem Gästezimmer zu schlafen und ihn zu der Feier seines Freundes zu begleiten.

Ich weiß nicht, ob er sich vorgenommen hat, mich aufzuheitern, oder ob Jonas ihm ein schlechtes Gewissen gemacht hat, aber er wirkt ganz zufrieden mit seinem Plan.

Indianapolis ist eine im Schachbrettmuster angelegte Stadt, in deren Mitte sich ein großer Kreisverkehr namens Monument Circle befindet. Alle Straßen sind in nord-südlicher oder west-östlicher Richtung ausgelegt, bis auf vier Diagonalen, die ein paar Häuserblocks hinter dem Kreisverkehr beginnen und aus der Stadt hinausführen. Anders wohnt an der nordöstlichen Diagonale namens Massachusetts Avenue, kurz: Mass Ave. Sein Loft befindet sich in einer umgebauten fünfstöckigen Seidenfabrik aus Backsteinmit riesigen Fenster im Industriedesign. Der alte Fabrikschornstein ist erhalten geblieben; er setzt am Boden im Erdgeschoss an und ist gut doppelt so hoch wie das Gebäude selbst. Auf dem Dach befindet sich ein runder silberner Behälter, auf dem in roten Buchstaben das Wort »SILK« für Seide steht.

»Total cool«, sage ich staunend. »Wie lange wohnst du hier schon?«

»Erst seit Februar«, erwidert er. »Beim Umzug lag ungefähr ein halber Meter hoch Schnee.«

Ich frage mich, wo er mit Laurie gelebt hat.

Die Korridore, die zu Anders' Apartment führen, sind nichts Besonderes, doch als wir in seinem Loft ankommen, raubt es mir für einen kurzen Moment den Atem. Die Decken sind unglaublich hoch, und das Fenster nimmt fast die gesamte rückwärtige Wand des Wohnzimmers ein. Es ist durch Schiebetüren und ein Sonnenzimmer vom Hauptteil der Wohnung abgetrennt. Die offene Küche mit einer Frühstückstheke befindet sich direkt neben der Wohnungstür.

»Das Gästezimmer ist da drüben.« Anders weist zu einer Tür auf der linken Seite des Wohnzimmers.

Zu seinem Schlafzimmer, sehe ich, geht es hinter der Küche ein paar Stufen hoch. Es ist zum Wohnzimmer hin offen, nur eine hüfthohe Mauer dient als Raumteiler, wahrscheinlich weil es das Licht von der großen Glasfront braucht – das Schlafzimmer selbst hat kein Fenster.

Die Wände sind weiß gestrichen, die Böden aus unbearbeitetem Holz. Die eher modernen Möbel sind im Scandi-Look gehalten: braune Ledersessel und Sofas, ein schmaler Couchtisch sowie Beistelltische aus Holz.

Moment mal. »Ist das ein Eames-Sessel?«, rufe ich begeistert, als ich im Sonnenzimmer einen gelben Schaukelstuhl aus Fiberglas entdecke.

»Jep. Der ist aus dem Laden, von dem ich dir erzählt habe.«

»Jetzt bin ich neidisch.«

Mir gefällt seine Einrichtung sehr gut.

O Gott. Warum muss Anders so cool sein? Warum kann er nicht kitschige Nippesfiguren sammeln oder Kuscheltiere im Bett haben?

Wem mache ich hier was vor? Wahrscheinlich würde ich selbst dann für ihn schwärmen.

Auf wackligen Beinen gehe ich in mein Zimmer und stelle meine Taschen dort ab. Die Sonne fällt durch das Fenster aufs Doppelbett, über das eine weiße Tagesdecke aus Waffelpiqué gebreitet ist. Sie bildet einen hübschen Kontrast zu der Wand aus Zementblocksteinen dahinter. Ein kleines Bad ist angeschlossen, dessen Rückwand an Anders' Zimmer grenzt. Ich mache mich schnell frisch und gehe anschließend zu ihm in die Küche.

»Soll ich dir noch einen Kaffee kochen, bevor ich gehe?«, fragt er.

»Nein, danke, alles gut.«

»Komm, ich zeige dir auf dem Stadtplan, wo wir uns befinden.«

Er hilft mir dabei, mich zu orientieren, dann händigt er

mir einen Schlüsselbund aus und verspricht, früh nach Hause zu kommen, damit wir noch zum Fountain Square gehen und uns umsehen können, bevor wir zum Geburtstag seines Freundes fahren.

***

Ich bin so begeistert von Midland Arts and Antiques, wie Anders vermutet hatte. Der Antiquitätenladen erstreckt sich über zwei Stockwerke eines umgebauten Lagerhauses, das absichtlich unfertig wirkt. Ohne Probleme könnte ich hier den ganzen Tag verbringen.

Ich finde zwei Leselampen aus Aluminium mit weißen Glasschirmen, die super in den Bambi passen. Die Kabel sind vom Alter vergilbt, die Schalter ein bisschen locker, und Glas in einem Fahrzeug ist wahrscheinlich keine gute Idee, doch ich kann ihnen nicht widerstehen.

Anschließend bummele ich durch die Straßen, vorbei an kleinen Cafés, schicken Restaurants und Weinbars mit Tischen auf der Straße, an Damen- und Herrenfrisören, Delis und Boutiquen, einer Galerie und einem Museum. Um die Ecke von Anders' Wohnung ist ein alter Stadtteil namens Lockerbie Square, in dem viele holzverkleidete Häuser an baumgesäumten Straßen stehen. Die Fassaden sind in hübschen Farben gestrichen: Eierschalenblau, Senfgelb, Limettengrün, und alle Häuser haben zur Straße hin einen Palisadenzaun.

Zur Circle Centre Mall schaffe ich es gar nicht. In diesem Teil der Stadt gibt es so viel Interessantes zu sehen, dass ich keine Lust habe, mit einem Taxi zu einer seelenlosen Mall zu fahren.

Schließlich mache ich mich auf den Rückweg zur Wohnung, um mich umzuziehen, und wieder wird mir flau im

Magen. Wenn ich doch nicht so nervös wäre! Ich könnte wirklich ein Glas Alkohol zur Beruhigung brauchen.

In den letzten zwei Wochen habe ich mehrere Sixpacks zu den Fredricksons mitgenommen, deshalb habe ich keine Schuldgefühle, mir ein Bier aus Anders' Kühlschrank zu holen. Auf dem Weg in die Küche schiele ich kurz in sein Schlafzimmer. Ein weißer Bilderrahmen auf seinem Nachttisch fällt mir ins Auge und lässt mich innehalten. Darin befindet sich ein großes Farbfoto von Laurie. Es ist schwer zu übersehen, denn der Rahmen ist bestimmt zwanzig mal dreißig Zentimeter groß. Meine Neugier zieht mich bis auf die Stufen zu seinem Zimmer, nah genug, um die Aufnahme genauer zu betrachten. Laurie hat lange hellblonde Haare, die zu einem Pferdeschwanz gebunden sind. Sie lächelt in die Kamera. Kein umwerfendes Strahlen wie auf dem Hochzeitsfoto, sondern ein weiches Leuchten in den freundlichen blauen Augen. Ich habe das Gefühl, dass ich sie gemocht hätte.

Es wundert mich nicht, dass Anders nicht ansatzweise bereit ist, sie gehen zu lassen, wie er sich ausdrückte. Sie ist das Letzte, was er sieht, wenn er abends ins Bett geht, und das Erste, wenn er morgens aufwacht. Sie muss ihm unglaublich fehlen.

Bei dem Gedanken lässt die Ruhelosigkeit in meinem Magen etwas nach. Ich mache mir nicht mehr die Mühe, Bier zu holen, sondern gehe in mein Zimmer, um mich umzuziehen.

***

Anders kommt gegen sechs Uhr nach Hause und entschuldigt sich, es nicht früher geschafft zu haben. Er duscht schnell, und als er herauskommt, sind seine dunkelblonden Haare noch nass. Er hat ein anthrazitgraues Button-Down-Hemd mit weißen Druckknöpfen angezogen, das er über einem weißen T-Shirt und zu einer schwarzen Jeans und Wildlederboots trägt.

Ich habe auf meine Standardfarbe Schwarz zurückgegriffen und das enge, knielange, ärmellose Kleid angezogen, das ich beim ersten Mal im Dirk's anhatte. Das mit den weißen Perlen am V-Ausschnitt.

Anders versichert mir, er würde an diesem Abend nicht viel trinken, er könne ruhig fahren. Während ich von meinen Erlebnissen erzählen, steuert er seinen Wagen in südliche Richtung, bis wir auf eine Diagonale treffen, die in südöstliche Richtung verläuft und vom Stadtzentrum wegführt. Je weiter wir uns von der Innenstadt entfernen, desto flacher werden die meist roten Backsteinhäuser und desto mehr Platz ist für die Parkplätze zwischen ihnen. Manche Häuser habe schmuckvolle Verzierungen, dekorative Gesimse und schwarze Feuerleitern aus Metall, so wie man sie in Filmen sieht, die in New York spielen. An den Mauern einiger Läden und Wohnblocks prangen auffällige Wandgemälde und Graffitis. Es fühlt sich an, als kämen wir in einen jüngeren, cooleren Teil der Stadt.

»Das ist das Fountain-Square-Theater.« Anders weist nach vorn. »Da wollen wir hin.«

Das große Gebäude ist ein bisschen heruntergekommen, doch die altmodische Leuchtreklame über den Türen im Erdgeschoss strahlt in vielen Farben.

»Du bist schön«, sagt Anders.

Was?

Fragend sehe ich ihn an. Er weist aus dem Fenster und grinst. Ich folge seinem ausgestreckten Zeigefinger, der auf große weiße Buchstaben an der Seite eines Gebäudes deutet: »DU BIST SCHÖN« steht da.

Ich muss lachen. »Na, mich kannst du ja auch kaum gemeint haben.«

»Wieso nicht?«, hakt er nach.

»Das ist keine Masche, damit du mir ein Kompliment machst«, versichere ich ihm schnell. »Ich weiß, dass ich nicht schön bin.«

»Ist das dein Ernst?«, fragt er leicht ungläubig.

»Klar. Bailey ist die Schöne von uns beiden.« Ich wechsele das Thema. »Wann geht die Party los?«

Anders' Freund Wilson hat eine Duckpin-Bahn gemietet, was auch immer das sein soll. So was wie Bowling, nur kleiner, schätze ich.

»Um acht, aber Wilson kommt immer zu spät. Ich dachte, wir trinken erst mal was in der Bar oben auf dem Dach.«

Anders fährt um das ehemalige Theater herum, vorbei am coolsten alten Neonschild, das ich je gesehen habe: Es ist dunkelblau, hängt über der Straße und hat die Form eines Dragees, um das sich weiße Neonkreise ziehen. Mit gelben Buchstaben steht darauf: »DUCKPIN BOWLING«. Das Schild des Fountain-Square-Theaters daneben wird von so vielen Birnen erleuchtet, dass es gut nach Las Vegas passen würde.

Im Gebäude gibt es zwei altmodische Duckpin-Bowlingbahnen, eine im Kellergeschoss und eine im vierten Stock. Nachdem wir das Auto abgestellt haben, fährt Anders mit mir in die vierte Etage, um mir die Anlage zu zeigen, auf der wir *nicht* sein werden. Sie wurde in den Originalzustand aus den Dreißigerjahren zurückversetzt, komplett mit Café und acht Holzbahnen. Dank einer langen Fensterreihe wird der Raum von Licht überflutet.

Wir fahren weiter nach oben zum Dachgarten, wo man meilenweit über die absolut flache Landschaft schauen kann. In einer Ecke steht eine Werbetafel mit der Aufschrift:

»*Fountain Square, anything but square*«, darunter hängt eine große runde Uhr mit dem klassischen rot-weißen Coca-Cola- Zifferblatt.

Wir setzen uns an einen Tisch, von dem man die Wolkenkratzer in der Ferne sieht, und eine Kellnerin kommt herbei. Ich wähle einen Cocktail mit Rum, Anders nimmt ein Bier mit wenig Alkohol. Die Kellnerin zieht ab, ich kann mir mein Lächeln nicht verkneifen.

»Indianapolis ist wirklich eine der einzigartigsten Städte, die ich kenne. Ich würde sofort herziehen.«

Anders schmunzelt.

»Das ist halbwegs ernst gemeint«, erkläre ich.

»Hast du einen amerikanischen Pass?«, erkundigt er sich.

Ich nicke. Das Beste, was ich je von Dad bekommen habe. »Ich bin ja in Amerika geboren. In Phoenix.«

»Wie lange hast du da gelebt?«

»Bis ich ungefähr sechs war. Mum wartete damals erst ab, bis Bailey zur Welt kam, dann packte sie ihre Sachen und ging mit mir zurück nach England. Da war Dad schon mit Sheryl nach Indiana gezogen. Wenn ich jetzt daran denke, kommt mir das alles wie ein Traum vor.«

Ich erzähle Anders vom rot gefliesten Bungalow meiner Eltern am Fuß des Camelback Mountain, von den Sandstürmen, den Kakteen und verlassenen Cowboy-Orten. In der Zwischenzeit bringt die Kellnerin unsere Getränke.

»Ich würde gerne nach Arizona fahren«, sage ich, »um alles noch mal zu sehen, an das ich mich erinnere, zum Beispiel den Grand Canyon oder Lake Powell. Vor kurzem habe ich ein altes Fotoalbum bei meinem Vater gefunden, und das Wasser in dem See war so unglaublich grün, dazu die großen Felsen am Ufer. Ich würde gerne wissen, ob das alles noch so schön ist, wie ich es in Erinnerung habe.«

»Du könntest mit Bambi durch das Land reisen.«

»Ja, total gern. Ich würde dich ja mitnehmen, aber im Bambi ist nicht genug Platz für zwei Betten.«

Anders grinst. »Dann muss ich mir wohl meinen eigenen Airstream besorgen.«

»Nee, du kannst dir Bambi leihen, wann immer du willst. Das meine ich ernst«, sage ich. »Gefühlt gehört er dir genauso wie mir.«

»Oh …« Gerührt trinkt Anders einen Schluck Bier.

»Scott und ich wollten immer eine Amerikatour machen«, gestehe ich.

Anders nickt, sein Blick versenkt sich in meinem. Die Sonne kommt hinter einer Wolke hervor und fällt ihm ins Gesicht, lässt den bernsteingelben Fleck in seinem Auge aufblitzen. Er hebt die Hand, um sich vor dem grellen Licht zu schützen. »Laurie und ich auch.«

Zum ersten Mal spricht er freiwillig von seiner verstorbenen Frau.

»Wie lange wart ihr eigentlich verheiratet?«, frage ich vorsichtig.

Er nimmt die Hand herunter und blinzelt ins Licht. »Anderthalb Jahre bis zum Unfall, aber davor waren wir schon ein paar Jahre zusammen.«

»Wie habt ihr euch kennengelernt?«

Anders lehnt sich auf dem Stuhl zurück. »Sie hat die PR für den Rennstall gemacht. War bei den meisten Rennen dabei.«

»Wo habt ihr gewohnt, bevor du in dein Apartment gezogen bist?«

»In Broad Ripple, eine halbe Stunde nördlich von hier. Ich glaube, es würde dir gefallen. «

»Muss ich mir aber nicht ansehen, oder?«

»Würde mir nichts ausmachen.«

Würde das nicht zu viele schmerzhafte Erinnerungen wecken? Ich werte sein Angebot als gutes Zeichen.

»Geht es dir besser als gestern?«, fragt Anders mit zusammengezogenen Augenbrauen.

»Ja, tut mir leid, das war peinlich.« Ich rutsche auf dem Stuhl herum, mein Bein stößt gegen seins.

»Nein, überhaupt nicht.« Anders beugt sich vor und stützt die Ellenbogen auf die Tischplatte. »Hat dein Ex dir irgendwas geschrieben, das dich aufgeregt hat?«

»Nein, überhaupt nicht. Er kann nichts dafür. Ich habe ihm Fotos von Bambi geschickt, weil ich dachte, es würde ihn interessieren, was wir hier machen, und dann haben wir ein bisschen hin und her geschrieben. Ich schätze, ich muss noch mit ein paar Sachen ins Reine kommen.«

Besorgt kneift Anders die Augen zusammen.

»Hatte er eine Affäre?«

»Nein, er hat sich in seine Kollegin verliebt und gemerkt, dass sie die Richtige ist. Und ich eben nicht.«

»Der spinnt ja.«

Ich lache, doch Anders verzieht keine Miene.

»Was macht er beruflich?«, fragt er. Sein forschender Blick ist mir unangenehm.

Wenn er mich so ansieht, habe ich das Gefühl, als hätte man mich unter Strom gesetzt.

»Garten- und Landschaftsbau. Hat eine eigene Firma.«

Anders nickt, sein Blick fixiert mich weiter.

»Nadine, seine neue Freundin, arbeitet mit ihm zusammen. Ich mache ihr keine Vorwürfe. Als sie merkte, dass sie Gefühle für ihn entwickelt, wollte sie sogar kündigen und verschwinden. Ich bilde mir ein, dass ich zufällig den Moment mitbekommen habe, als Scott begriff, dass er sich in sie verliebt hatte und sie nicht gehen lassen konnte.«

Anders setzt seine Flasche an und leert sie in einem Zug. Fragend sieht er mich an.

Ich erzähle ihm von jenem Tag im Park. »Scott hatte so einen sehnsüchtigen Blick drauf. Schwer zu erklären. Als sie ihn ansah, und beide den Blick nicht abwandten, habe ich die Anziehungskraft zwischen den beiden richtig gespürt. Mir wurde ganz schlecht«, erinnere ich mich mit einem Schaudern.

»Das tut mir leid«, brummt Anders.

»Schon gut. Echt, ist okay. Inzwischen weiß ich, dass wir nicht perfekt zusammengepasst haben. Ich denke, dass Scott – vielleicht auch Nadine – uns beiden einen Gefallen getan hat.« Ich lächele Anders an. »Dann erzähl mal von Wilson! Ist er bei dir im Team?«

»Nein, nein.« Anders kommt wieder zu sich. »Wilson habe ich in einer Blueskneipe namens Slippery Noodle kennengelernt. Da gibt es öfter Livemusik. Wilson ist Musiker.«

Interessiert horche ich auf. »Aha?«

»Ja. Der Laden würde dir auch gefallen. Soll die älteste Bar in Indiana sein – und angeblich spukt es dort«, fügt er lächelnd hinzu. »Von meiner Wohnung aus sind es nur fünf Minuten mit dem Auto. Früher bin ich da ständig gewesen. Wilson und ich haben uns oft an der Theke festgequatscht. Wir kennen uns schon seit Jahren.«

»Ich freue mich schon drauf, ihn zu treffen.«

Wir trinken noch etwas oben auf dem Dach, dann geht es nach unten in den Keller. Dort ist alles im Stil der Fünfziger- und Sechzigerjahre eingerichtet: rote Vinylstühle und Barhocker, und im Restaurantbereich sind rot-weiß karierte Bodenfliesen verlegt. An den Wänden hängen Neonschilder und altmodische Poster. Einzelne Bereiche sind mit Glaswänden abgetrennt.

Es sind schon viele Freunde von Anders da, eine wirklich interessante, abwechslungsreiche Truppe. Er stellt mich Künstlern, Musikern und sogar einem Architekten mit Hipsterbart und freundlichem Blick vor. Eine rothaarige Frau mit einer schwingenden Retrofrisur trägt ein rot-weiß gepunktetes Kleid aus den Fünfzigern, und zwar so selbstverständlich, dass ich Anders frage, ob sie immer so herumläuft. Er bejaht.

Als Wilson endlich unter großem Jubel eintrifft, bin ich beim dritten Glas und auf dem besten Weg, mich zu betrinken. Wilson ist gut eins achtzig groß und schlank. Er ist ganz in Schwarz gekleidet, bis auf einen silbern beschlagenen Gürtel um die schmalen Hüften. Seine schweren schwarzen Dreadlocks reichen ihm bis auf die Schulterblätter.

»Wer ist das?«, fragt er Anders mit blitzenden braunen Augen.

»Wren, eine Freundin von mir«, antwortet Anders.

So hat er mich bei allen vorgestellt.

»Alles Gute zum Geburtstag!«, wünsche ich.

»Wren ist Architektin«, erklärt Anders seinem Freund. Ein Lächeln umspielt seine Lippen.

»Hast du Dean schon kennengelernt?« Wilson weist auf den Mann mit dem Hipsterbart.

»Ja, aber nur kurz.«

»Wo kommst du her?«

»Aus England.«

»Hört man. Woher in England?«

»Aus Bury St Edmunds.«

»Da war ich noch nie. Wie ist es da so, Wren?«

Ich erzähle von den romantischen Abteiruinen und der historischen Architektur und berichte von einem winzig kleinen Pub namens The Nutshell, einem der kleinsten in ganz Großbritannien, in dem die seltsamsten Dinge herumstehen, unter anderem eine mumifizierte Katze.

Anders scheinen die Geschichten über meine Heimat ebenso zu faszinieren wie Wilson, er überlässt das Reden allerdings seinem Freund. Offenbar ist es eine Stärke von Wilson, dem Gegenüber viele Fragen zu stellen und dafür zu sorgen, dass er oder sie sich wohlfühlt. Je länger unser Gespräch dauert, desto klarer wird mir, dass das keine Masche von ihm ist. Er interessiert sich wirklich – für Menschen, für Dinge. Ich erkundige mich meinerseits nach seiner Musik, nach den Instrumenten, die er spielt – offenbar alle, aber die E-Gitarre mag er am liebsten.

Anders bleibt eine Zeitlang bei uns stehen, dann bringt er neue Getränke, schließlich geht er weiter und mischt sich unter seine Freunde. Nachträglich wird mir klar, dass er Wilson zur Begrüßung in den Arm genommen hat und dass er beim Bekanntmachen liebevoll den Arm um Deans Schultern legte, aber dass er keine der Frauen anfasst. Es scheint ihm sehr wichtig zu sein, allen zu zeigen, dass er nicht zur Verfügung steht, obwohl er seine Frau vor fast viereinhalb Jahren verloren hat.

Wahrscheinlich trauert jeder Mensch anders, doch es tut wirklich weh zu sehen, wie Anders immer wieder diese Mauern um sich herum errichtet.

Nach einer Weile gesellt sich die rothaarige Frau mit dem gepunkteten Kleid zu uns. Wilson stellt uns einander richtig vor. Sie heißt Susan und ist Fotografin, arbeitet aber nebenbei in einem Plattenladen weiter die Straße hoch. Sie möchte unbedingt, dass ich mal bei ihr reinschaue, damit sie mir die Vinylplatte einer obskuren Band vorspielen kann, die sie vor kurzem auf einem Antiquitätenmarkt gefunden hat.

Dean stellt sich dazu, ich komme mit ihm ins Gespräch über Architektur. Sein jüngstes Projekt ist ein Café in einem ehemaligen Bankgebäude aus der Mitte des 20. Jahrhunderts; vor kurzem hat er den Entwurf für ein flaches modernistisches Haus mit einem ausladenden Dach und riesigen Glasschiebetüren fertiggestellt. Das sind Aufträge, für die ich morden würde.

Vielleicht liegt es am Alkohol, vielleicht an dem Syndrom, dass das Gras auf der anderen Seite immer grüner erscheint, doch ich habe das Gefühl, als hätte ich einen der besten Abende meines gesamten Lebens.

In Bury St Edmunds hatte ich noch keinen richtigen Freundeskreis aufgebaut. Meine einzige gute Freundin ist Sabrina, aber durch ihren Verlobten Lance ist sie untrennbar mit Scott verbunden, weil wir die beiden als Paar kennengelernt haben. Meine übrigen Bekannten von früheren Jobs oder vom Studium sind in London oder im Rest des Landes verteilt. So gerne hätte ich einen großen Freundeskreis wie Anders. Er hat wirklich Glück.

Wilson besteht darauf, dass ich in der ersten Runde Duckpin-Bowling eine Mannschaft mit ihm und einem seiner Bandkollegen namens Davis bilde. Die Bahnen sind kürzer als beim normalen Bowling und die Kugeln kleiner, aber letztendlich geht es um dasselbe: die Figuren am Ende umzukippen.

Natürlich treffe ich keine einzige. Ich bin viel zu betrunken.

»Was mache ich falsch?«, frage ich Anders.

»Kann ich dir nicht sagen, du bist nicht in meiner Mannschaft«, erwidert er grinsend.

Susan, die mit ihm zusammenspielt, kann beim dritten Versuch acht von neun Kegeln umwerfen. Jubelnd reißt Anders die Arme hoch.

»Gewinnen oder verlieren, das ist hier nicht die Frage. Es ist der Geist des Spiels allein, der zählt!«, ruft Wilson mit aufgesetztem englischen Akzent, als sei er ein angesehener Shakespeare-Darsteller. Dann flüstert er mir zu: »Du knickst den Arm am Ellenbogen zu stark ab.«

»Wie meinst du? So?«

»Nein, so.« Er fasst meinen Arm und reckt ihn.

Ich probiere eine andere Technik und schleudere die Kugel mit voller Wucht auf die Holzbahn. Alle Kegel fallen um! Ich bin baff und dann so happy, dass ich jauchzend herumspringe.

Wilson klatscht sich mit mir ab, Davis auch. Frohlockend schiele ich zu Anders hinüber, der breit lacht, das Gesicht voller Zuneigung. In dem Moment bin ich so erfüllt von positiven Gefühlen für ihn, dass ich seinen Blick halte.

Er legt den Kopf zur Seite, und seine Augen scheinen dunkler zu werden. Das breite Grinsen geht in ein zurückhaltendes Lächeln über. Ich komme mir vor wie eine in Honig gefangene Fliege – nein, wie eine in Bernstein eingeschmolzene Mücke, unfähig, mich aus seinem Bann zu befreien.

Er betrachtet meinen Mund, und mein Herz wird von Adrenalin geflutet, dann hebt er den Kopf. Ich erkenne das heiße Sehnen in seinem Gesicht, dann besinnt Anders sich und schaut zur Seite.

Er springt auf und nimmt sich eine Kugel. Es dauert einen Moment, bis mir klarwird, dass er an der Reihe ist.

»Wird Zeit, dass ich dir zeige, wo der Hammer hängt«, sagt er neckisch.

Ich zwinge mich zu lachen. Was war das gerade? Habe ich mir das nur eingebildet? Anders scheint wieder völlig normal zu sein, während ich kaum Luft bekomme. Das Herz schlägt mir bis zum Hals. Ich bin völlig aufgewühlt, während Anders ganz unbeteiligt wirkt.

Ich strenge mich an, es ihm gleichzutun, aber es ist schwer.

Nach dem Kegeln bleiben wir noch zwei Stunden, lachen, trinken, reden und essen, bis wir uns verabschieden und Anders uns nach Hause fährt.

»Noch einen Absacker?«, fragt er, als er die Tür aufschließt.

»Tut mir total leid, dass du nichts trinken konntest«, sage ich.

»Kein Problem. Ich war glücklich.«

»Echt?«, hake ich nach. »Glücklich?«

»Ja, sehr«, bestätigt er lächelnd.

Mensch, ist der nüchtern.

»Könntest du jetzt bitte sofort sehr betrunken sein?« Ich wanke zu seinem Ledersofa und lasse mich darauf fallen.

»Tue mein Bestes. Was möchtest du denn?«

»Irgendwas ohne Alkohol.«

Er bringt mir ein Mineralwasser und nimmt selbst einen Whisky auf Eis. Dann setzt er sich rechts von mir in den Sessel.

»War ein wirklich schöner Abend«, sage ich. »Deine Freunde sind echt nett.«

»Freut mich. Sie mögen dich auch.«

»Sie sind alle so interessant.«

»*Du* bist interessant.«

»Du auch«, entgegne ich angesäuselt.

Anders lacht kopfschüttelnd und trinkt einen Schluck. Nachdenklich lässt er das Glas sinken.

»Du hast heute gesagt, Bailey wäre die Schönere von euch. Hat dir dein Vater als Kind nie gesagt, dass du hübsch bist?«

»Nee«, erwidere ich schroff.

»Aber zu Bailey schon?«

»Nehme ich an. Ich meine, guck sie dir an! Wir haben null Ähnlichkeit miteinander.«

Anders runzelt die Stirn. »Sehe ich nicht so.«

»Komm, selbst Jonas ist aufgefallen, wie unterschiedlich wir sind.«

»Stimmt aber nicht. Ihr habt dieselben Augen«, sagt Anders. »Nicht dieselbe Farbe, deine sind hübscher, aber bei euch beiden sind sie mandelförmig.«

Hübscher? Ich schüttele den Kopf, obwohl mein Herz vor Stolz schwillt. »Meine Augen sehen doch ganz anders aus! Bailey hat ganz große Boo-Augen.«

Verständlicherweise kann er mit dieser Beschreibung nichts anfangen. »Ich weiß nicht, was das heißt, ich finde nur, ihr habt beide große Augen. Und eine absolut gerade Nase.«

Ich grinse ihn an, geschmeichelt, weil er sich darüber offensichtlich Gedanken gemacht hat.

»Habt ihr euch immer gut verstanden?«, will Anders wissen.

»Nein, als wir jünger waren eigentlich nicht. Zwar haben wir uns auch nicht gestritten, aber bis zu diesem Sommer standen wir uns einfach nicht besonders nah.«

»Warum nicht?«

»Teilweise wegen des Altersunterschieds, teilweise weil wir nicht viel zusammen erlebt haben, und außerdem sind wir einfach sehr verschieden. Bailey ist viel extrovertierter als ich. Im Vergleich zu ihr habe ich mich immer unscheinbar gefühlt. In diesem Sommer sind wir uns nähergekommen, aber letztendlich bin ich bei *ihrer* Familie zu Gast. Für mich wird es immer so sein, dass mein Dad eher zu ihr als zu mir gehört.«

Anders zieht die Augenbrauen zusammen. »Das tut mir leid. Als ich bei euch war, stand für mich außer Frage, dass dein Vater dich wirklich abgöttisch liebt.«

Ich atme hörbar aus. »Mein Dad kann mich nicht mal in den Arm nehmen. Ich meine, er hat mich umarmt, als ich angekommen bin, und das macht er auch wieder, wenn ich fliege, aber er und Sheryl zeigen ihre Zuneigung nicht so sehr. Mir jedenfalls nicht. Ich glaube, Sheryl hat mich erst einmal richtig in den Arm genommen, und zwar vor zwei Wochen, als sie sich bei mir für etwas entschuldigt hat, das ewig zurückliegt.«

Anders sieht mich fragend an, so dass ich mich gezwungen fühle, das genauer zu erklären.

»Sie hat damals das Fotoalbum versteckt, von dem ich dir erzählt habe. Bailey hatte es sich als Kind immer gern angeguckt, deshalb nahm Sheryl es ihr weg. Ich glaube, sie fühlte sich von mir und meiner Mutter bedroht, von Dads Vergangenheit mit uns. Sie hat mich nie richtig an sich herangelassen, gab mir immer das Gefühl zu stören. Ich weiß noch, als ich damals acht oder neun war, ließ sie sich eine Dauerwelle machen und hatte ganz lockige, glänzende Haare. Ich wollte unbedingt wissen, wie sie sich anfühlten, aber als ich versuchte, ihre Locken zu betasten, schlug sie meine Hand weg. In meiner Kindheit war sie nicht besonders nett zu mir.«

»Glaubst du, das könnte ein Grund sein, warum du so unsicher bist?«

»Bin ich unsicher?«

»Für jemanden, der so klug und begabt ist wie du, finde ich dich ziemlich unsicher.«

Ich starre ihn an und versuche zu verstehen, was er gesagt hat. Innerlich bin ich ein Nervenbündel.

»Es war wahrscheinlich nicht hilfreich, dass mein Vater mich verlassen hat. Und Scott dann auch«, füge ich mit leichtem Schulterzucken hinzu.

Noch etwas, das ich versuche, betont locker zu nehmen, Anders aber nicht lustig findet. Sein Blick ist ernst und intensiv. Mir wird am ganzen Körper warm.

»Ich gehe jetzt besser ins Bett. Bin zu betrunken für dieses Gespräch«, sage ich unvermittelt.

Anders nickt, beugt sich langsam vor und stützt die Ellenbogen auf die Knie, das Glas in den Händen. Während ich aufstehe, lässt er mich nicht aus den Augen.

Ich spüre seinen Blick auf mir, als ich in die Küche gehe und mir noch Wasser aus der Flasche im Kühlschrank nachschenke. Ich durchquere das Wohnzimmer und zögere kurz vor der Tür zu meinem Zimmer, bevor ich mich umdrehe und Anders eine gute Nacht wünsche. Er sieht mich immer noch an, und ich bekomme keinen Ton heraus. Reglos stehe ich da und warte, ohne zu wissen, auf was.

»Du bist wirklich schön, Wren.«

Das sagt er so leise, so aufrichtig, dass ich nur den Mund öffne und wieder schließe.

Sein Blick hält meinem so lange stand, dass meine Gedanken wie Kegel auf der Bahn umfliegen. Ich versuche, mich von ihm zu lösen, doch wieder habe ich das Gefühl, durch Honig zu waten oder in Bernstein gefangen zu sein. In mir ist etwas, das sich zerfasert, sich in seiner Nähe auflöst. Ich spüre, wie ich zu ihm hingezogen werde, doch als ich einen Schritt auf ihn zu mache, senkt er den Blick auf sein Glas.

»Gute Nacht«, sagt er.

Er kippt den Rest des Whiskys hinunter. Ich mache auf dem Absatz kehrt und schließe mich in meinem Zimmer ein, um mein hämmerndes Herz wieder unter Kontrolle zu bekommen.

***

Mitten in der Nacht stehe ich auf und gehe auf die Toilette. Ich könnte schwören, dass ich auf der anderen Seite der Wand eine Frau lachen höre.

Als ich am Morgen aufwache, frage ich mich, ob das ein Traum war.

27

Anders schläft noch, als ich mich aus dem Zimmer schleiche. Ich brauche dringend etwas gegen meine Kopfschmerzen. Als ich an seinem Schlafzimmer vorbeihusche, schaue ich entschlossen in die andere Richtung und schnappe mir meine Tasche, die ich gestern Abend neben die Tür geworfen habe. Darin müsste noch eine Packung Paracetamol sein. Wenn es mir nicht so schlecht ginge, würde ich nicht das Risiko eingehen, Anders aufzuwecken. Leise fülle ich in der Küche ein Glas mit Wasser und husche dann wieder zurück ins Bett.

Mir geistert durch den Kopf, was am Vorabend geschehen ist, vor allem muss ich immer wieder an den Satz denken: *Du bist schön, Wren!*, und an Anders' Blick dabei.

Ich dachte die ganze Zeit, er würde sich nicht zu mir hingezogen fühlen, jetzt bin ich mir da nicht mehr so sicher.

Ich bin zu aufgedreht, um wieder einzuschlafen, deshalb stehe ich irgendwann auf und dusche. Als ich aus meinem Zimmer komme, hantiert Anders in der Küche herum.

»Hi!«, rufe ich und gehe zu ihm.

»Hey«, erwidert er mürrisch und weicht meinem Blick aus.

Mein Magen zieht sich zusammen. *Nicht, dass es jetzt wieder so befangen zwischen uns wird …* Ich atme durch, fest entschlossen, nicht wieder einen Schritt zurück zu machen.

»Kaffee?«, fragt Anders, als ich mich an die Frühstückstheke setze.

»Ja, bitte. Gestern Abend war echt lustig.« Ich bemühe mich, unbeschwert und fröhlich zu klingen. »Aber ich war so betrunken. Hoffentlich habe ich mich nicht total zum Idioten gemacht. Musste mir heute Morgen schon eine Paracetamol nehmen. Wie geht es dir?«

»Ganz gut.« Anders nickt und kratzt sich im Nacken, den Körper der Kaffeemaschine zugewandt.

Er hat ein zerknittertes graues T-Shirt an. Vielleicht hat er darin geschlafen.

Du bist schön, Wren.

Ich stähle mich gegen diese Erinnerungen, bei denen mein Herz einen Purzelbaum schlägt.

»Hast du gut geschlafen? Du siehst müde aus«, bemerke ich.

»Bin ich auch noch. Milch? Zucker?«

»Ja, bitte. Zwei Würfel.«

Mit dem dicken Kopf würde ich normalerweise drei Würfel nehmen, doch ich reiße mich zusammen.

»Wie wäre es, wenn wir irgendwo frühstücken gehen?«, schlage ich vor. »Ich hätte Lust auf was richtig schön Gebratenes. Musst du heute Vormittag arbeiten?«

»Nein. Aber ich würde lieber früher als später zum Hof zurückfahren.«

»Schon genug von der großen Stadt?«, frage ich enttäuscht.

Vielleicht hat er genug von *mir*.

Anders zuckt mit den Schultern und lächelt schwach.

Wollte er gestern einfach nur nett zu mir sein? Würde er so was zu jeder Freundin sagen, um sie aufzuheitern? Ich befürchte, dass ich zu viel in unsere Blicke hineingedeutet habe.

»Wir können fahren, wann immer du willst«, sage ich. »Ich kann ja noch mal herkommen.«

»Ach, los, wir gehen doch frühstücken!«, entscheidet er unvermittelt. »Um die Ecke ist ein Laden, der dir bestimmt gefällt.«

Mir gefällt, dass er sich Gedanken darüber macht, was ich mag.

Sofort verdränge ich den Gedanken. Ich muss mich besser schützen.

***

Wir gehen zu einem Eckcafé mit riesigen Fensterscheiben zu beiden Straßen hin. Die Wände innen sind dunkelgrau gestrichen, eingerichtet ist es mit vielen unterschiedlichen alten Sesseln und Sofas, die richtig gemütlich wirken. In Regalen neben der Theke liegen Bücher und abgegriffene Brettspiele. Es sieht aus, als könnte man hier problemlos viele Stunden verbringen.

Wir setzen uns, und ich entdecke einen Sessel in demselben altmodischen Stil wie der von Anders' Eltern. Ich erinnere ihn an das Foto in der Ahnengalerie, auf dem seine Mutter versucht, die strenge Miene der Vorfahren nachzuahmen. Wir müssen beide lachen.

»Und, glaubst du, dass Jonas irgendwann mit seiner Frau an der Wand hängen wird?«, frage ich.

»Keine Ahnung, wo er noch eine finden will«, gibt Anders trocken zurück. »Bei uns hat er alle längst durch, die in Frage kommen.«

»Vielleicht müsste er mal hier nach Indy kommen und etwas länger bleiben, um ein nettes Mädchen kennenzulernen, das er vom Landleben überzeugen kann.«

Anders grinst. »Wir sollten mal eine Zeitlang tauschen.«

»Du bist ja gern auf der Farm.« Das ist keine Frage. Ich denke daran, wie entspannt er war, als er letztes Wochenende schwimmen ging.

»Ja, stimmt.« Nachdenklich schaut Anders aus dem Fenster auf die vorbeifahrenden Autos. »Jonas hat mich stark unter Druck gesetzt, damit ich nach Hause komme. Ich habe meinem Chef gesagt, meine Familie bräuchte mich. Mein *Bruder* bräuchte mich. Aber jetzt überlege ich, ob Jonas mich eher zu meinem eigenen Besten auf die Farm gerufen hat, nicht für sich. Ich glaube, er wusste, dass ich eine kleine Auszeit brauche.«

»Hört sich an, als würde er wieder den großen Bruder spielen: Er passt auf dich auf, nicht umgekehrt. So war es doch früher auch, oder?«

Anders nickt und klopft mit dem Teelöffel leicht gegen seinen großen Kaffeebecher. »Ich würde gern bis zur Ernte bleiben. Jonas guckt sich schon länger nach einer Aushilfe um.«

Bei dem Gedanken daran, dass Anders bald nicht mehr da sein könnte, sinkt mein Mut.

»Aber vielleicht habe ich doch noch Zeit, ein bisschen auszuhelfen.«

»Wenn ja, darf ich dann mal mit dir Trecker fahren?«, frage ich grinsend.

Nur nichts anmerken lassen …

»Klar«, erwidert er mit einem Lächeln.

*

Anders taut immer mehr auf, und als wir vor Wetherill halten, scheint wieder alles normal zwischen uns zu sein. Ich bin erleichtert.

»Nimm die beiden mal richtig in den Arm!«, trägt er mir auf, als ich aussteige. »Trau dich!«

»Mal sehen.« Ich bücke mich, um ihm durch die geöffnete Beifahrertür einen Blick zuzuwerfen. »Danke noch mal. Es war wirklich schön.«

»Fand ich auch.«

Ich richte mich auf und schlage die Tür zu, bevor es wieder komisch wird.

Den Rest der Fahrt haben wir über meine Familie gesprochen, und Anders hat mich überzeugt, dass Dad – und vielleicht auch Sheryl – mich wahrscheinlich schon bei zahllosen Gelegenheiten in den Arm nehmen wollten, sich aber nie getraut haben, weil sie mir nicht zu nahetreten wollten. Tatsache ist – und das sieht Anders genauso –, sie kennen mich einfach nicht besonders gut. Sie wissen nicht, dass ich sie auf Abstand gehalten habe, weil ich einfach zu große Angst hatte, verletzt zu werden. Wenn ich das ändern will, muss ich selbst anfangen – es liegt in meiner Hand. Ich muss nur den ersten Schritt tun.

Vor der Haustür sehe ich mich um, und natürlich ist Anders längst verschwunden.

Sheryl steht in der Küche und schält Obst.

»Wo finde ich dich, wenn nicht in der Küche?«, necke ich sie. »Oh, Birnen?«

»Die ersten dieses Jahr!«

»Kommen genau richtig. An Pfirsichen habe ich mich mittlerweile sattgegessen.«

»Die Äpfel sind auch bald reif«, erklärt Sheryl.

Sie hat Teigspritzer auf der Schürze und in den Haaren.

»Wo ist Dad?«

»In der Scheune. Wie war das Wochenende? Ich dachte, wir sehen dich nicht vor dem Abendessen.«

»Bin ich zu früh zurück? Ich hoffe, das stört euch nicht.«

»Natürlich nicht! Du hast uns gefehlt«, sagt sie, und ich freue mich. »War es nett?«

»Ja, sehr.« Mein Blick wandert zu dem Teigspritzer in ihrem grauen Bob. »Du hast da ein bisschen …« Ich weise auf ihre rechte Schläfe.

»Wo?« Sie neigt mir den Kopf zu.

»Da.«

»Kannst du es wegmachen?«

»Ja, natürlich, sorry. Ich dachte, du magst es nicht, wenn dir jemand Fremdes im Haar herumfummelt oder dir zu nahe kommt.«

»Das stimmt, ich mag es nicht, wenn fremde Menschen das tun«, bestätigt sie und sieht mich mit ihren brauen Augen an. »Aber du bist nicht *fremd*, du gehörst zur Familie.«

Ich recke mich, und als ich versuche, den Teig vorsichtig aus ihren Haaren zu entfernen, kribbelt es zu meiner Verwunderung in meiner Nase. Die ganze Zeit spüre ich ihren Blick auf mir.

»Das ist jetzt so ein Beispiel, oder?«, fragt Sheryl ernst. »Ein Fehler, den ich früher bei dir gemacht habe.«

Ich bekomme einen Kloß im Hals und nicke.

»Darf ich dich in den Arm nehmen?«, frage ich, ohne nachzudenken, Anders' Ermunterung im Hinterkopf.

»Aber *natürlich*, Schätzchen!« Sheryls Stimme springt um eine Oktave nach oben. Sie breitet die Arme aus.

»Was ist denn hier los?«, ruft Dad, der gerade durch die Haustür hereinkommt. Vor Staunen macht er große Augen. »Und was ist mit mir?«

Ich lache und will mich von Sheryl lösen, doch sie hält mich um die Taille gefasst und streckt den anderen Arm zu ihrem Mann aus, um den Kreis zu vergrößern.

Ich glaube nicht, dass sie das tut, weil sie die Oberhand behalten oder nicht ausgeschlossen werden möchte. Ich habe irgendwie das Gefühl, dass sie es macht, weil sie mich nicht loslassen will.

28

»Ja, genau so!«, lobt Jonas Bailey, als sie die schwarze Acht versenkt. »Am besten lässt du dich von deinem Casey scheiden und heiratest stattdessen mich.«

»Ja klar, du Spinner.« Sie boxt ihm gegen den Arm.

Er lacht und baut die Kugeln für das nächste Spiel auf. Ich grinse über die Neckereien der beiden, da ich jetzt weiß, dass ihre Freundschaft rein platonisch ist.

Es ist Sonntagabend, eine Woche nach unserer Fahrt nach Indianapolis, und wir vier sind bei Dirk, um ein paar Runden Billard zu spielen.

In der vergangenen Woche haben Anders und ich jeden Abend an Bambi gewerkelt, außerdem den ganzen Samstag und heute, das alles zusätzlich zu der Arbeit, die Anders und Jonas auf dem Hof haben, um die Vorbereitungen für die Ernte zu treffen.

Ich habe mich daran gewöhnt, dass die beiden total verschwitzt und verschmiert mit Öl und Staub sind, wenn ich rüberkomme. Sie haben alle Fahrzeuge aufgetankt, Motoröl, Luftfilter und Reifen gewechselt sowie die Software aktualisiert. Für die Ernte der verschiedenen Getreidesorten werden diverse Vorsätze verwendet – große Aggregate, die vor den Mähdrescher gesetzt werden. Sie bestehen aus zahllosen beweglichen Teilen, von denen sich jedes einzelne verhaken und damit die Ernte zum Erliegen bringen kann, die Brüder müssen also alles konsequent prüfen.

Als ich heute zu ihnen rüberging, rasten sie allerdings über die Motocross-Strecke hinter dem Schuppen und juchzten wie kleine Jungen, wenn sie über die Schanzen flogen. Beim Zusehen ging mir das Herz auf.

Der Mais ändert allmählich seine Farbe – er wird von oben nach unten gelb –, und die grünen Blätter an den am frühesten gepflanzten Sojabohnen bekommen gelbe Flecken. Auch unsere Kürbisse sind enorm gewachsen. Ich kann kaum glauben, dass der August schon in wenigen Tagen vorbei ist.

Anders und ich sind kurz davor, Bambi fertigzustellen. Heute Nachmittag haben wir die Endstücke wieder zusammengesetzt und eine Gummilippe an der neuen rückwärtigen Türöffnung befestigt, damit kein Regenwasser hineinlaufen kann. Morgen wollen wir mit dem Hochdruckreiniger prüfen, ob alles dicht ist, und anschließend die Innenwände mit Platten aus Birkensperrholz verkleiden und Linoleum auf dem Boden verlegen.

Wir sind sehr zufrieden mit dem Umbau und haben viel dafür getan, aber für heute Abend haben wir uns eine Pause verdient. Bailey und Jonas auch. Sie haben eine Anzeige für den Kinoabend entworfen und an die Lokalzeitung geschickt, wo sie am kommenden Wochenende geschaltet werden soll. Bailey freut sich total, Jonas wirkt eher nervös. Er hat seinen Eltern noch nicht erzählt, was er vorhat.

Peggy und Patrik haben beschlossen, noch ein paar Wochen länger in Wisconsin zu bleiben, und ich vermute, dass Jonas hofft, der erste Kinoabend nicht nur in der Geschichte der Fredrickson-Farm, sondern des ganzen Ortes werde irgendwie an ihnen vorbeigehen. Anders meint jedoch, dass es nur eine Frage der Zeit sei, wahrscheinlich von Tagen, bis die Eltern es zufällig von irgendwelchen Bekannten erführen.

Er hofft, dass sie deswegen nicht früher zurückkommen.

Nachdem Jonas sich erst über mich lustig gemacht hatte, steht er jetzt voll und ganz hinter meiner Idee mit dem Maislabyrinth. Den Entwurf will er mir überlassen, und ich habe sofort auf meinem Skizzenblock herumprobiert. Es soll so angelegt sein, dass sich der Eingang und Ausgang an unserem Kürbisfeld befinden.

Dad und Sheryl waren mit dem Vorschlag einverstanden, dass wir die Eintrittskarten fürs Labyrinth in unserer Scheune verkaufen. Das erspart Jonas und Anders zum einen, zur Begrüßung der Gäste vor Ort zu sein, gleichzeitig erhöht es die Wahrscheinlichkeit, dass Besucher etwas in Wetherill kaufen. Eine Win-Win-Situation. Dad lässt für das Schild auf der anderen Seite der Brücke ein Transparent anfertigen.

Nachdem ich mit Dad und Sheryl gesprochen hatte, wurde mir klar, dass ich ihnen hätte erzählen sollen, dass Patrik und Peggy von all diesen Plänen nichts wissen, aber dann dachte ich, falls das später mal ein Problem werden sollte, könnten sie sich immerhin darauf berufen, nichts geahnt zu haben. Ich hoffe aufrichtig, dass uns die Fredricksons keine Steine in den Weg legen.

***

Ich bin an der Reihe. Zum Glück hat Jonas direkt vor einer Tasche eine Kugel für mich liegen lassen. Ich treffe sie zwar, doch irgendwie fällt sie nicht hinein, sondern prallt von der Bande zurück.

Ich schimpfe vor mich hin und mache ein zerknirschtes Gesicht.

Anders grinst mich an und legt mir die Hand auf den Rücken, um mich an sich heranzuziehen. »Gewinnen oder verlieren, das ist hier nicht die Frage. Es ist der Geist des Spiels allein, der zählt.«

Es ist wirklich witzig, wie er Wilson nachahmt, doch ich erschrecke so sehr über den plötzlichen Körperkontakt, dass mir das Lachen im Hals stecken bleibt.

Er lässt mich los, und die Stelle, an der er mich berührt hat, brennt ganz heiß.

Ich kichere aufgesetzt, dann gehe ich zum nächsten Tisch und hole mein Glas.

Wie kann eine kleine Berührung unter Freunden einen so aus der Bahn werfen?

Verstohlen beobachte ich, wie Anders zum nächsten Stoß ansetzt, wie sich die Muskeln in seinem Arm strecken, als er sich über den Tisch beugt, wie er die grünen Augen vor Konzentration zusammenkneift. Sein schwarz-weiß kariertes Hemd ist offen, und das graue T-Shirt, das er darunter trägt, rutscht hoch, so dass über der Gürtelschnalle ein Streifen gebräunter Haut zu sehen ist. Ich stelle mir vor, mit den Händen über seinen flachen Bauch zu streichen und zu spüren, wie sich seine Muskeln unter meinen Fingern anspannen. Mir wird glühend heiß.

Nein! Hör auf!

Zur Ablenkung schaue ich schnell zur Theke hinüber und traue meinen Augen nicht, als ich Heather dort entdecke.

Ich werfe Jonas einen kurzen Blick zu, der sie offenbar noch nicht bemerkt hat. Sie ist mit zwei Freundinnen da.

Über den Tisch hinweg sehe ich Anders mit weit aufgerissenen Augen an.

»Was ist?«, artikuliert er lautlos.

Ich weise mit dem Kopf in Richtung Tresen.

Als er Heather entdeckt, wird seine Miene düster.

Jonas hat den Arm entspannt um Bailey gelegt. Anders geht zu ihm und flüstert ihm etwas ins Ohr.

Die Veränderung in Jonas' Körpersprache ist unglaublich. Er erstarrt, lässt Bailey los und dreht sich zur Theke um.

Heather hat ihn längst bemerkt, ihre Hand mit dem Glas schwebt auf halbem Weg zum Mund. Dann kommt sie wieder zu sich und trinkt einen Schluck. Mit der anderen Hand winkt sie Jonas zu.

Er nickt kurz und wendet ihr den Rücken zu, um sein Glas in einem großen Schluck zu leeren.

Wow. Nach seiner Reaktion zu urteilen, ist er auf keinen Fall über sie hinweg. Die Anspannung zwischen den beiden ist mit den Händen greifbar.

»Casey!«, ruft Bailey plötzlich und winkt wie verrückt quer durch den Laden.

»Hey!« Casey winkt zurück und schlängelt sich an den Tischen vorbei zu seiner Frau durch.

Sie schlingt die Arme um ihn. »Wieso bist du hier? Ich dachte, du wolltest heute was mit Brett machen!«

»Hab abgesagt. Dachte, es wäre mal Zeit, dass ich herkomme und was mit meiner Frau und ihren Freunden unternehme. Hey, Wren!«, grüßt er mich voller Wärme und drückt mich.

Ich erwidere die Umarmung, erfreut, ihn hier zu sehen.

Anders kommt dazu, um Casey vorgestellt zu werden, dann zieht Bailey ihren Mann zu Jonas hinüber.

»Hey!«, sagt Jonas freundlich und reicht Casey die Hand. Dennoch wirkt Jonas leicht gehemmt.

Es wird wohl unser aller Aufgabe sein, Casey das Gefühl zu geben, hier willkommen zu sein.

»Was macht Fortnite?«, frage ich grinsend. »Hast du wieder mit Kindern gekämpft?«

Ich lache über sein betretenes Gesicht und verrate Anders, dass sich Bailey vor ein paar Tagen furchtbar über ihren

Mann aufgeregt hat, weil das Essen fertig war und er nicht aufhören wollte zu spielen.

»Ich habe ihm gesagt, er soll zum Essen kommen, und zwar sofort«, wirft Bailey ein.

»Und Casey meinte ... Was hast du noch mal gesagt, Casey?«, frage ich ihn.

»Ich habe gesagt, wenn ich jetzt komme, sehen sie, dass mein Avatar da nur noch rumsteht, und alle wissen, dass meine Frau mich zum Essen gerufen hat.«

»Und *ich* habe gesagt«, fährt Bailey fort, »dass alle seinen Avatar da rumstehen sehen und denken, dass seine Mami ihn ins Bett geschickt hat.«

»Hast du schon mal Fortnite gespielt?«, fragt Casey Anders lachend.

Der schüttelt den Kopf.

»Komm mal vorbei, dann zeig ich es dir.«

»Tu das lieber nicht!«, sage ich zu Anders. »Der lässt dich vielleicht nie wieder gehen.«

Mir fällt auf, dass Jonas nicht mehr bei uns steht. Bailey merkt es auch.

»Wo ist Jonas?«, fragt sie.

Heathers Freundinnen sind noch an der Theke, sie fehlt jedoch.

»Keine Ahnung«, erwidere ich mit gerunzelter Stirn. »Seine Ex war da. Vielleicht musste er mit ihr reden.«

Casey gibt eine Runde aus. Nachdem wir noch mal zehn Minuten gewartet haben, schlägt Anders vor, dass Casey seinen Bruder am Billardtisch ersetzt.

Ich vermute, wir denken beide an Jonas und was er gerade macht. Weiß Gott, wo er ist. Aber wir haben eine ziemlich genaue Vorstellung davon, wer bei ihm ist.

29

Vielleicht sollte ich ihn mal suchen«, sagt Anders, nachdem wir uns von Casey und Bailey verabschiedet haben und in Richtung Brücke gehen.

Nachdem Jonas weg war, sind wir nur noch eine gute Stunde geblieben.

»Wenn du willst, komme ich mit.«

Er stutzt. »Du setzt dich freiwillig auf meinen Bock?«

»Ja. Ich vertraue dir.«

»Da sind wir aber einen sehr großen Schritt weitergekommen«, neckt er mich.

»Wenn die Wirkung des Alkohols nachlässt, überlege ich es mir vielleicht anders.«

Ich male mir aus, von hinten die Arme um seine Taille zu legen, und kann mir nicht vorstellen, freiwillig darauf zu verzichten.

O Mann, was stimmt nur nicht mit mir? Die kleinste Berührung, und ich bekomme weiche Knie!

»Echt unglaublich, dass wir diese Woche wahrscheinlich mit Bambi fertig werden«, bemerke ich.

»Ja, total.«

»Dann habe ich keinen Vorwand mehr, um bei euch vorbeizukommen.«

»Dafür brauchst du doch keinen Vorwand.«

Es wird immer schlimmer. Ich wehre mich dagegen, gegen diese Gefühle, die mich einfach nicht in Ruhe lassen.

Schweigend laufen wir weiter, überqueren die Brücke, und der Fluss rauscht unter uns dahin. Auf der anderen Seite erstrecken sich die abschüssigen Felder vor uns, der Sternenhimmel wölbt sich über unseren Köpfen.

»Ich hoffe, mit Jonas ist alles in Ordnung«, sage ich. »Heather geht ihm echt nah, oder?«

»Wie keine andere.«

»Was sieht er denn in ihr?« Ich begreife es einfach nicht.

»Keine Ahnung«, gibt Anders zurück. »Je mieser sie ihn behandelt, desto mehr hängt er an ihr. Sie hatte schon immer so eine Wirkung auf ihn.«

»Er machte aber schon einen gestressten Eindruck, bevor sie aufgetaucht ist.«

»Er sorgt sich wegen Pa und der Farm.«

»Was glaubst du denn, was euer Vater macht, wenn er erfährt, was ihr vorhabt?«

Anders zuckt mit den Schultern. »Wer weiß? Er war immer unberechenbar. Hoffentlich bringt Mum ihn zur Vernunft. Sie ist die Einzige, die das kann.«

»Und, glaubst du, deine Mutter unterstützt euch?«

»O ja, auf jeden Fall. Hauptsache, Jonas ist glücklich. Es war ihre Idee, nach Wisconsin zu fahren. Sie wollte, dass Jonas mal eine Weile Ruhe hat, ohne dass Pa überall herumspukt. Er sollte sich vorstellen können, wie es ist, wenn er selbst das Sagen hat.« Anders seufzt tief. »Als Pa aus dem Krankenhaus kam, hat sie ihn tatsächlich gefragt, ob er nicht verkaufen will.«

»Was? Die *Farm*?«, frage ich erstaunt. Das hätte ich niemals gedacht.

»Sie meinte, es reiche jetzt. Unsere Familie hätte sich lange genug krumm und bucklig gearbeitet, es bräuchte uns nicht peinlich sein, wenn wir den Hof jemand anderem überließen.«

»Wie hat dein Vater darauf reagiert?«

»Er war völlig anderer Meinung.«

Wir lächeln uns an.

»Aber keine Ahnung … Ich glaube, dass Ma überhaupt in Betracht gezogen hat, der Hof könnte verkauft werden, das hat was mit Jonas gemacht. Irgendwie hat das den Druck von ihm genommen. In den letzten zwei Wochen war er so gut drauf. Du und Bailey …«

»Hauptsächlich Bailey.«

»Da haben wir's wieder«, murmelt Anders. »Jonas mag dich total, Wren! Er ist völlig begeistert von deinen Entwürfen mit den Holzhütten am Seeufer. Er guckt sie sich ständig auf seinem Handy an.«

Als Anders seinem Bruder meine Skizzen zeigte, fragte Jonas mich, ob er Fotos davon machen dürfe.

»Bailey und du, ihr seid wirklich zwei Engel.«

»Ooo …« Ich beuge mich vor und stoße mit der Faust liebevoll gegen seinen Arm. Sofort erstarrt er. Ich bin enttäuscht, denn ich würde alles dafür geben, ihm körperlich näher zu kommen. Doch dann schließt Anders die Lücke zwischen uns, sein Arm streift meinen im Gehen. Es macht mir fast Angst, wie glücklich ich bin, wenn er mir so nah ist.

»Wie alt ist dein Vater eigentlich?«, frage ich, damit das Gespräch nicht einschläft und Anders nicht auf die Idee kommt, wieder auf Abstand zu mir zu gehen.

»Im Dezember wird er zweiundachtzig.«

»Und deine Mutter?«

»Sechsundsiebzig.«

»Das heißt, sie war schon fast vierzig, als sie Jonas bekam?«

»Sie hatten es jahrelang vergeblich probiert. Jonas und ich

hatten mal einen älteren Bruder, Lars. Er starb als kleines Kind.«

»O wie furchtbar!« Ob das die Tragödie ist, von der Peggy mal sprach?

»Es war ein plötzlicher Kindstod, niemand konnte etwas dafür. Aber es hatte lange gedauert, bis meine Mutter mir Lars schwanger wurde, und dann noch mal, bis Jonas kam. Sie meinte, als ich mich direkt zwei Jahre später ankündigte, war sie vollkommen überrascht.«

»Hast du Fotos von Lars?«

»Im Wohnzimmer zu Hause ist eins, und Ma hat noch mehr. Sie geht noch oft an sein Grab. Er liegt auf dem Friedhof, hinter dem See.«

»Ihr habt einen Familienfriedhof?«

»Ja, hinter den Büschen, auf der linken Seite.«

»Und da liegen all eure Vorfahren?«

»Nur die, die auf dem Hof gelebt haben und da gestorben sind.«

»Dann muss es ja noch schwerer sein, die Farm loszulassen.«

Die Gebeine der Vorfahren tief in der Erde des heimischen Ackers müssen Anders und seine Familie für alle Zeit an diesen Ort binden.

Andererseits trifft das so oder so zu, egal, ob sie die Farm behalten oder nicht. Sie haben immer Geschichte hier. Die Fredrickson-Farm ist nun mal das Vermächtnis dieser Familie.

Wir erreichen Wetherill. Mit dem Kinn weist Anders auf das Haus. »Wo ist dein Zimmer?«

»Das mit den zwei Gaubenfenstern am Ende.« Ich zeige zum ersten Stock hoch.

Schon komisch, es fühlt sich wirklich wie *mein* Zimmer

an. Mit dem Gästezimmer in Bloomington war das nie so. In dem schliefen auch viele andere Leute, beispielsweise Gastlektoren von der Uni, und es war sehr steril im Vergleich zu Baileys Zimmer, das noch genauso aussah wie damals, als sie auszog. All die Spielsachen aus ihrer Kindheit waren noch da, unter anderem ein Puppenhaus, auf das ich immer neidisch war.

In meinem Raum hier hat nie jemand anders als ich geschlafen. Ich weiß, dass es nicht dabei bleiben wird, schließlich ist es ein Gästezimmer, in dem auch andere übernachten werden, aber ich kann mir vorstellen, dass ich mich hier immer zu Hause fühlen werde.

»Manchmal sehe ich Jonas und dich, wenn ihr auf dem Feld seid«, sage ich zu Anders. »Das lenkt mich vom Arbeiten ab, und das ist gut.«

»Schade, dass dir dein Job momentan nicht so viel Spaß macht.«

»Nicht schlimm.« Die Sorge in seiner Stimme berührt mich. »Immerhin konnte ich länger hierbleiben. Und in letzter Zeit kommen mir auch wieder mehr Ideen.« Ich weise auf den Weg vor uns, damit wir weitergehen. »Ich wollte doch mitkommen.«

»Also bist du noch nicht ausgenüchtert?« Er grinst mich von der Seite an.

Ich genieße die Wärme von Anders' Körper neben mir, sein weiches Hemd an meinem nackten Arm.

»Doch, alles in Ordnung.« Ich lächele zurück. *O Mann, ist er schön.* »Hab noch keine Lust, ins Bett zu gehen. Es ist so herrlich draußen.«

Die Sterne gleichen leuchtenden Stecknadelköpfen in schwarzem Samt, die Luft ist kühler geworden. Seit der Herbst näher rückt, ist es nicht mehr so schwül. In der

Wettervorhersage hieß es, es würde diese Woche regnen, doch im Moment steht keine einzige Wolke am Himmel.

»Zeichnest du viel für die Arbeit?«, fragt Anders. Beim Gehen wirbeln seine Stiefel Staub auf. Wir berühren uns nicht mehr, aber ich fühle mich ihm immer noch nah.

»Nein, das wird alles am Computer gemacht. Aber in meiner alten Firma habe ich Perspektivzeichnungen angefertigt.«

Dafür war ich tatsächlich ziemlich gefragt. Manchmal fiel es Auftraggebern schwer, sich die endgültige Gestaltung vorzustellen, dann übertrug ich den Entwurf in 3D und kolorierte ihn, aber das machte ich freihändig, so dass es eher wie ein Kunstwerk als wie eine typische Visualisierungsgrafik aussah. Die Kunden waren begeistert, was wiederum meiner Chefin Marie gefiel.

»Dafür hast du wirklich ein Talent«, sagte sie damals.

Sie war Französin und lebte seit ungefähr dreißig Jahren in Großbritannien, hatte aber ihren starken Akzent behalten. »Niemand macht sie so gut wie du.«

Ich habe gerne mit Marie zusammengearbeitet. Sie war Ende sechzig, machte jedoch keine Anstalten, sich zur Ruhe zu setzen.

Ich habe eine Idee und überlege ... Wenn sie ihr Büro noch hat, hätte sie dann eventuell noch Interesse an meinen Perspektivzeichnungen? Ich könnte sie als Freie für sie anfertigen. Man müsste mir nur Grundrisse und Fotos der entsprechenden Gebäude schicken.

Ich nehme mir vor, ihr am nächsten Tag zu schreiben und sie zu fragen. Den Aspekt meiner Arbeit mochte ich am liebsten – genauso wie das Entwerfen selbst.

Als wir die Farm der Fredricksons erreichen, fährt ein Auto los und kommt die Zufahrt hinunter. Seine Scheinwerfer blenden uns.

»Wer ist das?«, fragt Anders verwirrt. Der Wagen kommt näher.

Er streckt den Arm zur Seite aus, um mich zu schützen. Sofort dringt seine Wärme durch den Baumwollstoff meiner Bluse und breitet sich auf meiner Haut aus.

»Das ist Heather«, sagt Anders überrascht, als sie vorbeifährt.

Ich kann sie sehen; sie hat die langen dunklen Haare zum Pferdeschwanz hochgebunden und das Gesicht zu einer düsteren Miene verzogen.

»Was soll das, Jonas?«, brummt Anders seufzend. Wir sehen Heather nach, die in Richtung Stadt davonfährt.

Dieselbe Frage wiederholt er kurz darauf deutlich lauter, nachdem er zur Blockhütte gestürmt ist.

Jonas sitzt in einem Liegestuhl am See.

»Verdammt noch mal, die Frau ist *verheiratet*!«, schreit Anders ihn an. »Sie hat *drei Kinder*!«

»Sie wollte reden«, motzt Jonas zurück. »Ist nichts passiert.«

»Noch nicht«, sagt Anders spitz. »Die schlägt wieder ihre Klauen in dich, genau wie letztes Mal. Sie ist nicht gut für dich! Wann kapierst du das endlich?«

»Ich finde es schon allerhand von dir, mir zu erzählen, was gut für mich ist.«

»Fang bloß nicht so an!«, warnt Anders. Seine Stimme klingt sonderbar, irgendwie drohend.

»Was machst du denn?«, fragt Jonas nicht wütend, sondern voller Verbitterung. »Es ist fast viereinhalb Jahre her! Wann willst du wieder anfangen zu leben?«

»Tue ich doch.«

»Und wie! Guck doch mal, wer da neben dir steht! Du siehst es ja nicht mal! Das lässt du gar nicht zu.«

»Hör auf!« Anders guckt sich kurz über die Schulter nach mir um, dann sieht er wieder seinen Bruder an, der mit dem Arm auf mich weist.

Mein Herz dröhnt wie eine Basstrommel in meinen Ohren.

»Es geht nicht.« Anders schüttelt den Kopf. »Das weißt du genau.«

»Natürlich geht es«, erwidert Jonas mit Nachdruck.

Er lässt den Arm sinken und wirft seinem Bruder einen vielsagenden Blick zu.

Anders erwidert so leise, dass ich ihn kaum verstehe: »Ich kann nicht, und das weißt du verdammt gut.«

Ehe ich mich versehe, marschiert er davon.

»Tut mir leid, Wren«, brummt er und geht an mir vorbei.

Er fordert mich nicht auf, mit ihm zu gehen, also bleibe ich, wo ich bin, und sehe ihm nach. Er läuft in Richtung Haus. Mein Herz hämmert so laut, dass ich in meinen Grundfesten erschüttert werde.

»Wren.«

Ich drehe mich zu Jonas um.

»Komm mal her und setz dich zu mir.«

Auf unsicheren Beinen gehe ich auf ihn zu.

Offenbar hat er mir etwas zu sagen.

30

Willst du ein Bier?«, fragt Jonas.

Ich schüttele den Kopf.

»Wirklich nicht? Komm, wir gehen rein«, schlägt er vor, als er sieht, dass ich wanke.

Ich folge ihm ins Blockhaus und setze mich an seinen kleinen Holztisch. Die rauen Kanten sind unbearbeitet. Wahrscheinlich hat er ihn selbst gezimmert.

Jonas öffnet zwei Bierdosen und reicht mir eine, dann zieht er einen Stuhl hervor und lässt sich schwer darauf fallen.

Er setzt seine Dose an. Ich führe meine ebenfalls an den Mund und will trinken, aber verschlucke mich fast, als Jonas sagt: »Er mag dich.«

Hustend schüttele ich den Kopf. »Das stimmt nicht. Nicht auf diese Weise.«

»Er mag dich, Wren. Auf genau diese Weise.«

»Das siehst du falsch.«

»Und ich glaube, du magst ihn auch.«

»Das spielt absolut keine Rolle«, erwidere ich und schüttele heftig den Kopf, auch wenn mein Herz Purzelbäume schlägt bei der Vorstellung, das es stimmen könnte. »Er liebt immer noch Laurie. Er hat mir selbst gesagt, dass er nicht ansatzweise bereit ist, sie gehen zu lassen. Das hat er mir gesagt, Jonas. Sehr deutlich.«

»Soll ich dir sagen, woher ich weiß, dass er dich mag?«, fragt er.

Mit flatternden Nerven sehe ich ihn an. »Woher?«

»Weil er in der letzten Woche jeden Abend reingegangen ist und sich auf dem Handy Filme von Laurie angeguckt hat, wenn du weg warst.«

War das das Lachen, das ich in seinem Apartment durch die Wand gehört habe?

»Na, und? Das ist doch normal. Sie fehlt ihm eben.«

»Weißt du was? Genau das glaube ich nämlich nicht. Er hat Schuldgefühle«, entgegnet Jonas. »Es sind die Schuldgefühle, die ihn an sie binden, nicht Sehnsucht oder Liebe oder so.«

»Warum sollte er Schuldgefühle haben? Es war doch nicht seine Schuld, oder? *War* es seine Schuld? Der Unfall?«

Jonas schüttelt den Kopf. »Nein, nein. Er war ja gar nicht dabei.«

»Ich verstehe bis heute nicht, was damals passiert ist. Er hat mir gesagt, es war ein Unfall beim Kartfahren, aber Go-Karts sind doch so klein – wie kann man dabei sterben?«

»Ihr Schal hat sich in der Hinterachse verfangen«, erklärt Jonas und seufzt schwer. »Sie hätte keinen Schal umhaben dürfen. Die Kartbahn ist daraufhin geschlossen worden. Aber es war kalt, es war die Geburtstagsfeier ihrer Freundin, und Laurie dachte, wenn sie den Schal mit den langen Haaren in die Jacke steckt, könnte nichts passieren. Aber irgendwie müssen sie die Haare gestört haben, denn sie hat sie rausgeholt, und den Schal auch. Er hing runter und wickelte sich um die Achse, die sich natürlich weiter drehte und ihr dadurch die Luft abschnitt.«

Ich schlage die Hand vor den Mund. Sie ist *erstickt*?

»Es war ein Unfall, ein tragischer Unfall«, sagt Jonas barsch. »Ich dachte, Anders würde Fortschritte machen. Er ist dieses Jahr umgezogen und hat endlich den Ehering abgelegt. Ich hielt das für ein gutes Zeichen, hoffte, er wäre über

Laurie hinweg. Es hat ihm auch geholfen, dass er öfter hier war, nicht in der Stadt, weit weg vom dem Leben, das die beiden zusammen hatten. Als du ihn in Indy besucht hast, kam er so fröhlich zurück. Er verliebt sich in dich, Wren, das merke ich.«

Anders hat mir klipp und klar gesagt, dass er lediglich mit mir befreundet sein will, mehr nicht. Deshalb zweifele ich jedes Mal an mir, wenn ich glaube, ein Knistern zwischen uns wahrzunehmen. Durch Jonas' Worte lodern diese Funken zu einer Flamme auf.

Er lässt nicht locker. »Er guckt sich immer noch diese verfluchten Filme an. Wenn ich könnte, würde ich jeden einzelnen löschen, aber ich bin mir sicher, dass er sie irgendwo gespeichert hat. Es ist, als könnte er einfach nicht aufhören, die Erinnerung an sie aufrechtzuhalten. Dabei ist Laurie weg«, sagt er. »Und Anders muss *leben.*«

»Dasselbe wünscht er sich für dich«, wird mir klar. »Du musst Heather loslassen, damit du leben kannst.«

Jonas schüttelt den Kopf und lächelt traurig, den Blick auf den Tisch gerichtet. »Ich weiß«, murmelt er, fährt sich mit der Hand übers Gesicht und seufzt niedergeschlagen.

»Was findest du an ihr?«, frage ich in dem Versuch, mich zur Abwechslung mit Jonas zu beschäftigen. Das ist auch wichtig. *Er* ist wichtig.

Er lässt die Hand sinken und zuckt mit den Schultern. »Ich weiß es nicht mal mehr.«

»Denn wenn ich das sagen darf ...«

Er sieht mich an.

»... sie ist eine ziemlich blöde Kuh.«

Er macht große Augen; ich habe den Bogen deutlich überspannt. Dann wirft er den Kopf in den Nacken und wiehert laut los.

Ich lache mit. Dabei denke ich daran, wie unhöflich sie in der Scheune war, als sie das müde Kleinkind dabeihatte.

Mein Blick fällt auf Jonas, auf sein wuscheliges schokobraunes Haar, und mein Herz setzt kurz aus.

»Ihr kleiner Sohn. Seine Haare.«

»Er ist nicht von mir, falls du das denkst.«

»Woher willst du das wissen?«

»Wir haben seit über fünf Jahren nicht mehr miteinander geschlafen.«

»Und ihr ältester Sohn? Oder ihre Tochter?«

Jonas schüttelt den Kopf. »Glaub mir! Es kommt zeitlich nicht hin. Früher habe ich mir gewünscht, es wäre anders. Ich habe immer gehofft, dass die Kinder von mir sind.«

»Hast du sie mal erlebt?«, frage ich. Es soll eigentlich ein Witz sein, aber jetzt kann ich mich nicht mehr zusammenreißen.

»Vielleicht habe ich doch Glück gehabt«, sagt Jonas schmunzelnd.

»Da bin ich mir absolut sicher. Und das bezieht sich nicht auf die Kinder. Jonas«, sage ich flehentlich und lege die Hand auf seine, »du hast was Besseres verdient. Etwas weitaus Besseres. Aber du musst dich auch für andere Frauen öffnen, ihnen eine Chance geben. Und Heather soll selbst auslöffeln, was sie sich eingebrockt hat.«

Jonas räuspert sich. »Ich denke drüber nach.« Er sieht mich bedeutungsschwer an. »Jetzt geh mal zu meinem Bruder und bring ihn zur Vernunft!«

***

Auf dem Weg zum Haus flackert die Flamme in meinem Herz. Ich bin dermaßen nervös. Die Seitentür ist offen, doch bevor ich ins Haus gehe, rufe ich Anders' Namen. In der

Küche brennt Licht, im Wohnzimmer ebenfalls, aber er ist nirgends zu finden. Da höre ich Schritte von oben.

»Hallo?«, rufe ich.

Kurz herrscht Ruhe, dann ertönen die Schritte wieder.

Ich stelle mich an den Fuß der Treppe. »Anders?«

Er erscheint am oberen Ende und wirkt sehr erschöpft. Auf der Schulter trägt er eine Tasche.

»Was machst du da?«, frage ich atemlos.

»Ich muss zurück nach Indy«, antwortet er trübsinnig und stellt die Tasche neben sich ab, bleibt aber oben.

»Warum?«

»Wir haben dieses und nächstes Wochenende mehrere Rennen an der Westküste. Mein Chef will, dass ich dabei bin.«

»Heißt das, du gehst?«, frage ich.

Er kratzt sich am Kopf.

»Heute Abend noch? Wie lange?«

»Weiß ich nicht.«

Mir wird eiskalt. Die Flamme in mir erlischt. »Können wir darüber reden?«

Er schüttelt den Kopf. »Da gibt's nichts zu reden. Ich muss meine restlichen Sachen packen.«

»Wann hat dir dein Chef gesagt, dass du zurückkommen sollst?«

»Er hat immer gehofft, dass ich bei den letzten beiden Rennen der Saison dabei bin.«

»Aber warum verschwindest du so plötzlich? Ich dachte, wir wollten Bambi diese Woche fertigmachen.« Es ist das einzige Argument, das mir einfällt.

»Tut mir leid.« Seine Stimme ist angespannt.

»Was ist mit dem Kinoabend? Bist du dabei?« Er soll Ende September stattfinden.

Ein Schmerz flackert über Anders' Züge. Er wirkt hin- und hergerissen. Dann nickt er kurz und fragt: »Du auch?«

»Eigentlich schon.«

Seine Schultern sacken leicht nach vorn.

»Ich verstehe nicht, was hier los ist«, sage ich leise.

»Nichts ist los«, antwortet er derart gequält, dass ich die doppelte Bedeutung seiner Worte verstehe.

Nichts ist los zwischen *uns*, es geht nicht.

»Ich muss weitermachen«, sagt er und scheint unglaublich weit weg zu sein, unerreichbar. Er steht am Ende der Treppe, und ich unten am Fuß, ein ungeladener Gast, die Stufen zwischen uns eine Grenze, die ich nicht überschreiten darf.

Dort unten zerbricht mein Herz, vor seinen Augen. Als ich in Wetherill ankomme, liegt es in tausend Scherben.

31

Ich sitze draußen auf der Veranda im Schaukelstuhl, Musik in den Ohren, und schaue über die Felder. Der Mais ist jetzt von oben bis unten goldgelb. Jonas sagt, die Ernte stehe kurz bevor. Er hat sich einen jungen Landarbeiter namens Zack geholt, der ihm helfen soll. Nichts deutet darauf hin, dass sein Vater zurückkommt, auch von Anders ist nichts zu hören.

Vor zehn Tagen ist er gefahren, und ich war so traurig. Mir war gar nicht klar, wie tief meine Gefühle für ihn bereits gehen. Es kommt mir fast so vor, als hätte ich noch eine zweite Trennung erlebt.

An dem Montag nach Anders' Abfahrt kam Jonas zu Besuch. Er machte sich Sorgen, Anders zu früh zu viel Druck gemacht zu haben. Ich wusste nicht, was ich dazu sagen sollte. Meiner Meinung nach könnte er völlig falschliegen, was die Gefühle seines Bruders angeht. Doch der Samen, den er bei unserem Gespräch im Blockhaus in mir gesät hat, hat Wurzeln geschlagen und ist zu etwas geworden, das ich nicht mehr ignorieren kann.

Die ganze Zeit höre ich Lieder über unerwiderte Liebe, ein bisschen melodramatisch von mir, ich weiß. Gerade läuft »Nicest Thing« von Kate Nash, der Text spricht mich einfach an.

»Hey, Vögelchen!«, sagt Dad besorgt, als er auf die Veranda tritt. »Was ist los?«

Ich schüttele nur den Kopf, doch er setzt sich neben mich und streckt den Arm aus. Ich stoppe den Schaukelstuhl und schmiege mich an das weiche Flanell seines Hemds, atme seinen Geruch von Seife und Waschmittel ein. Tränen rollen mir über die Wangen.

»Ich helfe dir, den Airstream fertig zu machen«, brummt er.

»Das ist nicht der Grund, warum ich traurig bin.«

»Weiß ich«, sagt er. »Ich helfe dir trotzdem.«

***

Am nächsten Tag gehe ich zu Fuß zu den Fredricksons hinüber, um Jonas zu fragen, ob er Bambi zu uns zurückbringen kann.

»Wolltest du vorher nicht noch prüfen, ob er dicht ist?«, fragt er. »Komm, das erledigen wir direkt!«, schlägt er vor, ehe ich antworten kann.

»Hast du was von Anders gehört?«, frage ich auf dem Weg in den Schuppen.

»Ich habe ihn Donnerstag angerufen«, antwortet Jonas. »Er bleibt bis zum nächsten Rennen an der Westküste.«

Das findet am Wochenende in Laguna Seca in der Nähe von Monterey statt, das letzte Rennen der Saison. Am Wochenende davor war er in Portland, Oregon. Das weiß ich, weil Dad mich wieder rief, weil Anders im Fernsehen war. Als mein Vater mein Gesicht sah, erkannte er, dass er es besser gelassen hätte. Offenbar hat er inzwischen zwei und zwei zusammengezählt.

»Was ist mit deinen Eltern?«, frage ich. »Weißt du schon, wann sie zurückkommen?«

»Genau passend zum Kinoabend«, erwidert Jonas trocken.

»Pa weiß jetzt Bescheid.«

Ich erschrecke. »Und, was hat er gesagt?«

»Ich habe nicht mit ihm gesprochen, aber er wird mit Sicherheit so skeptisch wie immer sein. Ma hat es von einer Freundin im Ort erfahren, die sich schon total darauf freut. Will es um nichts in der Welt verpassen.«

»Aber die kommen nicht her und ziehen dann den Stecker, oder?«

»Nein. Der Abend findet statt. Ist dieses Kerlchen denn bis dahin fertig für Popcorn und Getränke?« Jonas klopft auf Bambis Außenwand.

»So ist der Plan. Ist der Mais auch rechtzeitig reif?«

»Wenn das Wetter stimmt, habe ich vor, ihn Anfang nächster Woche zu ernten.« Jonas' Lächeln schwindet. »Wäre schön, wenn Anders da wäre.«

»Wann sollen wir mit dem Labyrinth anfangen? Die Kürbisse müssten auch ab nächster Woche so weit sein.« Wir sind schon in der zweiten Septemberwoche, sie werden jetzt endlich orange.

»Hast du den Entwurf fürs Labyrinth fertig?« Jonas geht auf meinen Themenwechsel ein.

»Ja.«

»Wahrscheinlich verbocke ich es.«

»Ich könnte mich zu dir auf den Traktor setzen und dich lotsen.«

»Das wäre super. O Mann«, sagt er unvermittelt, »bitte gib ihn nicht auf!«

Meine Stimmung sinkt. »Was soll ich denn tun, Jonas?«

»Wenn ich das wüsste ...«

***

Im Verlauf der nächsten Woche legen Dad und ich den Boden des Wohnwagens mit einem geometrischen grauen

Vinylmuster aus. Die Wände verkleiden wir wie vorgesehen mit Birkensperrholz, und auch wenn es jedes Mal weh tut, an Anders zu denken, macht es viel Freude, Seite an Seite mit meinem Vater zu arbeiten.

Als ich Jonas frage, ob er einen Elektriker empfehlen könne, kommt er selbst vorbei, um die Stromkabel zu legen und die Lampen anzuschließen.

Anschließend geht es ins Maisfeld, um das Labyrinth hineinzuschneiden. Ich hätte nicht gedacht, dass wir zwei dabei so viel Spaß haben.

Ich weise ihn an: »Fünf Meter geradeaus, dann nach links. Nein, nach *links! NACH LINKS, JONAS, LINKS!*«

Bei einem Mann mit so vielen Talenten ist es zum Schießen, wie oft er rechts und links verwechselt. Weil ich meine Angaben in Metern mache, während er in Feet und Yards misst, gibt es so viele Missverständnisse, dass ich nicht weiß, ob das Labyrinth später funktionieren wird.

Am Abend kommen Bailey und Casey vorbei, und dieses Mal ist Jonas deutlich freundlicher zu Casey, weil Heather ihn nicht ablenkt. Bailey, Sheryl und ich mixen uns aus dem Rest des Rhabarbersirups Cocktails und sind hinterher ziemlich beschwipst, während Dad, Casey und Jonas ein paar Bier zu viel trinken. Unter hysterischem Gelächter versuchen wir, den Weg durchs Labyrinth zu finden. Obwohl ich das verdammte Ding entworfen habe und Jonas den Plan umgesetzt hat, sind Bailey und Casey die Ersten, die in der Mitte ankommen. Dort haben Jonas und ich mehrere Heuballen um eine zugegebenermaßen lächerliche Vogelscheuche gruppiert.

»Diese Vogelscheuche muss aber noch verschönert werden!«, ruft Bailey durchs Labyrinth.

»Mach du!«, rufe ich zurück.

»Ich habe zu viel mit Kinoabenden und Hochzeiten zu tun. Mom! MOM! Du musst irgendwas mit dieser Vogelscheuche anstellen.«

Jonas war damit einverstanden, dass auf seinem Hof im nächsten Monat eine Hochzeit stattfindet. Bailey hat ihm versichert, es sei der perfekte Testlauf, da das Paar, das dort heiraten wolle, nur geringe Erwartungen habe.

Das waren ihre Worte, nicht meine. Jonas und ich brachen daraufhin in Gelächter aus.

Die Braut ist im dritten Monat schwanger und will heiraten, bevor der Babybauch zu groß wird, weil sie unbedingt das Hochzeitskleid ihrer Großmutter tragen möchte. Bailey wusste, dass es ein Risiko war, dem Paar die Scheune anstelle des Golfclubs als Veranstaltungsort anzubieten, doch die beiden hätten sich das Hochzeitspaket, das sie normalerweise anbietet, kaum leisten können. Es hat Bailey wirklich Spaß gemacht, eine Last-Minute-Hochzeit mit kleinem Budget zu planen, und mir geht das Herz auf, wenn sie so glücklich ist.

Ich würde mir gerne ansehen, was sie da auf die Beine gestellt hat, doch im Oktober muss ich auf die Hochzeit von Sabrina und Lance. Sabrinas Junggesellinnenabschied vor ein paar Wochen Ende August habe ich geschwänzt, da kann ich auf gar keinen Fall ihre Hochzeit verpassen, selbst wenn ich es nicht angenehm finde, allein daran teilzunehmen. In Bezug auf Scott hege ich zwar keine negativen Gefühle mehr, aber es wird nicht leicht sein, ihn mit seiner Neuen auf der Hochzeit unserer gemeinsamen Freunde zu erleben.

Als Jonas und ich endlich die Mitte des Labyrinths erreichen, jubeln wir laut, klatschen uns ab und setzen uns auf die Strohballen.

Die große rote Scheune ist schon voll mit Strohballen von

der Weizenernte im Juni. Normalerweise behält Jonas sie eine Zeitlang, bevor er sie als Einstreu für Tiere verkauft, wenn nicht mehr so viel Stroh auf dem Markt ist. Dieses Jahr will er sie jedoch früher loswerden, da die Einnahmen von Kinoabend und Hochzeit die verlorenen Gewinne mehr als ausgleichen. Ein paar Strohballen will er als provisorische Sitzgelegenheiten behalten.

»Ach, wenn Anders doch hier wäre!«, seufzt er, als wir uns nebeneinander setzen.

Es ist wohl nicht das letzte Mal, dass ich diesen Satz aus seinem Mund höre.

»Ja, stimmt«, gestehe ich verdrossen.

»Ruf ihn an!«, schlägt Jonas vor.

Ich seufze. »Sein Freund Dean hat sich bei mir gemeldet.«

Jonas sieht mich von der Seite an, die Augenbrauen zusammengezogen. »Und? Ich kenne Dean. Er ist Architekt, stimmt's?«

Ich nicke. »Wir haben uns auf Wilsons Geburtstagsfeier kennengelernt. Dann ist er mir auf Instagram gefolgt, und jetzt hat er mir geschrieben.«

Ich bin kurz davor, die Zeichnungen für die Ausschreibung abzugeben, danach muss ich mit dem Bauzeichnungspaket weitermachen, das noch detaillierter ist. Vor ein paar Tagen habe ich meiner ehemaligen Chefin Marie gemailt, und die antwortete sofort, dass sie auf jeden Fall Interesse hätte, mich bei mehreren anstehenden Projekten einzuspannen. Das beflügelte mich, einige alte Perspektivzeichnungen auf meine Instagram-Seite zu stellen. Offenbar wurde Dean darauf aufmerksam.

»Und?«, fragt Jonas noch mal.

»In seinem Büro wird eine Stelle frei. Dean wollte wissen, ob ich Interesse habe.«

Jonas dreht sich zu mir um.

»Es ist nur eine Schwangerschaftsvertretung, also nichts Festes, aber … keine Ahnung. Ich denke drüber nach.«

»Du überlegst, ganz in Amerika zu bleiben?« Jonas' Gesicht verzieht sich zu einem superbreiten Grinsen, und als ich nicke, hebt er mich hoch und wirbelt mich im Kreis. Leider stoße ich dabei mit den Füßen die Vogelscheuche um.

»Jonas! Hör auf!« Ich kreische vor Lachen. »Guck mal, was du angerichtet hast!«

»O Mann, ich würde mich so freuen, wenn du hier bleibst!«, stößt er aus, als er mich endlich absetzt. Ich muss daran denken, was Anders über seinen Bruder sagte: *Jonas mag dich total, Wren!*

Ich frage mich, wie dieser Sommer wohl verlaufen wäre, wenn Jonas und ich mehr als rein platonische Gefühle füreinander gehabt hätten.

Ich bin froh, dass es nicht so ist. Ich mag ihn auch total. Und ich freue mich sehr, dass er mein Freund ist. Das wird er auch immer bleiben. Falls ich doch nach England zurückkehre, wird er mir fehlen, aber ich hoffe, dass wir uns sehen, wann immer ich zu Besuch hier bin.

»In rund drei Wochen muss ich zu einer Hochzeit nach England, aber eventuell komme ich danach schon wieder zurück. Dean hat mich gefragt, ob ich gegen Ende der Woche mal bei ihm vorbeischaue, damit wir uns unterhalten können.«

»Schreib Anders!«, fleht Jonas mich an. »Schreib ihm jetzt direkt und schlag ihm vor, sich auf einen Kaffee mit dir zu treffen.«

Vielleicht liegt es daran, dass ich angeheitert bin und nicht darüber nachdenke, mein Herz zu beschützen, denn ich tue genau das.

Auf dem Weg aus dem Labyrinth heraus kommt die Antwort. Jonas und ich haben es aufgegeben, den richtigen Weg zu suchen, sondern gehen geradeaus durch den Mais, weil ich dringend zur Toilette muss. Zum Glück sind die Stängel mit genügend Abstand gepflanzt, so dass auch Erwachsene wie ich mogeln können, wenn sie wollen.

Donnerstag muss ich arbeiten, schreibt Anders. Ich bin enttäuscht, dann lese ich weiter. *Geht auch ein Abendessen? Du kannst gern mein Gästezimmer haben, wenn du hier übernachten willst.*

Und schon fühlt sich mein dummes Herz wieder beflügelt.

32

Ich habe meiner Nachbarin von Nr. 12 einen Schlüssel für dich gegeben. Bin gegen sechs zurück.

Ich mache die Tür von Anders' Wohnung hinter mir zu. Sie sieht noch genauso aus wie bei meinem ersten Besuch – schick, sauber und ordentlich –, doch alles fühlt sich anders an.

Als ich meine Reisetasche ins Gästezimmer bringe, schaue ich zu Anders' Zimmer hinüber und erschrecke, als mir klarwird, dass Lauries Foto nicht mehr auf dem Nachttisch steht. Mir war nicht bewusst, dass ich danach Ausschau gehalten hatte.

Wo ist das Bild? Was hat das zu bedeuten? Nichts? *Alles?*

Den ganzen Tag schon bin ich nervös, obwohl bisher alles super lief. Dean hat mir ein paar Projekte vorgestellt, an denen er derzeit arbeitet, er ist sogar mit mir zum Indianapolis Museum of Art gefahren, um mir einen umwerfenden Gastpavillon dort zu zeigen. Ich bin absolut beflügelt. Sehr gerne würde ich für ihn arbeiten, aber es gibt vieles zu bedenken. Er meinte, ich sollte in aller Ruhe überlegen, da seine Angestellte nicht vor Jahresende in den Mutterschutz gehen würde. Ich glaube nicht, dass er Probleme haben wird, Ersatz für sie zu finden.

Um kurz nach sechs kommt Anders nach Hause. Ich sitze an der Frühstücktheke und trinke ein Glas von der Flasche Weißwein, die ich im Deli die Straße hoch gekauft habe.

Wenn das so weitergeht, bin ich am Ende des Monats Alkoholikerin. Meine Nerven sind vollkommen ruiniert.

»Hi!«, sagt er mit einem Gesichtsausdruck, der so sanft ist wie sein Gruß.

Er sieht müde aus, vielleicht auch etwas traurig, dennoch ist er herzergreifend schön.

»Hi«, gebe ich zurück.

»Wie war dein Tag?«, will er wissen.

»Gut.« Ich drücke die Schultern durch und halte ihm die Flasche hin. »Möchtest du was?«

»Gern.« Er holt sich ein Glas aus dem Schrank und setzt sich neben mich an die Theke.

Er nimmt mich nicht in den Arm, was ich auch nicht erwartet habe, doch seine Nähe allein sorgt dafür, dass jedes Nervenende in meinem Körper kribbelt. Es ist anstrengend, so zu tun, als sei nichts passiert, auch wenn es genau genommen stimmt. Er hat keine Vorstellung, wie weh mir seine Flucht getan hat. Zum Glück.

Ich schenke Anders Wein ein und schiebe ihm das Glas über die Theke zu.

»Habe gesehen, dass dein Fahrer bei der Meisterschaft Zweiter geworden ist«, sage ich. Vielleicht kann zwischen uns wenigstens wieder alles so sein wie am Anfang. »Glückwunsch!« Ich lasse mein Glas gegen seins klirren, als er danach greift.

»Danke«, antwortet er mit einem angedeuteten Lächeln.

»Er hätte bestimmt gewonnen, wenn du dir nicht frei genommen hättest«, witzele ich.

»Hör auf!« Bei seinem leisen Lachen bricht mir der Schweiß aus. »Ernie sagt das auch ständig.«

Er meint den Fahrer.

»Verstehst du dich gut mit ihm?«, frage ich. Ich gebe mich

ganz locker und unbeeindruckt, damit er nicht merkt, wie mein Körper vor Sehnsucht brennt.

»Doch, er ist in Ordnung. Er ist noch längst nicht erwachsen, aber er lernt schnell. Das schafft er schon. Warst du in der Circle Centre Mall?«

Ich schüttele den Kopf. »Ich bin nicht zum Shoppen hier. Ich habe mich mit Dean getroffen.«

»Mit Dean?« Anders ist verblüfft. »Meinem Freund Dean?«

»Ich dachte, er hätte es dir erzählt. Bei ihm im Büro wird eine Stelle frei. Er wollte wissen, ob ich Interesse habe.«

»In seinem Büro? Hier? In Indy?«

Ich nicke.

Ich weiß nicht, was ich von Anders' Gesichtsausdruck halten soll. Er reißt die Augen weit auf, dann wendet er sich ab und starrt über die Küche hinweg an die Wand.

»Würdest du denn nach Amerika ziehen?«, fragt er mit angespanntem Kiefer.

»Warum nicht?«

Warum regt er sich so darüber auf?

»Ähm, ich muss mal unter die Dusche.« Anders rutscht vom Hocker und lässt sein Glas auf dem Tresen stehen, ohne einen Schluck getrunken zu haben. »Hast du Hunger?«, ruft er mir über die Schulter zu. Ich spüre, dass er sich bemüht, normal zu sprechen.

»Ein bisschen schon.«

»Ich beeile mich. In zehn Minuten?«

»Okay.«

Wir gehen zu Fuß zum Restaurant, ein deutscher Laden namens Rathskeller, der im Untergeschoss eines reich verzierten Theaters aus dem 19. Jahrhundert untergebracht ist, nur wenige Gehminuten von Anders' Apartment entfernt.

Er erzählt mir, es sei das älteste Restaurant der Stadt. So was habe ich noch nie gesehen. Es gibt einen urigen Saal für große Veranstaltungen, der an eine alte bayrische Gaststube erinnert, und einen Biergarten, wo öfter Livemusik gespielt wird.

Wir haben einen Platz in der gut besuchten Bar reserviert, wo zahlreiche Elchköpfe von den Wänden auf uns herabschauen und mittelalterlich wirkende Flaggen unter der hohen Holzdecke hängen. Unsere Bedienung führt uns zu einem gemütlichen Zweiertisch vor einer unverputzten Backsteinwand.

»Noch so ein toller Laden, den ich durch dich kennenlerne«, sage ich.

»Hier gibt es einen Kellner, Wayne. Er hat ein unglaublich gutes Gedächtnis. Ein Kumpel von mir ist ins Ausland gezogen, und als er nach acht Jahren wiederkam, brachte Wayne ihm das deutsche Bier, das er immer getrunken hat, dazu die überbackenen Pommes, die er liebt, ohne dass mein Kumpel ihn daran erinnern musste.«

»Wahnsinn!« Ich schaue mich um. »Ist dieser Kellner heute hier?«

»Nein, er hat wohl frei.« Anders schaut in die Speisekarte, ich tue es ihm nach.

»Eigentlich müsste ich ja eine deutsche Bratwurst oder so nehmen, aber ich muss sagen, dass sich diese Pommes wirklich super anhören.«

»Die sind auch lecker«, erwidert Anders. »Bestell einfach das, worauf du Lust hast.«

»Ist die Brezel gut?«

»Ja. Komm, wir nehmen eine vorweg. Wirst du mögen.«

Seit er in den Klamotten aus dem Badezimmer kam, die er auch am Tag mit dem Tornado trug – das schwarz-weißgrau karierte Hemd über einem weißen T-Shirt und die schwarze Jeans –, fällt es mir schwer, den Blick von ihm abzuwenden.

Anders hingegen scheint Schwierigkeiten zu haben, mir in die Augen zu sehen.

Wie gern würde ich wissen, was in seinem Kopf vorgeht!

Wir geben unsere Bestellung auf, der Kellner nimmt die Speisekarten mit.

»Ich bin mit Bambi fertig«, erkläre ich möglichst beiläufig.

»Ja?«

Ich nicke. »Dad hat mir geholfen. Jonas auch. Er ist rübergekommen und hat die Elektrik gemacht.«

»Wie sieht er aus?«

»Wer? Jonas oder Bambi?«

Anders schnaubt verächtlich. »Ich meinte Bambi.« Er runzelt die Stirn, die beiden Furchen erscheinen. »Aber geht es Jonas auch gut?«

Er interessiert sich doch weiterhin für seinen Bruder. Warum ist er dann gegangen?

»Jonas geht es gut«, erwidere ich.

Ich berichte ihm von der Farm und allem, was seit seiner Abreise geschehen ist. Ich erzähle ihm von den Vorbereitungen für den Kinoabend, davon, wie wir das Labyrinth angelegt haben. Er muss lachen, doch gleichzeitig scheint er traurig zu sein, es verpasst zu haben.

»Besuch uns doch am Wochenende!«, schlage ich vor. »Am Samstag wird das Labyrinth eröffnet, da kommen die Besucher und kaufen Kürbisse, das wird richtig nett, wie auf einem guten alten Hoftreiben«, füge ich grinsend ein Zitat von Jonas hinzu. »Du müsstest mal die Vogelscheuche sehen, die Sheryl für die Mitte des Labyrinths gemacht hat! Da rennst du schreiend davon.«

Anders wirft den Kopf in den Nacken und lacht laut. Als er mich ansieht, tanzen seine leuchtenden Pupillen.

»Du bist so plötzlich aufgebrochen«, kann ich mir nicht verkneifen zu sagen.

Er wird ernst und senkt den Blick.

»Warum, Anders?«, dränge ich vorsichtig.

Zuerst antwortet er nicht, und ich bin mir nicht sicher, ob er überhaupt etwas sagen wird, dann sieht er mir in die Augen. Die Intensität seines Blicks verschlägt mir den Atem. Zwischen uns knistert es. Er seufzt leise, und sein Gesichtsausdruck verändert sich.

Plötzlich habe ich ein Déjà-vu: Genau so hat Scott Nadine angesehen, als ihm klarwurde, dass er sie liebt.

»Anders«, flüstere ich und schiebe ihm die Hand über den Tisch zu.

Er erstarrt, schaut auf die Hand. Dann wirft er mir einen gequälten Blick zu. Mir sackt das Herz in die Hose. Ich will die Hand zurückziehen. In dem Moment stöhnt Anders: »Verdammt!« und hält mich fest.

Ich bekomme am gesamten Arm Gänsehaut, hoch bis zum Hals und an der anderen Seite wieder hinunter. Im Bauch sind keine Schmetterlinge, sondern Glühwürmchen, die mein Innerstes zum Brennen bringen.

Ich bin vollkommen überwältigt davon, wieviel Emotion ich plötzlich in seinen Augen erkennen kann. Da ist sowohl Sehnsucht als auch Verlangen. Ich werde von Liebe überflutet – und von Erleichterung, denn ich bin nicht allein. Auch ihm liegt etwas an mir.

Dann schaut er an mir vorbei, und sein Ausdruck verzerrt sich zu einer Fratze puren Entsetzens. Verwirrt sehe ich zu, wie er sich langsam aufrichtet, auf dem Stuhl nach hinten lehnt und mir die Hand entzieht. Ich lasse meine auf dem Tisch liegen.

Eine Frau kommt auf uns zu. Sie ist Mitte bis Ende fünfzig, blond, gut aussehend und schick gekleidet. Ihre Augen sind hellblau, ihre Lippen fest aufeinandergepresst. Ihre Gesichtszüge sind schmerzverzerrt.

»Ist das der Grund, warum du uns in letzter Zeit kaum noch besuchst?«, fragt sie Anders und weist mit dem Kinn auf mich.

»Kelly«, hebt er an und schüttelt den Kopf.

»In Gesundheit wie in Krankheit!«, zischt sie. Anders zuckt zurück. »Das hast du versprochen, Anders!« Sie starrt mich an. Ich winde mich unter der Empörung in ihren blauen Augen. »Und Sie haben offensichtlich überhaupt keine Skrupel, oder?«

»Kelly, bitte!«, fleht Anders. »Sie weiß es nicht.«

»Was weiß ich nicht?«, frage ich.

»Dass er verheiratet ist!«, ruft Kelly ungläubig. »Er ist *verheiratet*! Mit meiner Tochter, *Laurie*!«

Kalter Schweiß bricht mir aus. Anders ist ganz grau im Gesicht.

»Ich dachte, Laurie wäre bei einem Unfall mit einem Go-Kart gestorben.« Meine Stimme klingt ganz fremd.

»Nein. Meine Tochter beziehungsweise seine *Frau*«, entgegnet Kelly und nickt dem Mann mir gegenüber spitz zu, »ist durchaus noch am Leben.« Verurteilend schüttelt sie den Kopf über Anders, dann treten ihr Tränen in die blauen Augen.

»Ich melde mich morgen«, verspricht Anders ihr leise, schiebt den Stuhl unter dem Tisch hervor und steht auf. Er legt Kelly die Hand auf den Arm, doch sie schüttelt ihn ab.

Mit malmendem Kiefer holt Anders seine Brieftasche heraus und legt mehrere Scheine auf den Tisch. »Wren, wir gehen besser«, sagt er zu mir.

Ich rücke meinen Stuhl nach hinten und erhebe mich. Meine Beine sind wackelig.

Was ist hier los?

»Ich bin so enttäuscht von dir«, sagt Kelly zu Anders, als er geht.

Mit eingezogenem Kopf führt er mich nach draußen.

33

Was war das denn gerade?«, frage ich, sobald wir draußen sind.

»Darüber reden wir zu Hause.«

»Anders? Lebt Laurie noch? Bist du verheiratet?«

»Bitte, Wren, das erkläre ich dir zu Hause.«

»Liegt sie im Koma oder so? *Anders!*«

»Bitte!«, fleht er und wirft mir einen so erschütterten Blick zu, dass ich den Mund halte.

Es sind die längsten fünf Minuten meines Lebens. Gedanken und Fragen wirbeln mir durch den Kopf, eine jagt die nächste. Obwohl es mild ist, kann ich nicht aufhören zu zittern. Anders neben mir ist blass und schweigt, er hat die Schultern hochgezogen und die Hände tief in die Taschen seiner Jeans vergraben.

Er schließt die Tür zu seinem Apartment auf und weist stoisch aufs Wohnzimmer. Mir ist übel, als ich zu seinem Sofa gehe und mich hinsetze.

Anders schiebt den Couchtisch zur Seite und zieht einen Stuhl heran, um sich mir gegenüber zu setzen. Er beugt sich vor, stützt die Ellenbogen auf die Knie, verschränkt die Hände dazwischen und sieht mir in die Augen.

»Laurie lebt«, sagt er mit fester Stimme.

Ich habe das Gefühl zu sterben, hier und jetzt.

»Und du bist noch mit ihr verheiratet?«

»Ja.«

»Du hast mich angelogen«, flüstere ich ungläubig. Ein Stich durchbohrt mein Herz.

Entschieden schüttelt er den Kopf.

»Du hast gesagt, du wärst anderthalb Jahre verheiratet gewesen.«

»Ja, bis zum Unfall.«

»Aber du hast von ihr immer in der Vergangenheit gesprochen!«

»Nur wenn es notwendig war, nicht um dich in die Irre zu führen«, erwidert er.

»*Du hast es mir nicht gesagt!* Wenn man etwas verschweigt, lügt man auch!«

Anders senkt den Kopf und nickt. Er erkennt seine Schuld an.

»Weiß Jonas das?«, frage ich mit erhobener Stimme. »Ja, logisch«, antworte ich mir verbittert selbst. Seine Eltern ebenfalls.

»Ich spreche nicht gern darüber, aber es ist kein Geheimnis«, antwortet Anders. »Es gibt Menschen im Ort, die es wissen, aber das geht nur mich was an – und natürlich Lauries Familie, aber die wohnt hier in Indianapolis.«

»Liegt sie im Koma?«, frage ich atemlos, unfähig, das Gefühl des Verrats abzuschütteln. Ich habe mich in einen Lügner verliebt.

»Sie ist nicht bei Bewusstsein und nicht ansprechbar.«

»Ich weiß nicht, was das bedeutet.«

»Sie ist in einem permanenten vegetativen Zustand.«

»Aber was heißt das?«

»Sie ist wach, aber sie weiß nicht, was um sie herum geschieht.«

»Sie ist *wach*?« Ich habe das Gefühl, mich jeden Moment übergeben zu müssen. »Wo ist sie?«

»Zu Hause bei ihren Eltern.« Er schluckt, dann füllen sich seine Augen mit Tränen. »Ja, Laurie lebt noch, aber sie ist nicht mehr da, Wren. Meine Frau ist weg. Ihre Mutter hat immer noch Hoffnung, dass sie eines Tages das Bewusstsein zurückerlangt, aber das ist höchst unwahrscheinlich.«

»Aber es wäre möglich? Könnte sie zu dir zurückkommen?« Ich bin mitten in einem Albtraum.

»Es ist nicht unmöglich. Es gibt den Fall einer Frau, die nach fast dreißig Jahren wieder zu Bewusstsein kam, aber für die meisten besteht keine Aussicht auf Besserung.«

»Wie geht es ihr genau?«, will ich wissen.

Anders atmet tief durch, bevor er antwortet. »Sie blinzelt bei lauten Geräuschen und zieht ihre Hand weg, wenn man zu fest drückt. Die grundlegenden Reflexe wie Husten und Schlucken funktionieren, sonst reagiert sie nicht. Sie hört nicht zu, wenn man mit ihr spricht, sie folgt einem nicht mit dem Blick, wenn man durchs Zimmer geht, es gibt keinen Hinweis darauf, dass sie etwas empfindet. Sie weiß nicht, wer oder was man ist.«

»Wieso bist du dir da so sicher?«

»Weil die Ärzte es sagen. Es zerreißt einem das Herz, aber es ist so.« Tränen rollen ihm über die Wangen, und ich sehe zu, als würde ich träumen.

»Sie würde nicht so leben wollen«, fährt Anders fort. »Aber als die Ärzte anfangs vorschlugen, die lebenserhaltenden Maßnahmen herunterzufahren, drehte Kelly fast durch. Die endgültige Entscheidung musste ich als Lauries Mann treffen, und ich habe es in Erwägung gezogen, nicht nur Laurie zuliebe, sondern auch für ihre Eltern, aber ich konnte nicht. Seitdem ist unser aller Leben in einem Schwebezustand. Wir können weder richtig trauern, noch nach vorne sehen. Kelly hätte so oder so nicht zugelassen, dass die Geräte abgeschaltet werden. Sie hätte Himmel und Hölle in Bewegung gesetzt, mich verklagt, das weiß ich genau. Sie war nicht ansatzweise bereit, Laurie gehen zu lassen, und ich auch nicht, deshalb war ich einverstanden, als Kelly sagte, sie würde Laurie nach Hause holen und sie pflegen.« Anders atmet tief und rasselnd durch, bevor er weiterspricht. »Inzwischen glaube ich, es war der größte Fehler meines Lebens.«

»Wieso?«

»Kelly hat ihre Stelle gekündigt und ihr gesamtes Leben aufgegeben, um sich um Laurie zu kümmern. Das macht sie tagein, tagaus. Sie füttert sie, wäscht sie, putzt ihr die Zähne, leert den Katheter. Sie macht alles. Wirklich alles. Ein Abend im Rathskeller muss äußerst selten für sie sein, und ihr Mann Brian, Lauries Vater, war mit Sicherheit zu Hause, denn Kelly würde ihre Tochter niemals allein lassen. Brian macht alles, was Kelly will, aber die Situation ist natürlich eine unglaubliche Belastung für die Ehe. Wenn ich da bin, ist er immer wütend und verbittert. Ohne Kellys Pflege würde Laurie nicht mehr leben, aber es kann noch jahrelang in diesem Zustand weitergehen. Noch Jahrzehnte.«

»Und du meinst, das würde Laurie nicht wollen?«

»Ich weiß es.«

»Könntest du ... Gibt es eine ... Kann man da noch irgendwas machen?«

Er erwidert, er wolle das Beste für Laurie und ihre Familie, und ich hasse mich für meine Frage.

Anders sieht mich an. Halb rechne ich damit, dass sich sein Ausdruck in Abscheu verwandelt, doch sein Gesicht ist voller Bedauern.

»Ich könnte sie niemals loslassen, nur weil ich mich in eine andere verliebt habe.«

Um mich herum wird es dunkel, eine kalte Welle von Elend und Verzweiflung schlägt über mir zusammen.

Was für eine ausweglose Situation. Würde Anders dem Wunsch seiner Frau entsprechen, würde es seine Schwiegermutter vernichten, aber vielleicht wäre er irgendwann zu diesem furchtbaren Schritt in der Lage, wenn er aus tiefster Seele überzeugt wäre, dass es das Beste für alle Beteiligten ist.

Doch wenn er sich in eine andere Frau verliebt, wenn er die Liebe zu mir zulässt, wird er die lebenserhaltenden Maßnahmen bei seiner Frau niemals beenden können. Dann würde man ihm ein egoistisches, niederträchtiges Motiv unterstellen.

Jeder würde sagen, er habe sie umgebracht, um mit mir zusammensein zu können.

Anders fährt sich mit der Hand übers Gesicht und erschaudert. Ich sitze schockiert da und sehe ihn nur an.

34

Die ganze Nacht wälze ich mich im Bett herum. Letzten Endes habe ich Anders allein im Wohnzimmer sitzen lassen. Ich war zu erschüttert, um zu reden. Er hat es akzeptiert, und ich glaube, es war ihm ganz recht. Es gab viel zu verarbeiten, für uns beide.

Laurie lebt noch, aber sie ist nicht mehr da, *Wren. Meine Frau ist weg.*

Auch Jonas hat so von Laurie gesprochen. Er sagte, sie sei nicht mehr da. Nicht *tot*. Sondern *fort*.

Selbst ich habe mich so ausgedrückt: »Casey hat gesagt, du hättest deine Frau verloren …«

Das Wort *tot* hätte so drastisch geklungen, doch was wäre gewesen, wenn ich es verwendet hätte? Wenn ich gesagt hätte: »Casey hat gesagt, deine Frau ist vor ein paar Jahren bei einem Autounfall gestorben«? Hätte er mich dann ebenso korrigiert, wie er das bei der Zeitangabe und den Umständen tat?

Das werde ich niemals erfahren. Wie soll ich wissen, wann oder ob Anders mir von seiner Frau erzählt hätte? Dachte er, ich würde so ahnungslos wie zuvor nach England zurückkehren? Ihn irgendwann vergessen? War das seine Absicht?

Wenn ich mir seinen Gesichtsausdruck in Erinnerung rufe, als ich ihm erzählte, dass ich mit dem Gedanken spiele, in Amerika zu bleiben und die Stelle bei Dean anzunehmen, muss ich davon ausgehen, dass er mich am liebsten nie wiedersehen will.

Er ist viel, viel schlimmer als mit Scott. Der war wenigstens ehrlich zu mir. Scott hat mich nicht angelogen, er hat es sich nicht leicht gemacht. Seine Entscheidung ist ihm schwergefallen, aber es war die richtige.

Jetzt habe ich großen Respekt vor ihm, was meine Situation noch unerträglicher macht.

Ich dachte, Anders sei ein anständiger Kerl. Er hat erzählt, er wäre bereit gewesen, seinen Job aufzugeben – einen Job, den er wirklich liebt –, um seiner Familie und seinem Bruder zuliebe als Farmer zu arbeiten.

Er ist ein anständiger Kerl.

Ich habe Kopfschmerzen. Mein Herz tut weh. Ich weiß nicht, was ich hier noch soll, doch die Vorstellung, aufzustehen und zu gehen, *ihn* zu verlassen … Ich glaube, das schaffe ich nicht. Noch nicht.

***

Ich erwache mit einem Schreck und weiß nicht, wo ich bin. Ich muss eingeschlafen sein. Jemand klopft an die Wohnungstür, dann ist Ruhe. Die Ereignisse der letzten Nacht stürzen wieder auf mich ein.

Wo ist Anders?, frage ich mich, als es erneut klopft.

Diesmal hört es nicht auf, deshalb springe ich aus dem Bett und wage mich in meinem schwarzen Seidenpyjama aus dem Zimmer.

Auf dem Couchtisch liegt ein Zettel mit meinem Namen. Ich hebe ihn auf und schaue zu Anders' Zimmer hinüber, dessen Bett frisch gemacht ist.

Musste zur Arbeit, steht auf dem Zettel. *Ruf mich bitte an, wenn du aufgestanden bist.*

Ich haste zur Tür, weil ich denke, er hätte seinen Schlüssel vergessen. Plötzlich habe ich unglaubliche Sehnsucht nach ihm.

Ich ziehe die Tür auf, und Kelly steht vor mir. Fast bekomme ich einen Herzinfarkt.

»Anders ist auf der Arbeit«, sage ich sofort.

»Ich weiß«, erwidert sie. »Ich habe gesehen, dass er gefahren ist. Ich will mit Ihnen sprechen.«

»Was wollen Sie von mir?« Es klingt barscher als beabsichtigt. »Kommen Sie herein!«, füge ich schnell hinzu.

»Nein«, sagt Kelly. »Ich möchte, dass Sie mit mir kommen.«

»Wie bitte?«

»Ich möchte, dass Sie mitkommen und Laurie kennenlernen.«

Ein Schauder läuft mir über den Rücken.

»Warum?«

»Weil ich gern möchte, dass Sie meine Tochter sehen. Ich möchte, dass Sie Anders' Frau treffen. Ich glaube, es wäre gut für Sie. Und ich finde, dass es das Mindeste ist, was Sie unter den Umständen tun können.«

Ich schlucke und schüttele den Kopf.

»Fragen Sie Anders!«, schlägt Kelly vor. »Rufen Sie ihn an! Ich weiß, dass er damit einverstanden wäre.«

Ungläubig sehe ich sie an.

»Rufen Sie ihn an!«, wiederholt sie. »Ich warte hier.«

Ich lasse die Tür nur einen Spaltbreit offen. Mein Herz zieht sich zusammen. Ich gehe ins Gästezimmer, greife zu meinem Handy und starre eine Zeitlang darauf, bevor ich seine Nummer wähle.

»Wren«, sagt er.

»Kelly ist hier.«

»*Was?*« Er klingt überrascht.

»Sie will, dass ich mit ihr zu Laurie fahre.«

Er schweigt, ich höre nur Hintergrundgeräusche. Offenbar ist er im Auto und benutzt die Freisprechanlage.

»Anders?«, hake ich nach.

»Was willst *du* denn?«, fragt er leise.

»Was meinst du damit, was ich will?«

»Würde es dir helfen?«, fragt er. »Wenn du sie siehst, würdest du es besser verstehen?«

»Glaubst du?«

»Tu das, was du für richtig hältst.« Er klingt resigniert. »Mir ist jede Entscheidung recht.«

Leise schimpfend lege ich auf.

Schaffe ich das? Hilft es mir, wenn ich Laurie sehe? Kann es dazu beitragen, das Ganze hinter mir zu lassen? Will ich das überhaupt?

Ich kann keine dieser Fragen beantworten, dennoch ziehe ich gedankenlos meinen Pyjama aus und meine Sachen an.

In Dads Auto folge ich Kelly aus der Stadt heraus. Im Notfall kann ich einfach verschwinden, falls mir alles zu viel wird. Sie fährt durch einen grünen Vorort gen Norden. Häuser in allen Größen und Farben säumen die Straßen.

Wie oft kommt Anders hierher? Jeden Monat? Jede Woche? Jeden Tag?

Ich sehe einen Wegweiser nach Broad Ripple und frage mich, wie weit entfernt Laurie und Anders von ihren Eltern gewohnt haben.

Es fühlt sich an, als geschehe alles in Zeitlupe, dabei sind wir nur eine Viertelstunde unterwegs, als Kelly in die Auffahrt eines mittelgroßen weißen Hauses mit schwarz umrandeten Fenstern, einem grauen Schieferdach und dorischen Säulen entlang einer kleinen Veranda einbiegt.

Meine Eingeweide ziehen sich nervös zusammen, ballen sich zu einem Klumpen. Ich fasse kaum, was ich hier mache, und begreife immer noch nicht ganz, *warum* ich es tue, dennoch betätige ich den Türgriff, steige aus und schlage die Autotür hinter mir zu.

Was erwartet mich hinter der glänzend schwarzen Tür dieses hübschen Hauses? Werde ich etwas sehen, das ich nie vergessen werde, solange ich lebe? Ich ahne, dass dieser Moment mich immer begleiten wird, egal, ob Anders weiter in meinem Leben eine Rolle spielt oder nicht.

Kelly schließt auf und schiebt mich in den Flur. Vor Abneigung und Entschlossenheit hat sie die Lippen fest aufeinandergepresst. Plötzlich durchfährt sie ein Ruck, ihre Miene erhellt sich und sie ruft: »Bin wieder da, Laurie!«

Ich höre Geräusche aus einem Zimmer, das vom Flur abgeht, und mein Herz setzt kurz aus. Dann erscheint ein älterer, sehr erschöpft wirkender Mann. Als er mich sieht, schießen seine buschigen Augenbrauen zu seinem zurückweichenden Haaransatz hoch.

»Sie ist mitgekommen«, sagt er und glotzt mich an.

»Brian, das ist ... Wren, oder?«, fragt Kelly ausdruckslos.

Ich nicke. Sie hat meinen Namen am Vorabend aus Anders' Mund gehört.

»Das ist mein Mann Brian, Lauries Vater«, stellt sie vor. »Und das«, erklärt sie mit gezwungener Fröhlichkeit, als sie ins nächste Zimmer geht, »das ist Laurie! Hallo, mein Schatz!«, sagt sie liebevoll.

Mein Herz klopft so laut, dass ich mich nicht wundern würde, wenn Brian es hört.

Mit gequältem Gesicht sieht er mich an und weist auf das Zimmer.

Ich setze einen Fuß vor den anderen und trete durch eine

geschwungene Türöffnung in ein Wohnzimmer. Es ist groß und hell, die Bodendielen glänzen. Die Wände sind weiß, mehrere Zimmerpflanzen schmücken den Raum. Mehr nehme ich von der Einrichtung nicht wahr. Meine Aufmerksamkeit gilt der blonden Frau im Rollstuhl.

Ihr Kopf ist von mir abgewandt und leicht nach rechts geneigt. Die üppigen langen Locken, die ich auf den Fotos gesehen habe, sind auf Kinnlänge abgeschnitten und liegen schlaff auf ihrem schmalen Hals. Die Spitzen sehen aus wie angeknabbert, als hätte jemand erfolglos versucht, sie fedrig zu schneiden. Laurie trägt ein hellblaues T-Shirt mit Flügelärmeln aus Spitze.

Kelly geht um den Rollstuhl herum und zieht einen schmalen Holzstuhl unter dem Tisch hervor. »Wie geht es dir, mein Schatz?« Sie spricht mit ihrer Tochter, als sei ich gar nicht da.

Ich kann keinen Schritt mehr gehen, sondern stehe da und sehe zu, wie Kelly eine Tube Handcreme vom Tisch nimmt und ein bisschen herausdrückt, um die Creme in Lauries rechte Hand zu massieren.

»Diese Handcreme magst du am liebsten, nicht?«, sagt sie, dann schaut sie mich an, und ihr Lächeln verschwindet. »Wir hören uns deine Lieblingslieder an und schauen deine Lieblingssendungen im Fernsehen, nicht?« Sie strahlt ihre Tochter an. »Du bist noch da, Laurie, stimmt's? Irgendwann kommst du zurück, das weiß ich genau«, murmelt sie und dreht sich dann zu mir. »Stehen Sie da nicht so rum, kommen Sie her und begrüßen Sie meine Tochter.«

Ich schlucke. So nervös war ich noch nie in meinem Leben.

Das ist Anders' Frau. Er hat sie vor fast sechs Jahren geheiratet und gelobt, sie in Gesundheit wie in Krankheit zu lieben.

Bis dass der Tod sie scheidet.

Ich nehme all meine Kraft zusammen und gehe auf sie zu, denn das bin ich Laurie schuldig. Ich habe mich in ihren Mann verliebt, und das tut mir unendlich leid.

Ich habe es nicht gewusst, sage ich stumm zu ihr. *Ich hätte nie versucht, ihn dir wegzunehmen, wenn ich gewusst hätte, dass du noch lebst. Dann hätte ich mich überhaupt nicht in ihn verliebt.*

Liebe ich ihn?

Jetzt, wo ich im Haus von Lauries Eltern stehe, auf dem Territorium des Feindes, vor einer Frau, die schon meinen Anblick verabscheut, bin ich mir plötzlich nicht mehr sicher.

Wie konnte ich das tun?

Wie soll ich ihm das je verzeihen?

So etwas möchte ich nie wieder erleben. Ich muss die nächsten Minuten hinter mich bringen, dann kann ich verschwinden.

Ich reiße mich zusammen, um mich vor den Rollstuhl zu stellen. Lauries Beine kommen in Sicht, halb verdeckt von einem sonnenblumengelben Rock. Kelly massiert immer noch die Creme in die Hände ihrer Tochter und spricht dabei liebevoll mit ihr, ganz die aufopfernde Mutter. Der Duft von Lauries Parfüm vermischt sich mit der Handcreme, und ich erkenne den Geruch, den ich im Supermarkt ausprobiert hatte. Kein Wunder, dass Anders so stark darauf reagierte, als er ihn an mir wahrnahm. Wahrscheinlich legt Kelly ihn ihrer Tochter jeden Tag auf.

Ich zwinge mich, den Blick von Lauries Scheitel auf ihr Gesicht zu richten und die Frau anzuschauen, die ich von ihrem Hochzeitsfoto kenne, auf dem sie einen Mann anlächelt, den ich auf ein Podest gestellt habe. Ich bin darauf eingestellt, ihr schönes Gesicht zu sehen, das ich von verschiedenen Bildern kenne, ein vor Liebe und Freude leuchtendes Gesicht.

Doch als es so weit ist, erschrecke ich furchtbar.

Lauries Wangen sind hohl und eingefallen, sie hängen schlaff herunter. Die blauen Augen sind stumpf und leblos, sie starren leer auf den Schoß der Mutter. Die schmalen, blassen Lippen weisen an den Enden nach unten.

Mich packt das blanke Entsetzen. Weil sie nicht wie die Frau auf den Fotos aussieht. Sie sieht kaum wie ein Mensch aus. Vor mir sitzt ein menschlicher Körper aus Fleisch, Blut und Knochen. Doch die Seele, die darin wohnte, scheint schon lange nicht mehr da zu sein.

Jetzt verstehe ich, warum Anders nicht aufhören kann, sich die Videos von Laurie anzusehen. Er will sie so in Erinnerung behalten, wie sie war, als die Frau, die er heiratete, das lachende, fröhliche Mädchen seiner Träume. Als den Menschen, mit dem er glaubte, den Rest seines Lebens zu verbringen, mit dem er Kinder haben und alt werden wollte.

Mir wird am ganzen Körper eiskalt, und ich frage mich, wie er es schafft, immer wieder herzukommen. Wie er seine geliebte Frau so sehen kann, Tag für Tag, Woche für Woche, Monat für Monat, Jahr für Jahr. Wie kommt er damit zurecht, dass ihm noch viele weitere Jahre dieses Dahinsiechens bevorstehen? Ich verstehe, warum es ihm auf der Farm so viel besser geht. Dass er manchmal einfach Indianapolis hinter sich lassen will und dass es ein unmenschlicher Druck sein muss, Laurie immer wieder zu besuchen. Ich wette, dass er jeden Tag herkommt, soweit es seine Arbeit erlaubt. Denn so ist Anders. Er ist anständig, pflichtbewusst.

Immer wieder kommt er voller Schuldbewusstsein her, weil seine Schwiegermutter ihr eigenes Leben aufgegeben hat, um ihre Tochter zu pflegen. Er kommt mit dem Wissen, dass sein Schwiegervater wütend ist, vielleicht sogar Anders selbst die Schuld gibt, weil er nicht die Verantwortung übernommen hat und sich selbst um seine Frau kümmert. Er kommt her, niedergedrückt von einer Last, von Schmerz und Verzweiflung. Er kommt immer wieder und wird nie damit aufhören.

Er wird es niemals sein lassen.

Er wird sie nie verlassen.

Während Kelly ihre Tochter voller Liebe und Hingabe versorgt, zerbricht mein Herz in tausend Stücke.

Es zerbricht aus Kummer um sie, diese arme Frau, Lauries Mutter. Sie tut mir so unendlich leid. Diese Situation ist wirklich furchtbar, sie ist tragisch, denn Anders hat recht. Laurie ist nicht mehr da. Die Angehörigen haben sie *verloren.* Und wie Anders glaube ich nicht, dass sie je zurückkommen wird. Dennoch werden diese Menschen so weiterleben – sie alle –, bis Lauries Körper von selbst aufgibt und ihr Dasein für immer beendet.

Doch bis dahin ist sie Anders' Frau, und er ist an sie gebunden.

35

Ich werde von so heftigen Weinkrämpfen geschüttelt, dass ich anhalten muss – sie beherrschen meinen ganzen Körper. Es dauert eine Weile, bis ich wieder in der Lage bin, weiter zu Anders' Apartment zu fahren, ohne für andere oder für mich selbst eine Gefahr darzustellen.

Anders hat mich mehrmals angerufen, aber ich war zu sehr durch den Wind, um dranzugehen. Ich frage mich, ob er mit Kelly oder Brian gesprochen hat und weiß, dass ich Laurie besucht habe.

Mein Verstand sagt mir, ich solle in seine Wohnung fahren, meine Sachen packen und verschwinden. Ihn in Ruhe lassen. Es ist an der Zeit, mich aus seinem Leben zurückzuziehen, damit er mir nicht schon wieder eine Abfuhr erteilen muss. Doch erst will ich ihm sagen, dass ich ihn verstehe. Das hat er verdient. Denn ich kann wirklich nachvollziehen, warum er sich so verhalten hat.

Ich mache ihm keine Vorwürfe mehr, dass er mir nicht von Laurie erzählt hat. Er muss nicht über sie sprechen. Es ist nicht seine Schuld, dass ich Gefühle für ihn entwickelt habe. Er hat lange darauf geachtet, mir keinen Anlass zu der Vermutung zu geben, er würde sich etwas aus mir machen.

Die Vorstellung, dass er die ganze Zeit versucht hat, die Erinnerung an seine Frau lebendig zu halten und die Mauern um sich herum nicht einstürzen zu lassen, macht mich fertig. Er muss sich schrecklich gefühlt haben.

Ich öffne die Tür zu seiner Wohnung und packe meine Sachen, dann hole ich die Kulturtasche doch noch mal heraus, um kurz zu duschen und mir die Zähne zu putzen. Ich kann kaum klar denken. Als ich fertig bin, packe ich wieder alles ein und lege mich kurz auf die Couch, so leer und tieftraurig bin ich.

Dort muss ich eingeschlafen sein, denn ich werde von einem federleichten Streicheln am Arm geweckt. Als ich die Augen aufschlage, steht Anders vor mir.

»Alles in Ordnung?«, fragt er leise.

Sein Blick ist schmerzerfüllt. Er leidet wie ein Hund, und es tut mir weh, seine Qualen zu sehen.

Ich setze mich auf. Mein Arm kribbelt noch von seiner Berührung.

»Es tut mir leid«, murmelt er und geht ein paar Schritte rückwärts, als ich aufstehe.

Anders trägt eine schmal geschnittene schwarze Hose und ein kurzärmeliges schwarzes Poloshirt mit dem Aufdruck seines Rennstalls auf der Brusttasche.

»Hör auf!«, erwidere ich, während er mich prüfend ansieht. »Du brauchst dich nicht bei mir zu entschuldigen.«

Ich trete auf ihn zu und schlinge die Arme um seine Taille. Als ich den Kopf an seine Brust lege, hält er die Luft an. Dann tasten seine Hände nach meinen Hüften.

Der Schritt vom Händchenhalten gestern zu einer richtigen Umarmung heute ist fast zu viel für mich. Trotzdem greife ich fester zu, und er drückt mich enger an sich.

Aneinandergepresst stehen wir da – unsere Oberkörper, Hüften und Oberschenkel berühren sich –, und mein Herz ist so erfüllt von Mitleid und Kummer, dass es kurz davor ist zu platzen. Ich möchte ihn in meine Liebe hüllen, möchte ihm seinen Schmerz nehmen, wenigstens ein bisschen.

»Es tut mir so leid, was du mitgemacht hast«, flüstere ich.

Anders schüttelt den Kopf und will sich von mir lösen.

»Was du für Laurie und ihre Eltern getan hast, für deinen Bruder und deine Eltern. Du bist ein guter Mensch«, sage ich. »Du hast versucht, mich auf Abstand zu halten, du hast nichts falsch gemacht.«

Er verharrt reglos, versucht nicht, sich zu befreien, auch wenn wir nicht mehr so eng stehen wie gerade noch.

»Du hast recht in Bezug auf Laurie«, sage ich. »Sie ist nicht mehr da. Es tut mir unglaublich leid, dass du sie verloren hast.«

Bebend atmet er ein, seine Brust weitet sich.

»Es tut mir so leid«, wiederhole ich, und Tränen treten mir in die Augen. »Es ist nicht deine Schuld, dass ich mich in dich verliebt habe.«

Wieder atmet er zischend ein.

»Aber ich fahre jetzt und lasse dich in Ruhe. Du hast schon genug, um das du dir Sorgen machen musst.«

Als ich mich zurückziehen will, klammert er sich in seiner Verzweiflung aufschluchzend an mich. Dann beginnt er still zu weinen. Es ist das Furchtbarste, was ich je erlebt habe.

Und das gibt mir den Rest. Ich halte ihn, so fest ich kann. Mir fehlt die Kraft, mich von ihm zu lösen und ihn allein zu lassen.

Zu sehen, wie dieser starke Mann, der sich so lange für seine Familie, für Lauries Familie und für mich zusammengerissen hat, wie dieser Mann jetzt die Kontrolle verliert … Das ist mein Ende.

Irgendwann hört er auf zu weinen, doch sein Oberkörper erbebt weiter unter seinen schaudernden Schluchzern.

Er nimmt die Arme von meiner Taille, und ich verstehe den Hinweis, lasse meine Hände über seine schmalen Hüften gleiten und mache einen Schritt nach hinten. Er schaut an mir vorbei zum Sofa hinüber, die Augen blutunterlaufen, die Nase geschwollen, die Wangen feucht, die dunkelblonden Haare zerzaust.

»Jetzt würde ich schon so ein bescheuertes Taschentuch nehmen«, sage ich. Anders lacht auf und sieht mich kurz an, weil ihm einfällt, wie Jonas einmal mit ihm schimpfte, weil er sich nicht überwinden konnte, mich zu trösten.

Es kommt mir vor, als sei das in einem anderen Leben passiert. Ein viel unbedeutenderes Leben als das jetzt.

Anders geht die Stufen zu seinem Schlafzimmer hoch und öffnet die Tür zum Badezimmer. Ich höre, wie er sich die Nase schnäuzt, bevor er mit einer Handvoll Taschentücher wiederkommt. Ich putze mir die Nase und setze mich auf die Couch.

Er nimmt neben mir Platz.

Vielleicht sollte ich es nicht tun, doch ich rücke näher an ihn heran und ziehe die Knie hoch, so dass sie seitlich auf seinen Oberschenkeln liegen. Anders behält die Ruhe, also ist das wohl in Ordnung.

»Kannst du mir ein Video von ihr zeigen?«, frage ich.

Überrascht schaut er mich an.

»Ich würde gerne sehen, wie sie früher war, als sie noch lebte.«

Das war kein Versprecher. Wenn Laurie jetzt auch nicht tot ist, so lebt sie doch auch nicht richtig.

»Wirklich?«, fragt er argwöhnisch.

»Ja.«

Ruhig zieht er das Handy aus der Tasche und öffnet die Fotogalerie. Ich schiele hinüber und sehe ein Album mit dem

Namen »Laurie«. Mir ist nicht klar, dass ich den Atem anhalte, bis er auf den Pfeil zum Abspielen drückt und mir das Telefon reicht.

Das Display erwacht zum Leben, man sieht Laurie und Peggy im Wohnzimmer auf der Farm. Bunte Luftballons hängen an den vertäfelten Wänden, Laurie und Peggy haben Sektgläser in der Hand. Im Hintergrund unterhalten sich noch andere Personen.

»Herzlichen Glückwunsch, Ma«, sagt Anders liebevoll aus dem Off.

»Danke, mein Schatz«, erwidert Peggy glücklich und hält ihm ihr Glas zum Anstoßen hin.

Laurie lächelt zur Kamera hinüber, zu ihrem Mann. Ihre blauen Augen blitzen fröhlich. Dann weist sie an ihm vorbei, und ein vielstimmiges »Happy Birthday« erklingt.

Anders richtet seine Handykamera auf Jonas, der aus der Küche einen Kuchen mit zahlreichen brennenden Kerzen hereinträgt. Der Raum ist gut gefüllt, und ich habe den Eindruck, dass sie einen runden Geburtstag feiern – vielleicht Peggys siebzigsten, vor sechs Jahren. Als Peggy sich daranmacht, die Kerzen auszupusten, verstummen alle. Wieder erscheint Laurie am Rand der Aufnahme, und Anders schwenkt leicht hinüber, so dass seine Frau zusammen mit seiner Mutter im Bild ist. Beim ersten Mal kann Peggy nur ungefähr ein Drittel der Kerzen auspusten. Laurie schaut ihrer Schwiegermutter kichernd zu, die immer wieder vergeblich versucht, weitere Kerzen auszublasen.

»Ach, mach du das mal für mich, Laurie!«, sagt Peggy gutmütig nach dem vierten Versuch.

»Wirklich?«, fragt Laurie.

»Ja, aber nur, wenn ich mir trotzdem was wünschen darf«, erwidert Peggy neckend.

»Natürlich, ist doch dein Kuchen«, sagt Laurie, tritt vor und pustet die wenigen letzten Kerzen aus.

Der ganze Raum jubelt, Jonas am lautesten. Am Rand des Bildausschnitts hält er immer noch den Kuchen in der Hand, doch Anders konzentriert sich nun auf seine Frau.

Sie schaut ihn an, dann endet das Video mit einem Standbild ihres lachenden Gesichts.

Ich blicke noch länger aufs Display.

»Sie ist so schön, Anders.«

Er stößt einen leisen Seufzer aus und nimmt mir das Handy wieder ab.

»Ich glaube, ich hätte sie gemocht.«

Er nickt. »Sie hätte dich auch gemocht.«

Wenn sie wüsste, was ich für ihren Mann empfinde, ganz bestimmt nicht. Ich verstehe voll und ganz, warum Kelly so heftig auf mich reagiert hat – sie verteidigt ihre Tochter, weil die sich nicht selbst verteidigen kann.

Mein Herz zieht sich zusammen, denn mein Entschluss steht fest. Es gibt nur eine richtige Lösung. Ich habe Lauries Familie bereits so viel Leid zugefügt – auch Anders –, und das ist das Letzte, was ich wollte. Ich will ihr Leben nicht noch komplizierter machen, als es ohnehin schon ist.

»Ach ja«, sagt Anders unvermittelt und steht vom Sofa auf. Ohne die Wärme seines Körpers ist mir furchtbar kalt. »Ich wusste nicht, ob du seit gestern was gegessen hast.« Er schaut sich über die Schulter nach mir um. Ich schüttele den Kopf.

»Ich bin auf dem Heimweg beim Rathskeller vorbeigefahren. Habe die Pommes und die Brezel für dich geholt.«

Benommen sitze ich da und höre zu, wie er die Mikrowelle auf- und zumacht, sie anstellt, wie Teller, Gläser und Besteck klirren. Ich möchte wirklich bleiben, doch mein ganzer

Körper schmerzt, weil ich mich gerade noch ein bisschen mehr in ihn verliebe, und wenn ich jetzt nicht gehe, weiß ich nicht, ob ich je die Kraft dazu aufbringen werde.

Ich zwinge mich, vom Sofa aufzustehen und ins Gästezimmer zu gehen, muss all meine Kräfte zusammennehmen, um meine Sachen zu packen. Dann wappne ich mich innerlich und mache mich auf den Weg durchs Wohnzimmer in die Küche, wo er mit dem Rücken zu mir an der Arbeitsfläche steht und die Pommes in eine Schüssel kippt. Es ist viel, viel schwerer, als das Haus von Lauries Eltern zu betreten und mich ihrer Mutter, ihrem Vater und ihr selbst zu stellen. Das hier ist das Schwerste, das ich je tun musste.

»Anders«, sage ich leise.

Er dreht sich um, sieht mich mit meiner Tasche und fällt aus allen Wolken.

»Geh bitte nicht!«

»Ich muss.«

Frische Tränen glänzen in seinen Augen. Vielleicht glaubt er, ich würde mich zurückziehen, weil es zu schwer für mich ist, weil ich so unsicher bin und mich von seiner schönen Frau eingeschüchtert fühle oder weil ich die schrecklichen Umstände einfach nicht länger ertrage. Wahrscheinlich ahnt er nicht, dass ich es tue, weil ich keine weitere Belastung für ihn sein will.

Eigentlich ist es egal, was er denkt. Wichtig ist allein, dass ich gehe.

Die Tränen laufen ihm über die Wangen, er schüttelt flehend den Kopf. Ich will fort, doch er kommt auf mich zu, bevor ich reagieren kann, und zieht mir die Tasche von der Schulter. Er nimmt mein Gesicht in die Hände und sieht mir tief in die Augen, eine stumme Bitte zu bleiben.

Langsam hebe ich den Arm und streiche mit dem Daumen

über seine Wange. Seine Haut ist warm, die Bartstoppeln sind rau. Unbewusst lächele ich beim Blick in seine gramerfüllten Augen. Ich kann selbst nur noch verschwommen sehen.

»Schon gut«, flüstere ich und blinzele die Tränen fort. »Wir bleiben immer gute Freunde, ja? Falls du das noch willst …«

Er schluckt. Dann nickt er, lässt mich los und senkt den Kopf.

Ich löse mich von ihm, schlinge mir wieder die Tasche über die Schulter und gehe.

36

Letzte Nacht habe ich geträumt, ich wäre in Anders' Apartment. Ich saß auf dem Eames-Sessel im Sonnenzimmer, und durch das große Industriefenster fiel warmes Licht auf mein Gesicht. Ich hörte Anders in der Küche, er war gerade damit beschäftigt, das Abendessen zuzubereiten, und mit überschäumender Freude wurde mir klar, dass ich dort wohnte, dass es *unsere* Wohnung war, dass wir ein Paar waren. Dann schaute ich auf meinen Bauch, der sich mir entgegenwölbte, und ich wurde überwältigt von Liebe für das Kind, das wir bekommen würden.

Ich schreckte hoch und starrte noch lange in die Dunkelheit. Mit wild pochendem Herzen versuchte ich, dieses perfekte Bild einer unmöglichen Zukunft zu verdrängen.

Ist es wirklich unmöglich?, frage ich mich. *Wie lange bin ich bereit, auf ihn zu warten?*

Ich habe unglaubliche Sehnsucht nach dem Kind in meinem Traum. Mit Scott war ich bereit, eine Familie zu gründen. Wenn ich mein Leben auf Warteschleife stelle, wie viele Jahre könnte ich dann theoretisch verstreichen lassen? Wäre ich dann zu alt für ein Baby? Wie viel wäre ich bereit zu opfern, wie viel würde ich riskieren, um mit Anders zusammen zu sein? Wäre es nicht besser für mich, ihn zu vergessen, nach vorn zu schauen und zu hoffen, dass meine wahre große Liebe hinter der nächsten Ecke wartet?

Bei der Vorstellung, dass das jemand anders sein soll, wird mir schlecht.

Es ist nicht gerade hilfreich, in Amerika zu sein. Ich weiß, dass ich die Stelle, die Dean mir angeboten hat, auf keinen Fall annehmen kann. Nicht mehr. Wenn ich nächstes Wochenende nach England fliege, werde ich dort bleiben. Der Gedanke schmerzt, nicht weil ich endlich nach Hause zurückkehre, sondern weil ich wegmuss. Ich bin aus England geflohen, um möglichst weit entfernt von Scott zu sein, und jetzt flüchte ich aus Amerika vor Anders.

Ein Schritt nach dem anderen, ein Tag nach dem anderen, rede ich mir ein. Das Wichtigste im Moment ist, den heutigen Kinoabend zu überstehen.

Die letzten anderthalb Wochen vergingen in einem Wirbel von Aufgaben. Das Labyrinth wurde am vergangenen Wochenende eröffnet. Ich habe Dad und Sheryl geholfen, die Gäste in Empfang zu nehmen. Das Lachen der Kinder, die den Weg durch den Irrgarten suchten, gehörte zu den wenigen Dingen, die mich zum Lächeln bringen konnten.

Jonas war mit Zack, dem neuen Erntehelfer, auf den Feldern. Da es immer mal wieder regnete, mussten sie ihre Arbeit unterbrechen, was Jonas die Möglichkeit gab, die Scheune vorzubereiten. Er hat fast vierzig Strohballen transportiert. Jetzt hoffen wir, dass sich das Wetter hält, weil wir den Film am liebsten draußen zeigen würden. Die Strohballen sollen als Sitzgelegenheit für die Leute dienen, die sich nicht selbst etwas mitbringen; wir wollen sie heute Nachmittag in einem Halbkreis vor der Leinwand aufstellen, die noch vom mobilen Kino gebracht wird.

Bailey war einfach super, sie hat alles organisiert. Ich bin so stolz auf sie. Wir werden heute Abend aus dem Bambi heraus Popcorn und Getränke verkaufen, dafür hat sie alles besorgt, was wir brauchen. Im Airstream gibt es noch keine Möbel oder Einbauschränke, deshalb stellen wir Regale und Tische hinein. Wird ein bisschen eng werden, aber ich freue mich darauf, Bambi endlich einsetzen zu können.

Jonas hat einen großen Teil des geernteten Popcornmais an eine Firma verkauft und den Rest zu einer Fabrik gebracht, die ihn verkaufsfertig verpackte. Dann hat Jonas Bestellungen der Läden in Bloomington und aus der weiteren Umgebung abgearbeitet. Was wir heute nicht loswerden, will er auf Bauernmärkten anbieten.

Am Vorabend sind Peggy und Patrik aus Wisconsin zurückgekommen. Bailey und ich waren gerade bei den Fredricksons und halfen Jonas dabei, die Scheune zu fegen und innen wie außen Lichter aufzuhängen.

Als Jonas seinen Vater sah, hielt er die Luft an. Wahrscheinlich hätte er bis heute nicht ausgeatmet, aber Peggy freute sich so sehr, ihren Sohn zu sehen, dass sie ihn an sich drückte und gar nicht mehr loslassen wollte. Patrik war reservierter und wirkte etwas verstimmt, zeigte sich aber durchaus auch aufgeschlossen. Bailey und ich überließen die vier sich selbst, aber heute sehen wir natürlich alle wieder.

Als ich aus Indianapolis zurückkehrte, hatte ich ein Gespräch mit Jonas. Ich war noch gar nicht dazu bereit, aber er kam zu mir, also schleppte ich mich aus dem Haus, und wir machten einen Spaziergang runter zum Fluss.

Er wollte wissen, was passiert sei, und als ich ihm erzählte, dass ich Laurie kennengelernt hätte, konnte er es erst nicht glauben.

»Es wäre schön gewesen, wenn es mir jemand gesagt hätte.« Ich versuchte, mir meine Verbitterung nicht anmerken zu lassen.

Jonas entschuldigte sich und sagte, er hätte das Gefühl gehabt, es sei nicht seine Aufgabe.

»Auch wenn sie noch verheiratet sind, sind sie es eigentlich nicht mehr«, fügte er hinzu.

»Wie kannst du so was sagen?«, fragte ich ungläubig. »Sie *sind* verheiratet, Schluss, aus.«

»Und wenn er sich von ihr scheiden ließe?« Jonas drehte sich zu mir um.

Ich erbleichte. »Das wird er niemals tun, das weißt du genau.«

»Aber wenn doch?« Er lauerte auf meine Reaktion.

»Hör auf damit, Jonas!«, fuhr ich ihn an. »Du kannst mir erzählen, was du willst. Er liebt sie noch, und er würde ihre Eltern niemals verletzen.«

Eine Weile gingen wir schweigend weiter, dann fragte Jonas: »Wie sieht sie inzwischen aus?«

»Wieso, wann hast du sie denn das letzte Mal besucht?«, erkundigte ich mich.

»Seit dem Krankenhaus nicht mehr. Am Anfang ist Ma oft hingefahren, aber sie war auch seit zwei Jahren nicht mehr da.«

»Warum nicht?« Das hätte ich weder von seiner Mutter noch von ihm erwartet.

»Als Laurie die Augen aufmachte und klar war, dass da zwar Licht an war, aber keiner mehr zu Hause, fand ich es überflüssig.«

»Klingt ganz schön herzlos«, murmelte ich und bereute es sofort, denn Jonas wurde richtig sauer.

»Sie ist tot, Wren! Jedenfalls so gut wie«, fügte er mit tonloser Stimme hinzu. »Aber egal, ist ja nicht dein Problem.«

Da ließ ich ihn stehen und rief ihm über die Schulter zu, er solle mir bloß nicht hinterherkommen.

Seitdem haben wir nicht wieder über Laurie oder Anders gesprochen.

***

Bailey ist bereits bei den Fredricksons, und ich will gleich rübergehen. Der Film wird erst nach Sonnenuntergang gegen halb acht gezeigt, aber Einlass ist ab halb sechs, also in zwei Stunden.

Jonas will Burger grillen, und Baileys Freundin Tyler hat eine mobile Bar aus Bloomington organisiert. Sie arbeitet in der Veranstaltungsagentur, wo sie auch Bailey kennengelernt hat. Als Bailey voller Panik Tyler anrief, weil die Schanklizenz nicht rechtzeitig gekommen war, ließ Tyler ihre Beziehungen spielen. Sie ist heute Abend auch dabei. Ich freue mich, sie endlich kennenzulernen.

Es ist gut möglich, dass Anders ebenfalls auftaucht, aber ich versuche, nicht daran zu denken. Es wäre eine zu große Enttäuschung, wenn er nicht kommt.

***

Als ich den Kopf in die Scheune stecke, um meinem Vater zu sagen, dass ich weg bin, erklärt er gerade einer vierköpfigen Familie, wie man zum Maislabyrinth und dem Kürbisfeld gelangt.

Ich lächele ihnen zu, als sie sich gerade auf den Weg machen.

»Viel Spaß!«

»Danke!«, rufen sie wie aus einem Mund zurück. So süß. Immerhin haben die meisten Menschen hier in der Gegend gute Manieren.

»Ich wollte jetzt rüber zur Farm », erkläre ich Dad. »Wir sehen uns dann dort.«

»Sieh mal einer an!«, ruft er, kommt hinter der Theke hervor und streckt die Arme nach mir aus.

Ich trage das rot-schwarze Streublumenkleid, zu dem Bailey mich überredet hat, als wir in Bloomington einkaufen waren, das Kleid, das an den richtigen Stellen eng und an den Knien leicht ausgestellt ist. Sie hat mich auch überzeugt, es heute Abend anzuziehen. Sie weiß, dass ich mich bisher davor gescheut habe, doch die Tage werden kürzer, und bald gibt es keine Gelegenheit mehr, die beiden Kleider vor dem nächsten Sommer noch zu tragen.

»Sehe ich okay aus?«, frage ich unsicher.

»Du bist wunderschön«, antwortet Dad.

Ich brauche nicht unbedingt zu hören, dass ich hübsch oder schön bin, es ist mir auch nicht wirklich wichtig, wie ich aussehe. Ich bin mit mir zufrieden, doch. Aber es ist die Art, wie locker es bei Dad herauskommt. Die Beiläufigkeit treibt mir Tränen in die Augen.

Denn es ist unwichtig, was der Rest der Welt denkt: Jedes Kind sollte für seine Eltern das Schönste sein.

»Wir kommen pünktlich«, verspricht Dad und nimmt mich in die Arme. »Können es nicht erwarten!«

Wir lassen uns los. Als ich gehen will, zögere ich kurz und zupfe ihm einen kleinen Zweig aus den Haaren.

Ich zeige es ihm, und er lacht. Beim Verlassen der Scheune habe ich ein breites Lächeln im Gesicht.

***

Ich versuche mich darauf einzustellen, dass Anders' Wagen nicht in der Einfahrt steht, und bin so nervös, als ich näher komme, dass ich sein Lachen fast nicht erkannt hätte. Schließlich entdecke ich ihn weiter vorn mit einer auffälligen Rothaarigen. Die beiden gehen auf die Scheune zu.

Ich kann ihr Gesicht nicht sehen, doch ihre welligen Haare fallen ihr bis auf den Rücken. Und sie hat ellenlange Beine. Als Jonas auftaucht, ist seine Begeisterung selbst aus dieser Entfernung zu spüren. Wer ist das?

Die Unbekannte ist bestimmt ganz stolz, die beiden Brüdern rechts und links von sich zu haben. Wie auch nicht?

Meine Eifersucht ist irrational, das weiß ich natürlich, trotzdem frage ich mich immer wieder, wie viele Annäherungsversuche Anders schon abzuwehren hatte. Er muss es so satt haben.

Einen Schritt nach dem anderen, Wren. Das ist mein neues Mantra.

Jonas entdeckt mich und hebt die Hand. Die Rothaarige dreht sich neugierig um, doch ich richte meine Aufmerksamkeit allein auf Anders.

Er hat mich ebenfalls gesehen.

Und sein Lächeln erlischt.

Es fühlt sich an, als würde sich mein Brustkorb wie ein Schraubstock um das Herz zusammenziehen. Ich kann kaum ertragen, wie sehr ihn mein Anblick schmerzt.

»Wren!« Baileys Ruf lenkt mich ab. Sie kommt auf mich zugelaufen, die Augen so groß wie die kleine Boo. Kurz vor mir wird sie langsamer. »Du siehst mega aus in dem Kleid!« Bailey nimmt mich in die Arme. »Alles okay?«, flüstert sie mir ins Ohr.

Ich nicke an ihrer Schulter. Sie weiß, was mit Anders passiert ist, und hat Casey gehörig in die Mangel genommen, weil er nicht mehr über Laurie erzählt hat. Als könnte der arme Kerl etwas daran ändern, was er wusste und was nicht.

Bailey lässt mich los und lächelt mitleidig. »Komm mal her, ich stelle dir Tyler vor«, sagt sie und hakt sich bei mir unter.

»Ist das die Rothaarige?«

»Jep. Hast du Jonas' Gesicht gesehen? Er hört gar nicht mehr auf zu sabbern.«

Ich muss lachen. »Ist sie vergeben?«

»Nein. Sie hat mit Sicherheit Interesse.«

»Wie auch nicht?«

Bailey grinst mich an. »Du hattest keins.«

»Tja, wegen *Anders*«, erwidere ich achselzuckend.

»Ich auch nicht.«

»Tja, wegen *Casey.*« Wieder zucke ich mit den Schultern, denn je öfter ich die beiden zusammen sehe, desto überzeugter bin ich, das sie füreinander gemacht sind.

Bailey lächelt. »Er lässt sich wieder einen Schnurrbart wachsen, schon gehört?«, sagt sie beiläufig.

»Ach, ja?«

»Jep. Also ist die Welt wieder in Ordnung.«

Ich kichere, obwohl mein Herz laut pocht, als wir über den staubigen Hof zu den anderen gehen.

Bailey ist offenbar glücklich, aber ich kenne sie, wenigstens jetzt, nach diesem Sommer. Sie ist kein Mensch, der sich zurücklehnt und abwartet, was das Leben für ihn bereithält. Sie packt es bei den Hörnern und sorgt dafür, dass es für sie läuft, und wenn es hier nicht klappt, falls Jonas und sie keine weiteren Veranstaltungen auf die Beine stellen können, falls das Leben im Golfclub sie nur noch anödet, dann wird sie sich etwas Neues einfallen lassen. Das weiß ich. Ob hier im Ort, drüben in Bloomington oder ganz woanders, egal. Und Casey wird Berge versetzen, um mit ihr zusammen zu sein. Er ist erst zufrieden, wenn sie es ist. Deshalb kommen die zwei zurecht. Davon bin ich überzeugt.

»Tyler, das ist meine Schwester!«, ruft Bailey zu ihrer Freundin hinüber.

»Oh, hey!« Tyler kommt mir entgegen und nimmt mich in den Arm. »Ich habe so viel von dir gehört!«

Sie sieht klasse aus, funkelnde blaue Augen, ein Gesicht voller Sommersprossen und ein Lächeln, das einen ganzen Raum erhellen könnte.

»Ich auch von dir. Freut mich, dich endlich kennenzulernen. Danke, dass wir letzten Monat bei dir übernachten konnten.«

»Ihr müsst noch mal wiederkommen, damit wir zusammen ausgehen können«, erwidert Tyler.

»Das wäre schön.«

Jonas gesellt sich zu uns, nimmt mich in den Arm und hebt mich hoch. Er brummt mir eine Begrüßung ins Ohr und stellt mich direkt neben seinem Bruder ab.

Sehr unauffällig, Jonas …

Ich schaue Anders mit wild klopfendem Herz an.

»Hey«, sagt er leise, ein schwaches Lächeln auf den Lippen, zwei Falten zwischen den perfekt geschwungenen Brauen. Sein verstörend flackernder Blick ruht auf mir.

»Hi«, erwidere ich und sehne mich mehr als alles andere danach, die Falten auf seiner Stirn zu glätten, ein für alle Mal.

Sei stark, mahnt mich die Stimme in meinem Kopf. *Du musst für ihn stark sein.*

Doch Anders tritt vor und nimmt mich in die Arme. Ich schnappe nach Luft und registriere kaum den sauberen Zitrusduft noch seinen muskulösen Oberkörper, der sich fest an meinen drückt.

Mein Magen zieht sich zusammen, und ich lächele zögerlich, als mir klarwird, dass er mich gerade umarmt hat und ich die Geste gar nicht erwidert habe, weil ich so überrumpelt war.

»Gut, Wren, komm!«, ruft Bailey. Sie will mich retten, die

Situation könnte kaum unangenehmer sein. »Kannst du den Airstream aus dem Schuppen holen, Jonas? Wir müssen ihn aufstellen.«

»Ich mache das«, bietet sich Anders an.

»Bailey, sagst du mir, wo die mobile Bar hinkommt?«, fragt Tyler.

»Verdammt«, murmelt Bailey, hält inne und dreht sich zu mir um. »Alles okay?«

»Doch.«

Anders und ich gehen zu zweit auf den Schuppen zu. So viel zu dem Thema: unangenehme Situationen vermeiden.

»Wie ist es dir ergangen?«, fragt er.

»Ganz gut.« Ich nicke. »Und dir?«

»Gut.« Seine Antwort ist offenbar alles andere als die Wahrheit. »Sorry, das war eben komisch da drüben«, sagt er nach unangenehmem Schweigen. »Ich wollte nur …« Er schüttelt den Kopf. »… *freundlich* sein.« Er klingt sarkastisch, selbstironisch.

Ich beiße mir auf die Lippe und sehe ihn an. Diesmal weicht er meinem Blick nicht aus und lächelt. Kurz schaut er auf meinen Mund, dann schweifen seine Augen ab.

»Gut, wo ist der Airstream jetzt? Mal gucken, was du mit ihm gemacht hast.«

Er nimmt sich ein paar Minuten Zeit, um Bambi zu begutachten, fährt lächelnd mit den Fingern über das Birkensperrholz, mit dem Dad und ich die Innenwände verkleidet haben.

»Sieht super aus«, sagt Anders schließlich und knipst die Lampen aus den Sechzigern an, die ich in dem Antiquitätengeschäft gekauft habe. »Das einklappbare Rad funktioniert gut?«

»Ja, total.«

»Du musst immer dran denken, es hochzukurbeln, wenn du den Wohnwagen irgendwohin ziehst«, warnt Anders.

Ich nicke. Darauf hat er mich schon mehrmals aufmerksam gemacht.

»Und, wann machst du deine große Rundreise durch Amerika?«, fragt er, während er die Gummilippe an der Hintertür kontrolliert.

»Keine Ahnung«, sage ich achselzuckend. »Vielleicht nächsten Sommer.«

»Vorher nicht?«

»Ich glaube nicht, dass ich so bald noch mal rüberfliege.«

Er erstarrt. »Wo willst du denn hin?«

»Zurück nach England.«

Er starrt mich an. »Wann?«

»Heute in einer Woche.«

»Für immer?«

»Ist wohl besser.«

Bevor er den Blick abwendet, sehe ich seine Erschütterung. »Schließt du zu?«, fragt er im Gehen. »Ich setze den Traktor davor.«

***

Beim Aufbauen habe ich bis auf den einen oder anderen kurzen Satz keine Gelegenheit mehr, mit Anders zu sprechen.

Als Bailey und ich gerade dabei sind, die Getränke- und Popcornmaschinen in Betrieb zu nehmen, kommt Peggy herbei, um uns zu begrüßen. Sie scheint sich richtig über das Logo »Fredrickson Family Farm« zu freuen, das Jonas für die Popcornverpackung entworfen hat.

Als das mobile Kino eintrifft, muss Bailey beim Aufbau helfen, doch dafür bleibt Peggy eine Zeitlang bei mir stehen und erzählt, wie gut Patrik und sie sich in Wisconsin erholt hätten. Es würde mich nicht wundern, wenn sie ihren Ruhestand dort verbringen.

Da das Wetter an diesem Abend so schön ist, habe ich die Hintertür von Bambi geöffnet und Tische davor aufgestellt. Anders hat Jonas geholfen, seinen Kohlegrill vom See herzuholen, jetzt erfüllt Barbecue-Geruch die Luft. Eine fünfköpfige Bluegrass-Band aus dem Ort, Freunde von Caseys Bruder Brett, trifft ein. Bailey hat mir von ihnen erzählt: Sie wollen kein Geld; ihnen macht der Auftritt einfach Spaß, er sei auch gute Werbung für sie. Selbst ihre Aufwärmmusik trägt zur allgemeinen lockeren Stimmung bei.

Als Bailey die Lichterketten anmacht, steige ich aus dem Wohnwagen, um mir anzusehen, wie die Lichter von der silbernen Außenwand zurückgeworfen werden und es innen warm glüht. Unversehens muss ich lächeln.

Bailey wird immer wieder weggerufen, um das eine oder andere zu klären, so dass ich eine Zeitlang allein bin. Als die Gäste allmählich eintreffen, bildet sich eine Schlange vor Bambi.

Anders schiebt den Kopf herein. »Brauchst du Hilfe?«, fragt er.

»Ja, bitte«, erwidere ich, ohne nachzudenken. Es ist einfach zu viel zu tun.

Wir arbeiten Seite an Seite, verkaufen Popcorn, Getränke und Süßigkeiten.

»Deine Mum ist in ihrem Element«, bemerke ich, als sich mal eine kleine Pause ergibt.

Er schaut zu ihr hinüber. Sie hat sich ihren Platz neben Jonas gesucht, der die Burger auf dem Grill wendet, während sie das Geld annimmt und Soßen anbietet.

»Ja, das ist ihr Ding.«

»Vielleicht eröffnet sie in Wisconsin ja einen Diner.«

»Kann ich mir gut vorstellen.« Anders grinst mich von der Seite an.

Es raubt mir jedes Mal den Atem.

»Wo ist dein Vater?«, frage ich und wappne mich für das Schlimmste.

»Jetzt dahinten«, antwortet Anders stirnrunzelnd und weist über den Hof.

Patrik geht schnurstracks auf Jonas zu. Er humpelt immer noch leicht, doch seine Verletzung hält ihn nicht auf. Anders wird nervös.

»Geh mal nach vorne, Junge«, dringt Patriks mürrische Stimme herüber. »Du musst dich um die Leute kümmern. Ich kann hier übernehmen.«

Sprachlos schaut Jonas ihn an.

»Er hat recht«, wirft Peggy ein und stubst ihren Sohn an. »Du bist der Gastgeber. Wir kommen hier schon klar.«

Patrik streckt die Hand nach dem großen Pfannenwender in Jonas' Hand aus.

Benommen sieht Jonas auf die Hand seines Vaters, dann auf den Pfannenwender. Schließlich übergibt er ihn langsam.

Patrik klopft ihm auf den Rücken.

»Hammer«, murmelt Anders ungläubig.

»Dass dein Vater seine Hilfe anbietet, oder dass Jonas ihm den Grill überlässt?«

»Beides«, erwidert er grinsend.

Bevor der Film anfängt, hagelt es noch mal Bestellungen, dann kommt Bailey herüber und fragt Anders, ob er ein paar Strohballen umstellen könne, damit die Familien beisammen sitzen. Sie bleibt da und hilft mir. Als Dad und Sheryl vor uns stehen, sehen wir vier uns an und müssen lachen.

»Kannst du ein Foto machen?«, frage ich Dad und gebe ihm mein Handy.

Bailey und ich legen uns gegenseitig die Arme um die Schultern und strahlen in die Kamera. Dad macht ein Foto, und ich lasse meine Schwester los, doch sie dreht sich noch mal zu mir um und drückt mir einen Kuss auf die Wange.

»Hab dich lieb, Schwesterchen.«

»Ich dich auch«, entgegne ich liebevoll.

»Ach, ihr zwei«, sagt Sheryl lächelnd, und Tränen treten ihr in die Augen. »Guck dir unsere Mädchen an!«, sagt sie zu Dad.

»Das sind vielleicht mal welche«, erwidert er kopfschüttelnd.

»Hier sind noch mehr Kunden, die bedient werden wollen«, mahnt Bailey und wischt sich verstohlen über die Augen. »Das mit den Gefühlen verschieben wir auf später.«

Sheryl lächelt sie wissend an und geht mit Dad weiter. Ich beuge mich zu meiner Schwester hinüber und gebe ihr einen Schmatzer auf die Wange.

***

Als der Himmel langsam dunkler wird, die Lichterketten erstrahlen und der Film beginnt, setze ich mich hin und genieße die Atmosphäre. Es müssen über zweihundert Zuschauer da sein, hier unter den Sternen, die meisten haben ihre eigenen Stühle und Decken mitgebracht. Die Luft riecht nach Stroh, Popcorn und abendlichem Tau, und trotz meiner latenten Melancholie freue ich mich doch ein bisschen darüber, wie gut der Abend bisher gelaufen ist.

Peggy und Patrik sitzen bei Dad und Sheryl weiter hinten. Bailey und Casey kuscheln sich unweit von mir aneinander. Jonas und Tyler stehen noch an der mobilen Bar und schenken offenbar einander sehr viel mehr Aufmerksamkeit als dem Film. Ich bleibe in der Nähe von Bambi, damit ich in der Pause schnell wieder aufmachen kann.

Ich weiß nicht, wo Anders ist, und kann es mir einfach nicht verkneifen, mich nach ihm umzusehen. Ich nehme an, er treibt sich in der Nähe seines Bruders herum, doch ich habe erst Ruhe, wenn ich das genau weiß.

Ich habe völlig vergessen, einen Stuhl oder eine Decke mitzubringen, deshalb setze ich mich leicht zitternd auf einen Strohballen. Das mobile Kino hat Kopfhörer mitgeliefert, so dass die Tonspur nicht aus Boxen dröhnt, sondern direkt auf die Ohren der Zuschauer geht.

Als mir jemand eine Decke um die Schultern legt, zucke ich zusammen. Ich drehe mich um. Anders steht neben mir. Er setzt sich zu mir auf den Strohballen.

Bis jetzt wusste ich nicht, dass es möglich ist, gleichzeitig so stark zu lieben und solche Schmerzen zu empfinden.

»Danke«, flüstere ich.

Er nickt und schaut geradeaus. Sein Gesicht flackert im Licht der großen Leinwand. Ich stelle fest, dass Anders keine Knöpfe in den Ohren hat.

Ich nehme meine heraus. »Wo sind deine Kopfhörer?«, frage ich.

»Ich glaube, es gab keine mehr«, antwortet er achselzuckend. »Kein Problem. Ich habe den Film schon zigmal gesehen.«

»Ich auch, aber *Ferris macht blau* geht immer.« Ich reiche Anders meinen rechten Knopf fürs Ohr.

Er sieht mich fragend an. »Wirklich?«

»Klar.«

Er nimmt ihn entgegen, und wir sitzen Seite an Seite und hören den Film über meinen Kopfhörer.

Ich würde mich gerne an ihn kuscheln, so wie Bailey das bei Casey und Sheryl bei Dad macht.

Das Gefühl der Einsamkeit breitet sich in mir aus, Traurigkeit und Unsicherheit schlagen mir auf den Magen. Während der Film in Fahrt kommt, kann ich mir kaum ein Lächeln abringen, von Lachen ganz zu schweigen.

Anders rückt herum, um bequemer zu sitzen. Er stützt sich mit der Hand hinter mir ab, und obwohl er mich kaum berührt, spüre ich die Wärme, die von seinem ausgestreckten Arm ausgeht. Ich kann nicht anders: Ich lehne mich gegen ihn. Es dauert nicht lange, da legt er die Hand um meine Taille und zieht mich an sich. Mit verkrampftem Herz schmiege ich die Wange an seine Schulter. Mir ist jeder einzelne Millimeter Haut, an dem wir uns berühren, intensiv bewusst.

Näher werden wir uns nie sein.

Was ich vor all den Wochen zu Dad sagte, als er mich vom Flughafen abholte, trifft immer noch zu: Was soll man machen, wenn man sich verliebt?

Dad konnte nichts dagegen tun, als er sich in Sheryl verliebte.

Scott hatte nicht die Absicht, sich in Nadine zu verlieben, und tat es trotzdem.

Ich habe mich ungewollt in Anders verliebt.

Doch wie ich damit umgehe, liegt durchaus in meiner Hand.

Die Pause kommt. Ich spüre den Hauch eines Kusses auf meinem Scheitel. Als die Lichterketten angehen und die Zuschauer aufstehen, nehme ich schnell die Ohrstöpsel heraus und reiche Anders den Kopfhörer.

»Danke für die Decke!«

Ich lasse sie auf dem Strohballen liegen.

»Soll ich dir helfen?«

»Nein, geht schon.«

Ich gehe zu Bambi und denke daran, wie oft er mich stehen ließ, ohne auch nur einen Blick zurückzuwerfen. Ich will ebenso stark und entschlossen sein, doch meine Neugier ist einfach größer, so dass ich mich doch noch einmal kurz umdrehe.

Anders sitzt da, wo ich ihn verlassen habe, die Ellenbogen auf die Knie gestützt. Völlig gebrochen schaut er mir hinterher.

Als sich unsere Blicke treffen, durchfährt es meinen gesamten Körper. Am Wohnwagen angekommen, schaue ich mich ein weiteres Mal um, aber er ist nicht mehr da.

Mir kommt ein Gedanke: Hat er mir gerade einen Abschiedskuss gegeben?

Meine Händen fangen unkontrolliert an zu zittern.

Plötzlich marschiert Jonas auf mich zu, mitten durch die Menschenmenge.

»So was Bescheuertes!«, schimpft er, bei mir angekommen, und starrt mich wütend an.

»Was ist denn?«

»Bailey?«, ruft er über die Schulter. »Kannst du mal kurz Wren ablösen? Ich muss mit ihr reden.«

Er führt mich um die Scheune herum nach hinten.

37

Was soll das, Jonas?«

»Wie schon gesagt: Das ist doch bescheuert!«

»Wovon redest du überhaupt?«

»Du *liebst* ihn!«, schreit er, lässt mich los und umkreist mich.

Ich schrecke zurück.

»Und er liebt dich!«

Mir wird klar, dass er nicht sauer ist, sondern aufgeregt. Diese Fredrickson-Brüder sind manchmal wirklich schwer einzuschätzen.

»Und wenn?« Auch ich werde lauter. »Wem nützt das was?«

»Wenn du ihn nicht lieben würdest, könnte ich verstehen, dass du nichts mit ihm zu tun haben willst. Sein Leben ist kompliziert. Aber du *liebst* ihn. Das habe ich gerade ganz deutlich in deinem Gesicht gesehen.«

»Sein Leben ist wirklich kompliziert, Jonas.«

»Und das ist dir zu viel, ja?«, fragt er. Ich merke, dass er von mir enttäuscht ist.

»Das ist nicht *mir* zu viel! Ich sorge mich um *ihn*! Um Lauries Eltern! Wie sehr es *sie* verletzen würde!«

Jonas überlegt. »Wirklich?«, sagt er. »Du willst gehen, weil du zu viel für ihn empfindest, nicht zu wenig?«

»Ja!«, rufe ich.

Verzweifelt schüttelt er den Kopf. »Das kommt alles total

falsch bei dir an! Du musst für ihn kämpfen, nicht abhauen!«

»Wozu denn? Damit tue ich ihm doch nur noch mehr weh! Dann ist er erst recht zwischen Laurie und mir hin- und hergerissen, zwischen Lauries Eltern und mir!«

»Laurie ist nicht mehr *DA*! Erzähl mir nicht, du wüsstest das nicht! Anders *lebt*, er ist *hier*, und du musst ihn überzeugen, dass es sich lohnt zu kämpfen. Ich sage ja nicht, dass es leicht wird. Aber irgendwer muss für ihn in die Schlacht ziehen, damit er von Lauries Eltern loskommt. Mensch, Wren, er ist am Ertrinken! Die ziehen ihn mit sich nach unten. Du kannst jetzt nicht abhauen, du musst *kämpfen*! Du bist die Einzige, die das für ihn tun kann. Ich habe es weiß Gott versucht. Meine Mutter hat es versucht. Wir haben alle versucht, ihn zu überreden, sich von Laurie scheiden zu lassen und sein eigenes Leben zu führen, oder wenn er sich schon nicht scheiden lassen will, dann wenigstens so zu leben, wie er es sich vorstellt. Er hat im Laufe der Jahre genug Opfer für sie und ihre Eltern gebracht. Letztes Jahr ist Ferrari über Headhunter an ihn herangetreten, und er hat abgesagt! Kannst du das glauben? Er hat die Möglichkeit abgelehnt, in der Formel 1 zu arbeiten und rund um die Welt zu reisen, weil er zu große Schuldgefühle hat. Er darf sich nicht länger Kelly und Brian verpflichtet fühlen. Die beiden entscheiden ganz allein darüber, was sie tun, er hat keinerlei Einspruchsmöglichkeit. Sie tun, was sie wollen. Wenn das so weitergeht, bleibt er in diesem Fegefeuer gefangen, bis Laurie irgendwann zur letzten Ruhe gebettet wird, und ich will mir gar nicht vorstellen, was bis dahin aus ihm geworden ist.« Jonas macht einen Schritt auf mich zu und legt mir die Hände auf die Schultern. »Du kannst ihm helfen, Wren. Du kannst ihm etwas geben, für das es sich zu kämpfen lohnt. Für *dich* lohnt es sich zu kämpfen. Zeig ihm, dass du auch bereit bist, für ihn zu kämpfen.«

***

Jonas lässt mich hinter der Scheune stehen. In meinem Kopf dreht sich alles. Hat er recht? Stimmt das? Ich hielt es für ein großes Opfer von mir, mich aus der Situation herauszuziehen, doch jetzt begreife ich, dass das Anders nur noch einsamer macht. Ich habe ihn verlassen, ihn im Stich gelassen, als er mich am meisten brauchte. Ich dachte, *ich* sei einsam. Wie muss es ihm bloß gehen?

Die Sache ist die: Wenn Anders das bei einem Freund von sich erleben müsste, würde er kämpfen. Für jeden anderen, nur nicht für sich.

Jonas hat recht. Ich muss mich hinter seinen Bruder stellen.

Dass ich »die Andere« sein soll, die Frau, die Lauries Eltern voller Inbrunst hassen werden, jagt mir einen Schauer über den Rücken. Doch in der Rolle kann ich Anders wenigstens ein wenig entlasten.

Darüber kann ich später noch grübeln. Das Wichtigste ist jetzt, Anders zu finden.

Doch er ist nirgends zu sehen.

Die zweite Hälfte des Films fängt an, ohne dass er zu unserem Strohballen zurückkommt. Ich bin nicht in der Lage, einfach dort zu sitzen und auf ihn zu warten, deshalb hole ich mein Handy heraus und schreibe ihm.

Wo bist du?

Er antwortet nicht. Nach zwanzig Minuten entscheide ich aus dem Bauch heraus, im Haus nachzusehen. Ich schleiche mich davon und probiere die Seitentür in der Erwartung, dass sie verschlossen ist, denn welche Familie lässt das Haus offen, wenn zweihundert Menschen über das Grundstück laufen?

Eine vertrauensselige Familie offenbar. Die Tür ist nicht versperrt, ich wage mich ins Haus und rufe Anders' Namen. Ich sehe in der Küche, im Wohnzimmer, im Esszimmer und im Büro nach, und als er nirgends zu finden ist, steige ich zögernd die Treppe in den ersten Stock hoch. Oben im Flur rufe ich ihn wieder, ohne dass ich irgendetwas hinter den Türen hören würde. Ich traue mich nicht, sie zu öffnen – hier einzudringen, macht mir schon ein schlechtes Gewissen.

Ich kehre zurück nach draußen und suche den gesamten Hof ab, von Jonas Blockhütte bis zu jeder einzelnen Reihe geparkter Autos hinter der Scheune. Als der Film vorbei ist und die Leute anfangen, ihre Sachen zusammenzupacken, um zu Fuß oder mit dem Wagen nach Hause zurückzukehren, stelle ich mich auf den Weg und schaue über die dunklen Felder. Die trocken raschelnden Maisstängel wiegen sich flüsternd im Wind.

Er könnte überall sein.

Jonas kommt zu mir. »Morgen ist auch noch ein Tag.«

»Was ist, wenn er nach Indianapolis fährt?«

»Tut er nicht. Er hat mir versprochen, beim Maisdreschen zu helfen.«

»Maisdreschen?«

»Wir ernten die Felder ab, Wren«, sagt er spöttisch, als hätte er mir das schon hundertmal erklärt. »So heißt das bei uns: Wir schneiden Soja und dreschen Mais.«

»Soja schneiden, Mais dreschen – verstanden.«

Jonas grinst. »Wir machen noch eine richtige Farmerin aus dir.«

»Wenn Tyler mir nicht zuvorkommt«, gebe ich zurück.

Seine Augenbrauen schießen hoch, er muss laut lachen.

»Da drüben an der Bar habt ihr einen ziemlich verliebten Eindruck gemacht«, bemerke ich.

»Sie ist nett«, sagt er schulterzuckend.

Lächelnd schaue ich über die dunklen Felder und sehe ihn dann ernst an. »Könntest du Anders' Autoschlüssel verstecken, nur um ganz sicher zu gehen?«

»Ich lege sie unter mein Kopfkissen«, verspricht Jonas.

»Das ist kein Witz.«

»Bei mir auch nicht.«

Jonas schickt Bailey und mich mit dem Rest unserer Familie nach Hause. Er meint, er würde sich am nächsten Morgen ums Aufräumen kümmern. Mit dem Mais kann er erst am Nachmittag anfangen, wenn die Sonne lange genug draußen war, um den Tau zu trocknen. Der Feuchtigkeitsgehalt muss genau stimmen, sonst kann das Getreide ruiniert sein.

Ich schließe Bambi ab und sehe mich ein letztes Mal um, doch Anders will offenbar nicht gefunden werden, wo auch immer er ist.

***

Kurz bevor ich einschlafe, bekomme ich doch noch eine Nachricht von ihm.

Sorry, brauchte frische Luft und habe mich dann mit Mom verquatscht.

Frische Luft? Wir waren doch draußen!, entgegne ich mit einem Smiley, einfach nur erleichtert, dass er sich meldet.

Ja, absurd, oder?

Hoffentlich alles gut bei dir? Als er nicht antwortet, schicke ich noch eine Nachricht hinterher: *Jonas sagt, du hilfst ihm morgen beim Mais. Kann ich dann endlich mit dir Trecker fahren?*

Ich warte ewig auf seine Antwort.
Okay.
Werde ich jemals wieder entspannt einschlafen können?

38

Ich habe das andere Kleid an, das ich in Bloomington gekauft habe, das mit dem blau-gelb-weißen Streublumenmuster und der durchgehenden Knopfleiste vorn. Es ist herrlich warm, genau das richtige Wetter für das Kleid.

Und es ist ein perfekter Tag für die Maisernte. Nachdem ich fast drei Monate zugesehen habe, wie die grünen Stängel goldgelb wurden, bin ich äußerst gespannt darauf, wie die Ernte abläuft. Heute werde ich stundenlang neben Anders im begrenzten Raum einer Treckerkabine sitzen. Ich kann es kaum erwarten.

Ich habe mir ein paar Sachen zum Knabbern, Wasser und einen Pulli in den Rucksack gepackt, falls wir lange draußen sind und es kühler wird. Wenn Jonas Felder aberntet, ist er manchmal erst spätabends fertig, und so bin ich auf alles eingerichtet.

Auch im übertragenen Sinn.

Ehrlich gesagt, rutscht mir das Herz vor Angst in die Hose, wenn ich daran denke, dass ich heute reinen Tisch mache und zurückgewiesen werden könnte. Wenn Jonas nicht so offen und leidenschaftlich mit mir gesprochen hätte, weiß ich nicht, ob ich den Mut zum Kämpfen gefunden hätte. Anders hat recht: Ich bin unsicher. Aber jetzt ist es Zeit, die Boxhandschuhe anzuziehen.

***

Ich entdecke Anders zusammen mit seiner Mutter und seinem Bruder vor dem ersten großen Schuppen. Die drei schauen mir entgegen. Ich könnte nicht befangener sein.

»Na, du siehst ja wirklich bildhübsch aus!«, ruft Peggy.

Vermutlich erröte ich vom Scheitel bis zur Sohle. Ich kann nicht mal Jonas ansehen, von Anders ganz zu schweigen.

»Bist du so weit?«, fragt Anders.

»Jepp.« Ich werfe ihm einen kurzen Blick zu, er lächelt tatsächlich. Schnell sehe ich wieder weg.

»In der Kühlbox unter dem Sitz ist was zu essen«, erklärt Peggy mir.

»Oh, danke! Moment mal, habt ihr eine Kühlbox in dem Traktor?«

»Wir fahren nicht mit dem Traktor, wir nehmen den Mähdrescher«, sagt Anders. »Ich dachte, das macht mehr Spaß.«

Jonas boxt seinem Bruder grinsend gegen den Arm.

Als Anders sich abwendet, fange ich Jonas' Blick auf. Ich rechne damit, dass er sich über mein Unbehagen amüsiert, doch sein Gesicht ist ernst.

Ich nicke ihm zu. Er nickt zurück, und wir folgen Anders in die Halle.

Der Mähdrescher ist riesig, efeugrün mit leuchtend gelben Radkappen. Die Räder sind größer als ich. Vorne ist das sogenannte Maisgebiss angesetzt – ein breiter grüner Pflückvorsatz mit spitzen, raketenförmigen Zähnen.

Anders klettert die breiten Sprossen zur Tür hoch, zieht sie weit auf, steigt ein und dreht sich zu mir um.

»Sei vorsichtig!«, mahnt er und hält mich am Unterarm fest, während ich langsam nach oben steige.

Er macht die Tür zu und rutscht auf den Fahrersitz hinüber. Ich setze mich ebenfalls. Meine Haut brennt von seiner Berührung.

Die große Kabine ist von allen vier Seiten verglast – sie gleicht einem Glaskasten auf Rädern.

Am Anfang meines Berufslebens machte ich mal einen Fehler. Ich entwarf eine nach Süden ausgerichtete Londoner Atelierwohnung mit riesengroßen bodentiefen Fenstern. Als ich die Besitzer später wiedertraf, stöhnten sie, sie hätten das Gefühl, in einem Gewächshaus zu leben.

Als der Mähdrescher brummend zum Leben erwacht, springt die Klimaanlage an. Puh.

Peggy und Jonas gehen zur Seite. Anders dreht sich um und schaut hinten raus. Zum Abstützen hält er sich an der Lehne meines Sitzes fest, dann bugsiert er das riesige Gerät rückwärts aus der Halle.

Ich kann nicht anders, als ihn zu beobachten, während er sich auf das Manöver konzentriert. Er hat ein moosgrünes T-Shirt an, das seine Augen besonders gut zur Geltung bringt. Durch die verdrehte Körperhaltung dehnt es sich am Hals und gibt den Blick auf seine glatte, gebräunte Haut und die Kontur der Schlüsselbeine frei. Ich spüre die Wärme seines Arms an meinen Schultern, registriere seine sehnigen Muskeln. Heute halte ich mich nicht zurück mit meinen Blicken, ich will endlich ganz offen mit ihm über meine Gefühle sprechen. Es gibt nichts mehr zu verlieren.

Bevor Anders den Vorwärtsgang einlegt, fängt er meinen Gesichtsausdruck auf.

»Was geht dir durch den Kopf?«, murmelt er.

»Das sage ich dir, wenn wir allein sind«, entgegne ich.

Er sieht zu seiner Mutter und seinem Bruder hinüber.

»Ich fahre mit dir zum abgelegensten Feld, das ich finden kann.«

Seine tiefe Stimme bringt die Schmetterlinge in meinem Bauch zum Flattern.

Wir nehmen den staubigen Feldweg und biegen dann rechts auf eine im Sonnenlicht daliegende Straße, über die sich der milchig blaue Himmel spannt. Um uns herum erstrecken sich die goldenen Felder. Nach einer Weile fährt Anders vom Asphalt auf den grasbewachsenen Randstreifen, und wir schauen auf hektarweise trockene Maisstängel, die sich im Wind wiegen wie Wellen im Meer.

Anders drückt auf verschiedene Tasten seines Displays, dann geht es langsam auf das Maisfeld, und die grünen raketenförmigen Zähne schlagen sich in die Stängel. Er schaut wieder hinten heraus, ich tue es ihm gleich, und zu meinem Erstaunen regnet es komplett abgedroschene Maiskörner ohne Spelzen in den Auffangbehälter hinter uns.

»Erzählst du mir jetzt, was dir durch den Kopf ging?«

»Ich richte mich langsam psychisch darauf ein.«

Anders hebt eine Augenbraue, schaut wieder nach vorn und prüft die Digitalanzeige. »Also, nach der Menge zu urteilen, haben wir ungefähr zwölf Minuten Zeit, bis Jonas mit dem Überladewagen kommt.«

»*Zwölf Minuten?* So schnell?«

»Ja.«

»Was ist ein Überladewagen?«

»Ein Anhänger, der von einem Traktor gezogen wird. Ich lade die Körner hinten bei ihm rein, dann fährt er damit zur Farm und kippt sie in den Kornspeicher.«

Es ist nicht so laut in der Kabine, wie ich erwartet hatte, man hört nur das leise Summen des Motors, während es in gemächlicher Geschwindigkeit vorangeht, der Mähdrescher die Stängel erntet und wir ein flaches Feld trockener Spreu zurücklassen.

»Das macht irgendwie süchtig«, sage ich mit Blick nach hinten.

»Wetten, dass du das nicht mehr sagst, wenn du um zwei Uhr morgens hier draußen sitzt?«, neckt er mich.

»Dauert es wirklich manchmal so lange?«

»Wenn die Witterungsbedingungen stimmen, arbeiten wir notfalls die ganze Nacht durch. Aber du kannst natürlich nach Hause, wann immer du willst.«

»Auf keinen Fall. Wenn du bleibst, bleibe ich auch. Musst du morgen denn nicht arbeiten?«

»Ich kann später anfangen.«

Ich wende mich ihm zu und lehne mich mit den Schultern zurück, die Beine übereinandergeschlagen. Anders registriert meine Knie, die weißen Turnschuhe an meinen Füßen, dann dreht er sich wieder um.

»Manchmal habe ich das Gefühl, dass ich mehr nach hinten als nach vorn sehe«, bemerkt er.

»In mehr als einer Beziehung?«

Er schaut mir in die Augen. Es dauert einen Moment, ehe er antwortet. »Ja, kann man wohl sagen.«

Innerlich aufgewühlt halte ich seinem Blick stand, total nervös. Ich habe so viel zu sagen und weiß nicht, wo ich anfangen soll. Gut, dass wir den ganzen Tag hier draußen sind.

»Und, hast du dich jetzt psychisch darauf eingerichtet?«, will Anders wissen.

Ich schüttele den Kopf.

Ratlos kneift er die Augen zusammen.

»Wie fanden deine Eltern den Abend gestern?«, frage ich.

Anders lächelt und konzentriert sich. »Ganz gut. Ich war noch lange auf und habe mich mit Ma und Jonas unterhalten. Heute Morgen hatten wir auch ein ausführliches Gespräch mit Pa.«

»Worüber?«

»Meine Eltern wollen sich zurückziehen.«

Ich stoße einen kleinen Jubelschrei aus, er grinst über meine Reaktion.

»Sie sind jetzt einverstanden, die Zügel an Jonas zu übergeben. Pa hat gesagt, dass er stolz auf Jonas ist und dass er gern selbst den Mut gehabt hätte, etwas ganz anderes auszuprobieren.«

»Wow. Das ist ja toll!«

»Selbst Ma hat sich gewundert.« Anders sieht eine Weile geradeaus und seufzt dann leise. »Gestern Abend hat sie Jonas und mir etwas erzählt, das wir noch nicht wussten. Pa hatte wohl sein Leben lang mit Depressionen zu kämpfen. Bevor wir auf die Welt kamen, machte Ma sich eine Zeitlang große Sorgen um ihn. Als sie diesen Sommer sah, dass Jonas sich zurückzog und immer mehr trank und dann auch noch sein Blockhaus ausräumte, bekam sie Panik, weil Pa sich damals genauso verhalten hatte. Zum Glück hatte Ma damals eine Bekannte, die Therapeutin war und sich mit Depressionen auskannte. Ma sagt, sie wüsste nicht, wie das ohne ihre Freundin ausgegangen wäre.« Anders atmet schwer aus. Ich drücke sein Knie. Eine Weile betrachtet er meine Hand, dann fährt er fort. »Pa hat im Laufe der Jahre viel Last geschultert. Er hat versucht, Ma, Jonas und mich zu schützen, aber es nie richtig hinbekommen. Das alles von unserer Mutter zu hören, hat ein anderes Licht auf die Dinge geworfen. Jonas und ich hatten richtig Mitleid mit ihm.«

Anders greift nach einem CB-Funkgerät an einem schwarzen Spiralkabel und hält es an die Lippen. Ich nehme die Hand von seinem Knie. »Kannst du jetzt kommen?«

»Fahre los«, knistert Jonas' Stimme aus dem Funkgerät.

»Wir sind gleich voll«, erklärt Anders mir.

»Jetzt schon?«

»Jep.«

»Was hältst du von Tyler?«, fragt Anders.

»Ich fand sie wirklich nett. Jonas scheint sie zu mögen.«

»Er hat sich ihre Nummer geben lassen.«

»Echt? Klasse! Ich hatte schon damit gerechnet, dass Heather auftaucht und ihn in Beschlag nimmt.«

»Sie wollte eine Karte haben, nur eine für sich, aber Jonas hat ihr gesagt, es wäre besser, wenn sie nicht kommt.«

»Nein! Echt?«

Anders nickt.

»Großartig!« Ich mache eine Siegerfaust, er schmunzelt.

»Ich glaube, Jonas ist über sie hinweg.«

»Hoffentlich.«

* * *

Es dauert nicht lange, da kommt Jonas mit dem Überladewagen und fährt damit neben uns her, während ein großer Ausleger den Mais vom Mähdrescher auf seinen Anhänger lädt. Anders muss nicht mal langsamer werden. Sogar die Wende am Feldrain schaffen sie gemeinsam, ohne Kerne zu verschütten.

»Das ging ja super«, staune ich, als Jonas zurück zum Hof fährt.

»Und, erzählst du mir in den nächsten zwölf Minuten, was dir durch den Kopf geht?«, fragt Anders mit einem neckischen Grinsen, das sich zu einem Stirnrunzeln wandelt. »Da stimmt was nicht«, sagt er mit Blick auf die Digitalanzeige. Wir bleiben stehen, er macht den Motor aus. »Entschuldige.« Er drückt sich an mir vorbei. Als er die Tür aufschwingt und mit der Lässigkeit eines Menschen, der das schon sein Leben lang macht, die Leitersprossen hinuntersteigt, streifen seine Beine meine Knie.

Ich beuge mich nach draußen und sehe besorgt zu, wie

Anders eine verstaubte Klappe an der Seite des Mähdreschers öffnet.

»Fall nicht runter!«, ruft er zu mir hoch.

»Ich halte mich fest«, erwidere ich und freue mich über seine Sorge. Offenbar bin ich ihm doch wichtig. »Kannst du sehen, woran es liegt?«

»Der Treibriemen an der Dreschtrommel ist gerissen«, antwortet er geistesabwesend, klettert wieder in die Kabine und greift nach dem Funkgerät, um seinem Bruder Bescheid zu sagen.

»Okay, wartet einfach«, gibt Jonas resigniert zurück. »Wenn ich diese Ladung abgekippt habe, gucke ich mal, ob wir noch einen Ersatzriemen da haben, aber ich schätze fast, ich muss einen bestellen. Könnte ein paar Stunden dauern. Soll ich Ma mit dem Gator rüberschicken, damit sie euch abholt?«

Anders sieht mich an, wartet stumm auf meine Antwort. Ich schüttele den Kopf.

»Nein, wir kommen so klar«, spricht er in das Gerät, ohne mich aus den Augen zu lassen.

»Gut«, erwidert Jonas und verstummt.

Anders sieht das Funkgerät stirnrunzelnd an und hängt das Mikrofon wieder ein. »Gut?«, brummt er, zuckt mit den Schultern und sieht mich an. »Picknick unten am Fluss?«

Die Schmetterlinge in meinem Bauch erwachen zum Leben.

Ich klettere vom Mähdrescher hinunter und warte im warmen Sonnenschein darauf, dass Anders das Essen und zwei Dosen mit Getränken aus der Kühlbox holt. Er wirft mir eine aufgerollte Picknickdecke zu, die ich mir über die Schulter lege.

Der Fluss zieht sich am Fuß des Hügels entlang. Am Ufer

stehen Laubbäume, die sich allmählich verfärben. In wenigen Wochen werden sie rot, orange und gelb leuchten. Ich wäre gerne hier, um das zu sehen.

Wir gehen zu dem Bereich des Felds hinüber, der schon abgeerntet ist, wirbeln Spreu und gelegentlich einen trocken Maisstängel auf, den der Mähdrescher nicht erfasst hat.

Als wir den Fluss erreichen, legt Anders die Decke in den Schatten eines Baums und gibt mir ein Zeichen, mich hinzusetzen. Er gesellt sich zu mir, reicht mir eine Dose und macht sich selbst eine auf. Bevor er Sandwiches aus einer Tasche holt, trinkt er einen Schluck.

»Ich kann Hühnchen oder Schinken-Käse anbieten. Such dir was aus!«

»Du zuerst. Ich habe nicht so viel Hunger.«

»Nein?«

»Zu nervös zum Essen«, gestehe ich.

Er hält inne und sieht mich an. »Warum bist du denn so aufgeregt?«, fragt er. »*Wren?*«, hakt er nach, als er meine zittrigen Hände bemerkt.

»Tut mir leid. Ich bin mit den Nerven ziemlich am Ende.«

»Warum?«

»Weil ich etwas sagen will und Angst davor habe.«

»Dann komm«, drängt er mich vorsichtig.

Ich hole tief Luft und zwinge mich, ihn anzusehen. »Ich habe dich ja in Indy zurückgelassen. Das habe ich getan, weil ich dachte, wenn ich bleibe, würde ich dich und Lauries Eltern nur noch mehr verletzen. Ich habe gesehen, wie zerrissen du warst und welche Schuldgefühle du hattest. Kelly und Brian wären bestimmt nicht begeistert, wenn du dir ein Leben ohne Laurie aufbauen würdest, aber ich glaube, sie würden es irgendwann verstehen.«

Anders schüttelt den Kopf, unverrückbar vom Gegenteil überzeugt. Er schaut auf den Fluss.

Wie kann ich ihn nur erreichen?

»Ich weiß, dass du Lauries Eltern nicht weh tun willst, aber du bist nicht mit den beiden verheiratet, Anders. Nicht sie sind es, denen du ein Versprechen gegeben hast. Ihre Tochter ist nicht mehr da, das ist eine furchtbare Tragödie, aber du kannst nicht dein eigenes Leben opfern, nur um die beiden glücklich zu machen. Wobei sie niemals glücklich sein werden, egal, was du tust. Sie werden den Rest ihres Lebens trauern, daran ist nichts zu ändern. Und das ist nicht deine Schuld. Du bist nicht dafür verantwortlich. Nichts, was du tust, kann ihren Schmerz lindern. Das ist dir doch klar, oder? Anders?«

Ich warte darauf, dass er mich ansieht, mit feuchten Augen und diesen verfluchten Falten zwischen den Brauen. Ich rücke näher, knie mich vor ihn, und mein Puls dröhnt durch meinen Körper.

»Du kannst Laurie trotzdem den Rest deines Lebens lieben, in Gesundheit wie in Krankheit«, sage ich ernst. »Aber eben die Erinnerung an sie«, erkläre ich ihm mit einem Kloß im Hals.

Ich habe heute Vormittag recherchiert und einiges über das Wachkoma gelesen, deshalb verstehe ich Lauries Zustand jetzt ein bisschen besser.

»Ihr Körper fühlt nichts mehr. Keine Schmerzen, kein Leid. Du kannst nichts tun, das ihr hilft oder sie verletzt.«

Ich habe das Gefühl, mich im Kreis zu drehen, wie ein Flugdrachen im Sturm. Offenbar spürt Anders, wie verloren ich bin, denn er greift nach meiner Hand. Meine Haut pulsiert unter seinen Fingern, doch die Berührung gibt mir genug Kraft, um weiterzusprechen.

»Ich will dich nicht im Stich lassen«, flüstere ich, und Tränen treten mir in die Augen. »Laurie ist nicht mehr da, aber ich bin hier, und ich bitte dich nur um eins. Gesteh dir ein, dass du mich liebst.«

Tränen rollen mir über die Wangen, Anders streicht sie mit seinen rauen Fingern fort.

»Ich liebe dich ja, Wren«, sagt er leise und inbrünstig und nimmt mein Gesicht in die Hände. »Ich habe mich so lange mit aller Kraft bemüht, mich nicht in dich zu verlieben. Aber es geht nicht. Aber ich kann sie nicht verlassen. Ich lasse mich nicht von ihr scheiden.«

Seine Worte sind wie Stiche, die mein Innerstes durchbohren. Allerdings habe ich damit gerechnet.

Ich nicke Anders zu. »Das verlange ich auch nicht von dir. Aber bitte ... Würdest du dir wenigstens einmal kurz ausmalen, wie es sein könnte? Mit uns? Wenn ich nach der Hochzeit meiner Freunde nach Amerika zurückkäme und die Stelle bei Dean annehmen würde? Wenn ich diejenige wäre, zu der du abends heimkehrst? Das soll nicht heißen, dass ich bei dir einziehen will«, füge ich schnell hinzu. »Jedenfalls nicht sofort.« Ich schlage die Hände vors Gesicht. »Oh, ist das peinlich!«

Ich weiß, dass ich viel von ihm verlange. Er ist schon so lange in diesem Leben gefangen, dass er sich wahrscheinlich nicht vorstellen kann, wie es sonst aussehen könnte.

Er schließt die Finger um mein Handgelenk und zieht meine Hand vorsichtig nach unten.

»Ich habe von so einem Leben geträumt.« Seine Augen leuchten. »Ich wünsche mir *so sehr*, dass es anders wäre.«

Mir kommt eine Idee. Es ist ein letzter verzweifelter Versuch.

»Schenk mir diesen Tag!«, schlage ich ihm vor. »Sei frei,

nur einen Tag lang. Du hast Laurie und ihren Eltern viele Jahre geschenkt. Ich bitte dich nur um ein paar Stunden. Ich bitte dich, nein, ich flehe dich an, heute einmal nicht an die drei zu denken. Lass deine Schuldgefühle und deine Verantwortung los und sei hier, bei mir, voll und ganz. Am Samstag fliege ich nach England. Wenn du nicht willst, brauchst du mich danach nie wiederzusehen. Aber bitte, Anders, schenk mir diesen Tag! Das bist du mir schuldig.«

Ich verachte mich abgrundtief dafür, ihn auf diese Weise emotional zu erpressen. Anders schuldet mir gar nichts, aber diesem armen Kerl das Gefühl zu geben, er sei auch mir irgendwie verpflichtet, könnte die einzige Möglichkeit sein, ihn zu überreden.

Es ist zu seinem Besten, erinnere ich mich, und Jonas' Worte fallen mir wieder ein: *Mensch, Wren, er ist am Ertrinken.*

Anders studiert mich mit zuckenden Wangen, und in mir keimt leise Hoffnung auf, weil er offensichtlich über meinen Vorschlag nachdenkt.

Jemanden so stark unter Druck zu setzen, ist absolut untypisch für mich. Aber ich will nicht zurück nach England fliegen und mir vorwerfen müssen, nicht alles versucht zu haben. Mir ist es lieber, ich schäme mich, als etwas zu bereuen.

»Nur heute«, wiederhole ich. »Nur du und ich. Hier und jetzt. Keine Schuldgefühle, keine Gewissensbisse. Wir sind offen und ehrlich zueinander. Bitte.«

Er sieht mich an, und intuitiv streiche ich mit dem Daumen über die Falten zwischen seinen Augen.

»Was machst du da?«, fragt er mit angedeutetem Lachen, trotz der Intensität der Situation leicht belustigt.

»Ich würde dir wirklich gern diese Sorgenfalten nehmen.«

Er hält meine Hand fest und drückt die Lippen auf mein Handgelenk. Mein Magen zieht sich zusammen, mein Atem stockt, meine Augen werden ganz groß.

»Heute«, flüstert er voller Inbrunst.

Mein Herz macht einen Satz.

»Ja, heute.«

39

»Was hast du gedacht, als du mich zum ersten Mal gesehen hast?«

Wir liegen auf dem Rücken, die Hände ineinander verschränkt, und schauen zu den Bäumen empor. Die Luft um uns herum ist erfüllt vom Gesang zirpender Vögel und dem Plätschern des Wassers über die Steine im Fluss.

Mein gesamter Körper kribbelt, das Blut rauscht mir durch die Adern. Mein Herz hat sich noch nicht vom Stress der letzten halben Stunde erholt. Keine Ahnung, wann ich wieder runterkomme, wenn überhaupt, doch fürs Erste habe ich mein Unbehagen zusammen mit Anders' Schuldgefühlen in einen Karton gepackt und weggesperrt. Darum kümmere ich mich später. So wie er. Nur wird es für ihn viel schlimmer sein.

»Ich habe gedacht: Was ist denn das für eine heiße Grufti-Chica, die da zu Stevie Nicks tanzt?«

Ich sehe ihn an und lache. »Hast du nicht!«

»Doch«, beharrt er grinsend. »Also, abgesehen von dem Grufti-Ding.«

Ich drehe mich auf die Seite, ohne seine Hand loszulassen.

Unglaublich, dass ich seine Hand halte …

»Wieso, was hast du denn von mir gedacht?«, will er wissen.

»Als du reinkamst, habe ich dich nur aus dem Augenwinkel gesehen. Aber ich habe sofort gemerkt, dass ihr nicht wie die anderen seid. Jonas und du, ihr stacht heraus, und ich habe die ganze Zeit versucht, einen Blick auf eure Gesichter zu werfen. Als ihr Billard gespielt habt, konnte ich nur Jonas sehen, dich nicht. Bis du dich über den Tisch gebeugt und eine Kugel anvisiert hast. Da hast du mir in die Augen geguckt, und ich hatte das Gefühl, die ganze Welt würde stillstehen.«

Anders grinst mich an, ich erröte.

»Sorry, das klingt abgedroschen.«

Er dreht sich auch auf die Seite und lässt meine Hand los, um sich mit dem Kopf darauf zu stützen.

»Und dann haben wir uns kennengelernt und du fandest mich so was von bescheuert«, neckt er mich und streicht mir eine Locke hinters Ohr. Dort, wo seine Finger mich berühren, brennt meine Haut.

»Du hast dich wirklich absolut bescheuert aufgeführt«, bestätige ich lachend. »Aber ich war betrunken und dickköpfig, das gleicht sich also aus.«

»Du hattest ganz schön was intus«, stimmt er mir grinsend zu. »Trotzdem, ich mochte dich.«

Wir befinden uns in einer Art Paralleluniversum. Den ganzen Sommer über hat Anders sich bemüht, mir keine Aufmerksamkeit zu schenken, und jetzt kann ich ungestört in seine grünen Augen mit dem gelben Flecken sehen. Es ist unbeschreiblich aufregend. Nie wird das Routine sein. Davon werde ich niemals genug bekommen. Am liebsten würde ich Jonas sagen, dass er das Ersatzteil für den Mähdrescher nicht bringen braucht.

Mit flirrender Panik fällt mir ein, dass wir eben nicht alle Zeit der Welt haben. Schon gar nicht, wenn es mir nicht gelingt, zu ihm durchzudringen.

»Aber ich weiß nicht genau, wann ich mich in dich verliebt habe«, bemerke ich.

Sein Blick wird weich. »Ich weiß genau, wann mir das klarwurde.«

»Ich glaube, den Moment habe ich in deinem Gesicht gesehen.«

Er sieht mich mit fragend erhobener Augenbraue an.

»War das im Rathskeller?«

»Nein, es war beim Kegeln. Als du getroffen hast. Du hast dich so gefreut. Und als du dann zu mir rüber geschaut hast …«

Sein Lächeln verschwindet.

Ich runzele die Stirn. »Aber dann hast du einfach weggesehen, als wäre nichts gewesen.«

»Es tat weh, dich zu lieben.«

Ich streiche über die Falten in seiner Stirn. »Heute nicht«, murmele ich. »Lass das heute nicht zu.«

Wie sehen uns tief in die Augen, dann schlingt er den Arm um meine Taille und zieht mich langsam zu sich heran. Uns trennen nur noch wenige Zentimeter, die ganze Welt scheint stillzustehen. Ich verharre reglos, selbst das Herz in meiner Brust setzt kurz aus.

Anders' Blick verweilt auf meinem Mund. All meine Sinne sind zum Zerreißen gespannt, um uns herum knistert die Luft. Als seine Lippen meine schließlich berühren, durchfährt es mich wie ein Stromschlag.

Die Welt dreht sich weiter, und ich lasse mich von meinen Gefühlen überwältigen. Als Anders mich an seinen Unterleib drückt, erschaudere ich am ganzen Körper. Unser Kuss wird inniger und leidenschaftlicher, unsere Zungen spielen und ringen miteinander. Mein Herz schlägt wie von Sinnen, der Verstand setzt aus.

Anders hebt mich auf sich und setzt sich mit mir hin. Seine Hände gleiten über die Rückseite meiner nackten Beine, ich stelle die Knie rechts und links von seinen Hüften auf. Meine Finger fahren über seine breiten Schultern, und ich beuge mich vor und presse die Lippen auf die Mulde unter seinem Adamsapfel. Während ich seine Haut liebkose, windet er sich unter mir und hält mich gleichzeitig fest. Die Anspannung zwischen uns ist unerträglich. Ich begehre ihn, wie ich nie zuvor jemanden oder etwas gewollt habe, und spüre ihn deutlich unter mir. Es lässt sich nicht leugnen, dass auch er mich will.

Unsere Küsse werden dringender und verzweifelter, er drückt mich an sich und stöhnt leise. Das Geräusch vibriert durch meinen ganzen Körper. Noch nie habe ich etwas so Sinnliches gehört. Abrupt dreht Anders den Kopf zur Seite und senkt den Blick keuchend auf meine Schulter. Ich kann meine Schauder nicht mehr bändigen.

»Wren. Ich halte es nicht mehr aus.«

»Ich auch nicht. Bitte, ich will dich«, murmele ich.

Keine Ahnung, ob er auch nur ein Wort davon verstanden hat, doch auf einmal sind wir beide wie von Sinnen. Meine Finger nesteln an seiner Hose und seinem Gürtel herum. Er fasst mir unters Kleid, schiebt es bis zur Leiste hoch. Als ich seinen Gürtel löse, hält er mich nicht auf, genauso wenig wie ich ihn unterbreche, als er mir den letzten dünnen Stoff auszieht, der uns noch trennt. Schnell stehe ich auf, um mir das Kleid über den Kopf zu streifen, dann lasse ich mich langsam sinken, und ach, es ist absolut überwältigend.

Er hält mich fest, und wir fangen an, uns rhythmisch zu bewegen, und die Gefühle durchströmen mich, unfassbar intensiv. Ich habe Millionen von Glühwürmchen im Bauch, bin derart erfüllt von Licht und Liebe, dass ich zu platzen glaube. Ich kann mir gar nicht vorstellen, wie es für ihn sein muss – bei ihm liegt das letzte Mal viereinhalb Jahre zurück.

»Warte nicht auf mich«, raune ich an seinen Lippen.

»Komm mit mir!«, fleht Anders.

Hitze breitet sich in mir aus, sendet Wellen der Lust durch meinen Körper, und als ich explodiere, hält er mich fest und schaut mir tief in die Augen, bis er ebenfalls kommt.

* * *

Ich bin mir ziemlich sicher, dass Jonas errät, was passiert ist, sobald er uns sieht. Und tatsächlich bekommt er das Grinsen kaum aus dem Gesicht. Erst, als Anders und er sich voll auf das Problem mit dem Mähdrescher konzentrieren, den kaputten Treibriemen herausnehmen und ihn durch den neuen ersetzen. Von dort, wo ich stehe, sieht das sehr kompliziert aus.

Als wir endlich weiterernten können, ist es schon früher Abend. Die niedrig stehende Sonne wirft ein wunderschönes Licht auf die Felder und lässt sie noch goldener leuchten.

Anders streckt die Hand nach mir aus und verschränkt seine Finger mit meinen. Während die Sonne versinkt und die Sterne aufgehen, während Jonas kommt und geht und die Maiskörner in seinen Anhänger lädt, verliebe ich mich immer mehr.

Wir reden über alles und nichts, hören Musik oder sitzen in einträchtigem Schweigen da. Ich wünsche mir dieses Leben so sehr! Dieses Leben mit Anders. Es macht mir unglaubliche Angst, dass er es vielleicht nicht will. Immer wieder verdränge ich die aufkommende Furcht und versuche, den Augenblick zu genießen, so wie ich es von Anders verlangt habe.

Als Jonas um drei Uhr morgens endlich Feierabend macht, fahren auch wir zur Farm zurück und stellen den Mähdrescher in die Maschinenhalle.

»Ich bringe dich im Gator nach Hause«, sagt Anders.

»Nicht mit dem Motorrad?«, necke ich ihn.

»Das ist zu laut. Dann werden dein Vater und deine Stiefmutter wach.«

»Hast du es deshalb damals geschoben?«

Anders nickt.

»Oooh.« Das hatte ich mich schon gefragt. »Können wir nicht zu Fuß gehen?«

»Wie du willst.«

Wir spazieren hinüber, Arm in Arm, und als wir Wetherill erreichen, küsst Anders mich innig im Sternenlicht auf der Treppe.

»Diese Nacht soll niemals enden«, flüstere ich an seinen Lippen.

Er schaut zur Schaukel auf der Veranda hinüber und sieht mich fragend an.

Mein Herz quillt über.

Wir setzen uns in die Schaukel und kuscheln uns aneinander, bis der Himmel heller wird und die Sterne schwächer.

»Kommst du am Freitagabend nach Indy und schläfst bei mir?«, fragt Anders und streicht mir über den Kopf. »Dann kann ich dich Samstagmorgen zum Flughafen bringen.«

»Das wäre schön«, antworte ich. Als mir klarwird, was er damit sagen will, dass dies nicht das Ende ist, sondern der Anfang, wird mir ganz warm vor Glück. Ich bin selig und voller Hoffnung für die Zukunft.

Anders geht davon, hinter ihm der Himmel in Rosa- und Rottönen, ich bleibe auf der Treppe stehen. Und tatsächlich, er sieht sich noch mal über die Schulter um und winkt mir zu, bevor er verschwindet.

Lächelnd falle ich ins Bett und gleite in einen tiefen, traumlosen Schlaf.

***

Als ich am nächsten Tag aufwache, habe ich eine Nachricht von ihm, die er auf dem Heimweg geschrieben haben muss.

Bis Freitag x

Freue mich, tippe ich zurück. *Du fehlst mir jetzt schon.*

Keine Reaktion.

Ich warte einen Tag, dann frage ich: *Alles in Ordnung?*

Keine Antwort.

Ich bekomme Angst, richtig große Angst, dass er in sein altes Schema zurückgefallen ist, in das Leben, in dem er zu ertrinken droht, in dem Lauries Eltern ihn mit sich nach unten ziehen, in dem er ganz allein ist und niemand für ihn kämpft. Ich habe das Gefühl, selbst im Wasser zu sein und am rutschigen Ufer hinauszuklettern zu wollen, doch immer wieder falle ich hinein. Ich habe keinen festen Boden mehr unter den Füßen.

Während ich meine Sachen packe, klingele ich immer wieder bei Anders durch. Als Bailey, Casey und Jonas am Donnerstagabend zu einem Abschiedsessen kommen und Jonas mir sagt, dass er nichts von seinem Bruder gehört habe, probiere ich es weiter.

Ich bekomme Panik und weiß nicht, was ich tun soll. Aber immerhin sehe ich ihn ja am Freitag. Hoffentlich erzählt er mir dann, dass er nur ein paar Tage brauchte, um einen klaren Kopf zu bekommen.

Plötzlich eine Nachricht von ihm:

Um wie viel Uhr bist du da?

Gegen fünf, wenn das okay ist?

Ja, ich mache früher Schluss.

Alles in Ordnung? Wo warst du? Mache mir Sorgen.

Es vergehen zwei Stunden, ehe er antwortet.

Bis morgen dann

Dad fährt mich nach Indianapolis und unterhält sich die ganze Strecke über mit mir, doch ich werde das scheußliche Gefühl nicht los, dass irgendetwas ganz und gar nicht stimmt. Vor lauter Sorge konnte ich mich nicht mal richtig von Sheryl verabschieden und ihr für alles danken, was sie für mich getan hat. Ich musste ihr versprechen, dass ich bald wiederkomme, und ich habe geantwortet, ich würde es versuchen, doch es hängt alles davon ab, wie es mit Anders weitergeht.

Hat er mich in seine Wohnung bestellt, damit er mir ins Gesicht sagen kann, dass es vorbei ist?

Kaum kommt mir dieser Gedanke, spüre ich, dass ich richtigliege.

Als Dad vor der alten Seidenfabrik hält, schlägt mir das Herz bis zum Hals. Ich konzentriere mich auf meinen Vater und den Abschied, während er mein Gepäck aus dem Kofferraum holt.

»Den Rest schaffe ich allein, Dad«, sage ich mit breitem Lächeln. Ich reiße mich zusammen und tue so, als sei alles in Ordnung.

Und obwohl wir uns in diesem Sommer wirklich nähergekommen sind, kennt er mich immer noch nicht gut genug, um zu wissen, wann ich ihm etwas vormache.

Er nimmt mich in die Arme, und mir treten Tränen in die Augen, als ich ihn fest drücke, meinen Dad.

»Ich hab dich lieb«, flüstere ich ihm ins Ohr.

»Ich dich auch, Vögelchen. Flieg bald wieder her, so schnell du kannst.«

Als sein Wagen den Parkplatz verlässt, hole ich mein Handy heraus und rufe Anders an.

Er meldet sich nicht.

Ich schreibe ihm: *Ich stehe draußen.*

Ich mach dir auf.

Nein. Geh an dein Handy.

Ich rufe wieder an. Diesmal nimmt er ab.

»Wren?«, fragt er verwirrt.

»Ist es vorbei?«, will ich wissen. »Zwischen dir und mir. Ist es vorbei?«

»Wren, komm rein!«, sagt er leise.

»Nein, Anders, sag es mir jetzt!«, verlange ich. »Ich will wissen, ob es vorbei ist.«

»Komm bitte ins Haus!«, fleht er.

»Du kannst es nicht, stimmt's? Du kannst nicht mit mir zusammensein, solange du mit ihr verheiratet bist. Und du wirst sie nicht verlassen, du wirst dich nicht scheiden lassen, du willst ihren Eltern keinen Kummer machen, obwohl dieses Leben dich zerreißt.«

Schweigen am anderen Ende.

Ich höre ihn atmen und weiß, dass ich ihn verloren habe.

»Ich kann nicht«, sagt er. »Komm bitte herein, damit wir darüber sprechen können.«

»Nein«, entgegne ich trüb. »Nein. Es gibt nichts mehr zu sagen.«

Ich lege auf, schleppe meinen Koffer zur Straße und halte Ausschau nach einem Taxi. Jetzt regiert mein Instinkt. Ich weiß genau, was ich zu tun habe. Ich fahre direkt zum Flughafen und schaue, ob ich noch einen früheren Flieger erwische. Wenn nicht, bleibe ich bis zum nächsten Morgen im Terminal.

Aber ich will sein Gesicht nicht mehr sehen, nie wieder, im ganzen Leben nicht.

Ein Taxi hält, der Fahrer lässt die Scheibe hinunter.

»Zum Flughafen, bitte.«

Er steigt aus, lädt meinen Koffer ein, und ich setze mich auf die Rückbank und schnalle mich an.

Ein letztes Mal schaue ich zu Anders' Apartment hoch und frage mich, ob er doch nach unten kommt, ob er es sich vielleicht anders überlegt und mich aufhalten will.

Ach, wem mache ich etwas vor? Ich weiß, dass er das nicht tut. Und im Moment will ich das auch gar nicht.

Ich bin durch mit ihm.

Das Taxi fährt los.

40

Heute ist die Hochzeit von Sabrina und Lance. Die letzte Woche war ich wie ferngesteuert, habe mechanisch vor mich hingelebt, ohne irgendetwas zu fühlen. Ich kann nicht mal weinen.

Gestern habe ich Mum zum Mittagessen getroffen. Sie merkte, dass irgendetwas ganz und gar nicht stimmt, aber ich konnte nur sagen, dass ich mich in den falschen Mann verliebt hatte. Ich versprach, es ihr irgendwann zu erklären, aber bislang begreife ich es selbst noch nicht richtig. Wahrscheinlich stehe ich unter Schock.

Mum wollte wissen, wer denn meine Begleitung auf der Hochzeit sein würde. Ich sagte, niemand. Und als sie fragte, ob Scott mit Nadine käme, erwiderte ich, dass ich das nicht wüsste, Sabrina aber auch nicht mit so einer Frage nerven wollte. Ehrlich gesagt, ist es mir ziemlich egal.

Es interessiert mich eigentlich auch nicht, wie ich aussehe, aber dem Brautpaar zuliebe gebe ich mir doch Mühe, denn niemand möchte auf seiner Hochzeit ein bleiches Gespenst unter den Gästen haben.

Am liebsten würde ich Schwarz tragen, aber ich entscheide mich für dunkelblaue Spitze. Das Kleid ist ärmellos, endet knapp über dem Knie und betont meine Kurven. Ich trage dunkelblaue Pumps dazu und lasse die Haare offen. Sie sind von der Sonne gebleicht und fallen mir jetzt fast bis auf die Schultern.

In der Kirche sitze ich allein auf Sabrinas Seite. Scott entdecke ich zwei Reihen weiter vorn auf Lance' Seite. Er ist ohne Nadine da, und ich weiß nicht, was das zu bedeuten hat, es ist mir auch egal. Ich bin ganz benommen.

Ich komme erst zu mir, als Sabrina und Lance vorn am Altar ihre Ehegelübde ablegen. Meine Freundin ist so wunderschön mit ihre dunklen, über den Scheitel geflochtenen Haaren. Sie trägt ein langes, eng anliegendes weißes Kleid, Lance einen schicken anthrazitgrauen Anzug.

In dem Moment bin ich bei ihnen, auch wenn ich »in Gesundheit wie in Krankheit, bis dass der Tod euch scheidet« nicht hören kann, ohne an Anders zu denken.

Er stand ebenso vor einem Altar und hörte, wie der Geistliche diese Worte zu ihm und seiner Braut sagte, wie er ein Versprechen verlangte, eine lebenslange Verpflichtung.

Ich kann mir sein Gesicht vorstellen, als er sein Ja-Wort gab. Er wird Laurie voller Liebe angesehen haben, bestimmt hat er nicht mal gelächelt, da ihm der Ernst der Situation bewusst war. Vielleicht lächelte sie ihn dabei an, vielleicht trieb es ihr Tränen in die Augen.

Was soll's. Das ist mir jetzt vollkommen egal. Ich bin aus kaltem Stahl.

Ich weiß nicht mal, ob Anders versucht hat, mich anzurufen, weil ich seine Nummer auf dem Weg zum Flughafen blockiert habe und dann als zusätzliche Vorsichtsmaßnahme mein Handy ganz ausgestellt habe. Irgendwann werde ich mir vielleicht erlauben, mir jenen Tag auf dem Feld in Erinnerung zu rufen.

Doch im Moment möchte ich alles, was mit Anders zu tun hat, aus meinem Gedächtnis radieren.

***

Nach dem Essen kommt Scott zu mir. Da habe ich bereits ein paar Gläser intus und bin so weit warmgelaufen, dass ich mich mit Sabrinas Kommilitonen von der Uni unterhalte. Ihre Freundinnen sind eine nette Gruppe, ich hätte wirklich großen Spaß, wenn es nicht diesen Idioten in Indianapolis gäbe.

Nein, Anders ist kein Idiot. Das war nicht so gemeint. Ich habe ihn um einen Tag gebeten, er hat mir einen Tag gewährt. Mehr hat er mir nie versprochen.

Ich versuche, diese gefährlichen Gedanken zu verdrängen.

»Hey«, sagt Scott und legt mir die Hand auf die Schulter.

Ich drehe mich zu ihm um, schaue in sein offenes, lächelndes Gesicht und denke: Was bist du doch für ein netter, unkomplizierter Mann.

»Hey«, erwidere ich mit warmer Stimme und stehe auf, um ihn in den Arm zu nehmen.

Die Umarmung ist seltsam vertraut und gleichzeitig total fremd.

Die junge Frau, die neben mir saß, geht mit ihrer Freundin an die Theke, und Scott übernimmt ihren Platz.

»Wie geht es dir?« Seine braunen Augen blicken prüfend in meine.

»Gut, und dir?«

»Mir auch.« Er nickt.

»Ich sehe, du warst beim Frisör.« Seine dunkelbraunen Locken sind kürzer als sonst. Sie sind kaum noch als Locken zu erkennen.

Früher habe ich ihm hin und wieder die Haare geschnitten. Einmal sagte ich, sie hätten die satte dunkle Farbe von Torf, und er fragte neckend: »Soll das heißen, ich bin ein Moorgeist?«

Ich muss sagen, länger fand ich seine Haare schöner.

»Musste mir eine neue Frisörin suchen«, antwortet er mit einem befangenen Lachen.

»Ha! Geschieht dir recht.« Woher ich die Kraft habe, ihn zu sticheln, entzieht sich meinem Wissen.

»Du siehst gut aus«, sagt Scott.

Ich zucke mit den Schultern. »In dem alten Ding? Du auch.«

Scott trägt einen dunkelblauen Anzug mit weißem Hemd, am Hals offen. Vorher hatte er noch eine Krawatte an, ebenfalls dunkelblau. Unabsichtlich sind wir passend gekleidet.

»Hast du jemanden dabei?«, will er wissen.

»Nee.«

Ich frage ihn nicht. Ich sehe ja, dass er allein ist.

»Wie war es in Amerika?«

»Gut.«

»Bist du mit dem Airstream fertig geworden?«

»Ja.«

»Ich dachte, du würdest mir vielleicht noch ein paar Fotos schicken.«

»Oh, sorry, wollte ich eigentlich.« Das ist nicht gelogen. »Soll ich dir welche zeigen?«, biete ich an.

»Ja, gerne.«

Ich hole mein Handy heraus.

* * *

Ich weiß nicht, wie es kommt, aber zwei Stunden später unterhalten wir uns und lachen wie alte Freunde. Ich habe tatsächlich sogar ein bisschen Spaß, was mich wundert. Ich weiß immer noch nicht, ob Scott noch mit Nadine zusammen ist oder ob sie sich getrennt haben, doch das ist mir egal. Ich liebe ihn nicht mehr, er liebt mich nicht mehr, und ich habe meinen Frieden mit Scotts Entscheidung gemacht, unsere Verlobung aufzulösen. Ich möchte, dass er glücklich ist, und ich finde hoffentlich auch eines Tages das Glück mit dem richtigen Mann.

»Wo ist Nadine heute?«, frage ich, um mich von den Gedanken an Anders abzulenken. Jetzt ist die Neugier doch zu groß geworden.

»Bei ihren Eltern in Norfolk.«

»Ach so. Alles gut bei euch?«

Er nickt, und ja, es versetzt mir einen kleinen Stich. Ich bin auch nur ein Mensch.

»Warum ist sie nicht mitgekommen?«

»Ich dachte, es wäre besser, wenn ich allein hier bin.«

»Hoffentlich nicht wegen mir«, sage ich scharf. Ich brauche sein Mitleid nicht. Ist es das?

»Nein, eigentlich nicht. Ich dachte, es wäre nett, dich zu sehen, ohne Nadine. Der alten Zeiten wegen. Hier bei Sabrina und Lance ... keine Ahnung«, murmelt er unangenehm berührt.

Eigentlich ist das total anständig von ihm. Aber ich wusste ja, dass er ein guter Mensch ist. Nadine hat wirklich Glück.

»Es war schön, dass wir mal wieder richtig reden konnten«, sage ich.

Scott lächelt mich an, hält meinen Blick länger, dann wird er ernst. »Das tut mir alles wirklich leid.«

»Schon gut, Scott. Ehrlich, es ist in Ordnung.« Ich tätschele seinen Unterarm. Seine dunklen Augen funkeln in der schummrigen Beleuchtung. »Du hattest recht. In Bezug auf mich, auf alles. Ich habe in Amerika viel über mich nachgedacht und erkannt, dass ich dir nicht den nötigen Respekt entgegengebracht habe. *Mir* tut es leid.«

Er ist sprachlos, beugt sich vor und fährt sich über den Mund.

»Es tut mir auch leid, wenn ich auf dich hinabgeschaut habe. Das wollte ich nicht.«

Er kommt zu sich, schüttelt den Kopf. »Das habe ich nicht gemerkt. Aber es ist nicht falsch, wenn man weiß, was man bei einem Partner sucht. Dafür ist das Leben zu kurz. Man muss ehrlich zu sich selbst sein und sich nichts vormachen. Was für ein Leben will man, mit was für einem Menschen will man es verbringen? Solange man zu allen um sich herum nett ist, und das bist du, sollte man sich nicht verbiegen.«

Ich habe mich geirrt. Ich liebe Scott noch, allerdings auf eine andere Weise. Ein kleiner Teil von mir wird ihn immer lieben.

»Danke«, murmele ich und lege ihm den Arm um die Schultern.

Einen kurzen zärtlichen Moment lang legen wir einander die Stirn an die Schulter, dann lösen wir uns.

»Ich gehe jetzt nach Hause«, sage ich und blinzele meine Tränen zurück.

»Alles gut?«, fragt Scott besorgt.

Ich nicke. »Ja, doch. Keine Sorge, das hat nichts mit dir zu tun. Guck bitte nicht so schuldbewusst! Das ertrage ich nicht.«

Er lacht, ich grinse zurück, dann suche ich meine Sachen zusammen und verabschiede mich von Sabrina und Lance.

Auf dem Heimweg gehen mir tausend Gedanken durch den Kopf, und alle Gefühle, die ich in den letzten Wochen unterdrückt habe, wallen wieder hoch und drohen mich zu überwältigen. Die Benommenheit war mir ganz recht, dieses klaffende, furchtbare, hohle Gefühl. Ich habe große Angst vor dem Schmerz, den ich in mir aufkommen spüre. Ich gehe schneller, will unbedingt zu Hause sein, bevor er mich überwältigt.

Er hat mir nie mehr versprochen, als er gegeben hat. Er ist ein anständiger Kerl.

Und ich bin immer noch überwältigend, vernichtend, erschütternd verliebt in ihn.

Ich müsste ihn anrufen. Ich sollte ihm sagen, dass ich ihm verzeihe. Dass das, was passiert ist, nicht sein Fehler war. Ich habe ihm zu viel Druck gemacht. Ja, ich habe getan, was meiner Meinung nach das Beste für ihn war, aber er wird sich die Schuld daran geben, wie es ausgegangen ist.

Wie war es wohl für ihn, nach Indianapolis zurückzukehren, nachdem er den Tag mit mir verbracht hatte? Die Schuldgefühle müssen unerträglich gewesen sein. Ist er sofort zu Laurie gefahren? Hat er es ihren Eltern gebeichtet? Ich stelle mir vor, wie seine Schwiegermutter ihn beschimpft und ihm schwere Vorwürfe gemacht hat. Er muss vor Selbstverachtung und Scham vergangen sein.

Ach, Anders. Wie konnte ich mir einbilden, dass ein schöner Tag mit mir viereinhalb Jahre Leid ungeschehen machen könnte? Natürlich braucht er mehr Zeit. Ich hätte mehr Geduld mit ihm haben müssen.

Ist es wirklich vorbei? Für immer aus? Könnte ich wenigstens wieder mit ihm befreundet sein? Als Mensch, der ihn liebt und unterstützt, egal, was kommt?

Wenn ich ehrlich zu mir bin, glaube ich nicht, dass ich das schaffe. Dafür fehlt mir die Kraft. Bei der Erkenntnis breche ich innerlich zusammen.

Ich muss nach Hause, bevor ich auf dem Gehsteig die Beherrschung verliere.

Wie es ihm wohl geht? Der Gedanke, dass er noch schlechter dran sein könnte als ich, bedrückt mich schwer.

41

Eine Woche zuvor | **Anders**

Ich biege in Kelly und Brians Einfahrt und bleibe eine Weile im Auto sitzen, bevor ich den Motor abstelle. Die Beklemmung in meiner Brust ist noch schlimmer als sonst.

Ich weiß nicht, ob ich das schaffe.

Dieser Gedanke lässt mich nicht los.

Aber ich habe angekündigt, dass ich heute komme, also bin ich hier.

Ich schaue nach vorn auf das Haus, in dem meine Frau aufwuchs, und frage mich, wie ihre Eltern das aushalten.

Jeder Quadratzentimeter dieses Gebäudes ist von Erinnerungen an Laurie erfüllt. Sie hat mir mal erzählt, dass sie sich in ihrer Kindheit manchmal einsam gefühlt hat, ohne Geschwister, aber ihre Eltern haben sie abgöttisch geliebt.

Wie oft hat Laurie als kleines Mädchen mit ihrer Mutter im Wohnzimmer gesessen und ein Puzzle gemacht oder ihren Vater überredet, mit ihr eine Kindersendung im Fernsehen zu schauen? Wie oft wurde nach der Schule in der Küche ein Imbiss zubereitet, wie oft im Garten Ball gespielt?

Als Laurie ein Teenager war, müssen ihre Eltern hundertmal an ihrem Zimmer vorbeigegangen sein und gesehen haben, wie sie bäuchlings auf dem Bett lag, die Beine hinter sich verschränkt, und mit ihrer besten Freundin Katy telefonierte. Nein, wahrscheinlich hatte Laurie die Tür zu, aber ihre Eltern hörten sicher ihre Stimme, ihr Lachen.

Es tut mir so leid, dass die Erinnerungen von Lauries Eltern jetzt nicht mehr unbefleckt und rein sind. Denn wie sollen sie sich an ihre Tochter erinnern, an den Teenager von damals, wenn sie Laurie Tag für Tag in diesem Zustand vor sich haben?

Bevor ich mich in diesen Gedanken verliere, steige ich aus.

Als Kelly mir die Tür öffnet, wird die Last auf meinen Schultern noch größer. Früher erkannte ich Laurie in ihren Zügen und stellte mir gerne vor, wie meine Frau irgendwann aussehen würde. Kellys Anblick vermittelte mir immer ein gutes Gefühl.

Jetzt erfüllt er mich mit Furcht.

»Hallo!«, sagt sie mit kaum merklichem Lächeln und drückt mich kurz an sich. »Wie geht's?«

Kaum hat sie die Frage gestellt, schießt ihr Blick weg. In letzter Zeit will sie die Antwort gar nicht wissen, will mir nicht ins Gesicht schauen, wenn ich sie anlüge, es gehe mir gut.

Heute kann ich mich nicht überwinden zu behaupten, alles sei in Ordnung.

Nicht nach dieser Woche, in der jede Minute ein Albtraum war.

Nicht nach gestern, als Wren vor meinem Apartment in ein Taxi stieg und zum Flughafen fuhr, weil sie es nicht ertrug, mich zu sehen.

Und auf keinen Fall heute, wo ich weiß, dass sie fort ist.

Der Gedanke an ihren Schmerz vernichtet mich.

***

Als ich am Montagmorgen nach Indianapolis fuhr, waren meine Gefühle so intensiv. Ich hatte Wren nicht gesagt, dass ich direkt zurückkehren würde, weil ich wusste, dass sie sich Sorgen machen würde, wenn ich mich nach einer durchwachten Nacht ans Lenkrad setzte, doch ich war nicht müde.

In Filmen habe ich schon öfter mitbekommen, dass Leute sagen, sie würden sich so »lebendig« fühlen, und konnte das nie nachvollziehen. Aber an jenem Morgen verstand ich es. Alles war mir unglaublich bewusst.

Ich sah, wie die Sonne sich in Wrens Zimmerfenstern spiegelte, die wie Juwelen funkelten, und stellte mir vor, wie sie im Bett lag, dass sie eingeschlafen war, sobald ihr Kopf das Kissen berührte. Ich war so erfüllt von Liebe zu ihr.

Ich sah die Spinnennetze in den Grasstreifen am Wegesrand, Millionen verstrickter silberner Fäden, in denen der Tau glitzerte.

Ich blieb stehen, um über die noch abzuerntenden Feldern zur Scheue zurückzuschauen, die rot im Sonnenaufgang leuchtete. Ich ließ mir eine ganze Minute Zeit, um alles zu fühlen, jedes Detail. Ich war glücklich. Seit langer Zeit war ich nicht mehr so glücklich gewesen.

Ich schickte Wren eine Nachricht – *Bis Freitag*, mit einem Kuss – und fragte mich, wie ich die Woche bis dahin überstehen sollte. Ich wollte sie nicht verlassen. Am liebsten wäre ich umgedreht.

Tat ich aber nicht. Und je weiter ich mich von ihr entfernte, desto schwerer wurde mir ums Herz.

Bevor ich zur Arbeit fuhr, wollte ich eigentlich kurz zu Hause duschen, doch dann wurde mir sonderbar zumute, ich zitterte regelrecht. Zuerst dachte ich, es läge daran, dass ich zu wenig geschlafen und gegessen hatte, doch als ich die Wohnungstür öffnete und schließlich den leeren Platz auf meinem Nachttisch sah, wo sonst Lauries Foto stand, bekam ich Panik. Ich ging hinüber und holte das Bild aus der Schublade, dann musste ich mich hinsetzen, weil mir beim Anblick meiner lächelnden Frau schummrig wurde.

Wie hatte ich sie verdrängen können, wie hatte ich vergessen können, dass es sie gibt? Wie hatte ich diese Zeit sogar *genießen* können?

Ich hatte das Gefühl, die Erde würde sich unter mir auftun, deshalb stieg ich schnell ins Auto und fuhr direkt zu Laurie.

Brian war bereits zur Arbeit aufgebrochen, und ich Feigling war erleichtert, ihm nicht gegenübertreten zu müssen. Doch Kelly spürte von dem Moment an, wo sie mein schuldbewusstes Gesicht erblickte, dass etwas Schlimmes geschehen war.

»Was hast du getan?«, fragte sie.

»Es tut mir leid«, flüsterte ich.

Sie begriff sofort.

»Wie konntest du nur!«

Ihren Gesichtsausdruck dabei werde ich nie vergessen.

»Ich will dich hier nicht sehen«, sagte sie. »*Laurie* will das nicht. Fahr nach Hause. Du widerst mich an.«

»Ich muss sie sehen«, flehte ich. »Bitte!«

»Auf Wiedersehen, Anders.«

Kelly schlug mir die Tür vor der Nase zu.

Ich drehte absolut durch.

Noch nie war ich so sauer gewesen, so wütend. Ich war nicht böse auf *sie*, ich war wütend auf mich, aber ich hätte fast Kellys Tür eingeschlagen. Ein Nachbar kam raus und schrie etwas in meine Richtung, auch andere müssen sich gefragt haben, was da los war, doch es war mir egal.

Irgendwann ließ mich Kelly herein, wenn auch nur, damit ich Ruhe gab. Sie fuhr mich an, ich solle mich zusammenreißen. Ihr Gesicht war rot, und sie wirkte regelrecht angewidert von mir.

Laurie saß bereits in ihrem Rollstuhl. Ich fiel vor ihr auf die Knie und schluchzte. Sie starrte an mir vorbei, sah nichts, fühlte nichts, während mich meine Gefühle fast umbrachten.

Schließlich kam Kelly herein und versuchte, mich auf die Füße zu ziehen, damit ich mich auf einen Stuhl setzte, doch nach einer Weile gab sie auf und nahm selbst darauf Platz.

Sie rieb mir über den Rücken. Vielleicht hatte sie mir vergeben, aber ich selbst werde mir nie verzeihen können.

Jeden Abend bin ich in dieser Woche hingefahren, nur am Freitag nicht. Ich habe versucht wiedergutzumachen, was ich getan habe, wollte Abbitte leisten. Jedes Mal, wenn ich an Wren denken musste, habe ich sie verdrängt. Jedes Mal, wenn sie angerufen oder geschrieben hat, hatte ich das Gefühl, mich übergeben zu müssen.

Während die Tage vergingen, nabelte ich mich immer weiter von ihr ab. Ich will vergessen, was wir getan haben, will es auslöschen, Distanz zu ihr aufbauen. In der Erinnerung scheint mir der Sonntag unwirklich.

Gestern Morgen habe ich mit dem Gedanken gespielt, Wren anzurufen und sie zu bitten, am Freitag nicht zu kommen, aber es kam mir feige vor, ihr das am Telefon zu sagen. Ich musste ihr persönlich erklären, was los ist, aber das war ein Fehler. Keine Ahnung, was ich mir dabei gedacht habe.

Ich werde mir niemals verzeihen, was ich Wren angetan habe. Diesen Gedanken verdränge ich ebenfalls, denn ich bin hier bei Laurie. Ich darf gar nicht an Wren denken. Nicht jetzt, nie.

Brian kommt die Treppe herunter. »Anders«, sagt er zur Begrüßung, mürrisch und ernst wie immer.

»Hi.« Ich zwinge mich, ihm in die Augen zu sehen, aber wende dann doch als Erster den Blick ab.

Am Mittwoch habe ich ihn kurz getroffen, doch er blieb während meines Besuchs fast die ganze Zeit in der Küche. Zweifellos hat Kelly ihm erzählt, was ich getan habe. Auch er ist von mir angewidert.

»Möchtest du einen Kaffee?«, fragt Kelly. Ihr Ton ist weicher als sonst.

»Ja, bitte«, antworte ich.

Die Stimmung ist angespannt, dennoch versuche ich, mich so zu benehmen wie sonst.

Ich gehe ins Wohnzimmer und setze mich vor Laurie.

»Hey.« Ich nehme ihre Hand und ertrage kaum, wie hohl meine Stimme klingt. »Du bist so kalt.«

Sie ist immer kalt. Ich denke an Wren, daran, wie warm sie war, und schlage schnell die Falltür zu.

Ich drücke Lauries Hand, versuche sie zu wärmen, und dann habe ich den furchtbaren Drang, ihre Finger so fest zu quetschen, dass sie sie mir entzieht, nur damit sie irgendeine menschliche Reaktion zeigt.

Das mache ich natürlich nicht. Allein schon der Gedanke kommt mir grausam vor. Aber manchmal wünsche ich mir, dass Laurie mir irgendwie zu verstehen gibt, dass sie noch da ist.

»Laurie«, flüstere ich und verschränke die Finger mit ihren.

Kalt.

Vor meinem inneren Auge taucht das Bild von Wren und mir auf der Decke auf, die Hände zwischen uns verschlungen. Es tut so weh, dass ich um Atem ringe.

Laurie hustet, ich schrecke zusammen.

»Alles in Ordnung, mein Schatz?« Kelly kommt mit zwei

Kaffeebechern ins Wohnzimmer, einen für mich und einen für sich. Sie reibt Laurie über den Rücken, die erneut hustet. Ich beobachte ihren Mund.

Mein Blick suchen ihren, doch ihre leeren Augen sind stumpf. Schnell muss ich wegschauen.

Ich denke daran, wie Wren mir in die Augen sah, als sie auf mir saß, an ihren Gesichtsausdruck, als wir uns gemeinsam bewegten. Bevor ich die Erinnerung vertreiben kann, bekomme ich eine Gänsehaut. Ich fühle mich wieder lebendig, nur wenige Sekunden lang, und auch wenn ich versuche, den Gedanken zu zertrampeln, habe ich immer noch Wrens Gesicht vor mir. Also zwinge ich mich, Laurie anzuschauen, meine *Frau*, und ich will, dass sie mich auch anguckt, verdammt noch mal, damit sie sieht, was ich getan habe.

Sie ist auf dem Weg nach England. Ich habe ihr sehr wehgetan. Es tut mir unglaublich leid.

Sieh mich an, verdammt noch mal!

Ich ziehe den Kopf ein, habe Angst, wieder durchzudrehen, denn ich versuche gerade, mich in Lauries Blickrichtung zu schieben, damit sie mich endlich wahrnimmt.

»Was machst du da, Anders?«, fragt Kelly irritiert.

»Keine Ahnung«, brumme ich, lehne mich zurück und reibe mir das Gesicht.

»Ist sie weg?«

Sie spricht von Wren.

Ich nicke und schaue zur Wand hinüber. »Ja. Sie ist heute geflogen.«

»Gut.«

Ich kann nicht anders: Ich drehe mich zu Lauries Mutter um und verachte sie so intensiv, dass es mir eine Heidenangst einjagt.

Sie merkt nichts davon, sondern trinkt einen Schluck Kaffee, doch bevor ich wegschaue, sieht sie mir in die Augen und zuckt merklich zurück.

Abgrundtief beschämt senke ich den Blick auf meine Hände. Kurz sind übermächtige Furcht und Schuld die stärksten Gefühle in mir.

»Hast du sie gestern getroffen?«, fragt Kelly.

Wenn sie doch aufhören würde! Ich weiß ehrlich nicht, wie lange ich es noch aushalte.

»Nein. Sie wollte mich nicht sehen.«

»Du hast ihr am Telefon gesagt, dass es mit euch vorbei ist?« Es klingt tadelnd. Unglaublich, dass sie einen Hass auf Wren hat und sie gleichzeitig in Schutz nimmt.

Niemand sollte einen Hass auf Wren haben.

Mit der Wucht eines Lkw trifft mich die Erkenntnis, dass ich sie dieses Mal für immer vertrieben habe und sie nie mehr zurückkommen wird.

Ich versinke in einem Abgrund der Trauer und schluchze untröstlich.

Brian kommt herüber. »Was ist denn los?«

»Anders!«, ruft Kelly. »Anders!« Sie rüttelt an meinem Arm.

»Mensch, was hast du zu ihm gesagt?«, will Brian wissen.

»Gar nichts!«

»Anders! Komm, Junge! Es ist gut.«

Ich nehme die beiden nur wie aus weiter Ferne wahr.

Und die ganze Zeit sitzt Laurie reglos da und starrt an mir vorbei auf den Boden.

***

Ich liege auf der Couch meiner Schwiegereltern, zusammengerollt auf der Seite, und kann nicht aufhören zu weinen. Die beiden sind in der Küche und diskutieren. Ich möchte, dass es mir leidtut, möchte bereuen, dass ich ihnen Schmerzen bereite, aber ich bin zu traurig.

»Hey, es ist gut«, sagt Brian, als er zu mir herüberkommt. Er sagt das so sanft – sanfter, als ich ihn wahrscheinlich die letzten Jahre erlebt habe –, und es ist peinlich, aber es macht den Schmerz nur schlimmer.

»Es tut mir leid«, murmele ich.

»Mach dir keine Gedanken«, erwidert er und klopft mir auf den Rücken, als sei ich ein kleines Kind.

»Was ist mit Kelly?«

»Alles gut.«

So, wie er es sagt, glaube ich das nicht.

»Tut mir leid, dass sie sich aufgeregt hat.«

»Es geht ihr gut«, wiederholt Brian, und ich weiß, dass ich mich zusammenreißen und nach Hause fahren muss, fort aus dem Einflussbereich dieser Menschen.

Ich setze mich auf. Es fühlt sich an, als hätte ich Beton in den Gliedern. Laurie sitzt in ihrem Rollstuhl, den Rücken zu mir.

»Hier!« Brian reicht mir ein Taschentuch.

Jetzt würde ich schon so ein bescheuertes Taschentuch nehmen.

Die Erinnerung an Wren ist wie ein weiterer Schlag in die Magengrube.

»Komm, Junge«, sagt Brian, als ich mich vornüberbeuge. »Junge, komm.« Er weiß nicht, was er sonst sagen soll, deshalb wiederholt er die immer gleichen Worte. Ich sitze wie ein kleines Kind auf seiner Couch und heule.

Ich entschuldige mich mindestens zwanzigmal, bis ich in der Lage bin, in mein Auto zu steigen und heimzufahren. Ich habe solche Sehnsucht nach Wren, ich würde sie am liebsten anrufen. Ich möchte wissen, wie es ihr geht und ob sie gut zu Hause angekommen ist, doch dann wird mir klar, dass sie wahrscheinlich noch in der Luft ist.

Mir kommt der Gedanke, dass ich sie anrufen könnte, um ihre Stimme auf der Mailbox zu hören, aber so, wie ich Wren kenne, hat sie bestimmt keine Grußnachricht hinterlassen. Trotzdem wähle ich ihre Nummer. Ich habe recht: Die Standardansage vom Band läuft ab.

Gegen den letzten Rest meiner Vernunft, die mir vorwirft, ich solle Wren jetzt endlich in Ruhe lassen, halte ich am Straßenrand und schreibe ihr eine Nachricht.

Es tut mir so leid. Ich hoffe, du bist gut zu Hause angekommen.

Der Text ist lahm, dennoch sende ich ihn ab. Die Meldung »Nachricht nicht zugestellt« verrät mir, dass Wren noch nicht gelandet ist. Das heißt, dass sie die ganze Nacht am Flughafen verbracht und auf ihren Flieger gewartet hat.

Wieder überrollt mich der Kummer

Es kann auch sein, dass sie mich blockiert hat.

Ich weiß nicht, was schlimmer ist.

* * *

Kelly ruft mich am Montagabend an, doch ich lasse die Mailbox anspringen und schreibe ihr dann, dass ich am nächsten Tag nach der Arbeit vorbeikomme. Am Dienstag kann ich mich jedoch nicht überwinden, irgendwohin zu gehen. Ich will nur noch nach Hause ins Bett. Am Mittwoch lässt Kelly keine Ruhe mehr.

Komme heute Abend vorbei, antworte ich ihr.

Wir möchten mit dir reden, erwidert sie. *Komm bitte.*

Meine Angst steigt ins Unermessliche.

Ich habe meine gesamte Selbstbeherrschung gebraucht, um in den Rennstall zu fahren, aber zumindest lenkt die

Arbeit mich ab. Den Großteil der Zeit verbringe ich in meinem Büro, wo ich an den Entwürfen für den Wagen der nächsten Saison sitze und mich von den anderen abschotten kann.

Ich habe noch mal versucht, Wren zu schreiben, bekomme aber immer nur die Antwort, dass meine Nachricht nicht zugestellt wurde. Ich bin mir ziemlich sicher, dass Wren mich blockiert hat, und das kann ich ihr wohl kaum übel nehmen, doch wenn ich daran denke, habe ich das Gefühl, am Rand eines Abgrunds zu stehen, und nur ein schmales Bändchen bewahrt mich davor hineinzustürzen. Wahrscheinlich drehe ich langsam durch.

Am Mittwochabend auf der Fahrt zu Kelly und Brian wird das Gefühl noch stärker. Es kribbelt mir am ganzen Körper, mein Magen dreht sich.

Kelly kommt an die Tür. Ihre Miene ist voller Mitleid, das ich weder möchte noch verdiene. Immerhin fragt sie mich nicht, wie es mir geht.

»Hallo, Anders«, sagt Brian in einem Ton, der mich überrascht.

Nur selten begrüßt er mich mit freundlicher Stimme.

Er deutet in Richtung Wohnzimmer, und ich folge Kelly hinein, stutze aber, als meine Frau dort nicht in ihrem Rollstuhl sitzt.

»Wo ist Laurie?«, frage ich panisch.

»Schon gut, sie ist oben«, versichert Brian mir.

»Ist alles in Ordnung?«, will ich wissen, während er mir einen Platz auf der Couch zuweist.

»Ja, wir haben sie heute nur früher ins Bett gebracht.«

Ich schiele zu Kelly hinüber. Sie setzt sich, scheint meinem Blick auszuweichen. Brian schaut erst sie, dann mich an.

»Wir möchten mit dir über Wren sprechen«, sagt er.

»Bitte nicht.« Ich schüttele den Kopf. »Ich kann nicht über sie reden.« Nicht mit euch. Mit niemandem.

»Schon gut.« Er drückt meine Schulter.

Jetzt sieht Kelly mich mit zusammengepressten Lippen an.

Ich schüttele den Kopf, befehle den beiden innerlich, den Mund zu halten.

»Wir sind der Meinung, dass du dich von Laurie scheiden lassen solltest«, sagt Kelly.

Ich erstarre. Schockiert sehe ich sie an. Kelly treten Tränen in die Augen, in mir zieht sich alles zusammen.

»Es tut mir so leid.« Ich selbst kann meine Stimme kaum hören. »Bitte verzeiht mir. Ich werde ihr nie wieder untreu sein, das verspreche ich euch.«

»Hör auf, Anders!«, unterbricht mich Brian. »Darum geht es nicht.«

Erst als er mich festhält, wird mir klar, dass ich mich vor und zurück gewiegt habe.

»Wir möchten nicht, dass du dein Leben wegwirfst«, sagt mein Schwiegervater. »Du bist ein guter Mensch. Du bist mit unserer Tochter viele Jahre durch dick und dünn gegangen. Wir wissen, was du für sie geopfert hast. Leider haben wir dabei aus den Augen verloren, wie sehr du darunter leidest. Wir möchten jetzt, dass du wieder am Leben teilnimmst, dass du selbst ein Leben führst. Wir möchten, dass du Laurie loslässt.«

Ich krümme mich zusammen und fange an zu beben. Kelly setzt sich neben mich auf die Couch und rückt zu mir herüber.

»Anders, du bist wie ein Sohn für uns«, sagt sie. »Du bist uns wichtig. Laurie hat so gut wie alles verloren. Wir möchten nicht, dass du auch noch alles verlierst.«

»Ich will mich nicht von ihr scheiden lassen«, bringe ich hervor.

»Es ist aber richtig«, entgegnet Kelly mit rauer Stimme. »Dann kannst du noch mal von vorn anfangen.«

Sie drückt mir kräftig die Hand. Ich habe das Gefühl, sie will überspielen, dass auch sie am ganzen Leib zittert. Der Kummer erschüttert ihren Körper.

»Solange du mit Laurie verheiratet bist«, fügt sie zögernd hinzu, »hast du eigentlich das letzte Wort darüber, was mit ihr geschieht.« Sie schluchzt auf. »Ich will mein Baby zurück.« Sie beginnt zu weinen.

»Ich würde sie euch doch nie wegnehmen!«, versichere ich ihr schnell.

»Komm.« Brian beugt sich an mir vorbei und reibt seiner Frau den Rücken. »Es gibt eine Menge zu besprechen«, sagt er bedeutungsschwer.

»Ich stecke sie nicht in ein Hospiz!«, ruft Kelly.

»Schon gut, schon gut«, beruhigt ihr Mann sie.

Ich spüre, dass das letzte Wort noch nicht gesprochen ist.

Ich würde mir wünschen, dass die beiden Laurie in einem Hospiz versorgen lassen, damit sie wieder etwas mehr vom Leben haben. Dann stelle ich mir vor, wie Kelly allein in diesem Haus steht, sich in den leeren Räumen umsieht und sich fragt, was sie gerade vorhatte. Nein, sie wird es niemals tun.

Sie wird ihre Tochter erst aus dem Haus lassen, wenn sie in einem Sarg liegt.

Ich muss weinen, so heftig, dass es sich anfühlt, als würde mein Oberkörper entzweibrechen. Der Gedanke an Kelly, an ihren Schmerz, und dass sie immer noch so mit Laurie spricht, wie sie es früher getan hat … Dass sie die Hoffnung nicht aufgibt, Laurie eines Tages zurückzubekommen … Es macht mich einfach fertig.

Manchmal stelle ich mir meine Mutter in Kellys Situation vor und frage mich, ob sie auch immer weiter kämpfen würde, wenn alle anderen längst aufgegeben hätten. Der Gedanke an Kellys Leid hat mich nachts oft wach gehalten.

»Du musst zu Wren«, sagt Brian.

»Das geht nicht.« Ich schluchze. »Sie ist weg.«

»Dann musst du sie zurückholen.«

»Das geht nicht.«

»Das geht«, sagt Kelly bestimmt, ohne das Beben in ihrer Stimme ganz in den Griff zu bekommen. »Zuerst war ich so wütend auf euch beide und so enttäuscht, aber ich habe lange darüber nachgedacht. Wren ist hergekommen, obwohl sie das nicht hätte tun müssen. Das muss ihr sehr schwergefallen sein. Sie ist ein guter Mensch. Das sehe ich. Ich mag sie trotz allem. Und Laurie hätte sie auch gemocht. Laurie würde wollen, dass du Wren zurückholst.«

»Laurie würde wollen, dass du glücklich bist«, bemerkt Brian heiser.

Er greift nach einem Umschlag auf dem Beistelltisch und reicht ihn mir.

»Das ist unserer Meinung nach das Mindeste, was wir tun können. Wir möchten dir zeigen, wie ernst es uns damit ist.«

Mit zitternden Fingern öffne ich den Umschlag und ziehe ein Blatt Papier heraus. Erstaunt schaue ich es an. Es ist ein Flugticket für Freitagabend. In zwei Tagen.

»Flieg hin und hol sie dir zurück«, sagt Brian.

Ich schniefe und schüttele ungläubig den Kopf. »Wren wird mir nie verzeihen.«

»Doch«, sagt Kelly im Brustton der Überzeugung. »Aber zuerst musst du dich von Laurie verabschieden.«

Deshalb haben die beiden sie früher ins Bett gebracht, wird mir klar, als ich benommen die Treppe nach oben steige. Sie wollten mit mir sprechen, ohne dass Laurie danebensitzt.

Und jetzt wollen sie, dass ich mich unter vier Augen von ihr verabschiede.

Eine Minute stehe ich vor dem Kinderzimmer meiner Frau und versuche mich zusammenzureißen. Dann trete ich ein und schließe die Tür hinter mir.

Sie liegt in ihrem breiten Bett unter der gelben Decke mit den weißen Punkten, die sie schon als Jugendliche hatte, und schnarcht leise. Das Zimmer sieht fast genauso aus wie früher. Für ihre Eltern bestand nie die Notwendigkeit, es umzudekorieren, und Laurie schwelgte gern in Erinnerungen, wenn sie herkam. Ihre Bücher stehen noch in den Regalen, ihre Lichterketten schmücken das Kopfteil des Bettes, ihre Fotos hängen als große Collage an der Wand. Auf so vielen Bildern lächelt sie dem Betrachter entgegen.

Ich atme flach, bekomme nicht genug Luft. Vorsichtig setze ich mich zu ihr aufs Bett. Die Matratze gibt nach und verändert Lauries Position leicht. Sie hört auf zu schnarchen. Ich nehme ihre Hand und schaue ihr ins Gesicht. Ich bin froh, dass sie schläft, weil ich so nicht den leeren Blick in ihren Augen sehen muss.

Aus einem Impuls heraus lege ich mich neben sie, den Kopf auf dem Rand ihres Kopfkissen, ihre Hand in meiner. Ich verwebe unsere Finger miteinander und sehe zu, wie sich ihr Oberkörper hebt und wieder senkt, wie ihr Herz schlägt, obwohl es keinen Schmerz und keine Liebe mehr spürt.

»Ich liebe dich«, flüstere ich.

Und ihr Herz schlägt weiter.

***

Ich brauche fast zwei volle Tage, doch am Freitagnachmittag habe ich schließlich das Gefühl, als würde allmählich eine große Last von mir genommen. Am Vortag habe ich mich krankgemeldet, und am Vorabend tauchte meine Mutter plötzlich in Indianapolis auf. Kelly hatte sie informiert. Als Ma kam, war ich gerade auf dem absoluten Tiefpunkt, es war wie an dem Tag, als die Ärzte mir Lauries Diagnose mitgeteilt hatten. Als hätte ich sie noch mal aufs Neue verloren.

Ma setzte sich zu mir und sagte, Trauer sei etwas Gutes, sie mache Heilung überhaupt erst möglich. Ich glaubte ihr nicht – meine Gefühle waren einfach zu stark –, doch am Ende hatte sie recht. Ich schätze, ich musste den Schmerz erst spüren, ihn wirklich bewusst wahrnehmen, um mir die Erlaubnis zu geben, ihn hinter mir zu lassen.

Mir war nicht klar, wie viel Macht Kelly und Brian in den letzten Jahren über mich hatten, wie sehr ich darauf angewiesen war, dass die beiden mich freigaben. Sie waren die Einzigen, die das konnten, abgesehen von Laurie, doch sie ist nicht mehr in der Lage dazu.

Ich habe mich nicht von ihr verabschiedet. Ich werde sie wiedersehen, auch ihre Eltern. Sie werden immer Teil meines Lebens sein. Doch irgendwie glaube ich nun, dass ich die Kraft finden werde, Laurie gehen zu lassen.

Und jetzt muss ich zu Wren.

Ich habe versucht sie anzurufen, weil ich sie vorwarnen wollte, dass ich komme, aber immer nur die Mailbox erreicht. Wenn ich ihr eine Nachricht schicke, wird sie nicht zugestellt. Wren muss mich blockiert haben, da bin ich mir sicher.

Als ich Jonas frage, ob er meine Nachricht weiterleiten könne, erwidert er, ich solle mich einfach in ein beschissenes Flugzeug setzen und ihr ins Gesicht sagen, was ich fühle.

»Beim letzten Mal hat das nicht besonders gut geklappt.«

»Sonst kannst du ihr aber nicht beweisen, dass du es wirklich ernst meinst.«

»Ich brauche ihre Adresse.«

»Die besorge ich dir. Bailey ist allerdings richtig sauer auf dich, deshalb muss ich mir noch überlegen, wie ich das am besten anstelle. Mir fällt schon was ein. Aber du fährst jetzt zum Flughafen. Flieg zu ihr! Viel Glück!«

Das nächste Hindernis stellt sich mir in den Weg, als sich mein Flug wegen einer technischen Störung verspätet. Der Flieger ist überbucht, im Terminal drängen sich verärgerte Passagiere. Wenn ich nicht rechtzeitig in Chicago bin, werde ich meinen internationalen Anschlussflug verpassen. Ich habe keine andere Wahl: Ich nehme mir einen Mietwagen und fahre nach Chicago. Unterwegs habe ich Zeit zum Nachdenken.

Darüber, wie ich Wren davon überzeuge, mir noch eine Chance zu geben.

Darüber, wie ich ihr beweisen soll, dass ich sie liebe – *wie sehr*.

Darüber, wie ich ihr klarmache, dass ich sie nie wieder von mir weisen werde, dass ich es ernst mit ihr meine, für immer.

Und ich denke an Wren, an das erste Mal, als ich sie in der Kneipe tanzen sah, wie ich später ihren Blick auffing und mich kaum von ihr losreißen konnte, wie ich dann immer wieder heimlich zu ihr hinüberschielte.

Ich denke an das erste Mal, als wir miteinander sprachen, an ihren englischen Akzent, der mich seltsam nervös machte, an ihre betrunkenen Witze und ihre Behauptung, ein gutes Orientierungsvermögen zu haben, weil sie Architektin sei.

Ich denke daran, wie sie beim Kegeln vor Freude jubelte.

Ich denke an ihr verstohlenes Lächeln, als sie mir zusah, wie ich die Einzelteile des Wohnwagens zusammenschweißte, oder an ihren konzentrierten Gesichtsausdruck in den Tagen davor, als wir am Küchentisch saßen und die Winkelmaße berechneten.

Ich denke daran, wie sie in unserem See schwamm, im Sonnenlicht, das auf dem Wasser funkelte und ihre großen graugrünen Augen zum Strahlen brachte. Und ich denke auch an jenen perfekten Tag vor fast zwei Wochen zurück, der inzwischen zu einem anderen Leben zu gehören scheint.

Dieser Tag macht mir Hoffnung auf die Zukunft, eine Zukunft, für die ich kämpfen will.

Ich muss bloß dafür sorgen, dass sie das auch sieht, daran glaubt, es fühlt.

Ich fahre direkt nach Chicago und schaffe es in unter drei Stunden. Dort gebe ich den Mietwagen ab und laufe im Eilschritt zum Check-in. Unglaublicherweise verspätet sich auch dieser Flug wegen einer technischen Störung, und als die Fluglinie ihn schließlich annulliert, schlage ich die Hände vors Gesicht und rede mir ein, dass diese Hindernisse kein Zeichen sind; es sind lediglich weitere Hürden auf dem Weg zu Wren.

Es gelingt mir, mich auf einen Flug am frühen Samstagmorgen zu buchen. In der Zwischenzeit schickt mir Jonas eine Anschrift. Er erinnert mich – unfassbar, dass ich es vergessen habe, aber ich bin so was von durcheinander –, dass Wren an diesem Tag auf einer Hochzeit ist.

Als ich endlich in Heathrow lande und meinen Mietwagen abhole, um nach Bury St Edmunds zu fahren, ist es schon fast elf Uhr abends.

Ich bin bisher zweimal in Großbritannien gewesen – einmal im Urlaub und einmal beruflich –, und finde es herrlich.

Es ist völlig anders als Amerika. Ich schaue aus dem Fenster auf die großartigen georgianischen Herrenhäuser, an denen sich der Efeu emporwindet, auf prächtige mittelalterliche Fachwerkhäuser mit krummen Mauern und frei liegenden Balken, bis das Taxi schließlich in eine Straße mit akkuraten zweistöckigen viktorianischen Reihenhäusern einbiegt.

Wren wohnt in dem einzigen Haus mit weißer Fassade. Alle andere sind aus grauem Ziegelstein. Ihr Haus hat ein kleines Erkerfenster und eine dunkelgrüne Tür. Davor hängt eine Blumenampel. Es sieht süß aus, aber anders, als ich mir ihr Zuhause vorgestellt habe. Keine Ahnung, wie sie hier gelandet ist und ob sie das Haus so liebt, wie ich es mir für sie wünsche, aber ich freue mich schon darauf, das herauszufinden. Ich freue mich darauf, sie richtig kennenzulernen, in jeder Hinsicht. Ich möchte wieder die ganze Nacht aufbleiben und mit ihr reden, möchte beim Sonnenuntergang ihre Hand halten und wenn die Sterne aufgehen, möchte auch dann bei ihr sein, wenn die Erde sich gedreht hat und es wieder dämmert. Und als ich mich vor ihre Tür setze und darauf warte, dass sie von der Hochzeit ihrer Freundin zurückkommt, habe ich keine Angst mehr.

Denn ich weiß, dass es richtig ist, was ich tue. Das mit uns ist richtig. Und sie ist zu klug, um etwas anderes zu denken.

Ich hoffe, dass ich sie in den Arm nehmen darf. Ich hoffe, dass ich mich dafür entschuldigen darf, sie verletzt zu haben. Ich hoffe …

Und dann sehe ich sie. Auf superhohen Absätzen kommt sie den Gehsteig entlang, den Kopf gesenkt, die Arme vor der Brust verschränkt, mit schwingenden Hüften, und mein Herz geht auf. Der Rest von mir wird ganz still.

Mit unsicheren Beinen stehe ich langsam auf, um sie nicht zu erschrecken. Sie erreicht das Gartentor, ohne dass sie zur

Tür hinüberschaut. Kurz sehe ich ihr leeres Gesicht, und mein Magen zieht sich zusammen. Dann entdeckt sie mich und erschreckt sich zu Tode.

»Es tut mir leid!«, sprudelt es aus mir heraus. Ich strecke ihr die Arme entgegen und entschuldige mich dafür, sie so zu überfallen, nicht für all meine anderen Taten. Das wird verdammt viel schwerer werden.

Sie sieht mich an, und verschiedene Gefühle huschen über ihr Gesicht, eins nach dem anderen: Verletzlichkeit, Ungläubigkeit, Schmerz. Dann werden ihre Züge ruhiger, und ich erkenne Liebe.

Ich gehe auf sie zu und nehme sie in die Arme, drücke ihren weichen, warmen Körper an mich und halte sie fest. Sie erwidert meine Umarmung ebenso innig. Wren ist stärker, als sie aussieht.

Da wird mir klar: Ich habe sie nicht zerstört. Ich habe das mit uns nicht kaputt gemacht. Das ist Wren. Sie gibt nicht auf. Sie zieht nicht zurück.

Und ich auch nicht. Nicht bei ihr. Nie wieder.

Epilog

S*ein Gesichtsausdruck* ... Ich möchte ihn küssen, aber kann den Blick nicht von ihm abwenden. Er sieht so umwerfend aus. Seine Pupillen sind vergrößert, hier im Schatten unter den Bäumen. Das Schwarz verdrängt den bernsteingelben Fleck fast vollkommen.

Meine Gefühle sind total intensiv. Ich muss an das erste Mal denken, als wir uns hier liebten, unter diesen Bäumen, an diesem Fluss. Neue Blätter, neues Wasser, keine Schuldgefühle oder Reue mehr.

Einiges ist jetzt anders.

Er drückt mich an sich, und ich spüre, dass er jeden Moment kommt. Ich nicke, damit er weiß, dass ich auch nicht mehr lange brauche, und er schaut mir tief in die Augen, sieht mich im Ganzen, mein Innerstes, als wir gemeinsam vergehen.

***

Anschließend lässt Anders sich auf den Rücken fallen und hält mich auf sich fest. Seine Finger fahren träge über den dünnen Stoff meines Kleides.

Es ist Mitte Juni. Wir haben Jonas an diesem Nachmittag geholfen, den ersten Teil des Winterweizens zu ernten. Als ich wusste, dass wir heute Nachmittag dieses Feld abernten würden, habe ich es extra angezogen. Es ist das Kleid mit dem rot-schwarzen Streublumenmuster, so ähnlich wie das Blau-weiß-gelbe vom vorletzten September.

Anders hatte offensichtlich dieselbe Idee, denn er packte die Picknickdecke ein.

Er lacht leise, und ich hebe den Kopf und sehe ihn an.

»Ich hätte Jonas sagen sollen, dass der Treibriemen wieder gerissen ist. Dann hätten wir mehr Zeit gehabt. Nein, bleib liegen«, murmelt er, als ich aufstehen will.

Er zieht mich auf sich und drückt mir einen Kuss auf den Mund. Mit beiden Händen umfasst er mein Gesicht und vertieft seinen Kuss, langsam und bestimmt.

»Fang nicht wieder an!«, warne ich grinsend. Ich muss mich enorm zusammenreißen, um mich von ihm zu lösen. »Jede Minute ist Jonas hier und will wissen, warum der Mähdrescher stehen geblieben ist.«

»Ich schätze, er kann sich denken, dass wir gerade gut auf seine Gesellschaft verzichten können.« Anders drückt einen zarten Kuss auf meine Schulter.

»Das riskiere ich nicht.«

»Wir hören seinen Traktor doch«, wirft Anders ein, während ich widerstrebend aufstehe.

»Trotzdem.« Ich fange an, die kleinen Knöpfe an meinem Kleid zu schließen.

Er hat sie diesmal geöffnet, fast bis hinunter zum Bauch. Er hätte mich fast verschlungen.

Ein Schauder läuft über mich hinweg. Ich lächele in Gedanken an die noch frische Erinnerung.

»Wo willst du hin?«, ruft er mir nach, als ich zum Fluss gehe.

»Kurz reinspringen«, entgegne ich grinsend.

»Im Kleid?«, fragt er staunend.

»Nein, ich halte es hoch und gehe nur bis zur Hüfte rein. Ich ziehe es bestimmt nicht aus, wenn Jonas jeden Moment kommt.«

»Ach, los, lass uns schwimmen!«, bettelt Anders. »Ich sag ihm, er soll uns in Ruhe lassen.«

Ich sehe mich über die Schulter um. Anders zieht sich das T-Shirt über den Kopf und versucht gleichzeitig, eine Nachricht zu schreiben.

Ich muss lachen, als er halb nackt auf mich zukommt.

»Ausziehen!«, fordert er mit Blick auf mein Kleid.

»Ich habe es doch gerade erst zugemacht!«, rufe ich mit gespielter Empörung.

Dann sind seine Lippen in meinem Nacken, und seine Finger machen sich wieder an den Knöpfen zu schaffen. Meine Knie werden so weich, dass ich es kaum schaffe, stehen zu bleiben.

* * *

Zum Glück ist es heute glühend heiß, denn ich bin mir nicht sicher, ob ich im Herbst im Fluss schwimmen würde.

Ich lebe hier erst seit anderthalb Jahren, aber manchmal fühlt es sich sehr viel länger an. Dann wieder kommt es mir so vor, als wäre alles erst gestern passiert.

Der heutige Tag birgt schöne und schlechte Erinnerungen. So gut es geht, versuche ich, das Positive zu genießen und das Negative zu vergessen, und selbst Anders scheint den Moment auszukosten, diesen Augenblick.

Das ist nicht immer so. Wenn die beiden Falten auf seiner Stirn erscheinen, möchte ich mich am liebsten auf seinen Schoß setzen und sie wegmassieren, aber ich weiß, dass er den Schmerz manchmal einfach fühlen muss. Und zum Glück ist er danach immer stärker und mehr im Frieden mit sich selbst und der Welt.

* * *

»Wir müssen weitermachen«, murmele ich nach dem zweiten Mal.

Es klingt müde, berauscht.

»Alles in Ordnung?«, fragt Anders. Die Hitze seines Körpers überträgt sich auf meinen Rücken, seine warmen Arme umschlingen mich von hinten. Wir stehen im seichten Wasser, und die Sonne brennt auf uns herab und lässt die Steine neben uns funkeln.

»Mir geht's gut. Mehr als gut. Ich liebe dich.«

»Ich liebe dich auch. *O nein, nicht!*«, stößt er aus. Sein Körper spannt sich an, er spitzt die Ohren, und dann höre ich ihn auch, den Traktor.

Ich kraxele hinter ihm die Böschung hoch und kann mich kaum halten vor Lachen, als er ein Schimpfwort nach dem anderen in Richtung seines Bruders schleudert, während er mir beim Anziehen hilft. Danach sucht er seine eigenen Klamotten zusammen.

»Könnt ihr euch so was nicht für die Flitterwochen aufheben?«, ruft Jonas uns entgegen, als wir aus dem Schatten der Bäume treten.

Er lehnt am Rad des Traktors und tippt mit dem Fuß. Er hat auf uns gewartet.

Unbeeindruckt schüttelt Anders den Kopf.

Jonas lacht. »Ich verstehe ja, dass ihr heute was Besseres vorhabt als zu arbeiten, aber könntet ihr mir dann bitte vorher Bescheid sagen, damit ich Zack anrufen kann? Ich will vor dem Wochenende keinen ganzen Erntetag verlieren.«

»Keine Panik! Ich habe alles im Griff«, erwidert Anders trocken und streckt die Hand nach mir aus. Ich beeile mich, um mit ihm Schritt zu halten, und er wirft mir sein atemberaubendes Lächeln zu.

Lachend gehe ich zusammen mit ihm zurück zum Mähdrescher.

Was wir hier machen, ist ein klein wenig verrückt. Jede andere zukünftige Braut würde wahrscheinlich total gestresst durch die Gegend laufen, aber die hätte ja auch nicht den Wirbelwind Bailey als Organisatorin der Hochzeit an ihrer Seite.

***

Als wir heute Morgen aufwachten, fiel Sonnenlicht in die Blockhütte. Da wohnen wir jetzt immer, wenn wir zu Besuch auf der Farm sind, denn Jonas ist ins Haus gezogen. Anders hatte gefragt, ob wir die Hütte ein wenig verändern dürfen, und sein Bruder hatte nichts dagegen – er ist nicht sentimental. Wir haben die Fensterausschnitte vergrößert und ein riesiges Panoramafenster eingesetzt, durch das man auf den See blicken kann. Durch kleinere, höher angesetzte Fenster schaut man jetzt vom Bett in die Bäume. Bei Midland Arts and Antiques haben wir außerdem ein paar neue Möbel ausgesucht.

Jonas würde immer noch gern die Stelzenhäuser rund um den See bauen, doch in letzter Zeit gab es so viel anderes zu tun. Ich könnte mir vorstellen, dass er in einem oder zwei Jahren damit anfängt. Hoffentlich kann ich ihm dann dabei helfen.

Wir kommen so gut wie jedes Wochenende her, wenn Anders kein Rennen hat. Ich habe ihn zu dem einen oder anderen Rennen begleitet, Dad auch, aber meistens bleibe ich zu Hause in Indy oder komme hierher, um Zeit mit der Familie zu verbringen. Für Dad und Sheryl bleibt das Gästezimmer immer mein Zimmer. Sie haben noch ein kleineres, in dem ihre Freunde übernachten, wenn sie zu Besuch kommen.

Ich finde es schön, einen Rückzugsort auf ihrer Farm zu

haben, immer noch willkommen zu sein. Wenn wir mit diesen beiden Feldern fertig sind, will ich zu ihnen rüber.

Heute Morgen, nachdem uns die Sonne weckte, sind wir zum Farmhaus gegangen, um mit Jonas und Tyler zu frühstücken. Als Jonas erwähnte, er wolle heute mit der Ernte anfangen, sah mich Anders mit erhobener Augenbraue an.

»Wir helfen«, rief ich sofort.

Jonas, Tyler und selbst die kleine Astrid dachten wohl, ich sei verrückt geworden, aber bei Astrid bilde ich mir das wahrscheinlich nur ein, denn sie ist gerade mal acht Monate alt.

Und so süß. Das süßeste Baby, das ich je gesehen habe.

Als ich aus Großbritannien zurückkam und mit Anders zusammenzog, befürchtete ich, dass das alles zu schnell ging, doch ungefähr zu dem Zeitpunkt wurde Tyler von Jonas schwanger.

Später erzählte mir Anders, sein Bruder hätte Tyler am Morgen nach dem Kinoabend angerufen und gefragt, ob er sie zu einem Date einladen dürfe. Sie war einverstanden, und seitdem sind die beiden ein Paar.

Sowohl Anders als auch Bailey erzählten mir, wie schnell sich alles zwischen ihnen entwickelte – Bailey freute sich genauso sehr wie ich, dass die beiden sich Hals über Kopf ineinander verliebt hatten.

Auch wenn die Schwangerschaft so schnell vielleicht nicht geplant war, ist das Baby ein absolutes Wunschkind. Jonas machte Tyler sofort einen Heiratsantrag, und Bailey gab alles, damit die Trauung so schnell wie möglich über die Bühne gehen konnte.

Sie ist allerdings dankbar, dass Anders und ich ihr ein bisschen mehr Zeit für die Vorbereitung gelassen haben.

***

Als ich am Samstagabend von Sabrinas Hochzeit nach Hause kam und Anders bei mir vor dem Haus wartete, traute ich meinen Augen kaum. Auf dem Heimweg hatte ich noch einmal über alles nachgedacht und gerade beschlossen, seine Nummer nicht länger zu blockieren und ihn anzurufen.

Ich wusste, dass er versucht hatte, mich zu erreichen, dass er sich Sorgen gemacht hatte. Ich wollte ihn also einfach beruhigen und ihm sagen, dass ich ihn verstand, dass alles zu viel und zu schnell passiert war, und wenn er mich um Verzeihung hätte bitten wollen, hätte ich mich nicht dagegen gesträubt. Er brauchte weiß Gott nicht noch mehr Schuldgefühle, die ihn nach unten zogen.

Doch auch ich wollte ihn um Entschuldigung bitten. Ich hätte ihn nicht so unter Druck setzen dürfen.

Ich wollte ihm sagen, dass ich trotz allem für ihn da sein würde, dass er sich auf mich verlassen könne, dass ich da sei, wenn er jemanden zum Reden bräuchte. Ich wusste, dass es nicht einfach würde, aber ich wollte es tun. Als ich mich meinem Haus näherte, dachte ich noch, vielleicht könnte ich ja doch auf ihn warten.

Und da saß er auf meiner Treppe …

Tausend Gedanken schossen mir durch den Kopf, was passiert war und warum er da war, doch als er mich in den Arm nahm und mir ins Ohr flüsterte, dass er mich liebte, als er mich anflehte, ihm zu verzeihen, und gelobte, alles dafür zu tun, dass er mir nie wieder weh tun würde, da spürte ich, dass sich etwas geändert hatte.

Wir gingen ins Haus, und er erzählte mir von Kelly und Brian, die ihm das Flugzeugticket gekauft und ihn mit ihrem Segen zu mir geschickt hatten. Ich war absolut überwältigt; als ich Anders' entspannten Gesichtsausdruck sah, empfand ich eine Leichtigkeit, wie ich sie noch nie gespürt hatte.

Wir kuschelten und redeten bis in die frühen Morgenstunden des nächsten Tages, dann ging ich mit Anders zum Frühstücken in mein Lieblingscafé, das No. 5 Angel Hill. Wir setzten uns auf meinen Stammplatz am Fenster, auf eine cognacbraune Lederbank, die aus einem Oldtimer stammt, und während Anders staunend das aufragende, reich verzierte Tor auf der anderen Straßenseite betrachtete, sah ich ihn an und fühlte pure, ungetrübte Freude.

Zum ersten Mal seit über sechs Monaten konnte ich ohne Beklemmungen durch Bury St Edmunds laufen. Wir erkundeten die Abteiruinen hinter den alten Mauern und landeten in dem winzigen Pub namens The Nutshell, von dem ich Anders und Wilson damals beim Kegeln erzählt hatte. Er amüsierte sich über die Enge des Pubs und die ungewöhnliche Einrichtung. Bei einem Pint Bier gestand er mir, dass er gerne länger in England bleiben würde. Ich glaube, er versuchte schon damals, ganz am Anfang, mir begreiflich zu machen, dass wir es schon irgendwie hinbekommen würden, dass wir alle Möglichkeiten hätten, egal ob ich in England bleiben, nach Amerika ziehen oder es mir irgendwann anders überlegen würde.

Ich könnte mir tatsächlich vorstellen, dass wir irgendwann nach Großbritannien ziehen. Anders könnte sich eine Stelle in der Formel 1 suchen, auch wenn es nicht bei Ferrari wäre, der Stall, der ihn mal angefragt hatte. Ferrari sitzt in Italien, aber andererseits: Wer sagt denn, dass wir nicht auch dort mal leben könnten? Neben meinem normalen Job fertige ich inzwischen Perspektivzeichnungen an; wahrscheinlich könnte ich von überall arbeiten.

Ich bin absolut optimistisch, was die Zukunft angeht. Und was mir noch wichtiger ist: Auch Anders ist jetzt zuversichtlich.

Als wir überlegten, wo wir leben wollten, fragte ich ihn, ob er immer noch gerne in Indy und bei seinem derzeitigen Arbeitgeber sei – Antwort: ja –, und ob es für ihn in Ordnung sei, wenn ich das Angebot von Dean annähme. Auch das: ja.

Und so machten wir es dann auch.

Es würde sicherlich bis Weihnachten dauern, bis der Umbau der Grundschule abgeschlossen wäre und ich bei Graham kündigen konnte, ganz zu schweigen vom Packen und vom Ausräumen des Hauses in Bury St Edmunds, daher beschlossen wir, den Umzug auf Anfang Januar zu verschieben, damit wir noch etwas Zeit mit Mum und ihrem Freund Keith verbringen konnten.

Anders kam nach England – er war auch zu Thanksgiving Ende November da, als sein gesamtes Team frei hatte –, und es hätte kaum schöner sein können: Er lernte meine Mutter kennen und erlebte ein britisches Weihnachtsfest, bevor wir das Land verließen, um in einem anderen Wurzeln zu schlagen.

Anders' Apartment in Indy mit ihm gemeinsam zu betreten, war einer der glücklichsten Momente meines Lebens. Es war so schön, die Stadt und seine Lieblingsorte kennenzulernen, seine Bekannten zu treffen und selbst neue Freundschaften zu schließen. Und ich liebe meine neue Stelle. Klar, sie hat auch Nachteile, so wie jeder Job, aber ich bin ganz anders beflügelt, wenn ich morgens anfange, und Dean ist wirklich der coolste Chef. Eher ein Kumpel. Als er mir schließlich eine Festanstellung anbot, fühlte sich alles so vollkommen an.

Scott war traurig, als er hörte, dass ich wegziehen würde. Wir haben weiter Kontakt, wenn auch nur sporadisch. Nadine und er haben uns eine Karte zur Hochzeit geschickt, in der sie uns alles Gute wünschen. Ich glaube, sie sind auch bald dran. Sie sind immer noch total verliebt und wohnen weiter in Bury St Edmunds. Inzwischen sind sie mit Sabrina und Lance befreundet, was mir nichts ausmacht, anders als ich anfangs dachte. Ich freue mich für sie.

Die Stadt mit ihren schiefen alten Gebäuden, märchenähnlichen Ruinen und malerischen kleinen Pubs und Cafés fehlt mir allerdings schon, aber wir wollen Thanksgiving wieder hin, und danach werde ich mit Anders den Weihnachtsmarkt besuchen. Auch in Zukunft werden wir regelmäßig herkommen. Mum war auch schon zweimal bei uns, und jetzt ist sie natürlich mit Keith da.

***

Wir bleiben auf dem Feld bis zum Einbruch der Dämmerung, als die Glühwürmchen herauskommen, dann fahren wir mit dem Motorrad zu der Stelle, wo wir uns das erste Mal unterhalten haben, legen uns ins Gras und sehen zu, wie die Sonne hinterm Horizont versinkt und die über den Feldern tanzenden grünen Lichter heller werden.

Schließlich bringt mich Anders schweren Herzens nach Wetherill zurück und gibt mir auf der Schwelle einen Gutenachtkuss.

Dad und Sheryl haben Mum und Keith sowie Bailey und Casey zum Abendessen eingeladen. Sie haben Mum und ihrem Freund angeboten, im Gästezimmer zu übernachten, doch Mum und Keith haben es vorgezogen, in einem Hotel im Ort zu schlafen. Jeder muss seine persönliche Grenze kennen und wissen, was er sich zumuten will, und für Mum wäre es zu viel und zu früh gewesen, bei Dad und Sheryl zu übernachten.

Dasselbe gilt wohl für Kelly und Brian, als sie sich entschieden, nicht zu unserer Hochzeit zu kommen. Kelly rief mich an und sagte, sie wisse die Einladung zu schätzen und wünsche uns beiden, es würde ein wunderschöner Tag werden, aber sie habe das Gefühl, es sei unangemessen, wenn sie und ihr Mann mitfeiern würden. Sie könnten Laurie sowieso nicht allein lassen, aber sie hätten auch Sorge, dass ihre Anwesenheit einen Schatten auf Anders' großen Tag werfen würde. Ehrlich gesagt war ich erleichtert darüber. Kelly rief mich sogar an, um es mir zu erklären. Anders besucht seine Schwiegereltern und Laurie einmal im Monat, aber es belastet ihn nicht mehr so wie früher. Ich habe ihn ein paarmal begleitet, weil Kelly und Brian ihn ermutigten, mich mitzubringen. Es ist nicht gerade einfach für mich, aber sie alle sind sehr freundlich zu mir und ich weiß, dass es Anders hilft.

Am Anfang hatte er Angst, ich würde ihm vorwerfen, dass seine Schwiegereltern ihn erst hatten überzeugen müssen, sich von Laurie scheiden zu lassen, doch ich habe Verständnis für seine Situation damals. Er brauchte eine Art Absolution von den beiden.

***

Am Samstag kommt Bailey frühmorgens zu uns, um mir beim Anziehen zu helfen. Sie sieht wunderschön aus in ihrem matten goldenen Satinkleid. Ihre kastanienbraunen Haare hat sie zu einem losen Dutt hochgesteckt.

Mein Kleid ist ein komplizierter Entwurf aus zwei unterschiedlichen Stoffen: Seide und matter Satin. Es hat ein außergewöhnliches Design, was ich wunderschön finde. Ich hätte nicht gedacht, dass ich je Weiß tragen würde – beziehungsweise diesen Cremeton –, aber dann sah ich dieses Kleid und konnte mir nichts anderes mehr vorstellen.

Obwohl einige alte Freudinnen für meine Hochzeit hergeflogen sind, ist Bailey meine einzige Brautjungfer. Ich erinnere mich an die Zeit, als ich sie meine Halbschwester nannte, aber irgendwann habe ich damit aufgehört. Mittlerweile ist sie einfach nur noch meine Schwester. Und auch meine Freundin. Meine beste Freundin. Es gibt niemand anderen, den ich heute lieber an meiner Seite hätte.

Abgesehen von Anders natürlich.

Er wird von Jonas begleitet.

Die Fredrickson-Brüder und die Elmont-Schwestern.

Bailey und Casey sind immer noch glücklich miteinander und bringen sich im Ort viel ein. Bailey ist weiterhin im Golfclub angestellt, jetzt allerdings nur noch Teilzeit. Den Rest der Zeit organisiert sie zusammen mit Tyler Veranstaltungen auf der Farm. Die zwei haben überlegt, ihre eigene Firma zu gründen, aber Tyler möchte warten, bis Astrid ein bisschen größer ist.

Was auch geschieht – ich weiß, er wird klarkommen. Er liebt seine Arbeit, und wenn der Hof für seine Kinder nichts sein sollte, wird er sie auch nicht zwingen.

Patrik und Peggy treffen heute Nachmittag ein, sie reisen von Wisconsin an, wo sie ihren Ruhestand verbringen. Ich glaube, es hat ihnen gutgetan, ein bisschen Abstand zu gewinnen. Wenn sie noch hier leben würden, weiß ich nicht, ob Patrik sich wirklich vollkommen raushalten könnte.

Es geht ihnen gut. Patrik wird sogar den Traktor fahren, der die Hochzeitsgesellschaft in einem eigens angemieteten Planwagen zum Hof bringt. Das war Jonas' Vorschlag gewesen, eher ein Witz von ihm, aber ich fand die Idee super. Er bot an, selbst zu fahren, aber ich war der Meinung, an diesem Tag sollte er bei Anders sein. Anders hat mir erzählt, sein Vater würde sich darauf freuen, wieder hinterm Lenkrad zu sitzen.

***

Es wird Zeit. Ich bin nervös, ohne zu wissen, warum. Nie bin ich mir in meinem Leben einer Sache sicherer gewesen. Ich glaube, es liegt daran, dass heute so viele Gäste da sind und ich nicht gerne im Mittelpunkt der Aufmerksamkeit stehe.

Auf dem Weg zur Farm sitze ich zwischen Mum und Dad und halte deren Hände. Der heiße Wind pustet gegen die Plastikplanen des Anhängers. Es ist heftig, aber immerhin gibt es heute keinen Tornado.

Meine Handflächen sind verschwitzt. Ich bin froh, dass wir in der Scheune getraut werden. Dank der hohen Decke wird es darin nicht allzu heiß.

Auf der Fahrt sind alle still, selbst Bailey. Sie lächelt erst mich, dann ihre Mutter an. Ich schaue zu Sheryl hinüber und grinse ebenfalls. Der Vorabend war wirklich nett – selbst Mum wirkte relativ entspannt. Sheryl ging mit ihr nach draußen und zeigte ihr die Obstgärten. Ich glaube, sie haben eine Art Waffenstillstand geschlossen.

Patrik hält vor der Scheune, und ein paar Nachzügler sehen sich um. Ich frage mich, wo Anders wohl ist. Schon vorne am Altar?

Dad hilft mir vom Anhänger. Gemeinsam gehen wir zur Scheune, dann lässt er mich los.

»Wir sehen uns gleich, Vögelchen«, sagt er, gibt mir einen Kuss auf die Wange und lächelt Mum an.

Ich drehe mich zu ihr um und nehme ihren Arm.

Ich wollte unbedingt mit ihr zum Altar gehen, nachdem sie so viel für mich getan hat. Sie hat mich praktisch allein großgezogen. Aber ich wollte auch meinen Vater dabei haben, deshalb wird er mit Bailey bis zur Hälfte gehen und dort warten, um mich auf den restlichen Schritten zu begleiten. Es ist ungewöhnlich, fühlt sich aber richtig an.

Die Band beginnt mit einem ruhigen Instrumentalstück, Gitarren und Geigen. Der Sänger klingt wie Sufjan Stevens – Wilson hat uns mit ihm bekannt gemacht; er selbst spielt später noch mit seiner Bluesband.

Im Gänsemarsch gehen alle hinein; Bailey, Dad, Mum und ich bleiben noch draußen.

Bailey sieht mich an. »Lieb dich, Schwesterherz.«

»Ich dich auch.«

»Ich würde dir ja viel Glück wünschen, aber das brauchst du gar nicht. Genieß es einfach!«

Ich nicke und habe Mühe, mich zu beherrschen.

Bailey hakt sich bei Dad unter und geht durch das breite Tor.

Nur noch Mum und ich sind draußen.

»Danke, dass du das machst«, sage ich zu ihr. Tränen brennen mir in den Augen.

»Danke, dass du mich gefragt hast. Ich bin so stolz auf dich, Wren!«

»Hör auf, sonst ist mein Make-up gleich ruiniert.«

Sie lacht. »Bist du bereit?«

»Absolut.«

Mir ist bewusst, dass sich alle Köpfe zu mir umdrehen, doch der einzige Mensch, den ich sehe, ist Anders. Meine große Liebe. Vorn am Altar in einem maßgeschneiderten Anzug. Er wartet auf mich.

In seinem Gesicht steht so viel Licht und Liebe, Hoffnung und Glück. Ein Spiegelbild meiner Gefühle.

Ich lächele ihm entgegen, und er schenkt mir ein sanftes

Lächeln zurück. Ich lasse Mum los, werde von Dad übernommen und gehe zu meinem Zukünftigen.

Wir haben uns gegen die üblichen Trausprüche entschieden. Von Tod oder Abschied ist nicht die Rede. Wir versprechen uns einfach, einander zu lieben und zu ehren und immer da zu sein, solange der beziehungsweise die andere uns braucht. So drücken wir das aus. Und ich weiß, dass Anders an Laurie denken wird, wenn er diese Worte zu mir sagt, dass mir sein Herz nie ganz gehören wird, nicht solange ihres noch schlägt. Sie wird immer ein Bestandteil unserer Beziehung und unserer Ehe sein, bis sie nicht mehr da ist.

Aber das ist in Ordnung für mich. Ich liebe Anders, und das gehört nun mal zu ihm. Ich möchte seine Hand auf jeder Brücke halten, die er überqueren muss, und hoffe, dass er sich nie wieder einsam fühlt.

***

Acht Tage später sind wir in Phoenix. In den Ausläufern des Camelback Mountain schauen wir aus der weit geöffneten Tür von Bambi in die Wüstenlandschaft. Da bekommt Anders einen Anruf von Brian. Und sobald er sich meldet, weiß ich, dass Laurie gegangen ist.

»Wartet ihr auf uns?«, fragt Anders mit rauer Stimme.

Nachdem er aufgelegt hat, halte ich meinen schluchzenden Mann in den Armen. Endlich ist es vorbei.

Laurie sei an Organversagen gestorben, sagte Brian. Ob vielleicht ein winzig kleiner Teil von mir befürchtet, die Ursache sei ein gebrochenes Herz? Ich müsste lügen, wenn ich das leugnen würde. Doch tief in mir glaube ich, dass Laurie einfach bereit war zu gehen. Sie wollte endlich frei sein. Und auch ihre Eltern werden nun hoffentlich ein freies Leben führen können.

Kelly ließ nicht zu, dass Laurie in ein Hospiz kam. Sie pflegte ihre Tochter liebevoll bis zum allerletzten Atemzug. Ich hoffe, dass sie nun ihren Frieden findet, dass sie den Rest ihres Lebens ohne Reue genießen kann, weil sie weiß, dass sie alles in ihrer Macht Stehende für ihr Kind getan hat.

Wir brechen unsere Flitterwochen ab und fahren zur Beerdigung nach Hause. Anders ist mitgenommen, aber nicht gebrochen, und ich spüre, dass er auf eine gewisse Art auch erleichtert ist.

Während der Beerdigung stehe ich die ganze Zeit an seiner Seite und halte seine Hand, als er sich ein letztes Mal von Laurie verabschiedet. Dann fahren wir nach Hause.

Wir gehen zu unserer Wohnung hoch, wo die Sonne durch die riesigen Fenster fällt, setzen uns gemeinsam aufs Sofa und verschränken unsere Arme und Beine miteinander, bis Anders Hunger bekommt und sich in die Küche verzieht, um uns etwas zu essen zu machen.

Ich stehe auf und gehe ins Sonnenzimmer.

»Willst du ein Bier?«, ruft er mir nach.

»Nein, lieber nicht.«

Er sieht mich fragend an – normalerweise lehne ich um diese Uhrzeit am Freitagabend kein Getränk ab, schon gar nicht nach dem Tag, der hinter uns liegt –, aber jetzt ist nicht der richtige Zeitpunkt für eine Erklärung.

Er kann ruhig bis morgen warten. Es reicht, wenn er dann erfährt, dass sich unser Leben bald radikal ändern wird. Heute bleibt das noch mein kleines Geheimnis.

Ich setze mich in den Eames-Sessel, lege die Hand auf meinen Bauch und halte das Gesicht in die Sonne.

Danksagung

Meine Danksagung beginne ich immer mit einer Nachricht an meine Leserinnen und Leser, und das erscheint mir dieses Mal noch wichtiger als je zuvor. Meine Stammleserschaft musste ein Jahr länger als sonst auf dieses Buch warten, und ich hoffe wirklich sehr, dass es sich gelohnt hat! Es hat mir unglaublichen Spaß gemacht, diese Geschichte zu schreiben – auch wenn ich bei jedem erneuten Durchgang in der Überarbeitungsphase weinen musste. Anders, Wren, Jonas und Bailey werden noch lange in meinem Herzen fortleben. Hoffentlich werden sie auch die Herzen meiner Leserinnen und Leser erobern, egal ob sie das erste Buch von mir lesen oder mich schon seit Jahren begleiten.

Wer mich gerade erst kennenlernt, ist herzlich eingeladen, bei mir auf Instagram / Facebook / Twitter / TikTok unter @PaigeToonAuthor vorbeizuschauen. Über www.paigetoon.com ist auch mein Newsletter #TheHiddenPaige zu abonnieren; ich verschicke immer mal wieder Kurzgeschichten und exklusiven Content.

Vielleicht wundern sich Fans der IndyCar-Serie, wer denn bitte Luis Castro ist, der Rennfahrer, der in Kapitel 17 erwähnt wird. Keine Sorge, das ist nur eine Anspielung auf eine Figur aus meinem dritten Buch, *Einmal rund ums Glück*. Manchmal bringe ich kleine Querverweise in meinen Romanen unter; vielleicht tauchen Wren, Anders, Bailey und Jonas ja auch mal irgendwo wieder auf.

Ich stehe tief in der Schuld des gesamten Teams von Century / Cornerstone / Penguin Random House, das *Am Ende gibt es nur uns* (und mich!) von Anfang an mit unglaublich viel Liebe, Fürsorge und Aufmerksamkeit überschüttet hat, doch ganz besonders bedanken möchte ich mich bei Venetia Butterfield, die seit dem Sommer 2021 an mich geglaubt und mich seitdem immer wieder ermuntert und unterstützt hat, ebenso bei meiner herausragenden Lektorin Emily Griffin – ich arbeite so gern mit dir zusammen! Außerdem ein Dankeschön an (in alphabetischer Ordnung, weil ihr alle toll seid) Charlotte Bush, Claire Bush, Briana Bywater, Monique Corless, Amelia Evans, Emma Grey Gelder, Rebecca Ikin, Laurie Ip Fung Chun, Rachel Kennedy, Roisin O'Shea, Richard Rowlands, Claire Simmonds, Selina Walker und Becca Wright. Ich danke auch meiner Korrektorin Caroline Johnson.

Einen großen Dank an meine unglaubliche Lektorin Tara Singh Carlson bei GP Putnam's Sons / Penguin Random House sowie an Ashley Di Dio, Emily Mileham, Maija Baldauf, Claire Weincoff, Tiffany Estricher, Hannah Dragone, Monica Cordova, Anthony Ramondo, Chandra Wohleber, Ashley McClay, Ashley Hewlett, Alexis Welby, Brennin Cummings und an alle anderen in meinem US-Team! Es ist eine große Ehre, euch hier nennen zu dürfen. Ich freue mich schon sehr darauf, mit euch am nächsten Buch zu arbeiten!

Ich möchte mich auch gerne bei all meinen ausländischen Verlagen bedanken, insbesondere beim S. Fischer Verlag, der damals meinen Erstling *Lucy in the Sky* für das deutsche Lesepublikum herausbrachte und seitdem an meiner Seite steht. Einen besonderen Dank an meine wunderbare Lektorin Lexa Rost.

Ich bedanke mich auch bei allen Bookstagrammern, Booktokkern, Bloggern und Lesern, die sich die Zeit genommen haben, eine Rezension zu verfassen, oder die eins meiner Bücher auf ihren Social-Media-Kanälen erwähnt haben. Ich freue mich wirklich total, wenn ich das sehe, und kann mich gar nicht genug für die Unterstützung bedanken.

Für die Hilfe bei der Recherche zur Landwirtschaft möchte ich mich bei Sam Clear und seinem Vater James bedanken, die mich mit hinter die Kulissen ihrer Farm nahmen, ein extra Dankeschön an Sam für die Erlaubnis, ihn auch hinterher noch mit endlosen Fragen zu nerven. Danke auch an Regan Herr vom Landwirtschaftsministerium von Indiana und an Dennis Carnahan, die beide dazu beigetragen haben, dass ich mir das Farmleben in Indiana vorstellen konnte.

Für alles, was mit Motorsport zu tun hat, danke ich Phil Zielinski, aber auch meinem Vater Vern Schuppan, der in den Siebzigern und Achtzigern des letzten Jahrhunderts nicht nur in der IndyCar und bei Indy 500 gefahren ist, sondern später auch von Indianapolis aus eine Mannschaft leitete. Ein Großteil dieses Buchs lebt von der Zeit, die ich mit meiner Familie sowohl in Phoenix als auch in Indianapolis verbrachte, deshalb danke ich meiner Mutter Jen und meinem Bruder Kerrin für diese Erinnerungen.

Ein Riesendankeschön an Susan und Dean Rains – besonders an Susan, die eine frühe Fassung dieses Buchs gelesen hat und beim Lektorieren half –, ihr habt mir so viele coole Läden gezeigt, die ich in dieses Buch aufgenommen habe! Greg und ich haben viele herrliche Erinnerungen an die schöne Zeit mit euch. Danke auch an Wendy Davis, Sequoia Davis, Chelsea Davis und Paul Ehrstein für die Hilfe bei meiner Recherche zu Bloomington.

Ein Dankeschön geht an Katherine Reid für ihr meisterhaftes Korrekturlesen und an all meine übrigen Freundinnen und Freunde, die in der einen oder anderen Phase geholfen haben oder sich anhören mussten, wie ich von dem Buch erzählte, insbesondere Lucy, Jane, Katherine S, Kim, Bex, Femke, Sarah, Chen, Mark, Georgie, Colette, Ali Harris, Dani Atkins und Zoë Folbigg. Ich danke auch meinen wunderbaren Schwiegereltern Ian und Helga Toon.

Großen Dank schulde ich meinem Mann Greg, der mich auf jedem Schritt meines Schriftstellerlebens begleitet und mir in vielerlei Hinsicht geholfen hat, vor allem im letzten Jahr. Ich weiß wirklich nicht, was ich ohne dich täte – und wo ich da wäre. Es ist ein großes Glück, dich in meinem Leben zu haben. Dank dir auch für deine Hilfe bei der Recherche zur Architektur! Praktisch, dass du aus der Branche kommst …

Zu guter Letzt möchte ich mich bei meinen Kindern Indy und Idha bedanken. Danke, dass ihr mich aushaltet, wenn ein Abgabetermin näher rückt, und dass ihr mich jeden Tag aufs Neue zum Lachen bringt. Ich liebe euch!

Für noch mehr schöne Lesestunden:

Leseprobe

Paige Toon

Sieben Sommer

ROMAN

1

Dieser Sommer

Die violetten und weißen Wildblumen auf den grasbewachsenen Hängen verströmen einen betörenden Duft, die Morgenluft ist frisch und still, als ich mich auf den Weg zum Seaglass mache, das Strandrestaurant mit angeschlossener Bar, in dem ich arbeite. Die Hügel zu beiden Seiten der sich hindurchwindenden Straße scheinen immer höher aufzuragen, und irgendwann kommt in der Ferne der Atlantik in Sicht, der dunkelblau auf den Horizont trifft. Ich folge der Straße vorbei an weiß getünchten Cottages, am Pub und am Haus des Surf Life-Saving Club, der Lebensrettungsgesellschaft, bevor die Bucht von Trevaunance Cove sich vor mir auftut. Noch ein paar Stunden bis zum Höchststand der Flut, die klaren aquamarinblauen Wellen plätschern sanft an den cremeweißen Sand.

Endlich ist der Sommer da, und Cornwall strahlt. Die damit verbundene Hoffnung schlägt sich auf meinen gesamten Körper nieder. Es fühlt sich an, als sei ich endlich bereit, aus dem kühlen Schatten zu treten, der seit geraumer Zeit auf mir liegt und mich belastet.

Dabei hilft mir meine neue Frisur. Solange ich denken kann, hatte ich lange dunkle Locken, aber gestern war ich bei der Friseurin und habe ihr gesagt, sie solle sich was einfallen lassen.

Jetzt schwingt mein Haar luftig in Wellen, ohne meine Schultern zu berühren, und ich finde es großartig. Ich fühle mich wie ein komplett neuer Mensch. Genau das habe ich gebraucht.

Meine Gedanken wandern zu Finn, und meine Laune verdüstert sich, dann fährt mir eine Brise durch die Haare und weht sie mir aus dem Gesicht, fast so als würde Mutter Natur mich daran erinnern, dass es Zeit für einen Neuanfang ist.

Als ich die Außentreppe des Seaglass hochsteige, habe ich das Gefühl, dass unten am Strand etwas anders ist. Der kleine Fluss, der hier ins Meer mündet, hat sich mit unzähligen Armen in den Sand gegraben, und irgendjemand hat einige dieser Rinnsale tiefer ausgehöhlt, so dass sie wie aus einem Stamm wachsende Äste aussehen.

Ich bleibe stehen, um die Kunst im Sand genauer zu betrachten. Der Baum hat keine Blätter. Soll er symbolisch für den Winter stehen? Und mit welchen Werkzeugen wurde dieses Sandbild geschaffen? Als Bildhauerin interessiert mich so etwas.

Eine Welle bricht sich am Ufer und schäumt über die höchsten Zweige des Kunstwerks. Nicht mehr lange, dann wird die Flut dieses Bild im Sand auslöschen. Ich finde es traurig, dass etwas so Schönes zerstört wird, bevor sich auch andere daran erfreuen können.

Mir kommt eine Idee. Ich hole mein Handy heraus und mache ein paar Fotos, von denen ich die besten auf der Instagram-Seite des Seaglass poste, darunter den Text: *Wie wär's mit ein bisschen Strandkunst zum Brunch?*

Ich bin bildende Künstlerin, keine Wortakrobatin, das muss reichen.

Als ich meine E-Mails checke, sehe ich, dass ich eine neue Nachricht von Tom Thornton habe:

Hi Liv,
wollte nur fragen, ob es möglich wäre, das Cottage schon vor sechzehn Uhr zu beziehen – bin bereits in Cornwall.
Danke,
Tom

Ich tippe zurück:

Hi Tom,
stell dein Auto gern schon vor dem Haus ab. Ich hatte nur noch keine Zeit zum Saubermachen, da die anderen Gäste gerade erst abgereist sind. Ich muss jetzt zur Arbeit, deshalb werde ich vor vier Uhr wohl kaum fertig sein.
Grüße,
Liv

Als ich sehe, dass er die Nachricht schon vor zwei Stunden geschickt hat, bekomme ich ein schlechtes Gewissen. Auf der Website sind meine Bedingungen klar und deutlich aufgeführt, aber nachdem andere Gäste in letzter Minute storniert hatten, bin ich echt dankbar, dass dieser Tom das Cottage für den gesamten Juni gebucht hat. Deshalb überlege ich, ob ich für ihn eine Ausnahme machen soll. Ich hatte mir schon den Kopf zerbrochen, wie ich die Wohnung außerhalb der Schulferien vier Wochen lang vermietet bekomme, und dann tauchte dieser Tom auf und entpuppte sich gewissermaßen als mein Retter in der Not.

Ich beschließe, im Laufe des Vormittags eine Pause einzulegen und die Wohnung fertig zu machen, damit er früher rein kann. Das wäre nur fair.

Als ich das Seaglass über den Haupteingang an der Seite betrete, nimmt mich der vertraute Geruch von abgestandenem Bier und Feuchtigkeit in Empfang. Ich bin die Erste, aber es wird nicht lange dauern, bis die Küchencrew, die Thekenmannschaft und die Kellner und Kellnerinnen eintreffen. Die Küche und der Restaurantbereich sind im ersten Stock; auf dieser Etage bemühen wir uns eher um eine gechillte Bar-Atmosphäre. Zur Linken öffnen sich Glastüren auf einen Balkon, von dem man aufs Meer schaut. Rechts von mir ist die mit dunklem Holz verkleidete Theke, die ungefähr die Hälfte der Rückwand einnimmt, daneben eine offene Wendeltreppe. Ganz hinten sind die Toiletten, und gegenüber vom Eingang, im rechten Winkel zum Tresen, befindet sich eine Bühne.

Beim Blick auf die kleine erhöhte Fläche zieht sich mein Magen zusammen, und kurz werde ich in die Vergangenheit zurückversetzt: Finn steht am Mikro, die Lippen zu einem angedeuteten Lächeln verzogen, und schaut mir tief in die Augen.

Ob er diesen Sommer wiederkommt?

Genug davon.

Hinter mir geht die Tür auf. Ich fahre zusammen. In der Erwartung, Kollegen zu sehen, drehe ich mich um, doch vor mir steht ein Fremder: ein groß gewachsener, breitschultriger Mann mit einem schweren schwarzen Rucksack, die Hände in den Taschen eines dunkelgrauen Hoodies vergraben, die Kapuze über den Kopf gezogen.

»Tut mir leid, wir haben noch nicht geöffnet«, rufe ich.

Er bleibt abrupt stehen, sichtlich genervt. »Wann machen Sie denn auf?«, fragt er ohne Umschweife.

»Um zehn.«

Es ist erst Viertel nach neun.

Er murmelt etwas vor sich hin, macht auf dem Absatz

kehrt und marschiert wieder nach draußen. Die Tür lässt er sperrangelweit offenstehen.

Was für ein unhöflicher Kerl!

Ich gehe hinüber, um die Tür zu schließen, und werfe noch einen Blick Richtung Meer. Die Wellen brechen sich am Strand und haben bereits einen großen Teil des Baums ausgelöscht. Trotz meines Vorsatzes, heute gute Laune zu haben, macht sich eine gewisse Melancholie in mir breit, während ich den Laden weiter vorbereite.

Als ich in meinem Haus ankomme, dem Beach Cottage, steht kein Wagen in der Auffahrt. In dem Gebäude mit dem naheliegenden Namen wohne ich seit meinem dreizehnten Lebensjahr. Vor ein paar Jahren habe ich es umbauen lassen, so dass zwei separate Apartments entstanden sind. Von außen sieht es jedoch immer noch wie ein zweistöckiges Cottage aus. Es ist aus grauem Stein, die Haustür befindet sich mittig zwischen vier symmetrisch angeordneten Fenstern mit blassblauen Rahmen. Über der hohen Mauer, die das Grundstück umschließt, kann man drei große Palmen erkennen. An der Straßenseite verläuft ein murmelnder Bach, der von einer taillenhohen Steinmauer eingefasst wird. Durch das Moos und Unkraut in ihren Rissen und Spalten fügt sie sich perfekt in die Landschaft ein. Zwei kurze Brücken von jeweils nur anderthalb Metern überqueren den Bach und führen zu meiner Eingangstür beziehungsweise der Auffahrt.

Ich überquere die kleine Brücke zur Haustür und trete in den Flur, um von dort das Apartment im Erdgeschoss aufzuschließen. Die Gäste, die heute abgereist sind, hatten keine Kinder, und dieser Tom ist allein, deshalb muss ich im Kinderzimmer mit dem Etagenbett und dem angrenzenden Bad nicht so viel tun.

Ich gehe durch das gemütliche Wohnzimmer, sehe mich um und muss beim Anblick der perfekt platzierten Sofakissen lächeln. Die offene Küche und der Essbereich im hinteren Teil sind ebenfalls blitzsauber. Wenn nur alle Gäste so vorbildlich wären!

Zufrieden, dass ich die Wohnung in Nullkommanichts fertig haben werde, schicke ich Tom schnell eine E-Mail, um ihm mitzuteilen, dass er schon am Mittag einziehen kann. Hoffentlich freut er sich über die Nachricht.

Als ich am nächsten Morgen aufstehe, gehe ich direkt zum Fenster und ziehe die Gardinen zurück. Immer noch kein Auto in der Auffahrt! Ist dieser Tom überhaupt gekommen? Ich habe nichts von ihm gesehen oder gehört, er hat auch nicht auf meine Mail geantwortet.

Eine Stunde später sind alle Sorgen über den fehlenden Gast vergessen, denn ich stehe auf dem Balkon des Seaglass und betrachte gerührt die beiden Bäume, die in den Strand gezeichnet sind.

Die Äste des linken wachsen ebenso aus dem Fluss wie bei dem Baum von gestern – ein Gewirr aus nackten, elegant geschwungenen Zweigen.

Der zweite ist genau in der Mitte in den Sand gemalt, ein großer, schlanker Nadelbaum in Kegelform, der mich an die italienischen Zypressen erinnert, die die Wege im Boboli-Garten in Florenz säumen.

Bei der Erinnerung wird mir flau im Magen. Die Kunst am Strand fesselt mich, und aus der Nähe kann ich sehen, dass die Ränder der Zypresse sehr realistisch aufgefächert sind. Ich könnte mir vorstellen, dass hier mit einer Harke gearbeitet wurde; der Baum, der aus dem Flüsschen wächst, scheint jedoch mit einem gröberen Werkzeug in den Sand gegraben worden zu sein. Ich hatte angenommen, er solle den Winter symbolisieren, doch neben der großen, kraftstrotzenden Zypresse wirkt er völlig ausgezehrt.

Ich würde gern wissen, was der- oder diejenige sich dabei gedacht und beim Erschaffen dieser Werke empfunden hat. Entstanden sie aus Freude oder Traurigkeit oder einem ganz anderen Gefühl heraus?

Ich gehe an der Zypresse entlang Richtung Wasser und bleibe am Ufer stehen, schaue aufs Meer und denke an Florenz, einen Ort, der für mich einst der Inbegriff von Hoffnung war. Ein Stich fährt mir durch die Brust.

Als ich vor sechs Jahren an die Akademie der Künste nach Florenz ging, war ich gerade erst mit der Uni fertig und fühlte mich wie eine Studentin, die nur so tut, als sei sie Künstlerin. Doch in den vier Wochen dort, als ich dem kalten Ton mit meinen Händen so etwas wie Leben einhauchte, wuchs von Tag zu Tag die Vorfreude auf eine Zukunft voller Möglichkeiten. Ich freute mich auf die nächste Phase meines Lebens: nach London zu ziehen und mir eine Stelle in einem Atelier zu suchen.

Dann brach alles zusammen.

Ich bin vielleicht nicht nach London gegangen oder zurück nach Italien, wie ich es mir mal ausgemalt hatte, aber dafür würde ich mich heute tatsächlich als ernst zu nehmende Bildhauerin bezeichnen. Auch wenn ich daneben noch einen anderen Job habe – während der Sommermonate arbeite ich im Seaglass.

Ich lächele zum Meer hinüber, und der Schmerz in meiner Brust lässt nach.

Auf dem Weg zurück zum Restaurant mache ich ein paar Fotos. Eins davon poste ich auf Instagram mit dem Text: *Auch heute wurden wieder beeindruckende Kunstwerke auf unserem Strand gesichtet – wir wüssten zu gern, von wem sie stammen!*

Am Samstag habe ich immer am meisten zu tun: Ich muss nicht nur den Brunch vorbereiten, sondern brauche auch mehrere Stunden fürs Putzen und Vorbereiten der anderen drei Ferienhäuser, für die ich verantwortlich bin, um dann zur Abendschicht ins Seaglass zurückzukehren. Bevor es dort losgeht, werfe ich einen Blick auf meinen Post und sehe, dass er schon fast fünfzig Likes hat. Auf der Suche nach Antworten scrolle ich durch die Kommentare, finde aber nichts.

Rachel, eine meiner ältesten Freundinnen, hat etwas geschrieben:

Welchen Baum findest du besser?

Ich antworte, ohne nachzudenken: *Sie berühren mich beide, auf unterschiedliche Weise.*

Ich finde, beide Kunstwerke drücken Verlust aus, auch wenn die Zypresse in ihrer ganzen Pracht und der Baum nackt und kahl dargestellt ist.

Offenbar ist Rach online, denn sie erwidert innerhalb von Sekunden: *Ob morgen wohl was Neues da ist?*

Ich tippe: *Liebe/r geheimnisvolle/r Künstler/in! Wenn du das hier liest: Morgen wünschen wir uns einen ganzen Wald!*

Immerhin habe ich daran gedacht, »wir« zu schreiben und nicht »ich«. Es soll so klingen, als spräche die Belegschaft des Seaglass, während in Wirklichkeit nur ich allein mit meinen achtundzwanzig Jahren für das Instagramprofil verantwortlich bin.

Bis zum Feierabend um Mitternacht bin ich unentwegt auf den Beinen, deshalb drücke ich am nächsten Morgen um sieben Uhr, als der Wecker klingelt, erst mal auf die Schlummertaste und schlafe auch fast wieder ein.

Mein Wunsch, endlich dahinterzukommen, wer die Kunstwerke in den Sand gezeichnet hat, ist allerdings größer als meine Erschöpfung, und so quäle ich mich in der Hoffnung aus dem Bett, dass ich heute rechtzeitig am Strand sein werde. Der Höhepunkt der Ebbe war heute eine ganze Stunde und zwei Minuten später, deshalb stehen die Chancen gut.

Doch als ich die Bucht erreiche, bin ich wieder zu spät. Im ersten Moment kommt Enttäuschung auf, allerdings wird sie von meiner Achtung und Anerkennung im Keim erstickt.

In den Strand wurde ein gewundener Pfad gegraben; an der Bootsrampe, wo er anfängt, ist er noch breit und wird dann immer schmaler, bis er kurz vorm Wasser nur noch ein dünner Strich ist. Zu beiden Seiten dieses Wegs sind schirmartige Pinien angedeutet. Im Vordergrund sind sie groß und majestätisch, zum Wasser hin werden sie immer kleiner und sind nur noch schemenhaft zu erkennen.

Ich verspüre den Wunsch, Teil dieses Kunstwerks zu sein, will über diesen durch einen Zauberwald führenden magischen Pfad gehen, um auszuprobieren, wie es sich anfühlt.

Aus einem Impuls heraus nähere ich mich der Rampe und trete in den Sand. Lächelnd folge ich dem gewundenen Weg, der aufgrund der perspektivischen Darstellung immer schmaler wird. Nach kurzer Zeit habe ich das Gefühl, riesengroß zu sein; am Ende muss ich die Füße vorsichtig voreinandersetzen, und den letzten Abschnitt gehe ich mit ausgestreckten Armen, als würde ich auf einem Seil balancieren. In mir steigt Freude auf, sie sprudelt über, und ich drehe mich im Kreis, die Arme weit ausgestreckt.

Als ich dem verschlungenen Pfad zurück zum Seaglass folge, habe ich noch immer ein Lächeln im Gesicht. Am Restaurant angekommen, hebe ich den Kopf und muss zweimal hinsehen: Oben auf den nördlichen Klippen sitzt ein Mann auf der Bank, halb versteckt hinter einem Ginsterbusch, der übervoll mit strahlend gelben Blüten ist. Ich stolpere und falle fast über meine eigenen Füße, kann mich aber gerade noch fangen. Als ich wieder hochschaue, ist der Mann verschwunden.

Am Montagmorgen komme ich an den Strand und stelle fest, dass der Sand noch unberührt ist. Bin ich dieses Mal rechtzeitig, oder ist der oder die Fremde in eine andere Bucht weitergezogen?

Für den Fall, dass noch etwas passiert, steige ich die Treppe zum Seaglass hinauf, um mich dort zu verstecken und eine Weile zu warten. Da entdecke ich eine Zeichnung im Sand, die mir noch gar nicht aufgefallen war.

Es ist die lebensgroße Silhouette einer jungen Frau in einem knielangen Sommerkleid, so ähnlich wie das, das ich am Vortag trug. An einer Seite hebt sich der Saum, als fahre der Wind darunter. Die welligen Haare reichen fast bis zu den Schultern; die Frau hat die Arme weit ausgestreckt, als würde sie sich freuen.

Ein Schauder läuft mir über den Rücken.

Zögernd gehe ich ans Geländer und schaue zu den Klippen hinüber.

Dort sitzt wieder der Mann auf der Bank. Ist er der Künstler? Hat er mich gestern beobachtet?

Ich laufe die Außentreppe hinunter, haste die Straße hoch und renne dann nach links auf den Küstenweg. Auf dem schmalen felsigen Pfad zerkratzt mir bei jedem unbedachten Schritt der Ginster die Beine. In meinem Kopf jagen sich die Gedanken.

Jemand, der so schön malt, kann kein Psychopath sein, sage ich mir.

Der Wunsch, den Künstler kennenzulernen, blendet alles andere aus.

Ich weiß genau, wo die Bank ist, weil ich dort schon oft gesessen und zugesehen habe, wie die Flut hereinrollt oder wie die Surfer auf den Wellen reiten. Als sich der Blick zum Hochmoor hin öffnet und in die Ferne schweift, klopft mir das Herz bis zum Hals. Schwer atmend sehe ich die leere Bank vor mir und ringe nach Luft.

Wo ist er?

Ich kraxele weiter, bis der steile Weg flacher wird, und *da*! Ganz weit hinten marschiert jemand in Richtung Trevellas Cove, und zwar ---

Ein großer, breitschultriger Mann in einem dunkelgrauen Hoodie.

Ich denke an Freitagmorgen und an den Mann, der nicht sonderlich erfreut war, als ich ihm sagte, dass wir noch geschlossen hätten. Ich kann mich nicht mehr erinnern, wie er aussah. Als er kurz vor der höchsten Stelle ist, formt sich ein Wort in meiner Kehle und ist draußen, ehe ich es aufhalten kann.

»HEY!«

Er schaut über die Schulter zurück, bleibt abrupt stehen und dreht sich um. Er ist zu weit entfernt, als dass ich seine Gesichtszüge erkennen könnte, trotzdem recke ich die Arme und winke, damit er auf mich wartet.

Ich laufe los, aber nachdem ich nur wenige Meter zurückgelegt habe, wendet er sich ab und stapft davon.

»HEY!«, rufe ich noch mal. »WARTE!«

Doch entweder hört er mich nicht, oder er will mich nicht verstehen, denn kurz darauf ist er aus meinem Blickfeld verschwunden.

Auf dem Rückweg beschäftigt mich eine ungewohnte Mischung von Emotionen: Ich bin beschwingt und frustriert zugleich, aufgeregt und beunruhigt.

So viel habe ich lange nicht gefühlt.

Auch als ich mich eine Stunde später zu Hause für den Brunch im Seaglass fertig mache, sind all diese Gefühle noch sehr präsent in mir. Gerade steige ich die Treppe hinunter, da höre ich, wie die Haustür aufgeschlossen wird.

Endlich lerne ich den geheimnisvollen Tom kennen.

Gestern Nachmittag habe ich ihn kurz unten gehört, doch meistens ist er mucksmäuschenstill. Er hat auch sein Auto nicht in der Einfahrt geparkt. Ich war zu abgelenkt, um an ihn zu denken.

Mit dem wärmsten, fröhlichsten, freundlichsten Lächeln öffne ich die Tür und sehe einen großen, breitschultrigen Mann in einem dunkelgrauen Hoodie vor mir.

Ich schnappe nach Luft, reiße die Augen auf.

Er muss etwa Anfang dreißig sein und wirkt aus der Nähe noch größer und breiter – scheint kaum in den kleinen Flur zu passen. Die Kapuze hat er zurückgeschlagen, so dass man seine kurzen dunkelblonden Haare, die markante Stirn und das kräftige Kinn mit dem Dreitagebart sieht. Seine Augen haben die Farbe von Ahornsirup, durch den das Licht schimmert, gesprenkelt mit goldbraunen Splittern.

»Du«, flüstere ich. Der Schock des Erkennens in seinem Gesicht weicht erschöpfter Resignation.

»Oh, verdammt«, murmelt er.

Erschienen bei FISCHER Krüger
Die englische Originalausgabe erschien 2024 unter dem Titel
»Seven Summers« bei Century, einem Imprint von Cornerstone.
Cornerstone ist Teil der Penguin-Random-House-Gruppe.

Hedderichstr. 114, D-60596 Frankfurt am Main

Paige Toon

Sieben Sommer

Sieben Sommer, die ein Leben verändern.

Als Liv sich in Finn verliebt, ahnt sie nicht, welches schreckliche Schicksal sie an ihn binden wird. Obwohl Finn nur im Sommer nach Cornwall zu Liv zurückkehren kann, kommt sie nicht von ihm los. Bis sie Tom kennenlernt. Doch auch er trägt ein Geheimnis in sich. Welcher der Männer wird Liv glücklich machen?

Aus dem Englischen von Andrea Fischer
464 Seiten, Klappenbroschur
978-3-8105-3090-5

Weitere Informationen finden Sie auf
www.fischerverlage.de

Paige Toon

Du schenkst mir die Welt

Wie weit würdest du für die Liebe gehen?

Alle Wege führen zu dir

Angie wollte schon immer die Welt bereisen. Doch sie steckt in ihrem winzigen australischen Heimatdorf fest: Ihre Mutter ist tot, ihren Vater kennt sie nicht und sie ist die Einzige, die sich um ihre demente Großmutter kümmern kann. Als diese stirbt, macht Angie eine Entdeckung: Ihr Vater lebt, und zwar in Rom! Doch warum hat ihr nie jemand von ihm erzählt? Angie wirft sich in ein italienisches Abenteuer, um die Wahrheit über ihre unbekannte Familie herauszufinden. Kann sie der charmante Draufgänger Alessandro, auf dem ebenfalls ein Geheimnis lastet, auf ihrem Weg begleiten?

Roman

Aus dem Englischen
von Andrea Fischer
464 Seiten, broschiert

Weitere Informationen finden Sie auf
www.fischerverlage.de